Elfriede Rotermund

Godber Godbersen

Ein Halligroman

Nordfriesland im Roman

Husum

Umschlagabbildung und Textvignetten von Ingwer Paulsen

Bibliografische Information der Deutschen Nationalbibliothek

Die Deutsche Nationalbibliothek verzeichnet diese Publikation in der
Deutschen Nationalbibliografie; detaillierte bibliografische Daten sind im
Internet über http://dnb.d-nb.de abrufbar.

NORDFRIISK
INSTITUUT

Nordfriisk Instituut
Nr. 198

© 2008 by Husum Druck- und Verlagsgesellschaft mbH u. Co. KG,
   Husum
Gesamtherstellung: Husum Druck- und Verlagsgesellschaft
Postfach 1480, D-25804 Husum – www.verlagsgruppe.de
ISBN 978-3-89876-382-0

Herausgegeben von
Arno Bammé und Thomas Steensen

Nordfriesland ist ein Land der Vielfalt – in Natur,
Geschichte und Kultur. Schriftstellerinnen und Schrift-
steller sowohl aus der Region als auch von außerhalb
wählten diese Kultur- und Naturlandschaft immer wieder
zum Schauplatz ihrer Werke. In der Reihe „Nordfriesland
im Roman" werden Romane und umfangreiche Erzählungen neu zugänglich gemacht – bekannte, aber auch fast
vergessene. In einem Nachwort erläutern die Herausgeber
den historischen Hintergrund, Orte der Handlung sowie
Leben und Werk der Autorin bzw. des Autors.

Nordfriesland im Roman

Band 2

I

Ein weicher müder Herbsttag schickte sich zum Scheiden an.

Im grünlichen Schimmer lag das Nordmeer, und die Sonne strich noch einmal mit goldenen Händen weit über den unbewegten Spiegel. In der großen Bucht nahe bei Landsort kreiste ein Fischadler langsam über dem matt glänzenden Wasser, um seinen immerwährenden Hunger zu stillen. Aber erst als die Sonne gesunken war, sollte ihm sein Fang mühelos gelingen.

Mit scharfem Krreckeck strich eine Schar Wildenten längs der schwedischen Küste. Mit lang ausgestreckten Hälsen und steifen bunten Schwingen strebten sie in kurzatmigem raschen Fluge dahin. Sie kümmerten sich nicht um den Räuber, denn ihnen war der Tisch anderwärts und dazu reichlich genug gedeckt.

Noch lag im Westen das warm schimmernde Gold der Abendsonne, als schon über der zackigen Silhouette des Waldes die schmale Mondsichel emporstieg. Während auf dem Meere noch der flimmernde Glanz jener seltsamen Durchsichtigkeit des Nordens lag, geisterten um düster blickende Hänge und schroffe Felsen der wild zerklüfteten bewaldeten Küste schon die ersten Schatten.

Die blaue Stunde legte weich und lind ihre Schleier um das dunkle Grün der Tannen, aus denen herbstlich gelbe Birken lugten, und dämpfte die aufreizende Glut der Früchte an den Ebereschen. Wie Opferrauch stiegen steil und gerade kräuselnde Wolken aus nahen Meilern empor, und irgendwo rauschte traumverloren hinter Felsblöcken hart an der Küste ein Wasserfall.

Die Luft trug weit an diesem Abend. Brüllend und läutend kamen Viehherden von ihren hoch gelegenen Weiden in die Täler herab. Aus vereinzelten, braunmoosigen Fischerhütten, die hie und da zerstreut am Strande lagen, fiel matter Lichtschein. Das Haus des Lotsen Eriksen, der 1717 schon 28 Jahre sein Amt versah, war am weitesten vorgerückt und mutete an, als sei es mit seiner Nordseite an die schroffe Felswand gewachsen. Ein schmaler Steg im Süden führte ins Meer hinaus. Grünliches Fachwerk wurde von den Balken tiefrot geädert, und auch das schön geschnitzte Holzwerk war wie landesüblich leuchtend rot übertüncht. Durch die unverhängten Fenster glitt ungehindert gelbliches Kerzenlicht auf die Wellen und baute eine schimmernde Brücke zu dem Zweimaster hin, der seit Mittag vor Anker gegangen war, als sollte dieser tröstliche Lichtschein die Fäden aufdecken, die sich zwischen dem schwedischen Lotsenhaus und dem friesischen Schiff geknüpft hatten.

Als um die Essensstunde die vielköpfige Lotsenfamilie um den runden, weiß gescheuerten Tisch saß, war Momme Godber, der Halligkapitän, gekommen und hatte dem Lotsen Gunnar Eriksen und dessen Frau in einem wunderlichen Sprachgemisch von Friesisch, Deutsch und Holländisch seine Not geklagt. Eine Verständigung schien nur zwischen den Männern Aussicht auf Erfolg zu haben. Aber während Gunnar den Fremden an den Tisch nötigte, packte die Lotsenfrau schon alles, was ein kleiner Erdenbürger beim Eintritt in diese Welt braucht, in einen Korb, und nach einer Weile ruderte sie richtig mit den beiden Männern an den Zweimaster. Sie führten Helge Eriksen über Steuerbord nach dem Achterdeck. Hier öffnete Momme die beiden Türen zur Kajüte, die nach innen gingen.

Das Tageslicht blieb ganz zurück. Dämmerung erhellte nur schwach den schmalen, lang gestreckten Raum. Durch zwei kreisrunde Scheiben floss über die Bettstätten das goldflüssige Abendlicht. Es lag draußen glitzernd auf dem wallenden und wogenden Saum des blau schimmernden Meermantels, ein Hymnus des Lichts, als sängen die Wellen dem Licht spendenden Monde ihr urewiges Lied vom heiligen Leben.

In der einen Bettstatt lag Inke Godber, das junge Weib des Kapitäns, und wand sich vor Schmerzen. Die starke blonde Lotsenfrau beugte sich schwesterlich zu der jungen. Sie sah, dass sie hier nötig war, und trotz verschiedener Sprachen wusste sie bald Bescheid. Inke war morgens die Treppe, die von ihrer Kajüte nach dem Achterdeck führte, hinabgestürzt und hatte den linken Fuß verstaucht. Es hing wohl damit zusammen, dass ihr seit etwa zwei Stunden die schmerzhafte Gewissheit wurde, ihr erstes Kind würde unzeitig kommen. Das hatte sie alles mit Momme beredet, und er war der Meinung gewesen, es sei richtiger, eine Frau zur Hilfe an Bord zu holen.

Helge Eriksen kühlte zuerst den schmerzenden, geschwollenen Fuß, legte dann weich gepolsterte Bretter daran und wand ein schmales Linnen straff und stramm darum.

Inke biss tapfer die Zähne zusammen und dankte der Älteren mit freundlichem Blick. Unterdes schürte Helge das Feuer in dem Ofen und ließ sich von einem der Matrosen und dem Schiffsjungen einen großen Kessel mit Wasser füllen, das sie zum Kochen brachte. Sie breitete linnene und wollene Tücher aus und traf alle Vorrichtungen, die ihr notwendig erschienen.

Die Wellen klopften ihre leise Melodie gegen die Bootswände, und die Dunkelheit schlich in das Schiff. Mit einem Kienspan brannte Helge die fürsorglich mitgenommene Talgkerze an. Dann und wann klangen kurze, schwere Schritte über die Planken, und Momme steckte sorgenvoll seinen Kopf durch das runde Kajütenfenster.

Noch brauchte sie keine Hilfe, bedeutete ihm Helge, und am liebsten bliebe sie auch allein bei Inke, es sei ja hier zu

Lande auch keine Sitte, dass ein Mann zugegen wäre, auch nicht der eigene. Schwerfällig stapfte der Mann ans Ruder und besprach mit seinem Ersten Steuermann nebensächliche Dinge.

Momme Godber war ein großer, breiter, blonder Friese, dem man die 40 Jahre wohl ansah. Er stammte von der Hallig Oland, war der Letzte seines Geschlechts, mit dem der Stammname auslöschen würde. Er sprach selten und, wenn ihn irgendetwas erregte, das Wenige mit einer hohen, etwas weinerlichen Kinderstimme. Seine kleinen saphirblauen, verschmitzten Augen hingen unter schweren Lidern. Krauses, hellblondes Haar war ihm tief in die niedrige Stirn und um das breite Kinn gewachsen. Diese Bartkrause ließ ihn älter erscheinen, als er war.

Der Erste Steuermann, Thomas Thomsen, sein Landsmann, war über ein Jahrzehnt jünger. Er war gebürtig von der Hallig Langeneß und war Inkes Verwandter. Die übrige zehnköpfige Bemannung bestand aus Föhringern. Nur der starkknochige, riesenhafte Bootsmann, dessen weißblondes Kraushaar ihm wie ein Dach wirr über die Augen hing, war Sylter; außer der blonden Haarkappe schien er auch blondes Fell auf den Handrücken und sogar noch auf den Fingern zu haben. Endlich war da noch der schmalbrüstige, hagere Koch aus Husum. Er sollte und wollte auf dieser seiner ersten Fahrt gern Speck ansetzen und eine Fettschicht auf die Rippen kriegen.

Thomas schickte den Zweiten Steuermann mit einem Gewerbe zu dem Bootsmann. In seinem langen, rassigen, bartlosen Gesicht stand Mitgefühl, als er Momme fragte, wie es in der Kajüte stände. „O ha, Thomas, ich bin bange, dass uns diese Reise nicht zum Segen ausläuft. Was haben wir in diesen Monaten für Kummer gehabt! Aber das Schlimmste ist doch nun der Unfall mit Inke." Ein tiefer Seufzer stahl sich von den bärtigen Lippen.

„Man muss es nicht schwerer nehmen, als es ist, Momme. Inke ist ein tapferes Weib, und dann hat sie die Lotsenfrau nun doch auch um sich. Ich bin während eines harten Sturmes geboren, dicht vor der Mündung des Orinoco, wo meines Vaters Schiff vor Sturmsegeln tanzte. Mutter kann das bis heute nicht vergessen. Vater und fünf Mann lagen schlimm krank am Gelben Fieber, nur der Koch hielt sich noch aufrecht und war allein um Mutter; denn der Steuermann war mit dem Zimmermann und zwei Jungen, die auch schon die Seuche hatten, an Deck. Das war gewiss nicht einfach, o ha, nein, Momme. Nur ich war nicht der Älteste, ich kam nach den drei Schwestern. An Hilfeholen hat kein Mensch gedacht, und es ist gut gegangen."

Deutlich empfand Momme die ruhige und zuversichtliche Kraft, die von der Persönlichkeit des Jüngeren auf ihn überging.

Er nickte, und Thomas schwieg vorerst. Ihm war sein schlicht blondes Haar über die Stirn geweht und gab so seinem Gesicht einen eigentümlich kühnen Ausdruck. Eben wischte er es unter die gestrickte Mütze zurück und besprach sich mit seinem Kapitän, als wäre nichts im Wege, wann sie heimwärts segeln würden. Der stiernackige Bootsmann und drei Matrosen kamen aus der Back und stellten sich hinzu.

Unterdes war Inke in einen unruhigen Schlummer gefallen. Helge saß auf einem niedrigen Schemel vor der schmalen Bettstatt und betrachtete das sanft gerötete Antlitz der Schlafenden. Schmerzen kamen und gingen, aber die Lider blieben gesenkt. Dann warfen sich neue Qualen auf das Weib und rissen es wach. Ein stummes Ringen begann, und als hätten sie im Schlaf die Zeit ausgenutzt, neue Kräfte zu sammeln, setzten verstärkt die Wehen ein. Der eiserne Ofen strahlte glühende Hitze aus, und auf Inkes Stirn bildeten sich helle Tropfen. Bald rannen sie über das ganze Gesicht, und Helge trocknete liebreich den Schweiß ab. „Bald, bald", murmelte sie und sah in das heiße junge Gesicht, das nun in Entsetzen und Qual erstarrte. Die Frau öffnete den Ausguck zum Steuer um einen Spalt, damit ein wenig frische Luft hereinkäme. Inkes Hände krampften sich in die Bettdecke, knirschend biss sie die Zähne aufeinander. „Nicht verhalten, ja nicht", schwesterlich mahnte die Ältere und hob liebreich den Kopf auf ihren Arm. Dann schlug sie die Arme fest um Inke. Die stieß einen wilden, qualvollen Schrei aus, während eine heftige Schmerzenswelle über ihr zusammenschlug. Helge ließ sanft den halb aufgerichteten Oberkörper in die Kissen gleiten, nahm geschäftig die Decke ab, um zu tun, was nötig war. In demselben Augenblick beschrie auch schon eine kleine, kräftige und etwas beleidigte Stimme die engen Kajütwände. Sie drang auch zu den beiden Männern, die schweigend auf dem Achterdeck am Steuer standen. Wie gebannt horchten sie auf diesen ersten zu ihnen heraufdringenden Laut des Neugeborenen.

Da brach ein Stern durch das matte Grün des Abendhimmels. Momme Godbers Blick blieb an seinem Licht haften, und sein Herz erzitterte erwartungsvoll. Er hörte die Wellen, die dumpf gegen die Schiffswände stießen, und fühlte, wie die nordische Kälte tiefer und tiefer in seinen Körper drang. Eine fremde Bangigkeit fiel in sein Blut. Er vergaß mit einem Male alle vorherigen Bedrängnisse, die er um Inke gehabt hatte, wie die sinkende Welle ihres Schwunges vergisst.

Thomas' Gesicht war weiß und hart wie Stein, er lauschte durch den Alltag auf Stimmen, die andere nicht vernahmen. Er verschränkte die Arme über der Brust und lauschte, lauschte mit dem ganzen Aufgebot aller Sinne. Auch er wandte dabei seinen Blick von der sanft schimmernden, golden bestickten Wölbung ab, in der allmählich immer neue Sterne auffunkelten, die er mit seltsamer Spannung in den grauen Augen schweigend und voller Ehrfurcht betrachtete. Dann hob er die Lider und sah eine Weile ins Grenzenlose und sagte unvermittelt: „Nun solltet Ihr hinuntergehen, Momme, und Euch Euren Sohn ansehen." Der Angeredete fuhr zusammen, murmelte irgendeine unverständliche Antwort und ging mit kurzen Schritten über die Leeseite nach vorne, machte sich aber erst noch etwas beim Koch zu schaffen, ehe er behutsam die Flügeltüren öffnete und hinabstieg. Der Zweite Steuermann kam aufs Achterdeck zurück, richtete eine Bestellung vom Bootsmann aus und übernahm die Ankerwache.

Inkes Hände hatten gezittert vor innerer Erregung und unfassbarem Glück, als ihr Helge das kleine weiße Bündel gereicht hatte. Immer wieder hatte sie ihr überströmendes Antlitz gegen das kleine weiche Knabengesicht gedrückt und es scheu und behutsam geküsst. Nun blickte sie auf und sah selig in Mommes kleine blaue, aber strahlende Augen.

Helge ging voll Verstehens in den anstoßenden Raum, der durch eine raue Decke abgeteilt war. Auch hier waren zwei runde Scheiben in der Bordwand, an die die Wogen sanft plätscherten. Über dem Tisch schwamm der trübe Schein eines Öllämpchens. Zwei schwere, eichene Bänke und ein gleicher Armstuhl waren am Boden stark befestigt, damit sie beim Sturm und Wogenprall nicht umgeworfen wurden. Zwischen den runden Fenstern hing eine Seekarte; Kompass und Wetterglas ließen auf die Kapitänskajüte schließen. Die blinde Metallscheibe, in die Helge eben im Vorübergehen einen Blick warf, sagte ihr, dass dieser Spiegel wohl mehr den wettergebräunten Seemännern gedient hatte als ihren friesischen Frauen.

An der Steuerbordseite des Deckes schritt Thomas mit langsamen, wuchtigen Tritten auf und nieder.

Über die schmale Mondsichel zogen kleine Wolken, deren untere Ränder wie Silber schimmerten. Der Wind seufzte seltsam bang, und runenernst erklang das Wellenlied. Der Einsame setzte seine Wanderung fort, Stunde um Stunde. Seine Gedanken umkreisten das Geschehene: Inkes Kind! Das musste ein guter Mensch werden. Des Mannes Augen suchten in den Sternen zu lesen. Er meinte zu wissen, dass diese funkelnden Gewalten die Maschen und Knoten schlängen, darin ein Menschenleben befangen ist.

Helge räumte umsichtig die Kabine auf, schüttelte neues Stroh und Schilf in die Bettstatt, breitete eine frische wollene Decke darüber und legte die Wöchnerin hinein. Als diese sich behaglich darin ausstreckte, brachte ihr Helge eine große Tasse heißer Milch. Sie streichelte Inke die Wangen, legte Knebberbrot auf die Unterschale und hielt ihr beides hin. Die junge Frau hob versonnen den Blick, trank dann behutsam, und Wärme und wohlige Müdigkeit sanken ihr ins Blut.

Drei Tage blieb der Zweimaster noch vor Anker liegen, und jeden Morgen und jeden Abend kam Helge Eriksen an Bord gerudert und nahm sich der Mutter und des Kindleins an. Sie brachte alle Mal frische Wäsche für beide mit und schiente täglich Inkes kranken Fuß. Ehe sie an diese Samariterdienste ging, entnahm sie ihrem selbst geflochtenen Henkelkorb eine schöne runde Schale aus geflammtem Wurzelholz. Die schöpfte sie daheim bis obenhin voll Milchgrütze und goss darüber randvoll frischen Rahm. Auch vergaß sie nie, von ihrem herrlichen Weizenkuchen mitzunehmen. Inke genoss auch mit großem Behagen von Helges Leckerbissen und erholte sich bei der sorglichen Pflege dieser gütigen Mutterhände sichtbar von Tag zu Tag.

Am letzten Abend reichte ihr Helge mit versunkenem Blick das weinende Bübchen. Ein Schatten zog über ihr Gesicht. Nie würde sie ihre Pfleglinge wiedersehen. Inke hob das Kind an die Brust, und der Kleine fiel hungrig an. Die blonde Lotsenfrau beugte sich lächelnd vor, faltete die Hände und ließ keinen Blick von dem trinkenden Knaben. Nach einer Weile ließ er den Kopf gesättigt zurücksinken und schlief mit ruhigem Atem fest und tief ein. Helge nahm ihn der jungen Mutter ab, und ohne einen Blick von dem zartrosigen schlummernden Antlitze abzuwenden, legte sie ihn in den bereitstehenden Korb, neigte sich hinab, küsste scheu die Kinderstirn und sagte mit bebender Stimme Inke Lebewohl. Die Schale aus geflammtem Wurzelholz bat sie ihr als Gastgeschenk zurücklassen zu dürfen.

Am anderen Morgen in aller Frühe, da noch die beiden Masten riesengroß in den matten Himmel zu ragen schienen, holte die Mannschaft die Anker ein und setzte alle Segel. Die Dämmerung auf dem Nordmeer wurde immer dünner, und das Farblose tönte sich vom Blau in ein gleitendes Violett und zuletzt in ein zitterndes Silbergrau. Am östlichen Horizont schimmerte und schaukelte das flammende, blassrote Tagesgestirn aus dem Dunst. Weit riss es das Tor des kommenden Tages auf.

In wenigen Sekunden war der Himmel von purpurnen Streifen durchfurcht, und überwältigende Helle stieg, wie von Händen emporgehoben, aus dem Meere auf. Die Felsenklippen begannen zu lohen. Von den höchsten Spitzen her floss es an ihnen nieder wie geschmolzenes Gold und rieselte in feurigen Strömen herab auf die schäumenden Wellen. Wie zum Gruß übergoss es nun die Fenster des Lotsenhauses am Fuße der schroffen Felswand mit tiefer Glut.

In ruhiger Fahrt glitt das Schiff langsam durch die Bucht. Das Meer leuchtete noch wie blassblauer Brokat. Obwohl die Bläue des Himmels dunstig verhängt war, schien doch der Blick ins Endlose zu dringen. In der klaren Morgenstille erscholl aus der Ferne der erste Hahnenschrei. In Büschen und Sträuchern am nahen Ufer erwachten die Vögel und zwitscherten halb noch im Traum.

Der Zweimaster musste kreuzen, um aus der Enge der Bucht bei Landsort in das breite Fahrwasser zu kommen. „Klar zum Wenden!" Hart klang das Kommando. In der Meerenge leckten kleine Wellen mutwillig mit langen Zungen an den Strand, die Brandung sprach in geheimnisvollem Leben mit weichem dumpfen Silberrauschen von gebändigter Kraft. Noch einmal prahlte der Kapitän: „Klar zum Wenden!" Jeder war an seinem Platz. Der Zimmermann und zwei Matrosen eilten an die Schottaue der vorderen Stagsegel. Der Koch bediente die Fockschote, Thomas stand an den luvgroßen Brassen, die übrigen Matrosen an den leegroßen Brassen, Momme neben dem Ersten Steuermann am Ruder. „Ree!", kommandierte er lauter als zuvor. Der Zimmermann warf seine Schoten, der Koch die Fockschote los. Der Rudermann drückte die Pinne nach Lee hinüber, und sogleich schoss der Zweimaster in den Wind.

„Goan achter!", ertönte wieder das Kommando. Thomas warf die Brassen los, die Achterrahen schlugen herum, und das Schiff legte sich auf den anderen Bug.

So kreuzten sie aus der Bucht heraus, gewannen bald das offene Fahrwasser und fuhren dann, von Glück und Segelwind begünstigt, tagelang mit Kurs auf Skagen.

Am zehnten Tage stand Inke zum ersten Male auf. Der verstauchte Fuß machte ihr noch sehr viel Schmerzen, aber sie biss tapfer die Zähne zusammen. Und es ging auch. Viel mehr Sorgen machte sie sich um den kleinen Godber. Er schlief ihr nicht genug und weinte zu viel. Dies bitterliche Kinderweinen schnitt ihr allemal ins Herz.

Inke, eben 22-jährig, war ohne Geschwister aufgewachsen, ihre Mutter war vor zwanzig Jahren gestorben und hatte das Brüderchen gleich wieder mitgenommen. So hatte sie keinerlei Erfahrung in der Kinderpflege. Ihr Vater, Yorck Rickertsen, war bis zu diesem Frühjahr als Kommandeur auf Grönland gefahren. Eine Lähmung des linken Beines zwang ihn nun, auf der Hallig zu bleiben. Das war für den kaum 50-jährigen, seetüchtigen Mann ein hartes Stück gewesen, obwohl er niemals darüber sprach, wie schwer ihm das Zurückbleiben geworden war. Seine Unbeugsamkeit, die fast sprichwörtlich war, hatte nur vermocht, dass Inke Momme Godber das Jawort gab. Aber kein Mensch ahnte, wie schwer ihr das gefallen war. Sie waren am Freitag vor dem ersten Advent kopuliert. Momme war in dem halbjährigen Brautstande kein stürmischer Liebhaber gewesen, o ha, nein – das war er nicht, und so wurde er auch kein feuriger Ehemann. Inke presste die Hände auf das hämmernde Herz, als sie daran dachte, dass ihr Vater gemeint habe, das Süße und Heiße falle schon ganz von selbst in sein Blut. Er müsse nur erst Geschmack darauf kriegen und ihre Lieblichkeit fühlen und schmecken, dann würde das andere ganz von selbst kommen.

Ihr Vater war es auch allein gewesen, der ihr sehr zugeredet hatte, mit Momme auf die Fahrt zu gehen, denn der Ehemann selbst wäre wohl nicht darauf verfallen. Die Meinung war ja auch, dass die Reise nicht länger als zwei Monate dauern würde, und nun waren sie schon in der 13. Woche unterwegs, und kam nicht bald mehr Wind auf, so würden sie noch zwei Wochen segeln müssen.

Durch alle Tage und Nächte sickerte nun das klagende Kinderweinen, und, was auch Inke versuchte, sie konnte es nicht stillen. Momme und Thomas standen genauso hilflos um den Korb und sahen in das winzige rote Gesicht mit den zusammengekniffenen Äuglein, hörten zwischen Wimmern und Schluchzen das kräftige Saugen am Mittel- und Zeigefinger und rieten hin und her. Momme setzte sich neben den Korb und meinte gelassen: „Das soll wohl besser werden, wenn Godber getauft ist. Das hast du doch auch schon gehört, Inke, dass die Kinder erst was ruhig werden und gedeihen, wenn Taufe gewesen ist." Er strich unbeholfen über ihren Arm und tätschelte seinen Jungen über die Wangen. Dann legte er seine breiten Pranken um ihre Taille, wippte sie hin und her, versuchte, sie auf seinen Schoß zu ziehen, und sagte mit lautem Lachen: „Der Swolkensteert ist wieder fein und dünn, als wie du Braut und junge Frau warst."

Inke wurde böse, sie verwies es ihm mit kurzen Worten und machte sich los. Mit kühlem, abgewandten Gesicht sagte sie heftig: „Und das andere ist einfach Aberglaube, Momme. Soll denn der Kleine so lange weinen und unruhig sein! Wann sind wir denn daheim, dass wir an die Taufe denken können!"

„Wenn alles ordentlich zugeht und wir gut an der Jammerbucht vorbeikommen, können wir es in 14 bis 16 Tagen wohl schaffen", antwortete er behäbig. Thomas strich sich mit einer raschen Bewegung die Haare aus der Stirn. „Mir scheint, Godber Godbersen wird nicht recht satt, und das Beste wird sein, wir gehen so rasch wie möglich an Land und besorgen für Inke Milch und Rahm. Als ihr Helge Eriksen die guten Sachen brachte, war das Kind zufrieden. Noch besser wäre es, wir könnten eine Ziege an Bord nehmen."

Der Vorschlag leuchtete den Eltern ein. Seine Ausführung war zwar nicht so einfach, und die Heimfahrt verzögerte sich deshalb um mehr als drei Tage, aber der Erfolg war da. Thomas handelte ein paar Kruken voll Rahm ein und brachte eine Ziege und Heu an Bord. Dem Knaben rann nun reichlich Nahrung zu, und von Inkes Gesicht schwand der Zug von Sorge und Bangigkeit, und das gab ihr das Mädchenhafte zurück.

Sie war nicht eigentlich schön, nur ungewöhnlich lieblich und hold anzusehen. Das Antlitz erschien immer nachdenklich, geheimnisvoll, rätselhaft. Sie hatte große graue Augen, die dunkel umsäumt waren, und einen schönen, etwas vollen Mund. Die Nase wirkte, weil die Backen zu schmal und mager waren, reichlich groß. Das schwarzseidene Roontje mit dem weißen Vorstoß, das Zeichen ihrer Frauenwürde, verdeckte die blonde Flechtenpracht. Die kurze Tuchtaille endete im Rücken mit einem spitzen Keil, dem Swolken-steert, über dem weiten Tuchrock, der schwarz war und unten einen handbreiten hellblauen Saum hatte. Die langen engen Ärmel, Spennster genannt, waren wie die weite, lange Schürze aus dunkelrotem Seidendamast. Vorne auf der Brust trug Inke einen Latz aus goldgewirktem Brokat, über den kreuzweise silberne Ketten geschnürt waren. An ihnen hingen wertvolle Schaumünzen, die je nach Größe und Zahl von dem Reichtum der Trägerin Zeugnis gaben.

Jede ihrer Bewegungen war voll Gelassenheit und Ruhe, weil eine innere Zucht über ihrem ganzen Wesen lag. Sie sei ganz das Ebenbild ihrer verstorbenen Mutter, sagten die Halligleute von ihr.

Eines Morgens ganz früh rief Momme sein Weib an Deck und zeigte ihr Kopenhagen. Die Sonne war im Aufgehen, und ein flammender Goldstrom hüllte die Stadt ein. Auf den vereinzelten spitzen Kirchtürmen und den Masten der Koggen und Schiffe spielten Lichter, als wären sie von Rubin. Selbst die kleinen grauen Balkenhäuser vergoldete die Sonne, eine im Morgentau träumende Stadt. Bis Skagen behielten sie guten Segelwind.

Die Jammerbucht rückte näher. Nach der weichlichen flauen Ostseeluft sogen die Seeleute mit Behagen die frische, salzige Nordseeluft ein.

Dann kam ein seltsam schwüler Abend. Das Meer floss wie geschmolzenes Blei dahin. Am Horizont lagerte ein eigenartig violetter Dunst, der immer groteskere Formen annahm. Bald stand dort wie hingeschleudert eine schiefergraue Wetterwand aufgereckt über der uferlosen Nordsee, zerrissen von einem Netz rasend schnell zuckender Feuer. Ebenso rasch kam die Dunkelheit.

Der Donner dröhnte schauerlich. Die ersten Tropfen prasselten wie Körner hart und wuchtig auf das Deck. Die Blitze züngelten über die unheimliche Wand, die kalt und schicksalhaft unentwegt wie vorher stand! Andere drohende Wolkenbänke richteten sich auf, und das Meer rollte grellweiße Kämme über seinen schwarzen Grund.

Inke, die sich vor jedem Gewitter fürchtete, nahm zitternd den Kleinen auf den Arm und setzte sich mit ihm in den Armstuhl, der gegen das Schlingern beim Sturm gesichert war, unter das runde Fenster. Sie hörte die Männer, die geschäftig auf dem Deck und an den Masten hin- und herliefen, und beobachtete trotz steigender Angst scharf alle Vorgänge über sich. Sooft sie Thomas' kühnes Profil sah, mit dem halb geöffneten Mund, den großen glänzenden Augen, dem vorgebeugten schmalen Kopf – wie alles Spannung und Energie an ihm war, als bereite er sich stumm auf einen Angriff oder Kampf mit einem Gegner vor –, verglich sie ihn mit Momme, der im Gegensatz dazu gleichgültig, dick und breit und erdenschwer daherging und viel zu langsam für Inkes Empfinden noch Befehle erteilte, wo er besser hätte selbst mit zugreifen müssen. Mehr als sonst empfand sie die hohe, weinerliche Kinderstimme ihres Mannes als lächerlich und unwürdig. Sie wollte ihr so gar nicht zu dem gedrungenen, massigen Körper passen.

Als das Söhnlein auf ihrem Arm zu weinen begann, lauschte sie in plötzlich aufsteigender Besorgnis, ob es dem Klange der Stimme des Vaters ähnlich war. Nein, des Kleinen Tonart war eine andere. Sie legte ihn hin, und sein Weinen verstummte.

Mit großen, weit geöffneten Augen lag das Kind da. Während Inke noch übergebeugt stand, erfasste sie zum ersten Male mit Bewusstsein, dass die Farbe der Augensterne glänzend grau von zwingender Schönheit war und in allem ganz denen von Thomas glich und in nichts Mommes Augen ähnelte. Sie forschte gespannt in seinen Zügen und las in das stille, ausdruckslose Gesichtchen eine nicht vorhandene Ähnlichkeit mit Thomas hinein.

Da senkte sie plötzlich tief die brennende Stirn. Jeden grollenden Donner empfand sie auf einmal als Drohung, jeder jähzuckende Blitz schien auf sie zu zielen. Atemberaubende Angst überkam sie, eine Furcht, in einen Abgrund zu stürzen, in dem alles Leben zugrunde gehen musste. Wie betäubt stöhnte das junge Weib und schloss die Augen.

Das Unwetter verging ebenso schnell, wie es gekommen war. Ihr Herz begann wieder stärker zu schlagen, aber wie ein Feuer, dem endlich Luft wird, loderte auch wieder nie gekannte Leidenschaft in ihr auf. Doch hastig presste sie ihre Lippen auf den Mund des Kindes, sie spürte ihre Augen sich feuchten. Die Angst vor sich selber beschlich sie. „Nichts Schlechtes denken, o, nichts Schlechtes denken, das Schlechte tun steht gleich dahinter!", stammelte das junge Weib, und es erlosch etwas in ihrem Blick.

Ein Gedemütigtsein fiel beklemmend in ihre Glieder, und sie fand nicht ein noch aus mit ihrer Not. Erst als das Gewitter ganz abebbte, wurde sie ruhig und gefasst.

Sie öffnete den Spalt des runden Fensters. Kühle, herbe gereinigte Luft drang in den lang gestreckten Raum, und die Regentropfen rauschten leise und singend auf Deck. Inkes tränenvolle Augen gingen heiß in weite Fernen. Etwas Großes, Heiliges blühte vor ihr auf, ein Ahnen, ein Wissen ergriff sie, und flüchtig ging eine Blutwelle über ihr Gesicht und nahm alles Fremde und Starre mit sich fort, als lauschte sie mit rätselhaft schmerzlichem Lächeln einer wundersamen Stimme: „Der werfe den ersten Stein!"

An einem der nächsten Abende sagte Momme vorm Schlafengehen zu Inke: „Wenn wir diese Vollmondnacht den guten Nordwest behalten, so kommen wir ein ordentlich Stück weiter mit voller Fahrt, denn so sind wir morgen gegen Abend an der gefürchteten Jammerbucht vorbei. Wir kriegen so um Mitte der Nacht leicht die Höhe von Hanstholm. Dann stelle ich den Kieker scharf ein und zeige dir, so es klar und sichtig ist, ein Leuchtfeuer, und das ist das Feuer auf Neuwerk an der Elbemündung. Freust du dich denn nicht darauf, Inke? Morgen?" „Lass das, Momme", sagte sie gequält,

„wie kann jemand sagen, was er morgen tun will. Der ist doch ein Lügner. Wie darf man überhaupt morgen sagen!" „Wenn ich nicht mal morgen sagen soll, denn so solltest du man nicht so hintersinnig nachdenklich sein." – Ihre Worte hatten aber Momme einen Stich ins Herz gegeben, kopfschüttelnd hatte er sich auf die Seite gelegt. Trotzdem war er doch bald eingeschlafen.

Es war ruhig in der Kajüte. Inke hörte nur das knirschende Stampfen droben auf Deck. Thomas stand mit dem stiernackigen Bootsmann am Steuer. Die Freiwache wechselte ab, und die Männer sprachen in ihrer friesischen Muttersprache von den unzähligen Opfern, die die Jammerbucht schon gefordert hatte und noch fordern würde. Der Erste Steuermann schlug die Arme untereinander, zwei-, dreimal, um die verklammten Finger zu wärmen. Es wurde in der Nordsee doch verdammt kalt. Der Bootsmann drehte das Ruder hin und her, und jedes Mal knackte das Eichenholz in seinen herkulischen Fäusten. Ehe Thomas seinen Platz am Steuer wieder einnahm, vertrat er sich noch eine Weile die Füße. Seinen stahlgrauen, scharfen Augen entging nichts.

Der Nachthimmel hing voll Cirrusstratus-Wolken, die sich zu grellweißen Strichen formten. Innere Unruhe zwang ihn, immer wieder Umschau zu halten. Richtig erschien im Süden ein blendender Berggipfel, unheimlich gezackt wie ein tückischer Eisberg, der in seltsamem Lichte glänzte. Der Mann zuckte zusammen, blieb stehen und sah scharf hin. Da flog ein Lächeln über sein Gesicht, als er gleich darauf rund und behäbig den vollen Mond dahinter auftauchen sah. Doch dann löste er den Bootsmann ab, nahm das Steuer, und der Sylter ging pfeifend an den Wanten längs nach vorn.

Nach einer Weile hob Thomas witternd und lauernd den Kopf und schnupperte in der Luft. Der Wind war umgesprungen und wurde böig. In den Rahen und Masten begann es zu schlagen.

Seine sehnigen Fäuste rissen das Steuer herum. Neue Wolkenwände stiegen auf, düster und drohend.

Noch einmal drang wie ein funkelndes, dämonisches Auge der Vollmond durch ein wild geformtes Wolkengebirge, dann verschwand er im Dunkel der Nacht.

Das Wetter hatte zu dünen angefangen. Dann kam ein Laut aus seinem schillernden Leibe, als stoße ihn aus der Urtiefe ein Ungeheuer herauf.

Und nun war es, als glitte ein Ungetüm zischend und fauchend vom Meeresgrund und peitschte wie irrsinnig die Wellenköpfe empor, dass der schweflig grüne Wasserstaub sprühte und den schlingernden Zweimaster bedeckte.

Die Wogen donnerten, und ein schauervolles Ächzen und Stöhnen erfüllte die Luft. Stimmen geisterten ringsum, als brächen in brechenden Wogen sich die erstickten Schreie der seit Jahrtausenden Ertrunkenen in vielstimmigem Chore Bahn.

Das Hohngelächter des Sturmes, das Hin- und Herwerfen des Schiffes hatte Momme unsanft wachgerüttelt und an Deck gerufen. Nur Inke war in tiefem Schlaf befangen, und auch die lauten Befehle und Rufe über ihr vermochten nicht, sie aus ihrem Schlummer herauszureißen.

Aber plötzlich fiel doch die bleierne Müdigkeit, die sie umfangen hielt, mit einem Male von ihr ab, sie war und blieb hellwach. Bei zitterndem, flackerndem Lichtschein, der bei jedem Wogenanprall zu erlöschen drohte, kleidete sie sich an.

Mit bleichem, zuckendem Antlitz rieb sie die runde Scheibe des Kajütenhauses blank und sah gequält in die grauenvolle Dunkelheit. Sie sah nichts als die gähnende Finsternis auf dem Meer und hörte den Sturm, der mit erneuter Wut gegen jeden Widerstand, den der Zweimaster ihm entgegensetzte, grimmig brüllend ansprang. Langsam, matt und wie mit zerschmetterten Gliedern schwankte sie, an den Wänden sich festhaltend, einige Male in den beiden Räumen auf und ab, um sich dann doch wieder von Angst und Unrast getrieben an das Fenster zu stellen. Vom Ruder aus hörte sie Thomas rufen und Befehle erteilen, und seine Stimme schnitt jedes Mal von Neuem mit einem wilden, brennenden Schmerz in ihre Sinne.

Lag wieder ein Ungewitter wie vor einer Woche in der Luft, und machte es diese Schwüle, dass ihr vor irgendeiner qualvoll süßen Spannung und Erwartung, die doch nicht sein durfte, schwindlig und krank zumute war? Wieder kam die Not über das junge Weib, schlimmer denn das erste Mal. Sie umklammerte den Armstuhl unter dem Ausguck, sank schwer hinein. Eine tiefe Falte furchte ihre Stirn, frierend schlang sie die Hände ineinander, und trotzig kämpfte sie gegen eine dumpfe und heimliche Furcht. Und dennoch vernahm sie trotz Tobens und Grollens der Wogen ein Wort von Thomas an die Mannschaft, so wollte ihr das Herz vor Weh und Wonne stillestehen. Hörte sie aber die kurzen, schweren Schritte, mit denen Momme über das Deck stampfte, so fuhr eine eisige Kälte durch ihre Glieder.

Mit dem Orkan da draußen wuchs auch in ihrem Innern der Aufruhr. Sie presste die Handflächen zusammen, dass sie schmerzten, atmete schwer, und wilde Lust und sündiges Begehren wuchsen hemmungslos. Sie fühlte wieder die seltsam süße Spannung, und Röte übergoss ihr Gesicht. Verzweifelt presste sie sich an den Ausguck. Ein Gedanke, ein Wunsch, ein dämonischer Trieb tobten in ihr und ließen sie fast zerbrechen. Unfähig, ihren Aufruhr länger zu beherrschen, klammerte sie sich verstört an beide Armlehnen. Was lag am Leben? Wie gut würde es sich auf dem Meeresgrund ruhen lassen. Eine Klippe – eine Untiefe – und alles Herzeleid war überwunden.

Dumpfes Sausen und schauriges Brüllen erfüllte ringsherum die Luft. Der Südwest fuhr mit wildem Jauchzen durch Masten und Rahen. Die Wellenberge bekamen schwefelgrüne Scheitel und wanden sich wie schillernde Schlangenkörper. Trotz eisiger Luft und steifer Kälte zerriss ein Blitz mit Zickzackflammen die grauenvolle Finsternis. Andere grellweiße Blitze folgten, und die dumpf grollenden Donner schrien ihren Zorn in das Hohngelächter der entfesselten Natur.

Inke hörte, wie an Deck Segel festgemacht wurden, vernahm das Schlagen des Tuchs und horchte mit Beben auf Thomas' klingende Befehlsstimme. Zwischendurch klang das Geschrei der Matrosen. Der Zweimaster schoss unter

Sturmsegeln quer zur See. Viele Stunden lang trieben sie hilflos in der teuflischen Sturmecke.

Eine Sturzsee sprang wütend den Zweimaster an; und die Großrahen schlugen mit sturer Kraft herum: „Goan achter", schrie Momme mit heiserer Stimme, und die Mannschaft stolperte nach Steuerbord und holte die Brassen ein, der Zimmermann und einige Matrosen geiten die Leeschoten des Stagsegels.

Wieder flog hart das Kommando über Bord: „Rund vörn", und alle holten mit krummen verklammten Fingern und blutenden Nägeln die Vorrahen mit den Brassen herum. „Beide Wachen steuerbord!" Momme rannte selbst mit nach vorn, um die Fockschoten anzuholen. Im Vorwärtslaufen brüllte er noch: „Purr[1] de Wach!"

Der Kapitän griff ins Steuer, um sein Schiff möglichst weit vom Strande frei zu prangen. In dem Augenblick spülte eine schwere See über das Achterdeck. „Klar bei den Fallen!", grölte er mit aller Kraft durch die hohlen Fäuste, aber die Schreie, die durch die Nacht gellten, übertönten sein Kommando.

Wieder brandete eine gewaltige Böe über das Großdeck. Thomas kam von achtern angesprungen und sah, wie durch die leuchtend weißen Gischtwellen ein Menschenknäuel längs Deck geworfen und herabgespült wurde. Zwei konnten sich an den Tauen festhalten und waren gerettet.

„Fier weg die Bramsegel!", prahlte donnernd der Erste Steuermann, und beim Überholen des Schiffes erreichte auch der dritte Mann schwimmend die Leeseite und wurde mehr heraufgerissen als -gezogen.

In den Wolken schrie es wie Todesgeheul, und südlich aus blauschwarzer Luft wuchs die Verderben drohende Küste von Hanstholm. Eine Hagelböe peitschte schräg zwischen die sonderbar zitternden Stagsegel und Toppen und fiel wuchtig auf das Achterdeck. Die spitzen, eisigen Hagelkörner schlugen in Mommes Nacken, als wollten sie die Haut ab-

---

1 wecken

lösen, und wandte er den Kopf, so zerschnitten sie ihm das Gesicht. Der herkulische Bootsmann trat zum Kapitän und brüllte auch durch seine hohlen Fäuste: „Glas zwei Striche gefallen, Windstärke neun!"

Doch das wüste Trommeln und schrille Pfeifen in den Lüften machte jede Verständigung unmöglich.

Ein vielstrahliger Blitz jagte über den Himmel und erhellte die Jammerbucht mit zuckendem bläulichen Licht und ließ Meer und Land schicksalhaft aufleuchten. Alle hatten sie schon in der Ferne Strand und Dünen gesehen und den unheimlich weißen Gischtstreifen der aufschlagenden Brandung. „Frei prangen", knirschte Momme, „sonst sind wir verloren". Thomas Thomsen griff mit ins Steuer.

Wasserberge rollten über Deck, größer und gewaltiger denn zuvor, das Großsegel straffte sich wütend, in den Masten winselte es wie von gepeinigten Kreaturen. Das Schiff bäumte sich auf und legte sich steuerbord auf die See. Da gelang es den sechs Fäusten, den Zweimaster in den Wind zu bringen, dass das Großsegel vor der Fock stand und im Niederfallen knallend um den Mast schlug. Jeden Augenblick erwarteten sie, dass die Masten über Bord gehen würden.

Mit großer Mühe wurden wieder Großsegel und Fock gesetzt. Schwere Brechseen donnerten über die Planken, aber das Schiff trieb nicht mehr, es machte wieder Fahrt.

Die nassen Kleider der Männer dampften. Da tat der Kapitän einen Fehlgriff mit der Rechten und schrie wie ein Tier auf. Der brennende Schmerz ließ ihn mit den Zähnen knirschen und wild aufstöhnen. Sein kleiner Finger war gebrochen und hing nur noch an der Haut, und das warme Blut strömte über die eisige, verklammte Hand. Er nahm sie wimmernd vor seine Lippen, um das Blut zum Stillen zu bringen. Es gelang nicht, der Schmerz wurde stechender, und mit verzerrtem Munde stieß er rau hervor: „Ich will runter zur Frau, dass sie sich nicht fürchtet, ich muss auch reines Linnen haben hierfür", und er hob die Faust von sich. Aber in der Dunkelheit sah niemand die Verletzung. Über sein Gesicht lief ein Zucken, kurz und heiser schrie er in den Sturm: „Thomas hat das Kommando."

Schwerfällig tappend ging er einige Schritte dem Niedergange zu.

Quirlend und schäumend brauste wieder eine Hagelböe durch die Masten, und eine Riesenwoge, tiefschwarz und ungeheuerlich angeschwollen, jagte beinahe feierlich heran, grauenhaft und unerbittlich mit eiskaltem Hauch.

Momme fror das Blut in den Adern, er streckte hilflos den rechten, schmerzenden Arm aus, aber ehe er den Schrei ausstoßen konnte, war er von dem Wasserberge erdrückt und erstickt. Die Riesenwelle wühlte den schweren Körper an die Reling und ließ ihn lautlos in den brodelnden Wirbel gleiten. Und dann kam keine mehr, die so hoch über die Planken ging, sie sanken schon am Schiffsbug in sich zusammen, und erschlafft spülten sie nur eben noch über das Deck hin. Als sei der Wut der entfesselten Elemente genuggetan, nahm der Sturm ebenso schnell ab, wie er gekommen war.

* * *

Ein fahler grauer Morgen fröstelte über der Jammerbucht. Als hätte der schwermütige Himmel ein tiefes Leid erfahren, so dunkel und traurig war sein gefurchtes Antlitz. Noch jagte in atemloser Hast ein ganzes Heer hohnzischender Dämonen dahin, wühlte teuflisch in den Wogen, schleuderte die giftgrünen Gischtkämme hin und her, bis sie in schleierzarte Sturzregen diamantener Splitter verstoben und versprühten, und hohnlachte über das Schiff, das in der Jammerbucht den Totentanz tanzte.

Ein Schwarm aufgeschreckter Möwen flog schräg mit grellem Keckern gegen die steil ragenden Masten und verschwand im Morgengrauen. Die Sonne versuchte vergeblich, Nebel und Nässe zu durchdringen. Ein paar schwache Strahlen trafen die unwirtliche jütische Küste, die deutlich genug das Gepräge der rasenden Stürme trug, denen sie ausgesetzt war. Wie klagende Akkorde glitten die zagen Lichtstrahlen über die wenigen, windschiefen, moosbedeckten Hütten, die in armseliger Dürftigkeit von rauen, harten, aber hochgemuten Schiffern bewohnt waren und aussahen, als wären sie ans Ende der Welt gebaut.

Die Backbordwache gesellte sich zu den drei Männern am Steuer. „Dass der Alte nicht wieder raufkommt", meinte der Bootsmann, „bloß wegen dat bäten Ritz an 'ne Finger." – „Halt's Maul", rief Thomas. „Glöw du man nich, dat de Ole in sin Kajüte liggen deiht un mit'n Hintern Fleegen fängt, dat hätt watt up sick, dat he unnen bliwt", tadelte der Zimmermann den Sylter und spuckte seitlich in weitem Bogen über die Steuerbordschen. Thomas zog seine eisig kalten Fäuste vom Ruder weg, schlug sie unter die Arme, dass es knallte, und sagte mit rauer Stimme zu dem Hünen: „Marsch, auf meinen Flack!" – und dann mit kaum merklichem Zittern: „Ich will nach unten und nachsehen."

Als hinge Blei an seinen Füßen, schritt er über das Achterdeck in den Niedergang. Mit seinem nassen Rockärmel wischte er durch seine überwachten, vom Sehen und salzigen Wasser angestrengten Augen und blickte verstört über sich an den Himmel.

Die Wolken jagten zusammen, als wollte die eine der anderen zuvorkommen. Aber es schien ihm doch, dass das Chaos des Himmelszuges in der dunklen Endlosigkeit über der grauen Wasserwüste sich allmählich besänftigte. Die stürmenden Wolkenballen wurden wie von unsichtbarer Hand gebändigt und nahmen die Form eines riesengroßen Kreuzes an, das sachte aufleuchtete und dann verging. –

Da überkam Thomas jenes heilige Wissen einer letzten Erkenntnis, und ein Schauer durchrann ihn. Er klopfte hart an die Kabinentür. Inke öffnete die Flügel. Erschrocken sah er in ihr vom Weinen gerötetes und verstörtes Gesicht. Sie hielt hilflos das wimmernde Kind fest an sich gedrückt, und bei seinem Anblick fühlte sie alle Bitternis der grenzenlosen Verlassenheit dieser Nacht und das schmerzhafte Erkennen sinnloser Leidenschaft von Neuem in ihr Blut fallen.

„Warum habt ihr mich und das Kind die ganze schlimme Nacht so allein gelassen?", fragte sie mit bebenden Lippen, als wäre sie nur der Gewitterfurcht ausgesetzt gewesen.

Thomas blieb an der Tür, kniete auf den nassen Holzplanken nieder und beugte den Oberkörper weit vor, als könnte er den Gesuchten mit seinen scharfen, alles durchdringenden Augen da drinnen irgendwo finden.

Da die Tür, die aus dem rauen Deckenvorhang bestand, zur Kapitänskabine zurückgeschlagen war, konnte er auch diese übersehen, aber der breite Körper Mommes wollte nirgends in dem fahlen Dämmerlicht auftauchen.

Beide Räume waren leer. Durch die runden Fenster fiel kühles Morgengrauen und erhellte die Kajüten notdürftig. Thomas biss sich die Lippen blutig und wusste sich doch keine Antwort zu geben. Er umklammerte noch immer kniend die Türhälfte, sah erschüttert auf das seltsam veränderte Antlitz des jungen, verängstigten Weibes vor sich in der dunklen Holzwölbung und blickte dann darüber hinaus auf die Wolken am Himmel, die in majestätischem Zuge ins namenlose Niemandsland zogen, und kein armseliger Ruf wagte sich je an die Hohen und Hehren heran.

Jetzt tat er sich Gewalt an.

„Ist Momme nicht vor'n Stücker zwei oder drei Stunden in die Kabine gegangen, nach der Seekarte zu sehen?", mit rauer, bebender Stimme fragte es der Mann.

Inkes Tränen flossen von Neuem, sie schüttelte den Kopf und fuhr liebkosend über das Gesicht des nun schlafenden Kindes.

Thomas spürte, wie eine Hand kalt und unerbittlich sein Herz umkrampfte. Langsam richtete er sich auf, mit blicklosen Augen umfasste er das Bild vor sich, das bleiche, junge, ahnungslose Weib mit dem zarten Kind auf dem Arm. „Denn so muss ich noch mal überall nachsehen und dir dann Botschaft bringen." Seine Rede klang schwer, und ob Inke den Sinn erfasst hatte, wusste er nicht. Er drehte sich um und ging über das Deck.

In seinen nassen Kleidern machte sich die Kälte nachgerade bemerkbar, aber der Verstörte achtete es nicht. Da sah er, dass Mommes Sturmmütze, die wollgestrickte runde mit dem großen Klunker in der Mitte, in den Wanten festsaß, und sein Herz tat dumpfe Schläge. Wie er noch so stand, die Hände in den Taschen vergraben, das schmale rassige Gesicht vorgeneigt, unentwegt auf die blaue Mütze starrend, und ratlos den Fuß hob und senkte, stieß dieser auf einen länglich runden, harten Gegenstand. Nun erst gewahrte er fast weggewaschene Spritzer und Tropfen von geronnenem Blut, die auf den nassen Planken eben noch sichtbar waren. Er trat zurück – ein glatt abgeschlagener kleiner Finger lag vor ihm.

Jetzt fühlte er, dass er fror, er presste sekundenlang die Lider zusammen, feurige Büsche lohten vor seinen übernächtigten Augen. Dann straffte er sich und nahm zusammenzuckend den blutigen Stumpf auf. Das war Mommes Finger! War der große, breite Mann vor Schmerz schwindelig geworden, dass ihn die Tiefe gerissen hatte, oder hatte er Wanten und Rahe auf ihre Festigkeit prüfen wollen und sich zu weit übergebeugt? Niemals würden es Menschen erfahren. Kurz entschlossen warf er den Stummel in die Flut, die Mütze nahm er an sich und ging gesenkten Hauptes an das Steuer.

„Der Kapitän sagte, als er zur Frau runter wollte, ich hätte das Kommando. Das bleibt so, wie er es gesagt hat. Denn er ist unten nicht angekommen." Sein bleiches, mageres Gesicht veränderte sich, seine Lippen bogen sich schmerzlich, und die scharfen Augen, nun voll Trauer und feuchten Glanzes, verloren sich in Fernen. Seine Stimme klang wie aus dem Jenseits hohl und dumpf: „Unser Käppen ist über Bord." –

Der Sylter unterdrückte im Fluchen ein derbes Scherzwort, dem Zimmermann entfuhr ein lang gezogenes: „Wo so und waröm öwer Bord? Gott verdammi! Wo kann dat angahn?" Thomas nahm schweigend die Ruderpinne in seine Fäuste, er zog die Brauen zusammen und zuckte die Schulter. Kein Muskel bewegte sich in seinem ehernen Gesicht. Er musste sich betätigen, um erst ruhig zu werden. Nach einer Weile fuhr er mit der Hand über die Stirn, als wollte er etwas wegwischen, und sagte dann mit rauer Stimme: „Es ist so geschehen, wie ich sagte: Der Alte ist nicht mehr. Legt ihr euch hin, schickt den Zweiten Steuermann und die Freiwache. Ich muss dann gleich was Schweres ausrichten, muss runter zur Frau."

Einer der Matrosen sagte zum Koch: „O ha, o ha, di eerme Staakel, blaft su gau duad!", während die Schiffsjungen sich in allerlei Vermutungen dies und das einander zuprahlten, bis der eine mit großartiger Handbewegung meinte: „Use Ole hett wull nich an de olen Spruch dacht: Een Hand för mi, de anner fört Schipp. Hol di goot fast!"

Bald darauf stand Thomas wieder vor der Flügeltür. Ehe er klopfte, schnäuzte er sich. Er atmete tief, und sein Herz schlug, als sollte es die Brust zersprengen.

Thomas stand vor Inke. „Ja, nun muss ich dir etwas Schlimmes sagen." Das junge Weib hörte deutlich den Klang seiner tiefen Erregung, und durch ihre Glieder lief es kalt. Der andere sah, wie das Blut aus ihren Wangen wich. Tränen stürzten sich von Inkes Wimpern, denn Thomas' verstörtes Gesicht hatte ihr schon genug gesagt.

„Was ist mit Momme?", fragte sie mit leiser Stimme.

„Ist über Bord, schon vor drei Stunden, Inke." Die wenigen Worte fielen tonlos wie ein Hall aus dem Leeren. Dann seinen Blick zu ihr aufhebend, in dem nun wieder eine tiefe Ruhe stand: „Das ist hart für dich und dein Söhnlein, für deinen Vater und für uns alle."

Sie stieß einen qualvollen Schrei aus: „Meine Schuld – o, meine Schuld!" – Schwer fiel sie auf die Bank, und ihre Hände umklammerten krampfhaft die Tischkante. Ein solcher Abgrund von Elend tat sich vor Thomas auf, dass er begütigend seine Rechte auf ihre Schulter legte. „Hart, Inke – hart! Aber Schuld hat niemand daran, am wenigsten du selbst!" Noch immer wimmerte sie unter schmerzlichem Stöhnen: „Thomas, meine Schuld – o – o, meine Schuld!" Die Farbe kam und ging auf ihrem Gesicht, aber die Tränen waren versiegt, und sie schauerte heftig zusammen.

„Inke", sagte der Mann verzweifelt, „du musst das nicht sagen." „Doch, doch", nahm sie weinend das Wort wieder auf, „es ist so!" – „Nein, es ist nicht wahr", sagte Thomas und redete väterlich milde auf sie ein. Das junge Weib hörte wohl, dass Worte gesprochen wurden, aber die kamen aus weiter Ferne zu ihr, wie im Herbstnebel die ergreifenden Klagen der Wattenvögel. Erst, als er die Mütze aus seiner Tasche hervorholte und mit gedämpfter Stimme sagte, wie er den abgeschlagenen kleinen Finger gefunden, wich die Betäubung, und das bitterliche Vorsichhinwimmern hörte auf.

Da ging er.

Tot! Inke begriff das unerbittliche Wort, vor dem jeder sehnsüchtige Ruf nach einem einzigen Laut seiner Stimme verstummen musste. Sie suchte in ihrer Erinnerung nach seinem letzten Wort „Morgen", und sie hatte ihm geantwortet: „Wie kann ein Mensch morgen sagen." Das flatterte wie ein wehmütiger Klang durch ihr leeres, wehes Herz. Hastig beugte sie sich zum Korbe nieder und presste das Kind an sich, ach, nimmer würde Momme wieder durch den dunklen, klaffenden Spalt sein Söhnlein sehen kommen.

Drückendes, atembeklemmendes Schweigen lastete in der Kabine, und bang und dumpf gingen die auf- und abprallenden Wellen mit dem Herzschlag des kindhaften Weibes, das nun schon Witwe war, zusammen.

Draußen waren die letzten Böen vertobt, ab und zu hatten noch fahle Blitze gezuckt, und murrend und grollend schwache Donner aus der Jammerbucht herübergerollt. Als wäre der höllische Sturm durch das eine Opfer besänftigt worden, hatten sich die Wogenkämme immer mehr und mehr geglättet, und die Dünung war langsam verebbt.

Thomas gelang es, noch vor Abend um Hanstholm herumzusegeln und die Fahrtrinne nach Sylt zu erreichen. Das Mittagessen seiner Leute hatte er auf den Abend verlegen lassen, damit die größte Bestürzung und Trauer vorbei sein und Hunger und Schlaf wieder in ihre Rechte treten sollten. Als dann in der sechsten Abendstunde der Ruf erscholl: „Schaffen[1], unnen un baben Schaffen", da hatte sich Thomas nicht geirrt, die backbordsche Bemannung aß graue Erbsen mit Speck, als hätten sie 60 Stunden nichts Warmes gesehen. Inke

---

1 Schaffen = Essen

rührte weder das Salzfleisch mit den gestowten Kartoffeln noch die knusprigen Eierfladen mit Sirup an. Mommes plötzlicher Tod lag auf ihr wie ein verdientes Schicksal, vor dem es kein Entrinnen gab, und immer würde es nun so bleiben.

Und nur sehr schwer sollte sie sich in ihr einsames Leben finden. Jede Nacht lag sie lange wach. Lauschen musste sie, immer wieder lauschen, ob sie die langsamen, schwerfälligen Schritte Mommes auf Deck nicht vernähme.

Das Meer war still, und die Sterne spiegelten sich mit tiefem Glanz. Hinter dünnen Wolken stieg der volle Mond empor und warf eine breite, zitternde Silberbahn über die weite Fläche, das Festland in sanften, silbrigen Dunst hüllend. Die gefährliche Küste blieb mehr und mehr zurück, bis auch ihr Wahrzeichen, der spitze, eiserne Kirchturm verschwunden war. Wie ein trügerisches Schattenbild verschwammen die letzten Dünen der Jammerbucht, und ein schneidender Wind aus dem hohen Norden verhieß baldige Kälte und Schnee.

* * *

Eiskalte Regenschauer jagten über die Nordsee. Zischend fuhren die groben Hagelkörner in die aufgewühlten Wasser, und über der grauen endlosen Fläche wogten bleierne Nebel, die mit Beginn des Tages dichter und zäher wurden, bis sie die Hallig mit ihren dumpfen Schleiern verhüllten. Die schwach umrandeten Silhouetten der niedrigen Häuser verschwammen allmählich geisterhaft und lösten sich wunderlich auf. Ein müder Wind trieb seewärts die aufsteigenden Dünste zusammen, formte sie mit schöpferischer Hand und ballte riesenhafte, unheimliche Gestalten, die schattenhaft zu immer neuen, fabelhaften Ungeheuern sich wandelten, um sich dann zu unwirklichen, fantastischen Nebelschleiern auszudehnen, die alles erdhaft Schwere und Harte der klaren Begrenzung aufhoben in schwerelosen Traum.

Das Haus im Südosten der Warf Hilligenley war das größte und festeste und gehörte dem Grönland-Kommandeur Yorck

Rickertsen. Seine Lähmung hatte ihn gezwungen, den stolzen Titel abzulegen und das ihm angetragene Amt eines Ratmannes der Hallig Langeneß-Nordmarsch zu übernehmen.

Das Gitter, das den Garten vor seinem Hause umschloss, war aus Walfischknochen, und ein erhöhtes Tor bildete im Süden den Eingang. Auf den kleinen, schmalen Beeten wuchsen sommertags neben Rosen und Goldlack würzige Arzneipflanzen, Kamillen, Salbei, Thymian, Johannisblut, Schafgarbe, Anis und Frauenmantel. Jetzt starrten sie in grauer Nässe kahl und leer, nur die Wege knirschten beim Begehen von kleinen, blauen und weißen Muscheln, die alle paar Monate erneuert wurden. Die bunte, quergeteilte Haustür hatte an der oberen Hälfte einen blinkenden Messingklopfer mit einem schweren Ringe.

Über die kachelgeschmückte Diele, an deren Seiten zwei gleiche grüne Schiffskisten standen, kam eine ältere Frau in der weiten, friesischen Tracht. Suchend blickte sie über die weißen und roten Kopfsteine, die glatt und eben zu zierlichem Muster gefügt den Boden bedeckten. Ihr Gebaren war seltsam. Durch die gewölbten Glasscheiben über der Haustür und durch die beiden seitlichen schmalen Fenster fiel doch so viel Licht auf den Boden, dass sie einen verlorenen Gegenstand leicht hätte finden müssen. Nun strich sie glättend den weiten, selbst gewebten Rock, über dem die ebenso lange, weite und dunkle Schürze saß. Dann zupfte sie am engen, kurzen Wams und den Spennstern, die von derselben schwarzgrauen Farbe waren wie das Roontje en Holl, das vorne mit einer Seidenhandschleife zusammengehalten wurde. Die weiße Mütze, die damals die Frauen trugen, fehlte, ein Zeichen, dass ihre Trägerin eine unverheiratete Person war.

Noch immer wanderte ihr Blick sinnend über den Boden, als gäben die kalten Steine ihr dunkle Rätsel auf. Plötzlich ging es Mallenke wie ein Stich durchs Herz, sie schlug beide Hände zusammen; an der Haustür standen wieder zwei kleine Pfützen, als wenn aus tranigen Seemannsstiefeln salzes Wasser herniedergetropft wäre. Ein Grauen flog in ihre Glieder und ließ sie erzittern.

Zögernd schritt sie näher. Dann holte sie aus ihrer Schürzentasche ihr Skraapnääsdöök[1]. Sie sah auf das rote Tuch, auf die feuchten Stellen und schaute sich vorsichtig um; es war, als schäme sie sich ihres Tuns. Nun aber erstarb das Widerstreben, sie bückte sich hastig nieder und versuchte die Nässe abzureiben. Vergeblich. Die runden Kreise blieben so feucht, wie sie waren, „O ha, ja – Gott im Himmel", murmelte sie tonlos, „der Gonger, gestern Morgen schon und heute wieder." Eine geraume Weile verstrich. Mallenke wandte sich und ging mit bebenden Schritten in die nach Norden gelegene Küche zurück.

Sie öffnete einen Fensterspalt und blickte in den noch dämmerigen, feuchten Nebel.

Ehe die beiden nächsten Nachbarhäuser aus dem grauen Schleier sichtbar wurden, hatte sie an dem Rauch des eigenen Schornsteins, der qualmig um die Wände des Hauses herumgedrückt wurde, erkannt, dass der Nebel draußen sank.

Schon graupelte es aus dem zähen Dunst in schrägen Linien unablässig herab. Sie hörte das gleichmäßig dumpfe Rollen des nahen Meeres und das merkwürdige Klingen, das vom Zerreiben und Splittern der Eisstücke herrührte. Sie nickte mit dem Kopf: „O – ha –, auch schon Eis im salzen Wasser!"

Die Tür, die zum Stalle führte, öffnete sich mit knarrendem Laut, und Yorck Rickertsen kam in die Küche. Er war ein großer, hagerer Mann. Seine breiten Schultern wollten nicht so recht zu den schmalen Hüften und länglichen Gesichtszügen passen. Er hatte kluge, graue Augen, und sein Haar war noch dicht, voll und ungebleicht. Sein glatt rasiertes Gesicht war von heller, frischer Farbe, und wenn man von seinem lahmen Bein absah, durfte er noch immer für den bestaussehenden Mann der Hallig gelten. Mallenke, die Magd, diente schon über 30 Jahre in seinem Hause. Es kam noch vor, dass er, der Fünfziger, von Fremden als Sohn der sechzigjährigen Mallenke angesehen wurde.

---

1 friesisch: Taschentuch

Der Ratmann zog die dicke Friesjacke ab, ordnete die dicke, blaue Pluderhose und das dunkelgefärbte Flanellhemd, das aus dem kurzen Bosrontje[1] herausschaute, und setzte sich an den Tisch zum Elwührtje. Dieser Elfuhrtee, den er sich auf seinen Reisen angewöhnt hatte, war Yorcks liebste Mahlzeit, bei der Fische, ganz gleich ob gebraten, sauer oder geräuchert, das ganze Jahr nicht fehlen durften. Auch heute langte er reichlich zu, während Mallenke Magenpein vorschützte und nichts anrührte.

Er bekam den Tee noch immer von einem befreundeten Reeder aus Amsterdam, sonst wäre ihm die Beschaffung wohl unmöglich gewesen, hatte sein reicher Nachbar, Paul Meinert Paulsen, doch kürzlich ein Pfund Tee für einen dreijährigen Ochsen eingehandelt.

„Du solltest Beifußblätter nehmen und dir davon Tee machen und den heiß trinken, so dir kalt im Magen und den Därmen ist", riet Yorck. „Mir hat der Chirurgus Herr Richardus Richardy von Föhr gesagt, dass sich die Natur bei den meisten Menschen selbst durchhilft. Ansonsten soll man bei hitzigen Gefühlen im Leibe Buttermilch trinken, bei kühlerhaftigen heiße Kräutertees."

In das Gesicht der alten Magd, das wie aus dem bleichen Holz eines gestrandeten Schiffes geschnitten war, stieg eine brennende Röte, und sie fühlte erschrocken, dass Yorck ihr das Magenweh wohl nicht recht glaubte. Sie stand von ihrem Stuhle auf, ging an den offenen Herd, nahm die Eisenstange und stocherte in der Glut. Als sie ein größeres Feuer entfacht hatte, brach sie Ditten entzwei und langte den Kessel, der an der schweren Eisenkette hing, herüber, um das Wasser darin zum Kochen zu bringen. Yorck sollte doch nicht denken, dass sie eine Lügnerin sei. Sie hatte ihm zuerst scharf antworten wollen, tat dann aber das Klügere und kochte sich den bitteren Wermuttee.

Als sie wieder an den Tisch kam, sagte sie bekümmert zu Yorck: „Gestern und heute hat sich der Gonger gezeigt. Was

---

1 braunes Wams

dünkt Euch davon?" „Wie soll denn wohl der Gonger zu uns kommen, Mallenke?", erwiderte er unmutig. „Zweimal waren auf den gleichen Fliesen dieselben salzen Wasserlachen vor der grünen Schiffskiste beim Süden", beharrte sie, und der Mann sah, wie ihr Herz vor Angst hämmerte.

Er wusste, dass man ihr jetzt mit Freundlichkeit nicht beikommen konnte, und gebot ihr barsch: „Du mit deinem Aberglauben witterst allüberall nur Schlimmes. Wo die Haustür unten nicht ganz dicht ist, ist's wahrlich kein Wunder, wenn bei diesem Wetter mal ein paar Kacheln was nass werden und bleiben." Mallenke presste die dünnen Lippen zusammen und versuchte, sich von ihrer Angst und Unruhe zu lösen. Aber ihr Herz blieb schwer. Nach der Mahlzeit räumte sie Teller und Schalen ab, und während Yorck in die Daansk[1] ging, begann sie, das Mittagessen zu rüsten. Der gramvolle Ausdruck aber wich auch bei der Arbeit nicht von ihrem strengen Gesicht.

Am Abend brannte die Tranlampe auf dem schweren Eichentisch in der Daansk. Yorck saß in dem Armstuhl, vor sich den Messingleuchter mit hell brennender Kerze. Neben ihm auf der blank gescheuerten Tischplatte lagen zwei Schriftstücke. Beides waren Briefrollen und mit amtlichem Siegel versehen. Er las sie nacheinander bedächtig durch, stützte eine geraume Weile die Hand unter sein Kinn und dachte lange Zeit über den Inhalt der beiden Schreiben nach.

Mallenke, die weder des Schreibens noch des Lesens kundig war, saß ihm zur Seite des Tisches gegenüber. Sie hatte das Spinnrad vor sich, die Linke tastete nach dem verlorenen Faden, und die Rechte brachte das Rad wieder in Schwung. Eintönig und leise klapperte die ausgeleierte Spule, und noch leiser schritt die enteilende Zeit mit dumpfem Pendelschlag durch den Raum.

Als Yorck gewahr wurde, dass die zittrigen Hände der Alten immer wieder vorbeigriffen und nach dem Faden suchen mussten, zündete er mit einem Fidibus auch das Öllämpchen an, das von der Decke über dem Tische baumelte

---

1 friesisch: Wohnstube

und das nach mehrmaligem Hin- und Herschwanken still hing und sein Licht verbreitete.

Er nahm dann die Kalkpfeife vom Bord und setzte sie in Brand. Im Beileger, an der Norderseite der Daansk, knisterte ein wärmendes Feuer. Zu beiden Seiten waren die Wandbetten. Aber nur das eine hatte feste Holzluken in Farben und Blumenmuster genau wie die Türen ausgemalt, vor dem anderen hing ein bunt gewebter Vorhang. Die Ecke nahm ein rundbauchiger Schrank ein, der mit leuchtend bemalten Früchteschnitzereien reich verziert war. Er barg auch den Reichtum des Hauses an schweren Silbersachen, an feingetriebenen Bechern und Esslöffeln, deren Stiel in ein aufgetakeltes Schiff auslief, und an holländischem Porzellan.

In den eingelassenen Wandschränken sah man Koppkes und Kannen für den täglichen Gebrauch zwischen fremdländischen Muscheln und Korallen. Ganz prächtig waren die bunten Schnitzereien, die über den beiden Türen angebracht waren und zwischen kunstvoll geschnitzten, gefiederten Kreaturen und herrlichen Früchten die Worte in hochdeutscher Sprache zeigten:

Durch Glück und Walfischfang
Gab Gott mir Haus und Land.

Die beiden Tranlampen und die dicke, gelbe Talgkerze gaben Licht genug, die blauweißen, holländischen Kacheln rings an den Wänden aufleuchten zu lassen. Es waren biblische Darstellungen, auf denen alles Bedeutungsvolle vergröbert und vergrößert war. So war die Apfelfrucht im Paradiese größer als Evas Kopf, die Kundschafter trugen eine Traube von unwirklicher Größe, die auf der Erde längsschleppte, und der Sohn der Hagar täuschte ein Mindestgewicht von 80 Pfund vor. Der gusseiserne Beilegerofen, dessen drei Seitenflächen Schlachtenszenen aus dem Dreißigjährigen Kriege zeigten, war oben mit einer schweren Kupferplatte abgedeckt, deren beide Vorderecken mit messingnen Knöpfen verziert waren. Auf ihr stand der Stülp aus blankem Messing. Über ihm befand sich der schönste Schmuck der Stube, ein Schiffsbild auf Delfter Kacheln von großer, eindringlicher Schönheit und Kraft. Es war sonst kein Bild in der Daansk, außer diesem aus weiß-dunkelblauen Kacheln zusammengefügten Dreimaster „Ebenezer", der einst von Yorcks Großvater erbaut, zuerst von diesem, dann von seinem Vater und endlich von ihm glücklich viele Jahre nach Grönland geführt war. Nun fuhr ihn sein Halbbruder noch etliche Jahre, und dann würde sein Eidam, Inkes Mann, ihn als Eigen unter die Füße bekommen und nach Grönland damit segeln. Dieses Bild beherrschte neben der holländischen Kastenuhr das ganze Zimmer, wozu nicht wenig der Umstand beitrug, dass der Meister in Delft den Namen „Ebenezer" groß und schwungvoll über die Masten geschrieben hatte.

Das massige Uhrgehäuse war wie die übrigen Schnitzereien auf den Grönlandfahrten in den Mußestunden der Tage entstanden, an denen sie vergeblich auf den Fisch warteten. Das Messingzifferblatt wies reiche Schnörkel auf und gab in dem oberen Halbrund den Wechsel von Tagen und Monden an. Und noch etwas verlieh der Daansk ein besonderes Aussehen. Zwischen den Fenstern im Süden stand auf einem halbrunden Eichentisch ein Himmelsglobus. Er war ein Geschenk der Erben Tycho Brahes an Yorcks Großvater und wurde hoch in Ehren gehalten.

In das versunkene Schweigen der hellen Daansk fragte auf einmal Mallenke mit verhaltener Stimme: „Wann kann denn unsere Inke und ihr Mann hier sein?" – So, da war's gefragt! Schwere, dunkle Ahnungen drückten ihr seit langen Tagen das Herz und hielten die Glieder wie mit eisernen Klammern zusammen. Sie arbeitete nichts Rechtes mehr, und spät erst schlief sie immer ein.

„Die müssten längst hier sein, o ha ja, längst", erwiderte Yorck. „Ich habe seit dem Martinstage doch bei jeder Tide ausgeschaut; und das war auch Mommes Meinung, nicht später als Anfang November heimzukommen. Das kannst du wissen, Mallenke, ich mache mir nun, wo sich die Heimkehr so lange verzieht, doch viel Gedanken um Inke." „O ha ja, wie sollte Yorck das wohl auch nicht, jetzt wo es aufs Letzte geht", sagte die Alte gepresst. „Aufs Letzte gehen", er runzelte die Stirn im Unmut, „das kann man doch wohl erst nach Jul sagen, und gestern hatten wir den ersten Advent. Die beiden sagten mir für gewiss, dass vor der zweiten Januarhälfte nichts passieren könnte."

„O ha, was wissen so Eltern vom ersten Kinde groß davon, wann es kommt; und wie unerfahren ist unsere Inke, hat kaum je in der Nachbarschaft was gesehen und gehört, wenn und wie eine kleine Puppe in die Welt kam. Verrechnen tun sich alle Eltern beim ersten Kinde, das ist so gewisslich. Yorck mag mir glauben oder nicht, die Unruhe ist mir schlimm ins Blut gefallen, seit der Gonger sich zweimal gezeigt hat, und er hat das für gewiss getan."

„Du tust gerade so, Mallenke", verwies ihr der Ratmann, „als glaubte ich nicht an ihn. Wenn es auch schon an die 35 Jahre her ist, wie Mäm[1] erzählt hat, wie sich ihr damals im Herbst der Gonger gezeigt hat, vergessen tue ich das nimmer. Drei Abende, so im Halbdunkel, ging die Haustür von allein auf, und dann lehnte sich ein Schatten mit beiden Armen auf die Tür. Man sah dieselben Kleider, wie sie der Großvater mütterlicherseits trug, aber das Gesicht konnte man nicht erkennen. Ging man darauf zu, war alles verschwunden. Aber Mäm hat mehrere Nächte für gewiss gesehen, dass der Gonger die Daansktür geöffnet und dann mit seiner knöcherigen Hand das Licht, das sie für ihn brennen ließ, ausgelöscht hat. Und immer hat sie nächtens einen Druck am Kopf und eine schwere Last auf dem Leibe gefühlt, und allemal hat morgens ein Strom salzes Wasser in der Daansk und im Pesel gestanden. Das war viele Nächte so, und erst als Mutter zu uns sagte, nun glaube sie für gewiss, dass ihrem Vater und ihrem Bruder auf See was zugestoßen sei, blieb der Wanderer aus und meldete sich nimmer wieder. Von dem Ualbaabe[2] unserer Mutter und dem Onkel hat man niemals wieder Kunde vernommen und von dem Bootsmann und Zimmermann, einem landfremden Matrosen und zwei hiesigen Halligjungen

---

1 friesisch: Mutter
2 friesisch: Großvater

ebenfalls nicht. Sie sind alle mitsamt der holländischen Kuff verschollen – o ha ja.“

Mallenke antwortete nichts, aber ihre Hände, die gefaltet im Schoße lagen, fuhren durch die Luft, als wollten sie Unnennbares abwehren, und es fielen Tränen von ihren Wimpern. Der Ratmann sah es, zog die Stirne wieder kraus und sagte ernst: „Mit Träumen und Verträumen, mit Weinen und Verweinen wird des Lebens Reichtum eher vertan als gewonnen. Man trägt eine Last leichter, wenn man sich nicht vorher schon in Gedanken daran lahm und krumm geschleppt hat.“

Dann legte er einen Bogen Papier vor sich hin und probierte am Daumennagel die sorgsam geschnittenen Gänsefedern, zog einen Kiel erst probeweise in ein Kalmusrohr und rückte das Blakding[1] heran, das aus dem oberen Ziegenhornabschnitt bestand. Er tauchte die Feder hinein, spritzte sie einige Male weithin aus und machte sich an die Erledigung seiner Amtsgeschäfte.

Sachte und gleichmäßig fuhr die spitze Feder über das Papier, als sei er von Jugend auf gewohnt, mit Tinte, Papier und Kiel umzugehen. Als er geendet hatte, streute er glitzernden Seesand auf das feuchte Schriftstück und ließ es vor sich liegen.

Nichts lockerte das dumpfe Schweigen in der Daansk. Yorck sah auf Mallenke, wie sie die Hände untätig im Schoß rang. Als er das unstete Flackern ihrer Augen gewahrte, gebot er, und es klang barscher, als es gemeint war: „Bettzeit, geh nur und verschlaf deinen Kummer!“ Sie stellte ihr Spinnrad in die Ecke, nahm die kleine Tranlampe und wünschte gute Nacht.

Als sie auf die Vordiele kam, hielt sie die rechte Hand schirmend über das Flämmchen, das durch den Zugwind, der durch die Ritzen kam, zu erlöschen drohte. In der Küche stellte sie die Öllampe auf einen gemauerten Steinabsatz über dem Herde, holte seufzend ihr Glutbecken aus der Vorderstube und füllte glühende Dittenstücke hinein. Sie brach über dem Herdfeuerloch ein Salztorfstück entzwei und

---

1 friesisch: Tintenfass

deckte die übrige Glut damit zu. Den dreifüßigen Grapen rückte sie in die Nähe, darin sollte morgen früh, wenn die Glut ausgerakt war, Gerstengrütze zur ersten Mahlzeit gekocht werden.

Mit schweren, müden Schritten stapfte die Alte in die an die Küche grenzende Norderstube. Zwei Tritte führten hinauf. Den größten Raum nahm ihr Webstuhl ein. Vor den Wandbetten, von denen eins ihr als Kleiderschrank diente, standen zwei Stühle. Sie stellte das Lämpchen auf den einen Stuhl, das Glutbecken ans Kopfende auf die Erde.

Das Flämmchen erlosch bald, und gleichmäßige Atemzüge verkündeten, dass Mallenke trotz des erregenden Gespräches gleich in den Schlaf gesunken sein musste.

Aus Abend wurde Nacht.

Ein eisiger Nordwind hatte sich aufgemacht und die letzten Nebel verdrängt. Am Himmel kämpfte silbergraues Gewölk mit den Sternen. In dem ungewissen Schein des Himmelsdunstes ballte sich eine große, dunkle Wolke mit seltsamen Ausbuchtungen, bis sie die Form eines Kreuzes hatte. Als dies Wolkenkreuz über Hilligenley stand, leuchteten seine Arme seltsam silbrig auf. Bald verging alles. Dann rieselten in feinem Spiel zahllose Schneeflocken herab.

Es schneite weiter und schneite ununterbrochen fast die halbe Nacht. Nur zwischen Wolkenrändern tauchten hin und wieder wie Träger der Hoffnung vereinzelte Sterne in wunderbarer Klarheit auf. Zauberhaft weich waren die Schneehaufen, die die niedrigen Reetdächer trugen, die Hallig selbst war schon nach wenigen Stunden mit einer blendenden Decke überzogen, doch dunkel, ohne Eisdecke lag noch die Nordsee und bildete in ihren gigantischen Ausmaßen den überwältigenden Gegensatz zur weißen Fläche der Hallig. Nirgends ein Licht, nirgends ein Laut, und doch ein geheimnisvolles Weben und Raunen. Ein Rauschen wie vor Jahrtausenden, und wie in Jahrtausenden, und noch bis in alle Ewigkeit …

Der Schnee hauchte seinen matten Schein auch an die beiden kleinen bleigefassten Fenster der Norderstube, schmiegte sich nahe an und gab den Scheiben das Aussehen von Milchglas. Mallenke fuhr im Traum in die Höhe. Eine Hand, deren Finger eisige Kühle ausströmten, meinte sie auf ihrer Brust zu spüren. Im Erwachen noch hatte sie ein deutliches Gefühl davon, dass es die Kälte einer Totenhand war, und ihr Herz wollte stillestehen vor Furcht und Schreck. In ihrer Angst zog sie die schwere Bettdecke bis an die Augen und überließ sich der zermürbenden Bangigkeit so lange, bis sie sich zu grenzenlosem Grauen steigerte.

Nun hielt sie es nicht mehr aus. Sie richtete sich auf, und mit leisem Wimmern beugte sie den Oberkörper aus dem Wandbett, öffnete eilig das Glutbecken und entfachte daran ihr Tranlämpchen. – Nichts? –

Es war bitterkalt im Raum, und das Flämmchen flackerte hin und her. Die Seele der alten Magd wurde von dunklen Ahnungen um und um getrieben, doch nahm sie sich vor, Yorck nichts davon zu erzählen, obwohl sie vermeinte, ganz deutlich Inkes Stimme und bitterliches Weinen vernommen zu haben. Sie ließ aber das Licht brennen, bis der Morgen graute.

Der kalte Nordwind blies noch zwei volle Tage und brachte viel Schnee mit. Dann wurde es ganz windstill. Die weite, weiße Schneedecke schimmerte in unberührter Reinheit, und an den niedrigen, knorrigen Holunderbäumen und Büschen glitzerte der Raureif wie ein Sternenheer. Es wurde beißend kalt, und der gefrorene Schnee knirschte unter den Schritten.

Immer von Neuem jagten graue Schneewolken über den Himmel, den ganzen Nikolaustag, bis es am westlichen Horizont licht ward und ein schmaler, leuchtend blauer Raum sichtbar wurde.

Hilligenley lag im Schneefrieden, und das ganze weite Halligland schwieg wie im Schneeschlaf, nur die nimmermüde See grollte und murrte, schalt und drohte wie in verhaltenem Zorn. Yorck und Mallenke taten schweigend ihre Arbeit in Unrast und Bangen. Als Yorck zum Elwührtje keinen Fisch nahm, sagte die Alte nichts, aber ihre Augen ruhten immer wieder prüfend auf ihm.

Der Ratmann ging alle halbe Stunde durch den Stall an die Vordertür, öffnete die obere Hälfte und lehnte sich auf die untere. Er hatte den großen Schiffskieker und stellte ihn scharf ein. Gegen Mittag sah er vom Westen zwei Menschen kommen. Sie kamen nur langsam näher, aber Inke und Momme waren es nicht. Die Umrisse der Nahenden wurden im Zwielicht übergroß. Yorck achtete nicht Kälte noch Zeit, er blieb am Ausguck stehen. Allmählich schrumpften die Riesengestalten auf fassbare normale Menschen zusammen. Bei Treuburg musste es sich entscheiden, wohin die Wanderer zu so ungewöhnlicher Zeit und in solch auffallend dunklen Kleidern ihre Schritte lenken würden.

Yorck legte das Glas ab, die Linse war von feinem eigenen Hauch beschlagen. Er rieb sie am Ärmel wieder blank und stellte nochmals ganz scharf ein. Da gingen die Zwei eben behutsam über die Brücke des Ridds, blieben hart am Ufer und hielten gerade auf Hilligenley zu. Der Mann trug einen dunklen Anzug, aus holländischem Laken verfertigt. Der kurze braune Kollert war durch einen schwarzen ersetzt, schwarz war auch der hohe, holländische Hut mit dem breiten Rande. Nur die silbernen Knöpfe an der kurzen Hose und die Silberspangen der Schuhe waren hell und glänzten im Wintersonnenschein. Die Frau trug über ihrem weiten, dunklen Tuchrock eine schwere, breite, lange, schwarze Seidenschürze, auch die Spennster, Jacke und Roontje en Holl waren von schwarzem Damast. Über dem Kopfzierrat hatte sie noch ein schweres Stikkels gelegt, dessen schwarze Samtbänder, im Nacken zu einer Schleife gebunden, über den Rücken herabhingen und hin und her gingen. Das war deutlich wahrzunehmen.

Als Yorck den Näherkommenden als Olaf Bandick Arfsten, seinen Bevollmächtigten und Vetter von Honkenswarf, und dessen Frau Mommke erkannte, da ahnte er zitternden Herzens, dass diese ihm eine ungute Botschaft bringen würden.

Als sie dann in der Daansk um den Tisch saßen, berichtete sein Vetter umständlich genug das Nötigste von Mommes

Tode und erzählte stockend, Inke sei mit ihrem kleinen Söhnlein tags zuvor mit der Galiote, die Olaf Bandick gehörte, von Föhr gekommen. Denn da Thomas Thomsen schon auf Treibeis gestoßen wäre und sich keine Möglichkeit mehr vermutet hätte, in den Ridd zu kommen, habe er das Schiff auf Föhr in Sicherheit gebracht, und dann erst erzählte er, von Yorck danach gefragt, von dem schweren Sturm in der Jammerbucht. Inke sei gesund, sehe wohl was blass aus, nun, das sei auch kein Wunder, sie müsse darüber erst wegkommen. Wohl habe Olaf Bandick gestern günstigen Wind gehabt, in den Ridd hineinzusegeln. Dann hätten sie nicht den weiten Weg in dem beschwerlich hohen Schnee zu machen brauchen; aber er und sein Bootsmann hätten auch schon Eisschollen angetroffen, und der Strom hätte unversehens eine höherragende fast auf Deck geschoben, wenn sie nicht bei dem Anprall klirrend in Stücke auseinander gefallen wäre. Da es Olaf Bandicks letzte Fahrt sei und er viele Viktualien für die Honkens- und Peterswarfleute an Bord habe, sei er mit Recht doch der Meinung gewesen, bei dem harten Winde in den eisfreien Osterwehl zu gehen.

Als Yorck die Trauerbotschaft und alle näheren Umstände erfahren hatte, waren seine Arme schlaff heruntergesunken. Nach einer Weile hatte er seine Hand schwer seufzend auf die gesenkte Stirn gelegt und noch lange geschwiegen. Es ging ihm nahe, dass sein Eidam geblieben war, gewiss tat es das, aber noch viel mehr kreisten seine Gedanken um Inke. Sein kleines Mädchen nun schon Witwe, seine Inke jetzt Mutter und in der schweren Stunde allein an Bord, o ha ja, so allein. Er zitterte noch bei dem Gedanken, und nun diese Heimkehr! Er hatte Olaf und Mommke die Hand gegeben, tief geatmet und gesagt: „Habt Dank für das, was ihr an Inke und ihrem Söhnlein getan habt. Dank euch dafür!"

Olaf und Mommke waren beide gleich traurig, trotzdem sie es Yorck nicht zeigten, wie hart es sie traf, dass sie ihm die Trauerbotschaft bringen mussten. Sie hatten drei mannbare Töchter, und nicht nur eine, sondern alle drei hatten um Momme Godber gebuhlt, und die eine wäre noch lieber als die andere sein Gemahl geworden. Dass er die zarte, feine Inke Rickertsen vorziehen und so rasch Verspruchsfest mit ihr feiern würde, hätten die drei breithüftigen, schweren Friesinnen nie geglaubt. Was brauchte Yorckbööle[1] für seine Tochter einen Kapitän zu fischen, Thomas Thomsen hätte auch genügt, und der Ratmann konnte ihn mit Leichtigkeit gleich zum Kapitän von „Ebenezer" machen.

„Man hat wahrhaftig keine Lusten mehr, sich für das Mannsvolk zu schmücken und fein zu machen", hatte die Älteste zu ihrer Mutter maulend gesagt und die starken blonden Flechten, die im Gelb des reifen Weizens glänzten, gestrählt, als die Kunde von Momme und Inkes Verspruch in Windeseile über das Land geflogen war. Und doch bezeugte das schwache Beben in der Mädchenstimme, dass die Sehnsucht danach wilder denn je emporloderte. Wer den größten Hunger hat, drängt sich immer wieder an die Krippe, und so hielten auch schon bald die drei Töchter von Olaf Bandick wieder Umschau unter den Söhnen der Hallig.

Als aber gestern Abend Momme Godbers kindhafte Witwe mit ihrem Söhnlein gekommen war, da war auch der Rest von heimlichem Groll gewichen, und die drei mannstollen Mädchen hatten nicht gewusst, was sie der mädchenhaften, zarten Inke unter der Frauenhaube alles zuliebe erweisen sollten.

Yorck unterbrach das Schweigen. „Dünkt Euch nicht auch, es sei das Beste, wenn wir schon gleich aufbrechen?" „Das ist uns recht", gab Olaf Bandick zur Antwort.

* * *

Bald nach dem Mittagessen, zu dem Mallenke noch genötigt hatte, ging er mit ihnen bis Treuburg. Dort konnte Melf Boysen sein Pferd vor den Schlitten spannen, um Inke und ihren kleinen Sohn heimzubringen.

Mallenke hatte schluchzend ihr Skraapnääsdöök in den Schoß fallen lassen, sich die Tränen abgewischt und war hinaus-

---

1 Bööle = Onkel

gegangen. Ihr Gesicht war grau; der Mund klaffte ein wenig, weil hinter den Zähnen ein Schrei stand, den sie doch nicht ausstoßen durfte, und an dem Herunterschlucken meinte sie ersticken zu müssen. Ihre Inke lebte und das Söhnlein auch, ein zentnerschwerer Stein fiel ihr von der Seele. Momme war und wäre doch auch immer die fremde Seite geblieben. Eine Last von Liebe und Kummer lebte in jedem Wort, als sie mit abgewandtem Gesicht die Hände faltete und halblaut betete.

Als dann die drei gegangen waren, kam ein fieberhafter Tätigkeitsdrang über die Alte. Als müsse sie viel Versäumtes nachholen, eilte sie geschäftig auf den Boden und holte die Wiege herunter. Weil der Pesel für das Kind doch nächstens nicht warm genug sein würde, richtete sie das zweite Wandbett in der Daansk für Inke ein. Frisches, trockenes Stroh schichtete sie darin auf, breitete köstliches, schneeiges Linnen über den Pfühl und legte gebauschte Kissen und das breite Federbett hinein. In die Wiege aber kamen nur Daunenkissen. Als sie das bunt gewebte Wiegenband über die Pfosten legte, begann sie leise zu schaukeln. Tränen traten in ihre Augen. Da setzte sie ihren Fuß unter den Bogen, damit die Wiege stillestände, beugte sich vor und hielt mit beiden Händen das Holz umfasst. Durch die kirchenstille Stube klang es inbrünstig:

Usen Baabe, dii Du bäst öön 'e hämel,[1]
haligt warde Daan noome,
to us kame Din käningrik.
Daan wale skee'e uw de eerde,
alik as öön de hämel.
Düün us däling us däächliks bruad,
än ferjeew us us skul
alik as wii ferjeewe us skulners,
än feer us ee haane in ferseeking,
män hälp us foon't ääwel än eerg;
diram dat dat käningrik Din is,
än de kraft än de huuchhait in eewikhait.
                                    Aamen

---
1 friesisch: Vater unser, der du bist im Himmel

Nach diesem Gebet glätteten sich die Züge der Alten, ihr Sinn wurde stiller und sicherer, und die seltsamen Träume vergingen. Die Wirklichkeit trat in ihr Recht und fast frohgemut schaffte sie die Stunden weiter.

Als das fahle Mondlicht mit dem letzten Schimmer des Tageslichtes kämpfte, hielt der Schlitten vor der Warf, und Mallenke half Inke aus dem großen Fußsack von Schafpelzen, der ihr bis an die Schulter reichte.

* * *

Der zweite Adventssonntag des Jahres 1717 brach strahlend hell an. Die Sonne stieg flammend über den Festlandsdeich und flutete mit goldenem Schein über das nun vereiste Wattenmeer, das in seinem reinen Schneemantel wie mit Diamanten bestickt aufglitzerte. So weit der Blick lief bis ringsum an den fernsten Horizont, breitete sich ein einziges, grenzenloses Eismeer aus, gebildet von einer Wirrnis von gewaltigen Schollen, hochgepressten Eisbergen und getürmten Schneewänden. Eine unendliche und unermessliche Polarwüste, die allein belebt wurde von dem unübersehbaren Gewirr von märchenhaften Formen und Gestaltungen, das immer von Neuem überwältigte, besonders wenn ein Nordlicht darüber aufflammte, wie das hin und wieder geschah.

Inmitten des Chaos des winterlichen Meeres lag zur Linie gebändigt, zur Form gezwungen, die tief verschneite Warf Hilligenley mit ihren weichen Konturen und regelmäßigen Flächen. Die niedrigen Häuser trugen dicke, wollige Hermelinhauben, und wie zerbrechliches Zuckerwerk standen die vereisten, leicht beschneiten Holunder vor silbrig blitzenden Fensterscheiben. Geheimnisvoll glänzte der spiegelglatte Fething im Morgensonnenschein.

Yorck Rickertsen hatte seinen dunklen Tuchanzug aus holländischem Laken angelegt, die silbernen Knöpfe an den kurzen Hosen durchgezogen und die Spangen an den Schuhen befestigt. Er nahm den hohen Amsterdamer Hut mit dem schmalen Rande und griff zu dem schweren Stock, ohne den das Gehen für ihn immer schwieriger wurde. Inke gab ihm das Geleit nur bis zum Hausende, denn es wäre gegen die Sitte gewesen, vor der Taufe und vor dem Kirchgang unter die Leute zu gehen.

Der Ratmann zeigte auf das vereiste Wattenmeer und meinte, während tiefe Freude mitschwang: „Wie gut, meine Tochter, dass Olafs Galiote in Föhr war. Was hättet ihr wohl beginnen sollen, wenn Ihr Euch einige Tage verspätet hättet." „Ja, Baabe[1]", antwortete sie gepresst, „es ist alles unverdient gut und gnädig an mir gehandelt." Yorck sah die schmalen Wangen in ihrem bleichen Gesicht und bat sie, gleich hineinzugehen, sie würde sonst noch krank. „Darum sorgt Euch nicht, Baabe." Sie lächelte flüchtig, griff aber unwillkürlich fest seine Hand und gab den Druck zurück.

Inke ging im Westen um das Haus herum und stellte sich an die Osterwand, um nicht von Mallenke oder den Nachbarn gesehen zu werden. Eine Schwäche kam über sie, zitternd lehnte sie sich an die Steinwand, bis der Schwindel vorüber war. Dann beschattete sie die Augen gegen die blendende Sonne und sah ihrem Vater nach, der langsam, mit nachschleifendem Bein, zur Kirchwarf ging.

Sie presste die Linke auf das wild klopfende Herz. Das unberührte Weiß und die leuchtende Reinheit der Landschaft sprachen eindringlich zu ihr, o ha nein, sie hätte es nicht länger zu ertragen vermocht zu schweigen.

Wie hatte sie gefürchtet, ihre Schuld und die ganze Zerrissenheit in diesen Schneefrieden, in dieses reine, weihnachtliche Halligbild zu tragen, das keinen Flecken, ja nicht einmal den Hauch eines solchen vertragen würde, ohne davon zerstört – ja noch mehr – entheiligt zu werden. Und nun war alles gut! Gestern Abend hatte sie ihrem Vater alles gesagt, alle Falten und Verstecke ihres Herzens gezeigt, nichts verschwiegen und nichts beschönigt.

Nun war sie erst wirklich daheim, nicht seit Donnerstag, nein, erst seit gestern, seit der zehnten Abendstunde war

---

1 friesisch: Vater

ihre Heimkehr besiegelt durch die verzeihende Liebe und Güte des Vaters. Nun atmete sie tief auf, hier im Frieden des Vaterhauses, da konnte sie nichts mehr ängstigen, und die schlimmen, bösen Gedanken, die sie gequält und gemartert hatten, sie mussten nun dahinten bleiben. Ihr Schicksal stand ihr jetzt nicht mehr wie ein unerbittlicher Feind gegenüber. All die Friedlosigkeit der letzten Wochen, das Hadern mit einem unerbittlich grausamen Geschick, hier in der Reinheit, die trotz Winterkälte, Öde und Einsamkeit für sie zum läuternden Feuer geworden war, musste alles verstummen. Im Vaterhaus ist Frieden. Nun fürchtete sie nicht mehr das Walten dunkler Mächte, denen sie sich preisgegeben wusste, nein, sie fühlte sich geborgen in der Liebe und Güte ihres Vaters.

Als Yorck den Kirchsteig erreicht hatte, ging Inke in das Haus zurück. Der Ratmann aber ließ, wie er es so gern tat, seine Gedanken in die Vergangenheit schweifen.

Das Kirchlein, klein und bescheiden, war erst anno 1648 errichtet, nachdem das erste, 1599 gebaute, von der alten Warf durch die Fluten fortgerissen war. Bis dahin waren die Halligleute nach Föhr eingepfarrt gewesen, und zwar die Ostseite von Langeneß zu St. Nikolai, die Westseite Nordmarsch aber zu St. Johannis. Die meisten Familien hatten noch an beiden Kirchen ihre Begräbnisplätze beibehalten, wofür sie dem Pastor auf Föhr jährlich vier Schilling oder einen Käse, dem Küster aber einen Schilling zu zahlen schuldig waren, sofern sie ihre alten Gerechtigkeiten nicht verlieren wollten. Die Halligprediger hatten ihre Begräbnisstätten zwischen den beiden Kirchtüren an St. Johannis allda. Nordmarsch grenzte in der Zeit so nahe an die Insel Föhr, dass man bei Ebbe auf festem Wattgrund zu Fuße hinübergehen konnte. Als der blanke Hans aber an Langeneß herauf bis nach Nordmarsch über eine halbe Meile Landes abgerissen und in seinem nimmersatten Schlund geschluckt hatte, musste die erste Kapelle auf Nommenswarf errichtet werden. Nachdem diese von schweren Fluten bedroht und in Verfall geraten war, hatte man ein Holzkirchlein erbaut. Da nun aber auch dieses bedroht wurde, ward eine neue Warf aufgeführt. Dann wurde innerhalb dreier Sommer das alte Holzkirchlein, das hart am Ufer stand, mitsamt dem Pastoratshaus hinüberverpflanzt. So war nun die Kirchwarf beinah mitten auf die Hallig zu liegen gekommen. Auch das kunstvolle Holzbrett hatte man wieder über der Kirchtüre angebracht, auf dem geschnitzt stand:

Herr Johann Klinkler, de saalige Mann,
Heft hier de erst Predigt gedahn,
In disse nieue Karcke: 1599.

Und sicher war es nicht im Sinne dieses energischen ersten Pfarrherrn gewesen, dass in der Gemeinde Stimmen laut wurden, die das Umsetzen der Kirche für unnötig erachtet, ja gemeint hatten, die stände da wohl gut auf Nommenswarf, o ha ja, was gut und könne allda auch noch viele Jahre stehen. Es war noch lange weitergegangen, dies Murren. Viele unbesonnene Halligfriesen hatten im Geheimen und öffentlich gewünscht, dass die Schmack, die nach Holland gesandt war, um die benötigten Steine und Kalk zu einem Kirchenneubau zu holen, untergehen möchte. Und siehe, es war also geschehen! Die Schmack ging zugrunde, die Mannschaft ertrank, und weil sie zugleich von Amsterdam die Handgelder und Kisten des seefahrenden Mannsvolkes mitgenommen hatten, so büßten viele zugleich ihre Güter ein, und es gab viel drückende Armut.

Der Verlust war nun wieder eingeholt, die Holzkirche durch eine steinerne ersetzt, und jetzt waren auch allesamt vergnügt, dass der Bau vollendet worden war und sie das Gestühl, die Kanzel und den Altar durch das zeitige Umsetzen gerettet hatten. Denn von Nommenswarf war nach den letzten Stürmen keine Handvoll Sand mehr geblieben. Auch war herzliche Freude darüber, dass ein Kirchhof sicher und groß genug aufgeführt war, dem die ordinären Fluten nichts anhaben konnten. War wintertags eine Leiche, so konnte sie nun in geweihter Erde beigesetzt werden, was man sonsten, wo man sie noch nach Föhr bringen musste, wenn die See zugefroren war, nicht hätte tun können.

* * *

Der Himmel leuchtete nicht mehr in strahlender Klarheit, er war gleichmäßig überzogen mit einem trüben Grau und verhieß wieder Schnee. Strichweise rieselten schon auf das Watteneis harte Körner aus dunklen Wolkenschleiern herab. Das war deutlich an den herabhängenden Schleppwolken zu sehen.

Ein halbes Stündchen mochte verstrichen sein. Noch blendete der weiße Widerschein seltsam von dem steilen Schilfdach der Kirche nach Westen hinüber, und das bleiche Glitzern auf dem vereisten Wattenmeer und der gerippte Schnee auf der Hallig ließen alles kalt und unwirtlich erscheinen.

Aus dem neben der Kirche liegenden Pastoratshause trat Yorck Rickertsen. Er war so zeitig aus seinem Hause gegangen, um den Pastor vor dem Gottesdienste sprechen und ihn um das Bittgebet für Mommes frühen Heimgang und um die Danksagung für Inkes gnädige Bewahrung in ihrer schweren Stunde und das Aufstehen des kleinen Sohnes angehen zu können.

Eine Kirchenglocke, die das Zeichen zur Predigt gab, fehlte. Es gab auch noch Häuser, in denen keine Uhren waren. So war ein Abkommen getroffen, dass die am weitesten entfernten Warfleute anfangen sollten, zur Kirche zu gehen, wenn es ihnen dünkte, dass es an der Zeit sei. Die anderen richteten sich danach, und so waren sie alle miteinander zu gleicher und rechter Zeit versammelt. Nicht so heute. Da war durch Yorcks zeitiges Gehen die Gemeinde über eine halbe Stunde früher auf der Kirchwarf versammelt, und es blieb dem alten Laurentius Laurentii nichts anderes übrig, als eben auch eher zu priestern.

Als alle in dem Kirchlein auf ihren Plätzen saßen, die Frauen an der Süder-, die Männer an der Norderseite, schritt Pastor Laurentius in seinem langen, schwarzen Predigerrock

51

durch den Gang, er rückte die Perücke zurecht und hielt das Bibelbuch fest an sich gepresst. Es war halbdunkel im Raum, denn die Wände waren mit einer stumpfen Kalkfarbe überstrichen, die das wenige Licht, das die kleinen, gelblichen Fenster mit ihren plumpen Bleifassungen durch die winzigen Scheiben einließen, noch zu verzehren schien.

Die Kanzel ruhte über dem Altar, war schwarz gefärbt, aber an ihren Kanten waren die vier Evangelisten, wohlgeschnitzt, mit einer aufsässig weißen Farbe angestrichen, angebracht. Unter der Decke hingen zwei grönländische Schiffe und als besonderer Zierrat ein Orlogschiff. An der Wand, wo hinter dem Gestühl der Predigersitz war, hing ein grell bemaltes, hölzernes Kruzifix und sprach mit der aus der Seite quellenden Blutwelle von des Erlösers Todesqual. Da sonsten kein Bildnis anzutreffen war, so bildete der Gekreuzigte den Punkt, der alle Blicke und alle Gedanken auf sich zog.

Es war eisig kalt in der kleinen Kirche, und selbst der Gesang schien zu erfrieren. Jedoch die Christusfigur, zu der nun der Choral emporklang, schien zu leuchten und die Augen des Erlösers von warmer Liebe zu strahlen.

* * *

Nun war der Predigtnachgesang geendet. Dunkle, tiefe Stille.

Herr Laurentius sprach das Bittgebet für den jähen Heimgang vom Momme Godber, dem die Männer, tiefgesenkten Hauptes, stehend zuhörten. Als er dann die Danksagung für Inke tat, ging durch die Frauen große Bewegung.

Nicht ohne innere Befriedigung hörte Yorck das Schnäuzen und verhaltene Weinen. Dann war auch das vorüber.

„Und nun empfanget im Glauben den Segen unseres Herrn."

Füße scharrten, einige Bänke knarrten, Hauch stieg aus den geöffneten Lippen, und die kleinen Fensterscheiben wurden noch blinder und beschlagener als zuvor. Die Gemeinde stand und ließ den Segen über sich sprechen. Mit zit-

ternden, kalten Händen machte der Prediger das Zeichen
des Kreuzes, dann faltete er sie inbrünstig vor seiner Brust
und senkte beim Amen tief den Kopf. Als er die Augen hob,
setzten sich alle auf die Bänke zurück, und er sagte mit lauter
Stimme: „Lasset uns nun singen zum Gedächtnisse unseres
gesammelten Bruders Momme Godber das von ihm sehr geliebte Lied aus den Gesängen von dem menschlichen Elende
und von den zukünftigen Dingen Nummer 744 nach der Melodie: Herzlich tut mich verlangen."

Eine Weile verstrich, man vernahm das Umblättern der
Seiten, einige Frauen schlugen zurück, andere hielten das
Gesangbuch bis an die Fensterhöhe, um so besser sehen zu
können. 744 – das war nicht so leicht zu finden, weil man die
erste Abteilung der Zeit- und Sonntagslieder, die zum An-
fange des Kirchenjahres gesungen wurden, aufgeschlagen
gehabt hatte. Der Küster Jasper Jaspersen erhob sich in seiner Bank, zum Zeichen des Beginnens. Er hub an, und mit
rauen, knarrenden Lauten fiel die Gemeinde ein:

> „Ich bin ein Gast auf Erden,
> Hier ist kein fester Stand;
> Der Himmel soll mir werden,
> Das ist mein Vaterland.
> Hier reis' ich nur zum Grabe
> Zu der gewünschten Ruh.
> Und diese Gottesgabe
> Schließt auch die Arbeit zu."

„Den zweiten Vers", sagte Herr Laurentius Laurentii.

„Auch den anderen", gebot der geistliche Herr. Mit großem Kraftaufwand sang er selbst mit:

> „Hat mich auf meinen Wegen
> Nicht mancher Sturm erschreckt?
> Hat Donner, Blitz und Regen
> Mir nicht viel Angst erweckt?
> Verfolgung, Hass und Neiden

Musst ich oft ohne Schuld
Mit Angst und Schmerzen leiden;
Doch trug ich's mit Geduld."

„Denn also jetzt den 6. und zum Schluss den 11. und 12.
Vers!" –

* * *

Die Gemeinde zerstreute sich.

Die beiden dicken Kerzen, die von Yorck Rickertsen heute
früh gestiftet waren und zu Momme Godbers Ehren gebrannt
hatten, wurden von Jasper Jaspersen ausgelöscht. Als Letzter
verließ der Ratmann das Gotteshaus. Als er an der messingnen Armenbüchse vorbeischritt, ließ er zwei blanke Dukaten
auf den leeren Boden gleiten, die mit hartem Klang aufschlu-
gen.

Missmutig stellte der Küster den Stock, auf dem oben die
Spitze eines Kuhhorns zum Auslöschen der Kerzen befestigt
war, auf seinen Platz zurück.

Er sah aus der Kirchentüre den Forteilenden nach. Eine
dunkle Schneeböe schlug den Kirchgängern entgegen. Wie
schmale, graue Striche fegten die Flocken durch die Luft und
hüllten die Menschenklumpen ein. Der Wind riss und zerrte
an den Jacken der Männer und blähte die weiten Röcke der
Frauen und Mädchen, die vornübergebeugt ihren Warften
zustrebten. Das Schneetreiben dauerte bis in die Dunkelheit.

* * *

Herr Laurentius Laurentii saß mit dem heiligen Buch vor seinem Arbeitstisch. Das flackernde Licht zweier Talgkerzen
tänzelte vor seinen altersschwachen Augen, und die Sanduhr
zwischen den Messingleuchtern ließ ihren weißen Dünen-
sand rinnen und erinnerte an das rasche Enteilen der Zeit. Er
verfolgte träumerisch das Versickern des Sandes und senkte
sinnend den Kopf. In Gedanken schloss er das Buch der

Bücher und legte seine hageren, durchsichtigen Hände gefaltet darauf. Dann versank er wieder ins Grübeln.

Die dunkelblau getäfelten Wände und die Kachelwand trugen keinerlei Schmuck. Die wenigen Bücher, die er gebrauchte, lagen aufgeschichtet auf seinem Arbeitstisch. Mit diesen sieben schweinsledernen Folianten priesterte er schon über 40 Jahre – und wie hatten sie ihn auch gefördert!

Eine irdene, flache Kruke mit Tinte, in deren Henkel eine Anzahl Schwanenkiele stak, dazu die Sanduhr und der Messingleuchter dünkten ihm genugsam Behaglichkeit.

Um den größeren, eichenen Esstisch standen vier Armstühle, und an der Fensterwand machte sich die Aktentruhe breit. Ungehindert floss das Mondlicht in die Fenster und wob ein glitzerndes Band auf dem feinen, weißen Sande, der auf die gescheuerten Dielen gestreut war. Die eine Kerze war niedergebrannt. Der Stumpf zuckte noch einige Male hin und her, und der Baumwollfaden schwelte, bis ihn Herr Laurentius mit angefeuchteten Fingerspitzen ausdrückte.

Er hatte viel Leid in seinem Leben erfahren und hatte viele schwere Wege in den 40 Jahren auf der Hallig tun müssen. Aber dass er morgen der kindlichen Inke vaterloses Kind taufen sollte, dünkte ihm besonders schwer, und sein Herz brannte, wenn er daran dachte. Sein Blick glitt auf das heilige Buch, und er schlug es auf und wollte in dem Psalter nach einem guten und trostreichen Wort für den Täufling suchen. Doch er war mit sich selbst uneins.

Man rühmte ihm viel Duldsamkeit nach, aber heute Morgen bei dem Gespräch mit Yorck war nicht viel davon zu spüren gewesen. Der Ratmann hatte entgegen Landesbrauch und Sitte den Rufnamen von Inkes Söhnlein noch umändern wollen. Als ihm, Laurentius, am Tage nach der Heimkehr vom Küster die unzeitige Geburt gemeldet war mit Datum und näheren Umständen, da hatte er noch abends eingetragen: „Godber Godbersen, so da ist: Godbers Sohn", wie das denn gar nicht anders sein konnte in friesischen Landen. Aber Yorck wollte es anders. Nach hitzigen Gesprächen waren sie beide heute früh dann schließlich übereingekommen, Thomas zwischen Ruf- und Stammnamen zu setzen. Er würde mit seiner spitzesten Feder wohl ein Thomas vor Godbersen malen können, hatte Herr Laurentius endlich gemeint. Nun führte er sein Versprechen auch gleich aus.

Die eine Kerze flackerte nur noch mit dünner, schwacher Flamme. Das Kirchenbuch lag aufgeschlagen da, und mit nahe übergebeugtem Kopf kratzte der Schwanenkiel über die Stelle.

„Seltsam, seltsam", murmelten die alten Lippen, als er sich den Namen laut vorlas: „Godber Thomas Godbersen."

* * *

Unterdessen saßen auf Hilligenley die drei schweigend und feiernd in der Daansk.

Die eine Öllampe über dem Tisch und die andere auf der Platte erhellten hinlänglich die behagliche, warme Stube.

Vor Inke stand die Stehlampe und warf ihren hellen Schimmer auf das feine, blasse Gesicht. In Gedanken versunken hob sie ihre Rechte, an der der handgetriebene, mattgoldene, holländische Fingerring funkelte. Sachte schob sie die Hand gegen das müde Licht, dass das rote Blut durch die zarte Haut schimmerte. Yorck unterbrach das Schweigen. Hastig legte er die Pfeife neben sich und fragte: „Woran denkst du, Inke?"

Das Leidvolle schwand aus ihrem Blick, leise und traumverloren antwortete sie: „Ich dachte jetzt eben an Momme, aber auch an Baabe, und dass ich's so gut nun habe." – „Das ist dein Recht, an Momme zu denken, und das sollst und musst du auch fleißig tun, mein Kind", sagte er teilnahmsvoll.

In dem Augenblick begann es in der Wiege sich zu regen, ein klägliches Weinen kam daher. Doch ehe Inke aufstehen konnte, war Mallenke schon da. Unter ihren Schritten knirschte der feine Meersand auf den knarrenden Dielen. Als das Schaukeln nichts half, sang die Alte mit rührender Stimme: „Vom Himmel hoch, ihr Englein kommt! Eia susani. Kommt, singt und springt, kommt, pfeift und trombt! Alleluja! Von Jesus singt und Maria!" Da schlief das kleine Menschlein schon seinen Kinderschlaf weiter. „Meinst du, Mallenke, dass mein Söhnchen mehr weint als andere Kinder?", fragte Inke, und ein großes Bangen schwang mit. „O ha, zum wirklichen Schreien ist unser Lütten noch viel zu flau. Was er jetzt tut, ist ja man die Unruhe, die da so drin steckt. Wenn er morgen getauft ist, denn so wird er ja von selbst viel was ruhiger werden." Der Ratmann wollte nicht, dass sie an dem Garn weiterspinnen sollte. Sie, die alte, kinderlose Magd, die gar keine Erfahrung darin hatte, sollte nicht so tun, als habe sie gerade darin große Lehre.

„Wie wäre es, meine Tochter, wenn du heute Abend noch ein weniges von deiner Reise erzählen möchtest? Wo du aufhörst, ist's gut, aber solange wie du magst, lass es uns wissen." Inke beugte ihr Gesicht herab und schwieg. Yorck strich behutsam über ihre Schulter und sagte bewegt: „Mein gutes Kind, wenn es zu schwer ist, so lass es! Ich war der Meinung, es sollte dich erleichtern." Da legte sie ihren Kopf an seine Brust und sagte mit ihrer weichen Glockenstimme: „Ich will alles so erzählen, wie es sich zugetragen hat." Mallenke hatte auch ihren Platz wieder eingenommen und hörte zu.

„Ist mein Brief aus Reval an Baabe übergekommen? Er ging mit einem Kurier nach Deutschland, und der wollte für gewiss sorgen, dass er bis Hamburg käme." Der Gefragte nickte und setzte hinzu: „Es war ein schöner, deutlicher Brief, den meine Inke geschrieben hatte, er ist auch nur etwas über drei Wochen unterwegs gewesen. O ha ja, was haben wir es nun darin gut.

Wenn ich zurückdenke, o ha, o ha. Mein Ältervater hat nur einen einzigen Brief in seinem 85-jährigen Leben bekommen, und der konnte gut und fein schreiben und lesen. Da ist ja aber auch erst vor 70 Jahren Regel und Ordnung gekommen, indem Tönning und Friedrichstadt verlangten, die Hamburger Kaufleute sollten ebenso gut einen Boten anstellen, wie sie dazu gehalten waren. Da wurde dann 1647 ein Bote auf Hamburg angestellt, mit Namen Hans Peters. 1665 wollte ein Holländer in Friedrichstadt General-Postmeister werden, dem aber die Bürger widersprachen. Erst 1692 ging nach fürstlicher Anordnung zweimal wöchentlich ein reitender Bote nach Hamburg, und es war Zwang, alle Briefe mit diesem Boten zu senden, womit wieder Tönning nicht einverstanden war. Der Bürger Johannes Daue daselbst musste einmal 12 Taler Strafe zahlen, weil er zur Beförderung von zwei Briefen die Post nicht benutzte. Drei Jahre später ist dann schon die Fahrpost eingerichtet. Aber dein Schreiben aus Reval, Inke, ist doch über alle Maßen rasch befördert. Fahr nur dort fort, meine Tochter."

Und Inke erzählte.

„Wir waren bereits zwei Wochen in Reval und lauerten auf Ostwind, die Flachsladung war schon übergenommen. Da fiel es Momme ein, er wollte noch mit mir zwei Tagesreisen landwärts. Er wollte kostbare Felle einhandeln, was ihm auch zum Glück ausschlug. Wir kamen am fünften Tage wieder an Bord, die guten Felle waren in die Last verstaut, und am anderen Morgen war auch Segelwind da. Am zweiten Tage waren wir schon in Dagert auf Dajo und nahmen Kurs nach Schwedens Küste. Bis Gotland hatten wir's wohl gut, immer den feinen Ostwind, wie waren die Leute vergnügt, und was wurden sie erst fröhlich, als der Wind nach Nordosten ging. Also ging es eine ganze Woche so. Aber bei Öland lauter Flauten.

Nach einigen ganz stillen Tagen frischte der Wind ziemlich auf, Thomas Thomsen sagte zu Momme immerzu: „Wir kriegen noch Schlechtwetter" – und wollte es sich nicht ausreden lassen. Baabe kennt das ja an ihm. So ist er ja nun mal, unser Verwandter. Und richtig, wie er prophezeit hatte, wurde es dann auch. Wir hatten schweren Südwest-Sturm. O ha ja – ganz schlimm, und dadurch kamen wir denn auch wieder ziemlich zurück, und Momme besprach es sich mit Thomas, dass sie versuchen wollten, Wisby anzulaufen. Da blieben wir denn vier heile Tage liegen und fanden allda zwei Föhringer und einen Amrumer liegen. Der Föhringer, Arfast Arfsten, hatte seine Frau mit, ihr wisst ja, Volena, wir sind ja noch ein bisschen Familie. Auch der Amrumer, Bonke Brodersen, hatte Frau und zwei Kinder an Bord. Da sind Momme und ich denn auch richtig mal bei beiden zu Gaste gebeten, und auf dem

Föhringer kriegten wir Rentierschinken und noch allerlei Gutes, was ich nicht kannte und nun auch nicht mehr weiß.

Bei gutem Winde gingen wir dann von Wisby weg, und der Himmel wurde leuchtend blau und blieb es. Keine Striche, keine Haken, nur Flauten, o ha nein, was für Kummer! Ich mochte bald gar nicht mehr an Deck gehen. Und dann hatten wir eines Morgens wieder favorablen Segelwind. Der war mit einem Male da, und die Bemannung wurde wieder vergnügt und froh; nur Thomas Thomsen nicht. Der redete mit allen von schlimmem Wetter, das kommen sollte. Ganz sonderbar war er darin. Aber er behielt doch recht damit. Wir kriegten noch am selben Abend schweren Nordweststurm.

Wie vollgeblasen war der Himmel mit lauter Sturmwolken; Hagelböen kamen nieder, o ha – was musste man sich wundern. Wir saßen gerade beim Naachderd[1], da fing das Schiff zu schlingern an, o ha, wie gruglich schlimm. Und was mussten sie arbeiten, dass die Ladung sich nicht lockerte und überschoss und das Schiff keine Schlagseite bekam. Endlich blieb Momme nichts anders übrig, als achter Bornholm zu Anker zu gehen. Das taten wir und mussten wahrhaftig wieder sieben heile Tage und Nächte zwischen vielen lübischen Bergenfahrern liegen.

Als ich drei Tage später morgens fiel und spät nachmittags die schwedische Lotsenfrau an Bord kam, da musste ich zuerst doch hadern und denken, wenn er schon unzeitig kommen sollte, unser Sohn, dann hätte ich lieber gesehen, dass, wo doch niemand von der Familie bei mir sein konnte, wenigstens eine der lübischen Frauen, denn da hatten alle Kapitäne ihre Frauen mit, mir hätte beistehen können. Nun musste es die schwedische Frau tun. Verstanden habe ich nichts, aber eine Mutter könnte nicht herzlicher mit ihrer Tochter umgehen, wie Helge Eriksen mit mir war. Das müsst ihr mir, Baabe und Mallenke, wirklich glauben."

„Das tue ich auch, meine Inke", erwiderte Yorck, „und wenn mal einer von den Unseren wieder den Weg da nimmt,

---

1 friesisch: Abendessen

wollen wir ihr beide einen Brief schreiben und Geschenke schicken. Ich werde ihr nie vergessen, was sie Mütterliches an dir getan hat, diese herzensgute Frau." Mallenke nickte nur schwer mit dem Kopf und schnäuzte sich laut und vernehmbar. Dann saßen sie eine Weile still da. Als sie wieder redeten, sprachen sie von anderen Dingen.

Draußen breitete die Winternacht das weiße Schweigen aus. Der Himmel war tiefschwarz und mit glitzernden Sternen bestickt. Immer noch knirschte unter den Schritten der Schnee, und weit in der Ferne, wo die Nordsee noch offen war, erklangen rollende Laute, die sich in der atembeklemmenden Stille wie dröhnende Donner anhörten.

Stunde auf Stunde verrann. Über der großen, überwältigenden Einsamkeit lag die lange Dezembernacht, oben am Himmel glühten die Sterne und grüßten auf die herbe Schönheit und auf das ewige Schweigen des unendlichen, vereisten Wattenmeeres herab. Dann kam der Morgen. Über Yorck Rickertsens Hause verblich das goldene Sternbild des Orion.

* * *

Der frühe Winter währte zwei volle Monate. Schon Mitte Februar begann der Schnee zu schmelzen, und ein anhaltender Südwind brachte das vereiste Wattenmeer zum Bersten. Sonnenschein und Regenschauer wechselten ab, und immer wieder barg sich der Himmel hinter wehmütige Wolken.

Mallenke suchte die kurzen Nachmittagsstunden des Petritages zu nutzen und arbeitete in Gedanken versunken an ihrem lärmenden Webstuhl. In der warmen Daansk saß Yorck und schnitzte mit seinem Messer aus einem Stück Zedernholz, das die See angespien hatte, einen Vogel, das erste Spielzeug für Godber. Der kleine Kerl gedieh sichtlich, bekam rosige und runde Glieder, und die grauen Augen unter den fein geschwungenen Brauen leuchteten in tiefem Glanz. Er lag pausbäckig und rund in der Wiege und krähte vergnügt in seine Welt. Inke trieb ein stilles Spiel mit ihm. Sie hatte ihr Spinnrad danebengestellt, und so oft sie ihn an-

60

blickte, lachte er ihr zu, ohne das Haschen mit seinen Händchen zu unterbrechen.

Es klopfte an die Tür, und der Nachbar Paul Meinert Paulsen trat herein. „Sitz nieder", bat Yorck, nachdem er ihm den Willkommensgruß geboten hatte. „Dank Euch", versetzte der Angekommene. „Ein Gewerbe habe ich ja nun nicht, aber mich dünkt, mit der Rolle vorbeigehen konnte ich doch nicht, Yorck." „O ha, ja, ich sehe gern hinein", versetzte der Ratmann, rollte sie auf und las noch mal die Namen halblaut herunter. „Sehe ich recht, Paul Meinert, oder ist da was mit meinen Augen, unser Verwandter Thomas Thomsen ist nicht unter den Amsterdamfahrern?" „Nein, der ist schon gar nicht mehr auf dem Lande. Er kriegte vor einer Woche einen Brief mit einem Extraboten von Tönning gesandt, der Hamburger Reeder schrieb, dass der Erste Steuermann krank sei und wohl nicht wieder zugange käme, und so Thomas die Meinung hätte, noch einmal als Erster Steuermann nach Ostindien zu fahren, dann wolle ihn der Schiffseigner die nächste Fahrt als Kapitän machen lassen." Yorck nickte nur und vermied Inke anzusehen. „Dass Thomas seinen Kram sogleich zusammenschmiss und über Hamburg ging, könnt Ihr Euch wohl denken", fuhr der Nachbar aufgeräumt fort. „Noch einmal als Erster Steuermann und dann Kapitän der Güldenfey, o ha, ja – das ist noch'n Dreimaster", warf Yorck ein, aber es war doch, als klänge ein Ton von Enttäuschung in seiner Rede. „Ihr sollt an meine Worte denken, Ratmann", erwiderte der Nachbar, indem er sich erhob, „Thomas Thomsen wird nach Euch der berühmteste Kommandeur."

„Euer Weissagen mag schon recht sein, Paul Meinert, dank Euch, dass Ihr gekommen seid." Dann rollte er das Papier wieder auf und reichte die Rolle zurück. Paul Meinert gab Inke und Yorck die Hand. „Ich denke", sagte er noch in der Tür stehend bedächtig, „mit Thomas wird immer das Glück sein, nur muss er sich vor Olaf Bandicks Töchtern wahren. Die sind hoch in den Hüften und auch sonst richtig breiter und vollständiger, wie es schicklich ist, und je mehr Ballast, desto minder die Ladung."

Inke schoss eine warme Welle ins Gesicht. Sie beugte sich tief über die Wiege und war froh, als der Nachbar endlich gegangen war.

* * *

Der 1. März brach an. Seit alters war er als Segeltag der Straße-Davis-Fahrer innegehalten.

Dicke, grauschwarze Wolken trieben schwerfällig unter einem niedrigen Frühlingshimmel. Sie troffen von Feuchtigkeit und zogen Regendunst und Nebelschwaden wie grau wallende Schleppen hinter sich über das glitschig nasse Halligland her. Die windzerzausten, knorrigen Holunder standen in ihrem Dunst wie formlose Wesen. Im kahlen Astwerk seufzten seltsam bange Stimmen, und Regenpfeifer warfen ihre eintönigen, spitzen Schreie in den glanzlosen Tag.

Als es sich dann ein wenig aufklärte, sah man auf der Schmack im Osterwehl und auf der im Ridd die Flagge wehen. Auf diese Zeichen hatten die Halligleute auf allen Warfen schon gewartet, und bald knarrten die Karren unter den Seekisten vor fast allen Häusern, und nachdem sie von den Männern die Warfen hinuntergeschoben waren, bald auch auf Stegen und Fennen. Die Räder quietschten und ließen tiefe Furchspuren auf der nassen Grasnarbe zurück. Die Holzklotzen der Frauen und Männer klatschten durch Pfützen und Löcher und spritzten schmutziges Regenwasser mit trübem Schlackerschnee vermischt in dicken Tropfen von sich. Niemand achtete es. Je näher dem Schiffe, desto langsamer wurde das Tappen der Schritte und desto gedrängter und bunter das Bild. Da waren sie alle, Vater und Sohn, Braut und Bräutigam, Mütter mit Kindern an den Röcken und bärtige Männer. Einige, die ihre letzte Reise machen wollten, und Schiffsjungen, die auf die erste gingen. Wortkarg die meisten und mit jenem strengen Zug im Gesicht, wie ihn das Unvermeidliche, das, was sein muss, so leicht hineinzeichnet.

So nahm das seefahrende Mannsvolk Abschied. In letzter Eile wurde noch dies und das leise besprochen.

Die Schiffe waren erreicht, Kisten und Kasten wurden übergenommen, und die Männer gingen hinterher. Die Anker wurden gelichtet und Segel gesetzt, dann drehten die Schiffe bei, um aus den Schloten herauszukommen. Frauen und Kinder sahen mit tränenverdunkelten Augen den Schiffen nach und schwenkten die Tücher über ihren Köpfen. Die abfahrenden Männer rissen ihre Wollkappen ab, und es war ein langes Grüßen hinüber – herüber. Als die Segler von der Kante freigekommen und das Tief erreicht hatten, sah es aus, als ob beide wie zum Abschied noch einmal sekundenlang stillständen. „Kam wii!"[1], ein einziger erschütternder Gruß von vielen zuckenden Lippen, und dann waren die Schiffe aus Rufweite. Ruhig und majestätisch drehten sie mit dem Winde, und scharf hoben sie sich mit geblähten Segeln gegen den Horizont ab.

Sommer und Herbst vergingen in gewohnter Weise. Yorck saß oft mit dem Kinde auf dem Schoß vor dem Fenster. Es war merkwürdig, welche Freude Godber an dem sonndurchleuchteten, flimmernden Streifen hatte, der durch die Scheiben floss, wie seine Hände jauchzend nach dem Strahl fassten, um festzuhalten, was nicht aufzufangen und festzuhalten war. Dann sagte der Ratmann bei dem sich immer wiederholenden Spiel oftmals: „Ist schon so, dass das Geflimmer nichts ist! So geht es uns Großen häufig, meinen und denken Wunder, was wir haben und in der Hand halten, und hernach bleiben unsere Hände leer."

Godber lag schon nicht mehr in der Wiege, auch nicht nächtens, denn die war zu kurz für ihn geworden, so rasch wuchs das Knäblein heran. Er brauchte auch nicht hinter das Kreeb[2] zu Fußenden des Wandbettes zu kriechen, wo andere Eltern ihre Brut hinpackten, sondern er wurde auf das andere Kissen an die Wand gelegt und schlief neben seiner Mutter in sein zweites Jahr.

Sein Gesicht war von heller, frischer Farbe und seine Glieder fest und kräftig. Er war ein stilles Kind, das, ohne viel

---

1 friesisch: „Kommt wieder!"
2 Querholz

Lärm zu machen, versunken mit dem spielte, was man ihm gab. So machte er auch nicht viel Arbeit, und es gab nicht viel Wesen um seine kleine Welt, die in der anderen, großen aufblühte. Im Kriechen hatte er es zu einer erstaunlichen Fertigkeit gebracht, er übte diese Kunst nicht, wie die meisten kleinen Menschlein, auf allen Vieren, er ruderte vielmehr sitzend mit einer unglaublichen Geschwindigkeit. Hatte eben in der Daansk sein hellblonder Schopf aufgeleuchtet, so rutschte er im nächsten Augenblick am Webstuhl in der Norderstube vorbei, bis der Kreislauf geschlossen und er über sämtliche Fußböden gekrochen war.

Seine Sprechkünste blieben vorerst gering. Viel zu spät für Inkes Ungeduld begann er überhaupt erst mit den schüchternsten Versuchen. Das dauerte seine Zeit. Aber dann kam kein Stammeln und Tappern heraus, sondern er formte gleich richtige Worte zu kurzen Sätzen.

Dem „auf die Füße stellen" leistete er indes noch immer den größten Widerstand, und da half nichts. Sooft es Yorck oder Inke versuchten, den stämmigen Körper an einen Stuhl zu stellen, schrie der Knirps aus Leibeskräften: „Ee, ee!"[1] und saß sofort wieder und ruderte von diesen Versuchsobjekten möglichst weit fort.

Eine umso größere Überraschung sollte Yorck am Martinstage erleben. Ehe er die Tür zur Daansk öffnete, warf er einen Blick durch das kleine, viereckige Glasfenster, das in Mannshöhe in der Holzwand angebracht war. Das Kind war allein und saß ungefähr in der Mitte der Daansk auf der Erde. Mit großen, begehrlichen Augen schaute der kleine Godber auf den Himmelsglobus, dessen messingner Meridian in der Novembersonne leuchtete und glitzerte. Er reckte die Ärmchen auf den Stuhl und stand zum ersten Male plötzlich aufrecht und kerzengrade. Yorck klopfte das Herz vor Stolz und Freude, aber noch zögerte er, hineinzugehen. Plötzlich fünf, sechs wackelnde Schritte, die Kinderhände ließen den helfenden Stuhlsitz los, die Schultern hoben sich, wie bei einem

---

1 friesisch: „Nicht, nicht!"

Vöglein, das flügge ward und seinen ersten Flugversuch unternimmt, noch einmal und noch einmal, während die Augen unverwandt das Ziel anstarrten.

Dann war es geschehen! Mit sicheren Schritten hatte er die Kugel erreicht und hielt sie fest umschlungen. Er jubelte mit leuchtenden Augen seinem eintretenden Großvater zu, ließ dann vorsichtig die Arme herunter und lief Yorck entgegen. Dann aber auf Umwegen wieder zum Globus, als zeigte er nur zu gern das soeben eroberte Stück seines Herrentums.

Yorck rief die beiden Frauen, und die Tat des kleinen Mannes wurde gebührend bewundert.

Schon als er noch kroch, war ihm verboten, in den Stall zu kriechen. Yorck und Inke gaben das Verbot mit deutlichem Hinweis auf seine Hinterseite. Mallenke tat das Gleiche, diese aber noch mit einem Riesenwortschwall von vielen Beweggründen. Das Kind antwortete in der Daansk dasselbe wie in der Norderstube mit bedachtsamem Kopfnicken: „Böösen – naon![1]." Aber nun war das alles vergessen.

Godbers kleine Welt bekam von Stund an ein anderes Gesicht. Wenn auch die Räume dieselben blieben, es war doch anders geworden, er war mit den Gegenständen gewachsen, und die Türschwellen fielen als empfindliche Rutschhindernisse nun ganz weg. Schnell und frei konnte er sich jetzt bewegen, zumal seit er die Geheimnisse der Klinken erfasst hatte, auf Stühle klettern und die Tische in unbewachten Augenblicken auf blitzende Dinge zu untersuchen vermochte.

Sein Wissensdrang führte ihn auch in den verbotenen Stall. Er war oft auf dem Arm hineingetragen worden und hatte den Kühen und Schafen schnell mal den Kopf streicheln dürfen, dann hatten sie ihn angeguckt und hatten Muh und Bäh gesagt. Nun stand er erschrocken in dem dämmerigen Stall, und alles war so ganz anders. Er sah auch keine Augen und keinen einzigen Mund, der was sagen konnte, nur lange und kurze pendelnde Stricke. Ehe er jedoch Bekanntschaft mit der Rückseite dieser Welt machte, lockte ihn glücklicher-

---

1 friesisch: „Stall – nein!"

weise der große, rätselhafte Stallbesen, der in der Ecke lehnte und breit und wuchtig tat. Godber trippelte darauf zu und wollte ihn an sich nehmen, bekam ihn aber so linkisch zwischen die Beine, dass er längelang hinfiel und schmerzliche Bekanntschaft mit den dürren Birkenreisern machte, die ihm noch dazu das Gesicht verkratzten.

Das brachte ihm von Mallenke manch armes Stakel und mehr als ein Stück Kandiszucker ein. Er kannte das auch schon nicht anders. Immer, wenn er zu Malheur kam, war Mallenke mit süßem Trost zur Hand. Kein Wunder daher, dass, ehe er Ualbaabe oder Mäm sagen konnte, sein „Lenke, Lenke!" mit hellsten Tönen durch Daansk, Küche und Pesel klang. Und die Alte wusste sich nicht genug darauf zugute zu tun.

Godber hatte seine ganz besondere Art, die Welt zu sehen und sich verständlich zu machen. So machte es den Dreien sehr viel Spaß, wenn der Junge abends auf dem Schoß des Großvaters oder Inkes saß und ermüdet seine Bettreife, indem er seine Guckaugen fest schloss, mit den Worten kundgab: „Godber koon niks siine."[1]

Als es Sommer wurde, war sein Sprachschatz bedeutend vergrößert, aber die kurze, treffende Redeweise behielt er bei. So kam es, dass der Ratmann, sooft er im Geheimen an seinem Lieblingswunsche spann, ihn auf seinen Schoß nahm und in die großen klaren grauen Augen sah, die von lauter Lebenswundern und Wissen zu träumen schienen. Was Yorck in seiner Jugend und seinen ersten Mannsjahren versagt geblieben war, konnte dem Enkel ja nun leicht werden, und schon malte er sich den Tag aus, wo er den Jungen mit nach Oranienburg nehmen wollte.

Wenn der Enkel hätte ahnen können, wie oft der Großvater solchen Träumen nachhing und welche Hoffnungen er auf ihn setzte! Noch in dem gleichen Winter legte er eine Papptafel an und zeichnete den Monatsersten darauf ein, und unter jedem Monat stand die Zeitangabe, welche Gestirne

---

[1] friesisch: „Godber kann nichts sehen."

um Mitternacht über dem Horizonte oder im Meridiane ständen.

Wie mit feiner, schnörkeliger Mönchsschrift stand da zu lesen:

Den 1. Januar

gehen auf am östlichen Horizonte von Norden nach Süden:

Herkules, Krone, Berg Mänalos, Jungfrau, Becher, Luftpumpe, Seekompass, Hinterteil des Schiffes;

stehen im Meridian:

großer Hund, Kopf des Einhornes, Zwillinge, Vorderteil des Luchses, Hals des Kameloparden, Bauch der Drachen, Leyer;

gehen unter am westlichen Horizonte von Süden nach Norden:

Taube, südllicher Arm des Eridan-Flusses, Band der Fische, Pegasus, Kopf des Schwanes.

Für alle zwölf Monate hatte er so mit großem Fleiß und noch größerer Liebe die Aufzeichnungen gemacht, damit, wenn Godber herangewachsen sei, sein Wissensdurst umso leichter gelöscht werden konnte, und er um so sicherer ein Jünger der Himmelskunst würde, die der Ratmann für die größte unter allen erachtete.

Über dem Fernen vergaß er dabei das Nächste nicht, dem Kinde die Wunder, die vor ihm lagen, zu weisen. An Yorcks Hand schritt er zum ersten Male im dritten Sommer an die Kante. Die große Menge Wasser ergötzte ihn aufs Höchste. Jubelnd griffen die kleinen Hände nach Muscheln, um sie in weitem Schwung, wie Ualbaabe es vormachte, auf die Wellen zu werfen. Er verfolgte den Flug der Möwen und zappelte vor Aufregung, wenn die flinken Seeschwalben plötzlich senkrecht ins Wasser tauchten und mit einem Fisch im Schnabel wieder in die Höhe fuhren. Suchend hob er den Kopf nach den Vogellauten und ließ sich nicht davon abbringen, dass die sanft geballten Gutwetterwolken ganz große Vögel wären.

Lange stand der kleine Mann im Schauen versunken, die Hände übereinander auf dem Rücken, und blickte über sich auf die vermeintlich langsam fortfliegenden Riesenvögel. Warum die nichts sagten, wollte er wissen und blieb eigensinnig bei der Vorstellung, dass es Vögel sein müssten. Yorck verstand ihn abzulenken. Sie nahmen wieder Muscheln auf, und das Spiel begann von Neuem. Je höher die Spritzer stoben und je mehr Kreise sich an der Wurfstelle bildeten, desto heller erklang des Knaben Jauchzen.

Als es Mittag wurde, stapften sie heim. Godber hatte das Wams noch voll Muscheln gesammelt, um sie Mäm mitzubringen. Aber Mallenke duldete nicht, dass die Muscheln und Steine so schmutzig mit in die Daansk kamen, sie säuberte sie erst, und wenn sie trocken waren, kamen sie in seinen Spielkorb.

Nach dem Essen lagen die vier im Mittagsschlaf. Seit Ostern kroch Godber mittags in Yorcks Bett. Heute konnte er nicht schlafen, das Spiel am großen Wasser war zu schön gewesen. Langsam und behutsam kletterte er über Ualbaabe weg und ließ sich aus der Bettstatt gleiten. Er machte von selbst die Türen leiser als sonst zu, denn die Großen legten ihn sicher wieder ins Bett, wenn sie darüber wach würden.

Auf den Fensterbänken in der Küche fand er die geliebten Muscheln, rakte sie in sein Wams und ging schnurstracks in den Stall, der jetzt nicht mehr verbotenes Gebiet war und darum auch sonst nicht mehr lockte. Als er vor den gefüllten Holzeimern stand, dachte er scharf nach. Dann warf er eine Muschel hinein, aber nun war es ja ganz anders als mit Ualbaabe. Unschlüssig stand er eine Weile da. Das Wasser musste größer sein. Das war es. Dies war zu klein. Beherzt stieg er in den Eimer. Er schüttelte und zitterte vor Kälte. Mit der einen Hand umkrampfte er das aufgeschürzte Wams, in dem die Muscheln einträchtig nebeneinander lagen, mit der anderen schöpfte er das Wasser aus. Aber es wurde überhaupt kein großes Wasser und blieb auch gar nicht beieinander, sondern rann in dünnen, nassen Furchen über den Boden und sickerte weg.

Ungläubig starrte der nasse, bebende Knabe auf das kümmerliche Rinnsal und strebte mit Gewalt aus dem Eimer fort, verlor aber das Gleichgewicht und riss im Fallen den zweiten vollen Eimer um. Schreiend und trampelnd lag er in seinem nassen Meer. Die rollenden Holzeimer, die hohl und dumpf an die Türe schlugen, ließen Mallenke aus dem Bette springen. Durch ihr heftiges Lamentieren und lautes Bedauern, dass der arme Stakeljung so nass und kalt dazu läge, wurden auch Yorck und Inke geweckt und kamen in den Stall. Beide Frauen bemühten sich, ihn aus dem nassen Zeug zu schälen. Als er dann vom Kopf bis zum Fuß trockene Sachen anhatte, besann sich Inke errötend auf ihre Erziehungskünste und fragte Yorck leise: „Muss ich ihm nun nicht das Höslein stramm ziehen und ihm einige drauftun, damit er nie wieder ein Meer im Stalle machen wird!" „Die Strafe käme jetzt reichlich spät, meine Tochter", und als stiege Angst und Bangen in des Ratmanns Kehle, dass das Kind überhaupt gezüchtigt werden solle, fuhr er fort, „man straft die kleinen Sünder entweder sofort oder gar nicht, um dieser willen aber ganz gewiss nicht."

In Godber dämmerte keinerlei Bewusstsein seiner Schuld, auch nicht einige Wochen später, als der Ratmann eines Nachmittags ein wichtiges Schriftstück hatte eilig beantworten müssen und das Tintenhorn und die Gänsekiele gegen seine Gewohnheit hatte auf dem Tische liegen lassen. Der Knabe war darüber gekommen, als Yorck gerade die Briefrolle zum Nachbar brachte. Ganz leicht war es für den Knirps nicht gewesen, über die hohe Tischkante bis zur Mitte zu langen. Er hatte das rechte Bein auf Großvaters Stuhl hochgezogen, beide Armlehnen gepackt, da war es mit einem Male ganz leicht geworden, und ohne weitere Anstrengung war das linke Bein nachgekommen. Kniend erreichte er das Tintenhorn, kippte es mit einem Schwunge um und strichelte mit den Federkielen die schönsten Landschaften auf den weiß gescheuerten Tisch. Dann wischte er seine beklecksten Finger in seinem hellen, linnenen Kittel ab und freute sich der erreichten Verschönerung. Mäm war freilich anderer Meinung. Aber Großvater und Mallenke vermittelten, und so lief auch dies Geschehnis gnädig ab.

Doch diese Tintenflecke in ihrer Nachhaltigkeit am Kittel übten einen ebenso heilsamen nachhaltigen Eindruck auf

Godbers Gemüt aus. Er duldete mit einem Male keinen Schmutz mehr an seinen Kleidern, ging statt durch den Stall immer ums Haus, und als er danach gefragt wurde, antwortete er kurz: weil es so stinkt. Auch bettelte er von jetzt an immer, sein bestes Wams anziehen zu dürfen, und schonte alles so gut, dass Mallenke durchdrückte, dass er immer hell gekleidet gehen durfte. So fiel kaum ein Schatten in seine Tage, bis zu einem heißen Augustnachmittage, wo ihm zum ersten Male bänglich zumute wurde und er das Fürchten lernte.

Yorck und Mallenke waren zu Felde und brachten das letzte Heu in Laken. Der Junge schleppte, mit seinem besten, schneeigen Kittel angetan, im Schweiße seines Angesichts eine leere Hummerkiste an den ihm verbotenen, schilfverträumten Fething und spazierte vergnüglich hinein, um seine Schifferkünste auszuprobieren. Nur weil die Kiste an dem hineingelegten, festen Stege aufhakte und festsitzen blieb und Inke gerade dabei war, zu schöpfen, gab es kein Unglück. Sie hatte schon die Kette von der Stange losgerüttelt, als sie Godbers ansichtig wurde. Der Eimer war in die Tiefe gerasselt und gesunken. Sie aber kniete auf dem schwarz geteerten Stege und konnte noch gerade den Halsausschnitt des linnenen Wamses greifen und das zappelnde, nasse Kind herausziehen.

Dieses Mal stellte sich kein Ualbaabe schützend vor ihn und entschuldigte die Tat mit Wissensdurst, und keine Mallenke brummte giftig von Sünde und Schande, sein eigen Fleisch und Blut zu züchtigen. Zum ersten Male spürte Godber, wie die schon oftmals drohenden Gebärden der Mutter taten. Mit lautem Gebrüll hielt er beide Fäuste auf des Rückens Ende, das Inkes flache Hände bearbeitet hatten. Ab und zu warf er einen scheuen Blick auf seine Mutter – o ha, ja, die war richtig böse. Ob das nun so beiblieb? Fast neugierig wartete er, wie es jetzt weitergehen würde. Als er aber trocken war, verschwanden die grollenden Falten auf ihrer Stirn, sie schloss den Buben rasch in die Arme und steckte ihm zwei Rosinen in den Mund. Das brachte Godber wieder in eine zwiespältige Meinung. Mäm war hart und gut zu gleicher Zeit.

Von diesem Tage an sah er argwöhnisch jede Hummer-kiste als schlimmen Feind an, und wo er es konnte, gab er ihr voll Verachtung einen Fußtritt: „Du Sleef!" Es klang verächtlich und pharisäisch zugleich. Zu seinem vierten Geburtstag hatte ihm Yorck ein Segelschiff geschnitzt, das selbst auf Bütten schwamm. Die Freude war bis gegen Abend groß. Als dann am grünlich schimmernden Horizont der Jupiter in tiefem Glanze hell leuchtend aufstrahlte, nahm der Ratmann seinen Enkel auf den Arm, stellte den Kieker scharf ein und ließ ihn zum ersten Male Mond und Sterne näher sehen. Sekundenlang schwieg das Kind, dann ein tiefes Atemholen, als sprenge etwas die kleine Brust, und gläubig und vertrauend bat er: „Ualbaabe, für Godo Stern runterholen."

Als wieder Winter und Sommer vergangen waren, beschloss der Ratmann, das Kind an einem schönen, warmen Septembersonntage mit zur Kirche zu nehmen. Sie wollten erst abends wieder heimkommen und den Nachmittag auf Treuberg verleben. Godber ging mit strahlenden Augen an Yorcks Hand die Kirchwarf hinauf und blieb neben den Männern stehen, bis Herr Laurentius Laurentii aus seinem Pastorate trat. Der Ratmann wies den Knaben an, den Prediger artig zu grüßen und ihm die Hand zu geben.

Zögernd schritt der Junge aus dem Kreise, nahm, wie der Großvater ihn gelehrt, die Kappe unter seinen Arm und reichte dem geistlichen Herrn treuherzig die Hand. Aber die alten, kurzsichtigen Augen erkannten ihn nicht. „Bist du ein Föhringer?", fragte der Alte nur und sah ratlos auf das enttäuschte Kindergesicht, dann gab er ihm schnell und einmal die Hand und fragte einen anderen, der hinzutrat, gleichgültige Sachen. Godbers kleines Herz schlug heftig, er lief rasch zurück und griff Yorcks Rechte. Der Ratmann nickte ihm zerstreut zu, er fühlte ja, wie die Knabenhand die seine fest umkrampfte, als wollte sie sie nie loslassen, aber den großen Schmerz sah er nicht. So oft Herr Laurentius Laurentii nach Hilligenley gekommen war, hatte er ein Zuckerding oder einen Apfel für Godber in seiner Rocktasche gehabt, war zärtlich zu ihm gewesen und hatte ihn jedes Mal auf seinen

Schoß genommen, und nun im langen Predigerrock und auf dem Kopfe eine Kappe von weißen Haaren, da wollte er gar nichts von Godber wissen. So waren die Großen, entweder sie lachten und trieben Spaß mit den Kleinen, oder sie sagten kein Wort zu ihnen und taten, als kennten sie sie nicht.

Dann gingen sie ins Kirchlein. Der kleine Mann hielt sich zu Yorck, sah ihn an und tat alles nach, was der Großvater auch tat. Ihn fröstelte in der kalten, muffigen Kirchenluft, aber Ualbaabe zog ihn liebreich so ganz nahe an sich, dass er fast an dessen Brust eingeschlafen wäre. Er blinzelte in die Höhe und gewahrte die Schiffe unter der Decke. Im Augenblick wurde er hellwach und hätte zu gern gewusst, ob die auch segeln könnten. Nach dem Gottesdienste gingen die beiden nach dem Westende des Kirchhofs. Nun sollte die große Überraschung des Tages kommen. Der Ratmann ging von der Warf, hieß Godber sich an die Westseite der Kirche stellen und gut aufpassen, er selber ging ein gut Teil nach Osten auf die gemähten Fennen, wo das Vieh trieb und raschelnd Grasbüschel abriss. Als Yorck eine ziemliche Entfernung zwischen sich und das Kind gelegt hatte, rief er laut und vernehmbar, und alle Worte kamen in doppeltem Echo an das lauschende Ohr des Jungen. „Wer schnackt Ualbaabe da alles nach?", fragte voll Entrüstung der Knabe, der das Echo nicht wahrhaben wollte, bis er es selbst ausprobiert hatte. Der Eindruck war ungeheuer und beschäftigte ihn, bis sie sich der Kante näherten. Dann nahm ihn ein anderes gefangen.

Das Meer lag wie ein blanker, aus flüssigem Blei gegossener Spiegel vor ihnen, und selbst die Warfen von Hilligenley träumten seltsam unirdisch in der Mittagslust. Bläulich-weißer Rauch kräuselte aus den Öffnungen, bis er sich in des Himmels leuchtendem Blau auflöste.

In der Reglosigkeit der flimmernden Luft wirkten die Schiffe am weiten Horizont, als zögen sie ihre Bahn ganz nahe und nicht in der Ferne. Die Küste wuchs wie ein Märchenland mit schimmernden Palästen aus dem Dunst, und der blassgelbe Streifen Seesandes davor leuchtete wie Bernstein auf. Schwebende Inseln, die man sonst nicht einmal mit dem Kieker heranholen konnte, tauchten aus weißen Nebelschwaden und blauen Abgründen auf. Schatten weißer Wolken wanderten über saftgrüne Weiden hinter dem Deiche und spiegelten sich in glänzenden Wassergräben. Ein Reiherpaar zog mit lang ausgestreckten Läufen auf den breiten, wuchtig schwingenden Fittichen mit langen Hälsen und in den Nacken gelegten Köpfen dahin wie Arabesken.

Mit glänzenden Augen sah ihnen der Knabe nach, noch lange verharrte er so, in Staunen versunken, und die Landschaft – flach und unbegrenzt weit, herb an Stimmung – sprach so eindringlich zu dem empfänglichen, tief fühlenden Kindergemüt, dass es seiner ganzen Anlage nach unentrinnbar ihrem Banne verfallen musste.

Das Mittagessen, dazu sie schon lange genötigt waren, nahmen sie an diesem Sonntage bei Fedder Feddersen auf Süderhörn ein, tranken dann Tee auf Treuberg und machten sich endlich auf den Heimweg.

Die Sonne war im Verscheiden. Wie eine Fackel hing sie über dem glutroten Abgrund, indes dunkles Gewölk über dem feurigen Horizont glomm. „Lass uns niedersitzen, Godber, Sonnenuntergänge können sein, als wenn ein Priester vor dem Altar Gott und seine Herrlichkeit preist."

Godber raufte geschäftig trockenen Tang zusammen und machte für Yorck ein Kissen daraus, und dann saßen beide still versunken und schauten zu, wie der rubinrote Sonnenball in die klaren Fluten des weithin glitzernden Meeres sank.

Auf jeder Welle tanzten zitternde Goldlichter und bauten sich zu funkelnden Pfeilern. Rosenrotes Licht schwoll am westlichen Himmel auf und ab und entzündete die Wolken, dass bald hier, bald dort flüssiges Gold in breiten Bahnen über das Meer floss. Als der Himmel von Glut gesättigt war, schäumte die Brandung den Überfluss an die Küste, bis es war, als ob eine einzige brennende Lohe Himmel und Wasser verschmölze.

Aber allmählich verrannen Glanz und Schatten, Schatten und Glanz mit dem feinen goldenen Schleier, der sich langsam niedersenkte. Noch lange hingen leuchtend rote Streifen am Himmel, und erst als sie daheim waren, verklang die Farbensymphonie.

* * *

Godber sollte Herrn Laurentius viele Wochen und Monde nicht wiedersehen. Ein paar Sonntage später wäre dieser fast auf eine sonderbare Art ums Leben gekommen. Es war am Erntedankfest, und die Gemeinde war vollzählig versammelt. Nach dem Gottesdienst sollte die Feier des Heiligen Abendmahls stattfinden. Da die Ernte über alle Maßen gut ausgefallen, keine Flut gekommen war und das Heu geholt oder salzen und unbrauchbar gemacht hatte, waren die Hausböden vollgestopft, und an jedem Hause versprach ein Heuklampen reichliche Winterfütterung für den Stall. So zeigte auch die Gemeinde guten Willen und brachte von ihrem Reichtum dem Prediger auf seinen Boden, und er brauchte diesen Herbst nichts zu kaufen.

Als das Heilige Abendmahl ausgeteilt war und die Männer und Frauen schweigend mit tief gesenktem Kopf und auf der Brust gefalteten Händen in ihre Bänke zurückschritten, geschah ein Gepolter und ein Krachen, als sei die Posaune des jüngsten Gerichts erklungen. Die große, schwere Decke, die über der Kanzel hing und aus purem, massigem Eichenholz bestand, von dessen Mitte eine aus Esche geschnitzte Taube hing, stürzte nieder und blieb wie ein Topfdeckel auf der Kanzel liegen, deren Rand von der Stärke und Wucht des Aufpralls verschiedentlich zerbarst. Dem Prediger fiel vor Schreck der Kelch aus den Händen, er wollte rasch den Altar verlassen, fiel auf den Steinboden und schlug sich das Gesicht blutig. Die Frauen schrien laut auf und machten die Unruhe noch größer. Die beiden Kirchenjuraten bemühten sich um den Pastor. Seine Schwester Oelgard kniete bei ihm auf dem Boden und hob das stark blutende Antlitz hoch. Er war seitlich gefallen und hatte sich die Wange aufgeschlagen. Das Blut rann ihm in die Perücke. Eine Frau lief gleich ins

Pastoratshaus und kam mit einer Holzschüssel Wasser wieder. Zu dritt begannen sie, sein Gesicht abzuwaschen. Er hielt die Augen geschlossen und atmete stoßweise. Als sie aber versuchten, ihn aufzurichten, hatte er zwar das Bewusstsein wieder erlangt, aber sie wurden gewahr, dass eine Knieverletzung das weit schlimmere Übel war. Sie mussten ihren Prediger ins Bett tragen, und da noch Wundfieber hinzutrat, musste der Chirurgus, Herr Richardus Richardy von Föhr, einige Male um Rat befragt werden. Erst am Pfingstsonntage durfte Herr Laurentius zum ersten Male wieder priestern.

Yorck Rickertsens Krankheit schritt nicht weiter. Der Medikus in Amsterdam hatte damals vor neun Jahren gesagt, die linke Hüfte sei schuld daran, dass das Bein bald ganz gelähmt sein würde, und nach Ablauf weniger Jahre würde es auch mit der rechten Seite ebenso gehen, dann könnten auch keine Krücken mehr nutzen, und er würde wohl oder übel das Bett nicht mehr verlassen. Aber der musste sich wohl geirrt haben. Wohl zog er das linke Bein stark nach, und des kräftigen Stockes konnte er zum Draufstützen nicht entraten, aber es hinderte ihn nicht, weite Wege mit Godber zu machen.

So kamen und gingen die Monate, und jeder zeichnete seine Spuren in das weiche Gemüt des Knaben.

* * *

Der Juni brachte heiße Tage und schwere Abendgewitter. Das Pfingstfest wurde auf den Halligen mit Eierkuchen gefeiert. Es fiel anno 1725 in die erste Juniuswoche, und die Sonne lachte herab, wie es sich dazu gehört. Der Himmel wölbte sich blau und fleckenlos über der Hallig, und vieler Augen richteten sich nach Südwesten und Südsüdwesten, wo eine schwebende, merkwürdig aufgetürmte Wolke sich alsbald als rare Luftspiegelung erwies und den hohen Felsen von Heiligeland[1], der doch wohl an die zwanzig gute Meilen

---

1 Helgoland

von Hilligenley entfernt lag, deutlich sichtbarlich zeigte. Als nach einer Weile Kanonenschüsse die zitterheiße, aber sonst windstille Luft zerrissen, lief Godber in höchster Aufregung ins Haus, den Großvater zu holen, der ihm erklärte, im Elbstrom vor Hamburg werde die Ankunft eines großen Seglers gemeldet.

Wie beide noch versonnen in die Luft starrten und dem verhallenden Kanonendonner nachhörten, legte Godber seine Hand in die Rechte des Ratmanns und schmeichelte: „Will Ualbaabe nicht mit mir Eier suchen gehen? Morgen Nachmittag wollen wir doch dokken, und in der Ebbe muss ich Würmer graben, so bleibt keine Zeit für Eier. Komm, Ualbaabe, doch bitte mit, dann finden wir wieder die meisten!" – „Wenn du das denn meinst und gern willst", stimmte er beifällig zu, „denn so lass uns gehen."

Vorsichtig schritten sie über den blühenden Grasteppich, damit die Vögel nicht aufgescheucht würden und zu früh vom Neste abflögen. Zuerst suchten sie die Hilligenleyer Kante ab. Schon bald stieß Godbers Fuß an ein Nest aus kleinen, weißen Muscheln, und jauchzend entnahm er ihm drei Grendellckens-Eier von der Farbe und der Sprenkelung der Kiebitzeier; das vierte ließ er unangetastet liegen. „Der Anfang wäre gemacht und auch gar nicht schlecht", rühmte anerkennend der Ratmann und blieb plötzlich stehen. Schräg von ihnen flog mit jämmerlichem Geschrei und raschem Flügelklappen ein Pärchen winzig grauer Vögel auf, legte sich dann platt auf das Feld und streckte die Köpfchen von sich, als wären sie gestorben. „Die wollen wir greifen", schlug Yorck vor, „du sollst mal sehen, wie rasch die wieder lebendig sind." Das vermeintlich tote Pärchen flog im Nu davon, das Nest, das sie in Liebe zu ihrer Brut so lange mit den Flügeln gedeckt hatten, mit den drei kleinen, bunten Eiern preisgebend. „Mutter mag ja für ihr Leben gern Moscheier", sagte der Junge mit altkluger Miene, „sonst sollten die Vöglein an der ausgestandenen Angst genug gehabt haben, aber nicht wahr, eins darf ich rausnehmen?" „Gewisslich auch zwei, denn da liegen schon übermorgen wieder neue."

Auch die Regenpfeiferweibchen hatten fleißig ihr Brutge-
schäft ausgeübt, eines fanden sie noch auf seinem Nest, während das Männchen vor ihm tiefe Reverenzen machte.
„Komm", flüsterte der Junge, „wir wollen die nicht stören,
wir haben ja schon vier Klirrennester gefunden", und er zog
den Ratmann an den Schlot. Schweigend gingen sie hintereinander über den schmalen Steg. „Da nisten aber in diesem
Jahr viel mehr Backers als sonst", und der Großvater zeigte
auf die flinken, weißen Seeschwalben. Sie stießen jeder zu
gleicher Zeit an ein Nest. Jubelnd bückte sich der Knabe.
„Diese sehen nicht ganz frisch aus", sagte Yorck, „halte sie
lieber einmal in Salzwasser, ob sie schon angebrütet sind."
Nach kurzer Erwartung schrie Godber selig: „Sie sinken, sind
alle gut." „Trag die Eier in unseren beiden Nastüchern, und
stülpe den Korb über deinen Kopf", gebot der Ratmann.

Gehorsam kniete Godber auf einem Grashügel und
packte die Eier um, schützte sich mit dem Henkelkorb vor
den Stößen der Schwalben und trug in jeder Hand ein gekno-
tetes Bündel, ein kleineres und ein größeres. „Ob die Backers
richtig immer so böse sind?", fragte der Knabe interessiert.
„Ich meine das bestimmt zu wissen, dass sie es immer während des Brütens sind", entgegnete der Alte. Kaum hatte er
es gesagt, so flogen einige besonders hitzige vom flachen
Boden von ihren kunstlosen Nestern auf und kamen krei-
schend auf die beiden los. Der eine Vogel stieß auf des Ratmanns Kappe, und der Knabe meinte, die Stöße der schrill
schreienden Vögel auf seinem Korbe zu spüren. Erst die
hochgeschwungenen Stöcke, die sie hin und her sausen ließen, vertrieben die kampflustigen Tierchen.

Auf Umwegen kamen sie zu den friedlicheren Liewen[1]. Sie
rissen Grasbüschel aus und legten die zerbrechlichen Eier
vorsichtig in das weiche Grasbett des Henkelkorbes.

Als sie in die Nähe der Niststätten der Austernfischer
kamen, meinte Yorck lächelnd: „Wenn du später auf der
Lateinschule in Husum von Weisen, die man Philosophen

---

1 friesisch: Austernfischer

nennt, hören wirst, dann denk nur jedes Mal an die Liewen auf deiner Hallig. Pass nur mal auf, wie der da gravitätisch wie ein rechter Gelehrter daherstolziert, wie er würdevoll seinen langen roten Schnabel erst ablehnend in die Luft hebt, um ihn dann umso selbstbewusster wieder zu senken. Sieh doch nur, Godo, wie er verächtlich auf uns blickt und auf seinen knallroten Füßen sich langsam in ruhiger Würde entfernt. Und der dort! Unbeweglich kann er eine Stunde, so auf dem Erdknast stehen, die Augen unter den Lidern versteckt, der Körper wie zu Erz geronnen, ganz hochmütige, überhebliche Unnahbarkeit. Dabei lieben sie sich untereinander, wie ja auch ihr Name sagt, so sehr, dass sich die Pärchen den ganzen Sommer nicht trennen, und wenn mal eines von ihnen geschossen wird, umschwärmen sie, zu dichten Haufen sich schnell sammelnd, den Getöteten lange mit lautem Klageschrei."

Sie durchquerten Norderhörns-Fenne. „Hopp-hoppla-hopp!", rief Godber laut und sprang dabei wieder über eine der hier so zahlreichen Sikken. „Gib mir den Korb, sonst gehen die Eier kaputt." Sie gingen einer ganzen Anzahl auffliegender Möwen nach. Als der Junge dann noch ein gut Teil der großen, hellgrün gefärbten und schwarz gesprenkelten Eier aufgenommen hatte, sagte der Ratmann: „Nun wirst du müde sein, Godo, und es wird auch Zeit umzukehren. Man sucht nur bis Sonnenuntergang, das ist altes, ungeschriebenes Halliggesetz."

Als sie die Kante wieder erreicht hatten, lockte das spaßige Gebaren eines Silbermöwenpaares, das an einer wild zerrissenen Stelle sich ganz besonders sicher zu fühlen schien, ihre Aufmerksamkeit an sich. Auf einem von den Fluten abgespülten Sandklumpen, der jetzt wie ein Inselchen vom Salzwasser umgeben war und noch vor einigen Jahren zur Hallig gehört hatte, nistete dies Silbermöwenpaar. „Lass, Ualbaabe, mich bitte rüber, die Eier zu nehmen", bettelte der Knabe. „Nur noch diese, dann wollen wir auch nach Hause. Bitte, erlaubt es." Hastig und drängelnd baten die Kinderlippen. „Aber die Kante geht steil ab, und es ist tief an dieser Stelle", wandte Yorck besorgt ein.

Doch schon hatte Godber Schuhe und Strümpfe abgezogen und balancierte langsam durch das Wasser.

Das Männchen flog auf und warnte sein über den Eiern brütendes Weibchen mit lautem, eindringlichem Keckern. Aber die Holde war taub und blind. Wie könnte und würde ihr einfallen, die drei großen Eier kalt werden zu lassen. Beherzt ging der Knabe darauf zu und versuchte mit Schreien und Händeklatschen den Vogel aufzujagen. Doch umsonst.

Die Möwe blieb sitzen, sah mit giftigen Augen den Nesträuber an und sperrte mit bösem Krreck-krreck den großen, gelben Schnabel auf. Da war's um Godbers Mut geschehen, er machte schleunigst kehrt und zog ein wenig beschämt Schuhe und Strümpfe wieder an.

Das in der Nacht niedergehende schwere Gewitter führte eine Wasserhose mit sich, die wirbelnd an Norderhörnskante großen Schaden anrichtete und den Erdknast mit dem Raubmöwennest hinabriss. „Das hat sie nun davon, die giftige Möwe", sagte Godber, und Genugtuung und Triumph klangen hell hindurch.

Das Wetter blieb stark böig an diesem Tage. Regenschauer gingen nieder, und eine Gewitterwolke jagte die andere, sodass aus dem Fischen nichts wurde. „Das soll wohl so sein, denn übermorgen geht's wieder zur Schule, und Schularbeiten gedeihen nun mal besser bei schlecht Wetter", und des Ratmanns Hand lag lange liebreich auf dem Blondhaar des Knaben.

Aber Mallenke passte der regnerische Tag durchaus nicht. Sie war beim Wollefärben und brauchte gut Wetter dafür, wenigstens vier Tage, und war nun wie aus allen Geleisen, dass gleich der erste Tag so nass und grau begann. Sie hatte schon Pfingstsonnabend in den Jütepot, auch Netefet genannt, den Beutel mit Indigo gehängt und am heutigen Morgen, ohne vorher aus dem Fenster zu sehen, das Garn in Strähnen und zuletzt das Webstück hineingelegt, mit einem Glasstück alles beschwert und mit dem Holzdeckel fest verschlossen. Weil die Sonne nicht da war, konnte sie den Jütepot auch nicht draußen warm halten, sie stellte ihn für einige Tage auf den Herd, damit die Flüssigkeit recht faulte.

Als Godber aus Langerweile zusah, wie Mallenke Garn und Webb mit den Händen auswrang, und erfuhr, was das jauchige übel stinkende Wasser überhaupt war, wollte er um die Vesperzeit kein Butterbrot von ihr geschmiert haben. Vergeblich stellten Inke und Yorck dem Jungen vor, dass es kein ander Ding zum Färben gäbe, als dass man Harn mit einem Beutel Indigo tagelang warm hielte, längere Zeit dann täglich, je nach dem gewünschten Blau die Sachen auswränge, zwei Stunden an der Sonne trockne und dann wieder einlege. Mallenke, die gerade ihre Hände mit glitzerndem Seesand, dann mit selbst gekochter Seife abschrubbte, fühlte Godbers entsetzte Augen auf sich ruhen und begriff es erst, als sie gewahr wurde, dass Inke und Yorck so gleichzeitig und ernstlich auf ihn einredeten, der bockig auf seiner Weigerung und Meinung bestehen zu wollen schien.

Er sagte kein Wort, aber wie er es schon als ganz kleiner Knirps getan, so tat er nun auch wie von selbst, er legte in Abwehrhaltung die Hände auf den Rücken. Mürrisch gab die Alte ihrem geliebten und verzärtelten Godo einen Schubs, und er hörte seit neun Jahren das erste harte Wort aus ihrem Munde.

Am nächsten Morgen lachte die Sonne schon wieder vom leuchtenden, blitzblauen Sommerhimmel. Ein lauer Wind strich über die saftgrünen Fennen, und kleine, braune Hallig-Lerchen wurden nicht müde, trillernd in die Luft zu steigen und ihren Lobgesang zu singen. Godber stand mit einem Eimer und Spaten vor der Nordertür und sah den Schafen nach, die blökend die Warf hinuntertrieben.

Der Zaun, zwei Schritte vor ihm, war wie umsponnen von hauchzarten Spinnweben, in deren Tautropfen es diamanten aufglitzerte. Lange stand er da und wagte nicht, das Kunstwerk zu zerstören, erst als die Spinne kam und eiligst die Tautröpfchen von ihren Fäden schüttelte, öffnete er behutsam die Pforte und schritt schnell hindurch. Das Netz war unversehrt geblieben, und die beiden kleinen, gelben Schnecken, die schlafend unter dem Huflattichblatt klebten, der an dem einen Pfosten stand, waren nicht durch ihn aus ihrem Schlaf erweckt, stellte versonnen der weiche, träumerische Knabe fest.

Yorck wusste wohl genau, warum er dem Enkel das Würmergraben nicht ersparte. Es sollte ihn härter machen und ihm offene Augen für die oft rauen Notwendigkeiten des Lebens geben. Wohl war es dem Ratmann noch immer heiliger Ernst, den Jungen auf Sternkunde studieren zu lassen, aber darum brauchte er doch nicht weltfremd und zu allem Übrigen ungeschickt zu werden. Wie dankte er es täglich der göttlichen Vorsehung, dass er noch über Godber wachen konnte und dass der Knabe nicht allein unter Frauenhänden heranwuchs; wie dann solche leicht die Guten und Reinen hießen und blieben und hernach als Narren von der Welt angesehen wurden.

Ein wenig robuster musste Godber bald geformt werden, und sicher tat es von Großvaters Händen weniger weh, als wenn fremde Fäuste später rau und derb zupacken würden. Wenn der Herbst kam, hoffte er ihn so weit zu haben, dass er auch die Würmer auf die Schnur zog, was bis jetzt Mallenke tat.

Vor Godber lag das weite, graue Watt. In der Ferne schimmerten die weißen Dünen von Amrum und Sylt, während Föhr mit seinen Baumgruppen eine liebliche Silhouette gab, besonders da nun darüber aus einem Chaos unbestimmter Wolkenzüge eine riesenhafte Burg gegen den Morgenhimmel stieg.

Leichtfüßig schritt der Knabe über das sanft wellige, gerippte Watt in die Harmonie der Farben hinein. Er guckte auf die löcherigen Stellen, wo die große Strandauster ihren wurmartigen Rüssel durch den weichen Sand emporreckte, um sich Nahrung zu fangen, und mancherlei junge Krabbenbrut dabei daran glauben musste. Mit Vergnügen patschte er durch Pfützen und wunderte sich, dass das Wasser, das auf dem Schlick in den kleinen Löchern stehen blieb, richtig stahlblau aussehen konnte. Spritzte man es aber mit den

Füßen fort, war es doch wieder gleich farblos. Danach musste er doch noch heute im Hause Großvater fragen.

Er warf Spaten und Eimer neben sich, legte die Hände auf den Rücken und sah mit leuchtenden Augen ringsum in die unerhörte Farbenpracht. Wo die Sonne hinstrahlte, schimmerte das Watt wie mattes Silber. Zwischen dem zarten Graugelb des Sandes funkelten die dunkelgrünen Samtstreifen der Tangs und der Moose, und darüber wölbte sich der weite, azurblaue Himmel. Erst die Sandbank in dem stark strömenden Priel gemahnte ihn an die Arbeit, die er tun sollte. Godber schulterte flink den Spaten und suchte sich die Stelle aus, wo die meisten Sandringel waren, denn dort würde er am ersten Würmer finden.

Ehe er ans Graben ging, schaute er zurück auf Hilligenley. Unter der Kante stob gleich einer Wolke eine große Menge kleiner Stonger, auch Strandläufer oder Kleipricker genannt, in die Höhe. Sie glichen in ihrem eiligen Fluge, in dem sie im Schwunge bald ihren grauen Rücken, bald ihre weiß schimmernde Brust der Sonne zuwandten, im Winde wehenden Schleiertüchern, während hoch darüber der Wolkenfrauen weiche Kleider leicht geschwellt durch blaue Himmelsweiten glitten. Ein lauer, warmer Wind umstrich den Knaben. Sein Blick verfolgte eine flugwunde Möwe, die sich taumelnd mit schweren Flügelschlägen gegen die mitführende Gewalt hob und dann entmutigt sank. Sie flog nicht wieder auf und würde auf dem grauen, endlosen Watt verenden.

Godber wandte sich. Sein Spaten stach knirschend in den festen Schlickgrund, und ein großer, feister Wurm kringelte und schlängelte sich in dem aufgeworfenen Sandhaufen. Er ging tapfer gegen den leise aufsteigenden Ekel an, griff zu und warf den ersten Wurm in seinen Eimer.

Der Junge, der in der unfassbaren Weite des uferlosen Wattenmeeres zwergenhaft erschien, grub weiter; manchmal tat er oder der Spaten etwas Ungeschicktes, und der Wurm war durchgeschnitten, und die Eingeweide fielen heraus. Er hatte auch bald von sich selbst aus gelernt, dass es nutzlos war, einem forteilenden Wurme nachzugreifen, denn der zerriss doch jedes Mal und war als Köder nicht zu gebrauchen. Es ging heute wider Erwarten rasch vonstatten, und ehe der junge Rücken steif geworden, war der Eimer voll hochschlängender Würmer. Befriedigt machte er sich auf den Heimweg und dachte wunder, wie früh er kommen würde.

Da begann um ihn ein leises Singen und Rauschen, ein Zirpen und Harfen. Fast erschrocken schaute er um sich. Das hätte ja schlimm ablaufen können.

Das Wasser, das sachte heransickerte und sich schon in großen, spiegelnden Flächen staute, war die wiederkommende Flut. Glucksend strömten die Flutmassen in die Priele und Vertiefungen und brachten einen kräftigen Geruch von glitschigem Tang und faulenden Muscheln mit sich. Nun musste er sich noch eilen, um zeitig an die Kante zu kommen, und es war doch wieder nichts mit dem Prahlen, dass er die Arbeit rascher getan hätte als die alte siebzigjährige Mallenke. Aber er hatte auch nicht gleich, wie er hätte sollen, mit Graben angefangen, darauf lief es hinaus.

Mit gesenktem Kopfe schritt er eilend der nahen Kante zu. Da stießen seine Zehen an etwas Fremdes, das verborgen unter dem Teekwall lag. Der Knabe blieb stehen und schob mit beiden Füßen das trockene und verschlungene Meergras auseinander. Seine Gedanken waren nicht mehr bei den Farben auf dem Watt, er tat einen tiefen Atemzug und hob jauchzend ein großes Stück Bernstein auf. Er hielt es gegen die Sonne und rieb es mit blitzenden Augen an seinem Wams sauber und glänzend, ehe er es in die Hosentasche steckte. „O ha", dachte Godber voll Inbrunst, „was für ein schöner Tag hat heute angefangen." Und er lief noch schöner aus, als er mit Yorck spät abends mit reichem Fang von der Fischfahrt heimkehrte.

* * *

Thomas Thomsen führte, nachdem er zwei Ostindienfahrten in sechs Jahren glückhaft vollführt, nun schon im dritten Jahre die „Güldenfey" nach Westindien. Seine Stellung als

Kapitän des stolzen Dreimasters brachte ihm ebenso viel, ja, noch mehr Dukaten und Ehren ein, als wenn er ein eigenes Schiff unter den Füßen gehabt hätte.

Er hatte in den Jahren mit voller Absicht während der kurzen Urlaubswochen, die ihm wintertags nach den drei großen Reisen vergönnt waren, das Haus des Ratmannes gemieden. Aber hier und da war er doch auf Gastereien mit Inke zusammengetroffen und gerade auffallend oft im verwichenen Winter. Da war es auch ganz von selbst gekommen, dass er sie einige Male nach Hause gebracht hatte. Nun hieß es in diesem Herbst am Erntedankfest, Thomas habe Botschaft geschickt, er komme schon in der ersten Oktoberwoche zurück, während er sonst eben vor Jul auf die Hallig heimzukommen pflegte.

Da hub ein Raunen und Tuscheln an. Das musste eine Bedeutung haben, und manches Mägdleins Herz ward unruhig, wenn es an den schmucken Kapitän und an seine zeitige Rückkehr gedachte. Denn luvgierig waren alle, und da war wohl keine, die es nicht gelüstet hätte, die Kabine mit ihm zu teilen und das ferne Märchenland Westindien kennenzulernen.

Bei Olaf Bandick schmückte sich nur noch die älteste Tochter Angens für den seit Jahrzehnten geliebten Mann. Sie war noch breiter und behäbiger geworden, das strohgelbe Haar hatte noch immer dieselbe Fülle und Länge, aber trotz der Fettpolster im Gesicht machten sich doch schon viele Runzeln und Falten bemerkbar. Die beiden anderen Schwestern, einst nicht weniger mannstoll wie die bislang unbegehrte Älteste, waren auf seltsame Weise zwei ehrsame Husumer Bürgerinnen, Ehefrauen und Mütter geworden. Über die Freite dieser beiden gingen die Halligleute je nachdem mit Stillschweigen oder mit Schmunzeln hinweg. Nie war vorher und nachher seit Menschengedenken so viel über Brautleute geredet wie bei diesem Doppelverspruch und über diese Doppelkost. Doch mit dem Hochzeitstage verstummte auch das Gerede. Sooft aber Olaf Bandick mit Befremden gewahr wurde, dass Angens keineswegs die Hoffnung aufgab, doch noch im Hafen der Ehe zu landen, tat ihm die Handvoll Dukaten nicht leid, die er ausgedungen hatte, um für seine beiden anderen Töchter zwei Freier zu kriegen.

* * *

Als der November mit vielen dichten Nebeltagen zu Ende ging, wurde aus dem Munkeln einiger ganz weiser Leute ein Gerücht, das mit Windeseile über die Hallig lief und beinahe eine Verheerung anrichtete. Thomas Thomasen freite um Inke Godber!

Wie das zu der Zeit üblich war, freite ein Mann mit jedermanns Wissen um die von ihm Auserwählte. Wäre das im Geheimen geschehen, wäre auch nur der erste Gang verhehlt, dann würden sie nach alteingewurzeltem Glauben niemals Glück in ihrer Ehe oder in ihrem Gewerbe haben. So wusste man denn auch auf jeder Warf, dass Thomas sich von seinen eigenen Leuten, als da war von seiner Mutter und zwei Schwestern, und von seinen Nachbarn auf Haienwarf habe Glück auf den Weg wünschen lassen, dieweil er nach Hilligenley zu gehen gedächte, um Inke seinen Antrag zu tun und um sie zu werben. Er ging am Dienstag, Freitag und Sonntag der einen Woche und der anderen. Am dritten Dienstage, beim siebenten Gange, erhielt er Inkes Jawort. Unter den Mägdlein war alte Sitte, dass sie desto mehr Achtung dem Freier entgegenbrachten, je länger sie ihn werben ließen. Da geschah es denn wohl auch mannigmal, dass jemand über einen Winter ging und dann noch auf den nächsten vertröstet wurde. Beim ersten Gang gleich und endgültig einen Korb zu bekommen, galt als Schimpf für den Freier.

Nun war das unerhörte Geschehnis wahr geworden, Thomas und Inke hatten Verspruchsfest gefeiert, und einige wollten für gewiss wissen, dass in der Woche nach Lichtmess Kost gegeben werden sollte. Das eine war so ungewöhnlich wie das andere.

Als die gewisse Verkündigung von dem Verspruch durch den Ansager zu Olaf Bandick kam, herrschte zunächst ein eisiges Schweigen. Es war am Thomastage, und der fiel an jenem 21. Dezember auf den vierten Advent. Olaf Bandick paffte den blauen Tabaksqualm von sich und verbarg sich dahinter. Mommke, seine Frau, ließ das Spinnrad einen Augenblick stehen und sah furchtsam zu Angens hin, die aus bunten Wollfransen einen Gürtel flocht, nun aber die Klunker mit starken Fingern, die vor Erregung zitterten, zerpflückte und zerriss. Ihr Gesicht sah mit einem Male grau und verzerrt aus. Sie wandte sich um und wischte mit dem Handrücken über ihre breite Stirn und sagte hart und wild zu Mommke: „Das, das wird doch Thomas nicht getan haben? Man nimmt doch keine, die schon einen Mann hatte."

„Du hast recht, meine Tochter", erwiderte Mommke äußerlich ganz ruhig, obgleich ihr das Herz schlug, als sollte es zerspringen. Denn es war nicht das erste Mal, dass Angens dies wilde, graue Gesicht bekam und mit den Zähnen knirschte. „Es ist hier zu Lande keine Sitte, dass eine Witwe wieder verheiratet wird. Seit Mannesdenken, o ha, nein, das sind wohl über 100 Jahre her, dass das mal geschehen ist." Olaf Bandick paffte und schwieg.

„Ich will zu Herrn Laurentius Laurentii gehen", schrie Angens überlaut, um gleich darauf zu verstummen, und ihre Spannung löste sich bald in heftigem Schluchzen. Als sie ruhiger geworden war, stand sie auf, sammelte alle Fransen in einen Korb und ging, bleich und fremd im Gesicht, hinaus.

„Warum sollte Thomas nicht die junge Inke freien, bloß darum nicht, weil die zehn Monate und etliche Tage Momme Godbers Weib war", sagte Olaf nach einer Weile. „Das Schlimmste ist nur, dass er nicht schon vor sieben oder acht Jahren um Inke freite, es stünde besser um uns alle." Mommke saß still da. Der Mann blickte ihr ins Gesicht. „Habe ich recht oder nicht?"

Die Frau erhob sich, ging ein paar Schritte zu ihrem Manne hin, legte, was sie noch nie getan hatte, ihre Wange an seine Schulter und sagte sehr leise: „Es ist so, wie du sagst, und ich habe, wie auch du anscheinend, seit wir vor neun Jahren deinem Vetter Yorck Rickertsen die schlimme Nachricht bringen mussten, immer auf die Botschaft von Thomas' und Inkes Verspruch gewartet." „Traurig und schrecklich ist, dass Angens bis jetzt die Hoffnung bei sich genährt hat", fuhr Olaf grollend fort, „wie konnte sie bloß an solchem Garn spinnen und auf was hoffen, was nie werden konnte. Wie kann überhaupt eine Liebe ohne Nahrung leben?" Mommke schluckte ein paar Tränen hinunter und ging, nach ihrer Tochter zu sehen.

Sie fand Angens draußen an den Heuklampen gelehnt, die Hände hielt sie in die Schürze gekrallt, ihre Augen gingen irr und wirr nach Westen. Da schritten über den in der Mitte gewölbten Steg des Fennschlotes zwei Menschen, die Olaf Bandicks Tochter gleich als die verhasste Inke und den noch mehr als je geliebten Thomas erkannte. Mommke stellte sich schweigend neben das verstörte, alternde Mädchen. „Du solltest doch nun mit hineingehen. Dann wollen wir bereden, ob du nicht schon mit nächster Gelegenheit, und wäre es noch in dieser Woche, über Husum zu deinen Schwestern gingest und dort bliebest, solange wir dich entbehren können, und das ist bis März, bis das Jungvieh kommt. Mit den Lämmern kommen wir leicht allein zurecht." „Ich will aber nicht", fuhr Angens die Mutter herrisch an, „ich bleibe, wo ich bin!" Mommke schoss das Blut ins Gesicht: „Komm mit ins Haus, meine Tochter, oder willst du den Nachbarn Ärgernis geben? In jedem Menschenleben gibt es einmal Scherben, das soll wohl so sein und ist weiter nicht schlimm. Aber wie man's trägt, ist unterschiedlich. Und darin ist schon mancher schuldig geworden", sagte sie friedfertig. Sie zog die nur noch leicht Widerstrebende ins Haus. Dort stellte sie ihr noch einmal ernstlich eine Festlandsreise vor, zumal sie die Schwestern seit fünf Jahren nicht gesehen hätte und deren Häuslichkeiten überhaupt noch nicht kenne. Mit wahrer Wollust versteifte sich Angens jedoch in ihrem kalten, höhnischen Nein. Erst als Mommke beiläufig erwähnte: „Dass wir das Brautpaar, weil es doch auf Vaters Seite Familie ist, bei uns zu Gaste nötigen mit allen Nachbarn und einen Schinken zum Mahle kochen müssen, weißt du ja auch. Daran wollte ich dich doch zeitig gemahnen", lenkte sie ein. Wie klüglich dieser Einwand war, merkte die Mutter sogleich. Angens rüstete schon am nächsten Tage zu einer mehrmonatigen Reise, um, wie sie den Nachbarn erzählte, als sie am Ende der Woche mit Gelegenheit vom Lande ging, die Schwesterkinder mal zu wiegen und zu hätscheln.

Inke merkte in ihrem bräutlichen Glücke nichts von allen diesen Geschehnissen. Verhängnisvoll war, dass ihr in ihrer Brautseligkeit verborgen blieb, dass Godber sich jetzt anders zu ihr stellte. Wie meinte sie doch, das weiche Herz ihres träumerischen Jungen so ganz zu besitzen und alle Falten darin zu kennen!

Als sie aber zum ersten Male nach dem Verspruchsfest mit Thomas nach Haienwarf gegangen war, hatte sie so leichthin gesagt: „Du kannst mitkommen, wenn du willst, Godo, denn zu Penninne Thomsen, Thomas' Mutter, musst du Olk sagen, wenn sie es dir geworden ist." – „Ich will nicht Olk sagen, ich will nicht mit nach Haienwarf, ich will auch niemals Baabe sagen! Ich habe ja Ualbaabe, und Mallenke habe ich auch, mehr brauche ich nicht", war die Antwort, und die Knabenstimme zitterte vor Eifersucht und Trotz. „So", meinte Inke, „ich will so tun, als hätte ich das eben nicht gehört." Innerlich schalt sie sich selbst eine Törin, die sich von einem kleinen Jungen den Wind aus den Segeln nehmen ließ.

Sie ging nun gerade oft nach Haienwarf und brachte bei Yorck und Mallenke tagtäglich die Rede auf die Kost, die gleich nach Lichtmess sein würde, wenn sie nicht schon am Paulitage, den 25. Januar, zugefreiet werden könnten. Godber sagte nie ein Wort bei diesen Gesprächen, sondern saß mit unkindlich verschlossenem Gesicht dabei, als ginge ihn das alles überhaupt nichts an.

Einmal, Inke machte sich nicht eben viel Gedanken darüber, erschrak sie aber doch bis ins Tiefste. Sie kam durch den Stall und hörte vor der Lukentür erregte Stimmen. Godber und Pay, sonst die besten und unzertrennlichsten Freunde, standen einander gegenüber und sahen sich herausfordernd an. Pay war einige Zoll größer, auch viel stämmiger und breiter als Godber. Der Große hänselte den Kameraden mit dem

neuen Vater: „Mensch, was musst du dich dann erst kuschen",
fuhr er gemächlich in seiner breiten, friesischen Sprache fort,
„wenn ich das wär, ich tät das nicht." „Pah!", Godber blies die
Luft verächtlich aus den Backen, „als ob ich Thomas Thomsen zu gehorchen brauchte! Ich höre nur auf Ualbaabe." „Du
sollst dich wundern", begehrte der andere auf, „meine Mäm
täte das ja auch niemals." „Halt dein Maul und sag nichts
über Mäm, nicht einmal denken darfst du das, hörst du", und
er sprühte seinen Freund aus wilden Augen an, „sonst kriegst
du eins drauf." „Was?", schrie Pay erbost, um gleich in ein
höhnisches, meckerndes Lachen auszubrechen.

Außer sich vor Wut schlug Godber zu. Im Nu hielten die
beiden Kampfhähne sich umschlungen, es hagelte Püffe, und
das zappelnde, ringende Knäuel wälzte sich im Ack in einer
Wolke von Staub.

Inkes erster Impuls war gewesen, zwischen die Streitenden
zu fahren. Aber sie ging bedrückt in die Daansk und weinte
bitterlich.

Vergeblich war es, dass Yorck gütig auf Godber einsprach, er
solle und müsse Thomas ein freundliches Wort geben und es
seiner Mutter nicht noch schwerer machen. Wichtigtuend in
seiner ganzen Kindlichkeit stand Godber vor dem Ratmann
und hörte zu mit ganz ernster Miene. Als er dann geendet, legte er die Hände auf den Rücken: „Ihr sagt, dass es Mäm nicht
noch schwerer gemacht werden soll, ja, warum hat sie sich
denn an Thomas Thomsen versprochen?" „Das verstehst du
nicht, du verstehst es in zehn Jahren noch nicht einmal, vielleicht lernst du nimmer diese Not als Not ansehen. Das sind
überhaupt keine Fragen für dich", fuhr der Ratmann unwillig
über sich selbst fort. „Geh jetzt in die Küche, ich habe Thomas
eben hineingehen hören." Wenn dieser Ton mitschwang, da
wusste Godber Bescheid, und er war zum ersten Male froh,
dass er aus der Daansk in die Küche gewiesen wurde.

„Gööndai"[1], grüßte er hastig und stellte sich, ganz Abwehr,
vor das Fenster und sah auf die verschneite Hallig. Der

---

1 friesisch: „Guten Tag!"

Himmel war grau und dunkel. Vom Norden kam ein Schneesturm herangefegt, und es fing aufs Neue dicht zu schneien an. Der Mann versuchte, den Knaben zum Sprechen zu bringen, gab es aber bald auf und sprach desto eifriger auf Inke ein.

Die stand am Herde und maß Grütze in den Breikessel, goss Milch dazu, legte die Glut frei und schob einige Splitter von harzigem Pitchpineholz auf den roten Dittenhaufen. Bald flackerte es unter leisem Knistern.

Der beizende Qualm stieg gerade in Inkes Augen und verursachte ihr Tränen. „Komm vom Herde weg, Inke", bat Thomas, „und rück mit in die Bank." Godber, der sich schon umgedreht hatte, um hinauszugehen, blieb in verbissenem Trotz in der dämmerigen Küche. Er wollte nicht, dass sie sich zu dem verhassten Mann setzte, Zärtlichkeiten austauschte und von der Kost redete, und erreichte das auch durch sein Bleiben.

Inke rührte im Kessel und wagte nicht, nach Thomas hinzusehen, denn sie wusste, wie ihm die Zornröte wieder im Gesicht stehen würde.

Pay Paulsen kam durch den Stall gelaufen, steckte seinen Kopf in die Küchentür, prallte auf Godber und bekam ihn trotz seines anfänglichen Widerstrebens richtig mit auf die Fenne, wo sie gemeinsam einen Schneemann bauen wollten.

War das gut, dass der Junge mit fortlief!

Inke war kaum noch fähig, ihren Aufruhr länger zu beherrschen. Sie stellte den Dreifuß mit der Grütze ab und hing den Bierkessel über das Feuer und schmiegte sich in Thomas' Arme. Zärtlich legte sie ihren Arm um seinen Hals. „Tom", flüsterte sie, „ich weiß, dass es Sünde ist, was ich oft denken muss: Das hätte nicht so zu sein brauchen mit Godber." Er antwortete nicht, sondern küsste sie heißer und leidenschaftlicher denn je.

Das Julfest verlief in gewohnter Weise. War Thomas auf Hilligenley, so ließ Godber keine Gelegenheit verstreichen, die beiden zu stören und zu trennen. Inke selbst machte den Vorschlag, die Kost um Lichtmess zu geben, damit ihr nur noch wenige Tage auf der Hallig vergönnt blieben und sie dann auf die lange Reise mit der „Güldenfey" zurichten musste. Sie war schon mit allen Gedanken und Wünschen dabei, hatte kaum noch einen Blick für die Ihren und ging auf in ihres Herzens Heimlichkeiten. In der Ehe mit Momme Godber war sie im tiefsten Wesen keusch und jungfräulich geblieben, er hatte nicht verstanden, ihre verschlossene Seele zu entfalten und die Knospe zum Blühen zu bringen. Sein derbes, gutmütig täppisches Wesen hatte sie von Tag zu Tag mehr befremdet und sie in sich selbst zurückgescheucht.

Dann waren die Jahre ungeheuren Wartens gekommen, da sie immer wieder von dem kaum bewussten Begehren und Sehnen nach Thomas gepackt war und nach außen hatte kalt und abweisend tun müssen, bis zu dem Tage, wo er mit heißer, betörender Stimme ihr das alles gesagt, wonach sie gelechzt hatte. Mit welchem Herzklopfen und wonnesamer Duldung lauschte sie auf all die Tollheiten, die er ihr zuflüsterte. Die Süßigkeit der Liebe war ihr wie ein Rausch ins Blut gefallen, und so kam es von selbst, dass kaum ein Tag verging, an dem sie sich nicht sahen. War Thomas von ihr gegangen, so beklemmte sie jedes Mal von Neuem eine tiefe Bangigkeit, und sie fühlte sich krank vor Sehnsucht nach seiner Umarmung, bis er wieder bei ihr war.

Dem Ratmann entging das nicht. Man konnte ihn jetzt häufiger sitzen sehen, wie er grübelnd seine Hand stützte. Es gab ihm manchen Stich. Seine Inke, ein stolzes Mädchen, seine eigene Tochter war um keines Haares Breite besser als Olaf Bandicks Töchter, und er barg sein Gesicht in seiner Rechten. Ihm war es, wenn er die zügellose Lust auf beiden Seiten ansah, doch selbst lieber, dass die Kost schon Paulitag sein könnte.

Am Altjahrsabend kam Thomas mit verstörten Mienen und leichenblassem, verzerrtem Gesicht. Inke warf sich ihm in die Arme, lehnte ihre Wange an die seine ohne Rücksicht auf Yorck und den finster blickenden Knaben. „Sag an, Tom, was ist dir? Sprich doch und starre nicht so!" Thomas geleitete Inke an den Stuhl, ließ sie sanft nieder und sagte, zu Yorck sich wendend:

„Ich habe heute früh eine ungute Botschaft erhalten. Mein Reeder schickte durch einen Express ein Schreiben, dass er samt seinem Sohne die Reise nach Westindien mitmacht und die Kapitänskabine in Beschlag nimmt, ich könne beim Ersten Steuermann schlafen, auch solle ich mich bereithalten und schon vor dem Petritage mit der ‚Güldenfey' in See gehen. Und die nächste Reise im zukünftigen Jahre soll wieder nach Ostindien gehen und dürfe dann nur reichlich was über zwei Jahre dauern."

„Wenn das so ist", erwiderte der Ratmann gepresst, „dann muss eure Kost bis Herbst aufgeschoben werden, denn du bist nicht Herr deines Schiffes, und wenn der Eigner die Kapitänskammer nimmt, kann Inke nicht mit, und wir können auch nicht in so wenig Wochen die Kost richten. Aber diese Reise währt ja doch nicht länger als acht Monate." Thomas nickte nur. In seinen Augen lag eine stumpfe Glut, und er legte beide Hände auf Inkes Schulter. Die sagte kein Wort. Mit einem leeren, weiten, zerrütteten Blick umfasste sie alle, dann schüttelte sie stumm den Kopf wie jemand, der trostlos in der Irre läuft und nicht heimfinden kann. Godber wurde rot vor Freude, aber niemand achtete auf ihn.

Yorck sprach mit Thomas, es sei wohl richtiger, Inke gehe zu Bett, wenn Thomas morgen wiederkäme, würde sie gefasst sein, es blieben ihnen ja doch noch einige Wochen, und je eher im Frühjahr hinaus, desto früher im Herbste wieder heim. Dann sollte auch gleich eine vergnügte Kost gegeben werden.

Thomas fand Inke am nächsten Tage im heftigsten Nervenfieber, das schon am Dreikönigsabend seinen Höhepunkt erreichte und von dem sie erst nach Monaten ganz genesen sollte. Sie wurde nicht mehr gewahr, als er ganz fortblieb, denn ihn litt es schon um Lichtmess nicht mehr auf der Hallig, er reiste Anfang Februar über Hamburg. Der Chirurgus Richardus Richardy von Föhr hatte ihm gute Hoffnung auf Überwindung der tückischen Krankheit mitgegeben. Inke müsse nur jetzt der Ruhe pflegen.

Godber war wie umgewandelt, er war wieder fügsam und lieb wie früher, da seine Mutter trotz des Großvaters und

Mallenkes ihm nun wieder alles war. Auch als sich Inkes Genesung hinzögerte, sie lag noch in den Maientagen in halber Dämmerung, saß der Junge jede freie Minute vor dem Wandbett und sah auf das durchsichtige, schmale Antlitz mit den meist geschlossenen Lidern, aus dem die Nase auffallend groß unter eingesunkenen Augen und hervortretendem Stirnbein herauswuchs. Sie ahnte seine hingebende Sorge nicht; verständnislos und doch schuldbewusst ließ sie sich seine Fürsorge gefallen. Yorck hatte ihm oben auf eine Bambusstange das kleine Netz geheftet, das er einst dem fünfjährigen Godo als Spielzeug geknüpft hatte. Damit wehrte dieser nun jede zudringliche Fliege ab.

Mit dem Herannahen des Sommers kam auch Saft und Kraft, Blut und Wärme in den ausgemergelten Körper zurück. Am Himmelfahrtstage konnte Inke zum ersten Male das Bett verlassen. Mallenke nahm sie und trug sie auf ihren Armen in den Südergarten, wo Yorck und Godber einen mit Kissen ausgepolsterten Armstuhl bereit hatten. Nachdem sie sich weich gebettet und mit Decken und Tüchern umwickelt hatte, setzte sich Yorck zu ihr: „Das ist heute ein großer Schritt zur Genesung", meinte er nachdenklich. „Wie fühlst du dich, meine Tochter?" „Danke, Baabe", – hauchte sie, „mir ist so gut!" Sekundenlang schloss sie die Augen, denn ein Schwindel packte sie, als wollte er die federleichte Gestalt fortwehen. Als er vorüber war, sah sie Godber zu, der rosafarbige und glutrote Akeleiblätter, die auf dem Hausschattenplatz wuchsen, pflückte. Bald kam er und brachte ihr die Blumen.

Er legte sie scheu auf ihre weißen Hände und sagte verlegen: „Will Mäm nicht mal dran riechen? Die wachsen doch ganz im Schatten, die schönen Akeleis, und duften so nach Sonne."

Inke griff beklommen zu den Blüten, die wie helles und dunkles Blut auf ihrer schneeigen Haut lagen, und brachte sie an ihre Lippen.

Eine grenzenlose Schlaffheit überkam sie, dann sank ihr Kopf an die Polsterlehne, und alles wirbelte und sang in ihr durcheinander. Benommen schloss sie die Augen, aber immer kamen neue Gedanken und Bilder und verdrängten die vorigen. Ihre Gedanken waren erst seit Kurzem wieder klar geordnet. Sie kreisten wieder und immer wieder um Thomas und suchten ihn auf dem stolzen Dreimaster oder unter Palmen und andersfarbigen Menschen. Zum Schlusse aber nahmen sie immer den gleichen Gang: Die „Güldenfey" kehrt heim, ehe die rauen Herbststürme brausen, und sie wird Thomas' Weib – o, wie ruht es sich warm und weich in seinen starken Armen!

Ihre müde Seele glitt tiefer ins Traumland. „Komm", sagte der Ratmann leise zu Godber, „Mutter schläft schon wieder, die Luft macht sie so schnell müde. Ich gehe in die Daansk und werde durch das Fenster gewahr, ob sie erwacht, du magst mit Pay spielen gehen."

Als wieder ein Monat vergangen war, konnte Inke schon ganz allein ins Nachbarhaus gehen, sie blühte auf, ward kräftiger und freute sich, wenn einmal ein Brief von Thomas kam. Schon Ende August traute sie sich zu, mit den Ihren zur Kirche zu gehen, und es zeigte sich auch keinerlei Müdigkeit darauf. Da hielt es Yorck für angebracht, mit ihr über Godber zu sprechen. Er tat es an einem Sonntagnachmittag, kam nicht gleich mit fertigen Tatsachen, sondern lenkte nur ihre Gedanken in die Richtung, dass er Godber im September oder Oktober nach Husum auf die Lateinschule bringen möchte. Herr Laurentius Laurentii habe schon an den Magister Asmus Asmussen geschrieben. Zuerst habe der Prediger ja den Jungen noch selbst unterweisen wollen, aber er sei nun doch zu alt und zu kümmerlich dazu. Wider sein Erwarten setzte Inke dem allen gar keinen Widerstand entgegen.

„So wie Baabe es einrichtet, so ist es gut", war ihre Erwiderung. Sie erwies ihrem Knaben von dem Tage an mehr Zärtlichkeiten als sonst, und sooft sie in die immer klaren grauen Kinderaugen, die denen Thomas' glichen, sah, meinte sie zu sehen, dass sich der lichte Himmel selbst darin spiegele, blaugrau und tief, wie er wohl in ersten frühen Lenztagen schimmert.

Ihre Tage waren nun ausgefüllt mit fleißiger Näharbeit, von morgens bis abends nähte sie mit Hilfe Mallenkes neue Hemden und Anzüge für Godos Husumer Jahre. Auf den Antwortbrief des Herrn Asmussen hin betrieb Yorck die Reisevorbereitungen noch eifriger denn zuvor. Er hatte gerechnet, dass er am Erntedankfeste nach der Predigt sich mit Godber von Herrn Laurentii verabschieden wollte. Nun mussten sie das schon zwei Sonntage vorher tun.

Lange, lange hatten die zitternden, blutleeren Greisenhände des Predigers segnend auf Godbers Kopf gelegen. So vieles wollte er ihm sagen und wünschen, dass, so Gott Gnade geben möchte, er mal dereinst auf dieser seiner Kanzel stehen möchte. Hatte er es gesagt oder nicht? Die drei Beteiligten wüssten es nicht zu sagen. Aber dass es ein Augenblick stärkster, innerer Bewegung gewesen, das war in jedem versiegelt.

Um Vesperzeit wurden Godbers Kisten an den Ridd gekarrt, Olaf Bandick nahm sie in seine Galiote, und bald darauf schritten die Reisenden, von den Nachbarn geleitet, ans Schiff.

Das alte zerfurchte Gesicht Mallenkes schnitt allen ins Herz. Lange stand sie aufrecht, beide Hände in die Schürze gekrallt, und sah mit unendlicher Güte auf den Knaben, der tapfer den Nachbarn allen reihum die Hand gab und für das Geleit dankte. Zuletzt stand er vor der Mutter und der Alten. Sie schlang ihre Arme um seinen Hals und flüsterte liebe Worte. Da warf er sich, was er noch nie getan hatte, Mallenke an die Brust, streichelte ihre grauen Wangen und sagte mit tränenverdunkelter Stimme: „Gute, alte Lenke." Dann kletterte er seinem Großvater nach, stellte sich neben ihn auf das Deck und schwenkte seine blau gestrickte Wollmütze mit dem Klunker. Niemand ahnte, wie es in der scheu verschlossenen Seele des Knaben aussah, der äußerlich ruhig und gefasst erschien und auch sofort ein fröhliches Ja gesagt hatte, als der Großvater über Husum und die Notwendigkeit baldiger Reise gesprochen hatte.

Mit jedem Schlag, den die Galiote aus dem Ridd tat, war es Godber, als werde ihm unter namenlosen körperlichen

Schmerzen Wurzel auf Wurzel ausgerissen, die sein weiches Herz in die schwere Halligerde gesenkt hatte, und seine Augen wurden von Tränen und Not dunkel, welche die nicht mehr sahen, die am Ufer standen und mit den Tüchern winkten, solange die Segel sichtbar waren. Ihm war nur in Erinnerung geblieben, wie sich Mallenkes dunkle Schürze hoch über allen schwang, und das war ihm wie ein im Winde flatterndes Bahrtuch erschienen.

„Nun komm, Godber", rief Yorck, „setz dich zu mir nieder. Es ist deine erste Festlandsreise, und es ist früh, dass du sie so jung mit knapp elf Jahren machst. Sieh, ich bin zwölf Jahre nicht von der Hallig gewesen. Freust du dich nun auch auf die Schule?" „Ja, das glaube ich", gab der Gefragte versonnen zur Antwort. Dann saß er zwischen dem Großvater und Olaf Bandick und ließ sich die Inseln näher erklären. Sie erreichten mit gutem Winde noch vor Anbruch der Dunkelheit den Heverstrom, gingen vor Anker und legten sich auf den schmalen, harten Kajütsbänken schlafen.

Verstummt war jeder Laut; am Mast glitt eine Laterne in die Höhe, eine Strickleiter fiel hart auf Deck, und in regelmäßigem Auf und Ab schlug unablässig der Herzschlag der Wellen an die Bootsplanken.

* * *

Herrn Laurentius Laurentii schmeckte der sonntägliche Mehlbeutel nicht, er nahm nur seiner Schwester zuliebe ein kleines Stückchen und ließ auch das noch zur Hälfte liegen. Als er den missbilligenden Blick Oelgards sah, lenkte er begütigend ein: „Essen und Schlafen werden bei alten Menschen geringer. Ich ging in mein 80. Jahr und weiß und fühle, dass ich bald Feierabend machen darf in jenem Lande, wo es keine Mehlbeutel gibt." Die Schwester lachte grimmig auf: „Ich halte mich mehr an das, was ich sehe", abweisend und hart klang es aus ihrem Munde, und ihr Bruder, von Jugend auf milde und duldsam gegen Gebundene, verwies es ihr in lauter Güte.

Oelgard tat, als hörte sie nicht zu, langte über die Sattheit noch ein neues Stück Mehlbeutel auf ihren Teller und aß davon. Der Pastor warf einen scheuen, fragenden Blick auf seine Schwester. Die machte ein ärgerliches Gesicht und fragte brummig und in übler Laune: „Wenn du nicht gut zuwege bist, so kann ich natürlich auch nicht nach Honkenswarf gehen? Ich hatte es Volena schon lange zugesagt", und unmutsvoll furchte sie ihre Stirn. Das tat sie immer, wenn etwas gegen ihren Willen geschah. Er schaute auf, und ein heller Schein flog über sein knöchriges Gesicht: „Du musst heute ganz bestimmt gehen, wenn du mir nur etwas Wermuttee unter den Stülp stellst, das ist alles, was ich bis Schlafenszeit gebrauche." Und Oelgard hatte sich bald darauf auf den Weg gemacht.

Die Sonne war im Sinken und erfüllte Herrn Laurentius Laurentii Studierstube, die nach Westen ging, mit warmem, schimmerndem Goldglanz, der um jeden Gegenstand eine Strahlenkrone wob. Die silbernen Beschläge auf seinen Büchern vor ihm auf dem Tische funkelten auf, und um die Sanduhr glühte ein helles Flimmern.

Der alte Herr stand auf. Warum er nur immer wieder an Godber denken musste? Seltsam, seltsam war doch das! Godber Godbersen! Wie mochte sein Leben sich gestalten?

Ein eigenartiges Zittern der beiden Knie und die aufsteigende Kälte in seinen Gliedern beunruhigte ihn etwas. Langsam, immer wieder stehen bleibend, schritt er an das Fenster und öffnete es weit. Der halbe Sonnenball glühte wie ein rundes Tor von unirdischer Helle am Ende des Meeres, als führte er geradewegs in die Unendlichkeit und bräche schon das Ewige sich Bahn.

Der Himmel hing voller Granatblüten, und die schimmernden Wellen fingen das Abendrot auf und verschmolzen es mit ihren blinkenden Silbertönen. Lange in Schauen versunken stand er da, dann schloss er mit bebenden Händen das Fenster. Ein Abglanz blieb auf seinem welken Antlitz liegen und verklärte es mit geheimnisvollem Leuchten. Als er wieder in seinem Stuhle saß, lag noch das letzte Abendsonnengold auf den Gegenständen. Da rann die Kälte von Neuem durch seinen hageren Körper, stieg über die Knie und griff nach seinem Herzen.

Die schwachen Hände falteten sich zum letzten stammelnden Gebet: „Mein Herr und mein Gott!" Dann wehte ihn ein erdenfremder Schauer an, hüllte ihn wie in ein seliges Glück ein, und die Ewigkeit nahm den Entrückten auf.

Langsam sank die Dämmerung über den goldenen Schimmer und legte ihre grauen Schleier ringsum. Herr Laurentius Laurentii war in jener anderen Welt, in der die Sonne niemals untergeht.

Über Godbers Leben erlosch mit dem Tode des geliebten Predigers, dessen Weg trotz aller Einfalt und Einsamkeit dennoch fertig und reich gewesen war, weil er in die Tiefe des Erlebens geführt hatte, ein sanft und mild leuchtender Stern. Er hatte erst Monate später von seinem Heimgange erfahren. Von ihm hatte er sich am meisten verstanden gefühlt in jeder Not und Zerrissenheit – und zuerst unsicher tastend, aber dann immer bestimmter war der Wunsch in ihm hochgekommen, so zu werden – so zu sein wie Herr Laurentius Laurentii.

* * *

Für Inke und Mallenke war es nicht leicht, sich an die leeren Stuben zu gewöhnen. Zwei bis drei Wochen wollte Yorck von Hause fort sein, hatte er beim Abschied gesagt, und wenn sich Godber nicht gleich dort gewöhnen könne, möchte auch wohl ein Monat darüber vergehen. Er sei aber so zeitig zur Stelle, dass er anordnen könne, was zur Kost geschlachtet werden sollte. Die ersten Vorbereitungen sollten schon die beiden Frauen treffen und mit Zwieback und Knebberbrot gehörig die Blechtrommeln füllen, süßes, warmes Gerstenbier brauen, und was es da sonst für Frauenhände noch vorher zu rüsten gab, verrichten.

Sooft Mallenke aber Inke ermahnte, sie müssten doch nun endlich den Kuchenteig anrühren, damit sie mit ihrer ihnen aufgetragenen Sache zur Kante kämen, sah die Jüngere die Alte flehend an. Mallenke polterte unsicher: „Was soll denn das Verziehen der Arbeit, die doch gemacht werden muss? Lass uns heran, dann ist's geschafft, denn gebacken muss doch ordentlich werden, wo ihr eine solche große Kost zu geben gewillt seid. Denn wenn Thomas eher kommen sollte, wie er vorgegeben hat, dann ist auf deine Hilfe doch nicht mehr zu rechnen." Aber Inke bettelte immer wieder so dringlich, noch einen Tag zu warten, dass Mallenke nachgab.

Inke wunderte sich im Stillen selbst über sich, dass sie nicht tätig und fröhlich an die Vorbereitungen gehen konnte, und umso mehr, da doch alles zum Guten ausgelaufen war: Sie war von langer, schwerer Krankheit bald genesen, und Godber konnte sich nicht mehr störend und trennend zwischen sie und Thomas stellen und ihnen jedes Beieinandersein so schwer machen. Merkwürdig war dieser sonst so weiche, träumerische Junge gewesen: sooft er sah und hörte, dass Thomas ihr von Liebe sprach, sie auch mal heftig an sich zog, sogleich hatten seine Augen gefunkelt, als habe er Böses im Sinn.

Nun war er wohl schon über zwei Wochen in Husum und blieb dort, bis er die Universität beziehen würde.

Inke presste die Handflächen aufeinander, dass sie schmerzten, und Röte und Blässe wechselten ab in ihrem schmalen Antlitz.

Ehe die dritte Oktoberwoche zu Ende ging, machte sich Mallenke, noch immer mürrisch und böse auf Inke, allein an das Gebäck. Gerste und Malz hatte sie schon vorher in den Braukessel getan. Inke nähte indes Litzen und Borden an die Hochzeitsschürze und an das Futterhemd. Den Halsausschnitt zierte sie mit handbreiten, feinen Spitzen, die schon ihre Mutter an ihrem Ehrentage getragen hatte. Auch das Kopfgeschmeide, das sie bei der Kost mit Momme verschmäht hatte, weil sie meinte, es drücke ihr zu sehr auf den Kopf, holte sie jetzt hervor, setzte noch Perlen und vergoldeten Flitter auf die Krone und ließ wohlgefällig das breite goldbordierte Band durch die Hände gleiten, probierte auch wohl die Länge aus, ob es um die Mitte des Leibes geschlungen noch an der linken Seite bis auf die Füße reichte. Es war ein Geschenk von der Frau des Schiffseigners, und sie hatte es erst kürzlich in einem dicken Brief von Hamburg erhalten.

Aus dem Schreiben hatte sie entnommen, dass die „Güldenfey" doch wohl eher als sonst heimkommen würde. Von Thomas wusste sie, dass er nicht vor Mitte November bei ihr sein könne. Sie schlug das kostbare Gürtelband um ihre Linke und legte es mitsamt dem Schreiben in jene runde Schale aus geflammtem Wurzelholz, in der ihr einst die Lotsenfrau täglich die Grütze gebracht hatte.

Mallenke rief mit lauter, harter Stimme nach ihr. Inke stellte die Schale in den Eckschrank und legte die Näharbeit zusammen.

Als sie in die Küche kam, knetete und rollte die Magd den Zwiebackteig mit mehlbestaubten Händen aus. Sie deutete mit ihrem Kopf kurz nach dem Fenster und sagte mit etwas müder Stimme: „Da, sieh heraus, wie tief die Möwen fliegen und wie die Wolken gegen die schwere, dunkle Luft an wollen, das bedeutet schlimmes Wetter. Du müsstest gleich aufs Vorland gehen und die Schafe holen oder sonst für mich hier weiter bäckern." „Ich gehe dann lieber die Schafe holen", erwiderte Inke. „Wirst du's auch gleich tun?", forschte die Alte mürrisch, „das Wetter kommt rascher und die Dunkelheit auch." „Ich gehe schon", erwiderte Inke und fühlte sich zum ersten Male als Bevormundete.

Ein scharfer Nordwest brauste über die See, und die Luft war voller Stimmen und Akkorde. In langen, blanken Ketten rollten die Wogen, und die kommende Flut brachte schon gewaltige Seen. Die wandernden Wasserhügel wurden größer und steiler, Knarren und Ächzen erfüllte die Luft. Durch die welken Gräser an der Halligkante pfiff in scharfem Rascheln heftig schwirrend der Wind, und oben wurden finster dräuende Wolken wie fliegende Ungeheuer über den Himmel gejagt.

Ein Fischreiherpaar achtete nicht des ewigen Streites, unmerklich und voller Überlegenheit steuerte es gegen den

Sturm. In unbegreiflicher Sicherheit schwebten die Vögel ruhig auf königlichen Schwingen höher und höher, als müssten sie die Sturmsinfonie, die Kraft und Kühnheit sang, mit ihrem Fluge krönen. Der Mond tauchte dann und wann aus unsteten Wolken auf und erhellte gespenstisch die wild grollende Wasserwüste. In diesem Sturme sprach Gott, und es war ein unerbittliches „Nein".

Mitternacht war längst vorüber und noch immer erfassten Böen das stämmige Haus von Yorck Rickertsen und schüttelten es, dass es in allen Fugen erzitterte, und Holz und Sparrenwerk knisterte und knirschte. Kalte Luftströme quollen durch die Fensterritzen, und schäumend spritzten die Wogen rings um das Haus. Inke schlief fest und tief und träumte von Thomas' starken Armen und seiner ganzen Süße und hörte nicht das Nein des Ewigen.

Mallenkes Augen fanden in dieser Nacht keinen Schlaf. Lauschend starrte sie in die Finsternis, und eine ahnungsvolle Beklemmung ballte sich aus Dunkel und Schweigen, als führe es schicksalhaft und zermalmend auf das Haus nieder. Sie gedachte der Abschiedsstunde, dass Thomas Thomsen so eiskalte Hände gehabt hatte. Es war seit Urzeiten der Glaube, dass dann derjenige auf See bliebe, und immer war es bisher eingetroffen. „Gott sei den Schiffen draußen gnädig", beteten die welken Lippen.

Es stürmte auch die beiden nächsten Tage in unveränderter Kraft. In unbeschreiblichem Zorn wühlte die Nordsee grauenhafte Täler auf, peitschte die Meute wilder Wellenrosse vor sich her und spie bei Ebbe die weißen Gischtflocken weit auf das Halligland. Mit kommender Flut aber tanzte sie schon auf Wogenköpfen donnernd wieder gegen die Häuser an.

Allmählich jedoch verstummte auch dieses Tosen. Die schneeigen Häupter der Wellen glätteten sich, und nur in der Ferne, in der offenen See grollte und murrte es noch.

Am dritten Morgen ging die Oktobersonne am klaren Himmel auf. Der Sturm hatte sich gelegt. Das grausame und gewaltige Meer lag beruhigt, bezwungen.

Kalte, weiße Herbstwolken trieben dem Festlande zu, und die Wildenten kamen in großen Schwärmen und bevölkerten das Watt.

Inke hatte die Näharbeit nicht wieder angerührt, sondern war widerstrebend der Alten beim Bäckern zur Hand gegangen. Zwieback und Knebberbrot standen geformt und bestrichen auf Platten und warteten auf das Backen. In den Sturmtagen hatte die Alte, aus berechtigter Furcht vor Feuersbrunst, den Ofen nicht heizen mögen, das sollte nun heute noch vor Mittag geschehen.

Die beiden Frauen saßen beim Elwührtje, wortkarg wie meistens, als Paul Meinert Paulsen zu ihnen kam und die Schreckenskunde brachte, dass zwei Strandleichen angetrieben wären, beinahe noch warm, eine von Langeneß und eine von Nordmarsch. „Wer denn, wer?", riefen die beiden Frauen erschüttert wie aus einem Munde. „Mein Schwestersohn Melf von Neuwarf und Volkert Johannsen von Maienwarf, beide zum ersten Male auf Grönland gefahren." „Arme, arme Stakels", wimmerte Inke. „O ha, ja, so junges Blut", Mallenke schüttelte ihren alten Kopf und reichte dem Nachbarn teilnehmend die Hand. „Deine Schwester muss in ihrem langen Witwenstande viel Schweres erleben, Paul Meinert." „Noch ist es ihr nicht offenbar, ich wollte es Euch nur eben ansagen und will dann erst meine Schwester wahrnehmen, ehe jemand anders zuvorkommt." Auch Inke trug Grüßnisse der Teilnahme an seine Schwester auf und gab ihm das Geleit bis zur Tür. Sie besprachen es hernach noch drinnen, dass sie doch gar nicht die näheren Umstände vom Nachbar erfragt hatten, aber gewiss waren diese beiden mit Gelegenheit nach Föhr gekommen und waren irgendwie verunglückt und geblieben. Wären sie doch nur mit der Schmack mit allen anderen Grönländern mitgekommen, wo über hundert Insulaner und Halligmänner darauf waren.

Inke wischte sich die perlenden Tropfen von der weißen, kalten Stirn, eine Schwäche überkam sie, und weinend stieß sie hervor: „O, Mallenke, wie schlimm und traurig ist das! Aber am jammervollsten doch für Volkert Johannsens Braut, er war ja mit Nomy Levsen von Honkenswarf versprochen, und sie wollten auch, wie Thomas und ich, in der Woche vor Advent Kost geben. Und statt ins warme Brautbett hat er sich ins nasse Bett gelegt!" – „Es ist für alle gleich schlimm", verwies ihr Mallenke und kniff die Augen zu, „die arme Mutter auf Neuwarf musste als ganz junge Witwe fünf Mädchen und den einen Sohn Melf großziehen, und nun, wo sie ihn so weit hat, spülen ihn ihr die Wellen erbarmungslos vor die Tür." Inke hob fröstelnd die Schultern und bat dringlich: „Mallenke, mach' den Backofen heute nicht heiß, wir beide mögen doch nicht drüber sein." – „O ha, nein, das magst du wohl sagen." Nachdenklich sann die Jüngere vor sich hin. Dann meinte sie mit leeren Augen im abgewandten Gesicht: „Mich dünkt, ich sollte mich nun aufmachen und zu Mutter Penninne gehen. Der Nachbar Frerk Frerksen meinte ehegestern, seine alte Cousine Penninne wäre doch was kümmerlicher im letzten Monat geworden. Ich nehme ihr Thomas' letztes Schreiben mit und lese ihr daraus vor."

Sie suchte noch nach mehr Gründen, irgendwo eine namenlose Angst, von der sie nicht wusste, woher sie kam, zu betäuben. „Geh nur bald", musste Mallenke schließlich noch drängen, „damit du früh wieder hier bist, ehe du in die Dämmerung kommst, und nicht Gedanken an die beiden armen Stakels dich beschleichen. Du hast von Leichen ja immer viel Arg und musst darunter so leiden, das kommt wohl auch daher, weil du noch keinen von der Familie tot gesehen hast."

Inke nahm nicht den bequemen Weg über den breiten Heegschlot und Ketelswarf, sondern ging den weiteren und hielt sich ganz am Ufer. Sinnend schritt sie auf der schmalen, kaum sichtbaren Fußspur, die sie gewählt hatte, um nicht an den Warfen vorbei zu müssen und so den Fragen, die mehr Neugier als Mitleid verrieten, auszuweichen. Und doch war ihre Besorgnis unnötig, es war ja Maadi[1], und wer nicht noch beim Onern[2] saß oder nicht mehr im Stalle zu tun hatte, lag schon im Mittagsschlaf.

---

1 friesisch: Mittagszeit
2 friesisch: Mittagessen

Wo eben noch Föhr klar und sichtbar gegrüßt hatte, hing nun ein grauer Wolkenvorhang und ließ seine Fransen tief bis aufs Meer hinab. Die Regenböe, die sich damit ankündigte, folgte sogleich. Hinter Inke blaute noch der Oktoberhimmel, aber über ihr waren schon die grauschwarzen Wolken, die niedrig und schwer trieben, und die Regentropfen klatschten herab. Sie schlugen schon auf den grauen, schlickigen Wattgrund auf, jeder Tropfen einzeln silbrig versprühend. Das Gras, noch salzig von den vorausgegangenen Fluten, nässte bald Inkes Füße, dass sie nur langsam und müde und wie von Blei beschwert vorwärts stapfte.

Eine neue Regenböe folgte, die Tropfen waren größer und nahmen zu, sodass Inke bald ganz durchnässt war. Jetzt noch auf Honkenswarf Schutz zu suchen, hatte keinen Zweck mehr, sie musste nur sehen, dass sie schnell Haienwarf erreichte. Ein heftiger Windstoß ließ sie bis ins Mark erschauern; sie fror jämmerlich.

Da gewahrte sie unter der Kante ein kleines, flaches Boot. Sie sprang hinunter und kauerte zwischen dem Bootsrand und dem Ufer in einer kleinen Vertiefung und wartete hier den Wolkenbruch ab, damit der weite, schwere Tuchrock nicht noch weiter voll Nässe gesogen würde und das Gehen erschwerte.

Das Unwetter, das so schnell heraufgekommen war, ging auch rasch vorüber. Inke erhob sich und wurde gewahr, dass unter dem Boot der weiche Schlickboden nachgegeben haben musste und sie festgeklemmt saß. Sie zog die feinen, dunklen Augenbrauen bedenklich hoch und versuchte, sich freizumachen. Voll Bangen sah sie auf eine neue, tiefgraue Wolkenbank, die am Horizonte aufwuchs und nichts Gutes verhieß.

Mühsam hob sie den Bootsrand ein wenig. Sie war frei und wandte sich um. Da wurde sie totenbleich, alles Blut gefror in den Gliedern.

Mit weit ausgerecktem Hals und entsetzten Augen blickte sie auf eine Gestalt, die leblos unter der Kante lag, nicht weit von dem Boot, hinter dem sie Schutz gesucht hatte. Willenlos, mit geketteten Gliedern ging sie darauf zu. Während wirre, irre Gedanken mühselig hinter der schmalen Stirn auftauchten, beugte sie sich vor, beschattete ihre Augen und stieß einen markerschütternden, weithin schallenden Schrei aus.

Vor ihr lag mit stieren Augen eine Leiche, barhäuptig und das Zeug von Salzwasser um die Glieder gepresst. Inke atmete schwer und mühsam. Mit hastiger Gebärde bückte sie sich tief über den Mann. Aus seiner mit Schrammen und Wunden bedeckten Stirn floss rotes, helles Blut und sickerte in das verklebte, nasse, schmutzige Haar. Da stand sie steil gerade, streckte voll Abwehr die gespreizten Hände weit von sich. „Thomas, Tom, Tom", schrie sie mit unmenschlichem Laut und fiel ohnmächtig auf ihn nieder. Nebel griffen nach ihrer entkräfteten Seele und hielten die Ermattete in regungsloser Lähmung.

Unsägliches Herzeleid war über die Halligen und Inseln hereingebrochen. Die Schmack, auf der sich über 100 Seefahrende, zumeist Grönlandfahrer, befanden, war nächtens zwischen Amrum und Marschnack gestrandet, und keine Seele lebendig davongekommen. Von Langeneß ertranken elf Männer, von Nordmarsch blieben sieben. „Die Halligmänner", so steht noch heute zu lesen, „trieben zumeist auf den Watten an, und es fingen die toten Körper von selbst an zu bluten, als wollten sie nach dem Tode klagen, wie es ihnen ergangen, und um ein Begräbnis bitten."

Als der Ratmann eine Woche später von Husum heimkehrte, fand er Inke in einem beängstigenden Nervenfieber, das viele bange Monate währte. Wohl erhörte Gott das inbrünstige Gebet des schwer geprüften Vaters und ließ die Kranke körperlich genesen, aber ihren Geist behielt er. Er löschte mit allgütiger Vaterhand das ganze, furchtbare Geschehen dieser Jahre und auch das letzte grauenvolle Finden in ihrer Erinnerung aus. Wie von einer Wachstafel waren die zwei Jahrzehnte ausgewischt. Inke wurde und blieb ein Kind.

II

Die Uhr vom hohen Turm an St. Marien in Husum schlug halb zwölf. Gleich darauf strömten Jungen aus dem hohen Portal der vierklassigen Lateinschule und brachten Lachen und Frohsinn in die Norderstraße. Sie sonderten sich in Trupps und gingen selbander davon, die größeren gesittet, die jüngeren hüpfend und lärmend. Zum Unterschiede von den übrigen Häusern Husums, die zumeist grauen Anstrich hatten, war die Gelehrtenschule mitsamt dem Treppengiebel leuchtend weiß gekalkt. Auch schatteten hohe Linden das Dach; sie waren außer den Eichen und Buchen im Schlossgarten und vereinzelten Kastanien und Ulmen in den Ziergärten der Patrizierhäuser die einzigen hohen Bäume, die so viel Schutz gefunden hatten, dass die nimmermüden Seewinde sie nicht niederhalten konnten.

Godber Godbersen trabte mit einigen anderen Schülern der Gelehrtenschule am Marktplatz vorüber und bog mit ihnen um die Ecke in die nächste Straße ein. Die Maiensonne brannte unnatürlich warm auf die kleine Schar, in der God-

ber der Größte war. Er trug noch den von Mallenke gewebten und von Inke genähten Anzug, an dem deutlich zu sehen
war, wie sehr der Knabe in den acht Monaten, seit er in
Husum lebte, gewachsen war. Sein flimmerndes Blondhaar
wurde noch von der gleichen blauen, gestrickten Wollmütze
mit dem Klunker in der Mitte bedeckt, die er bei seinem Ab-
schiede von Hilligenley getragen hatte. Die Gefährten waren
leichter und modischer gekleidet.

Der Halligjunge hatte deswegen viel unter ihren Hänse-
leien zu leiden gehabt, aber nun sollte das bald ein Ende
haben. Er brauchte sich dann nicht mehr Eskimo und Eisbär
schelten zu lassen. Denn als letzte Woche der Ratmann gekommen war, ihn zum ersten Male zu besuchen, hatte er ihm
sein Leid geklagt, und sie waren auf der Stelle zu Meister
Sönksen gegangen, der Godber zwei neue Anzüge verpassen
musste. Er hatte sich zu dem besten sogar einen Hut aussu-
chen dürfen.

Die vier Jungen standen am Hafen, wohin sie jeden Mittag,
wenn die Schule aus war, wie selbstverständlich ihre Schritte
lenkten. Sie mussten nach Knabenart doch wissen, ob über
Nacht Schiffe angekommen und aus was für Landsleuten die
Bemannung bestand.

Es war nur ein Schiff über Nacht eingetroffen. Der Stäm-
migste unter den vieren, Ingwer Jansen, ein Kapitänssohn,
drehte sich, nachdem er einen verächtlichen Blick auf die ostfriesische Tjalk „Hilkea" geworfen hatte, sogleich auf den
Hacken um und sagte großartig: „So'ne Haselnuss von
Schipp! Kehrt! Marsch!" – Sie trotteten über die holperigen
Pflastersteine, zwischen denen Grasbüschel wuchsen und
frech schilpende Spatzen sich gütlich taten, über den ein
wenig stinkenden Rinnstein hinweg auf den unebenen Bür-
gersteig der Krämerstraße.

Vom Hafen her schallten die Rufe der Schiffer und Fischer.
Breites, schweres, rotbuntes Jungvieh aus Dithmarschen
wurde unter Schimpfen und Fluchen verladen. Der Lärm
wurde noch verstärkt durch zwei Lastfuhrwerke, zwischen
denen ein kleiner, zweirädriger Karren gerade neben der

Schar Jungen dem Marktplatze zurumpelte. Ein kleines, verwachsenes Männchen, dem ein riesiger Kopf auf den ungeraden Schultern saß, zerrte ihn hinter sich her. Nikolaus Nikkelsen pries gellend seine Waren an: „Frische Bötts, dree Pund för een Schilling!" Lauter und eindringlicher wurde der Ruf in der Mittagsluft. Die Jungen begrüßten ihn: „Gon Dag, Kleu, de Groote!", was den also Gerufenen jäh herumfahren ließ.

Er war sonst gutmütig und sehr kinderlieb, wenn man ihn aber mit der lächerlichen Abkürzung Kleu rief und ihn gar an sein Gebrechen mahnte, so geriet er in helle Wut. Und wenn er einen Missetäter erwischte, was freilich nur selten geschah, so haute er derb zu. „Adjüs ok – Kleu, Grotter!", wiederholte Ingwer laut schreiend hinter der Fischkarre her, indem er zugleich das bessere Teil der Tapferkeit erwählte und sich schleunigst aus dem Staube machte. Der gekränkte Nikolaus hob nur noch drohend die geballte Faust, hielt dann aber schnell an, indem er eilig einen Stein vor die Räder legte, weil die Straße abschüssig war, und verkaufte der Magd des Senators die gewünschten Butts. Am Marktplatz trennte sich Godber von seinen Kameraden und schritt durch den hohen Schwibbogen des Rathauses auch den Schlossgang hinab und weiter durch die Lindenallee über den äußeren Schlossplatz in die zur Neustadt führende Schlossstraße.

Hier kam er an dem mit reichen Sandsteinfiguren geschmückten und mit Ornamenten bis in den Treppengiebel hinauf verzierten Torhause vorbei. Über die den Schlossgarten von der Straße trennende Planke grüßte das stolze siebentürmige Schloss, das anstelle des alten Mönchsklosters errichtet war. Anno 1577 hatte Herzog Adolf mit dem prächtigen Bau begonnen. Wo vor den Tagen der Gottorper Herzöge im Klostergarten Mönche ihren Rosenkranz gebetet und um die Frühlingszeit, wenn der weite Rasen im wunderbaren Blaulila der Krokusse schimmerte, manch einer eine Handvoll Blüten gebrochen oder noch lieber die Krokuszwiebeln als Beigabe zur Fastenspeise gegraben hatte, erklang nun Lachen der Edelfrauen und Lärmen der Hofgesellschaft. Zu dem Halligjungen sprach jedoch nur die Frühlingsblütenpracht, die er bis jetzt nie gesehen.

Dieser Eindruck ging auch jetzt mit ihm, bis er an seiner Wohnung angekommen war. Es war ein großes Eckhaus mit einem düsteren Torweg. Die bogenförmige Einfahrt hatte zwei schwere granitne Pfeiler, und es war immer kühl darin wie in einem Keller. Selbst die Stimmen klangen dumpf und hohl. Mochte auch die Sonne täglich über das klobig behauene Steinpflaster kriechen und noch einige Ellen weit hinein wärmen, nie blieb etwas von ihrer Glut an den kalten Wänden haften. Neben der großen Einfahrt führte eine mit hohen Linden umsäumte Straße zum nahen Friedhof.

Nach Westen lag die Haustür. Es war eine eichene Doppeltür, und eine vierstufige Steintreppe führte zu ihr hinauf. Godber öffnete sie und stand in dem kühlen Flur.

Der Tür gegenüber tickte breit und wuchtig die große holländische Standuhr. Ihr Zifferblatt zeigte außer den Tagesstunden, auf die der breite messingene Zeiger wies, astronomische Vorgänge an. Kein Wunder, dass der Junge sie ordentlich mit Ehrfurcht ansah. Hier unten im Erdgeschoss lagen die Schreibzimmer und Lagerräume des Handelshauses Boy Jens Boysen. Godber grüßte artig den langjährigen Schreiber des Hauses, Petrus Petersen, der eben über die geräumige Fliesendiele schritt, den Gänsekiel hinter dem Ohr, die Brille auf die gewölbte Stirn geschoben, beide Arme voll kleiner Säckchen, die Proben enthielten. Godber stürmte nach Jungensart, indem er immer zwei Stufen auf einmal nahm, die massige Eichentreppe zum ersten Stock hinauf, während er die Hand über das reich geschnitzte Geländer gleiten ließ. Unter seinem leichten Gewicht knarrten die ausgetretenen Stufen nicht, da mussten schon gewichtigere Füße darüber schreiten.

Auf dem breiten oberen Korridor standen hohe, prachtvolle Eichenschränke mit herrlichen, blitzblanken Messingschlössern und Griffen, dazwischen glänzten weiß lackierte Türen. Bevor der Junge die Tür am Ende des langen Ganges öffnete, sog er den Lavendelduft ein, der dem letzten breiten

Schrank entströmte, welcher den großen Reichtum des Hauses Boysen an kostbaren Linnen und Damasten barg. Godber hing den Schulranzen, den Mallenke mit Yorcks Hilfe aus dem selbst gegerbten Fell eines letzt erlegten Seehundes genäht hatte, an den Haken.

Er sah sich sinnend, wie einer, der nicht weiß, was er will, in seiner Stube um. Die beiden Fenster waren wie immer geöffnet, die Schnur des steif gestärkten Vorhanges baumelte hin und her. An der Fensterwand stand sein Arbeitstisch und darüber das Bücherbord, Bett und Waschständer. Gegenüber verlieh die steiflehnige Bank mit dem ovalen Tisch und vier Stühlen davor dem Zimmer ein gar wohnliches Aussehen.

Der Knabe wusch sich die Hände und strich sich den hellblonden Schopf zurück. Plötzlich erschütterte ein Schluchzen seinen Körper. Er ließ sich auf den Stuhl fallen, warf beide Arme auf den Tisch, presste den Kopf hinein und weinte bitterlich. So fremd, so kalt war und blieb doch alles hier. Was half es, dass die Menschen gut und freundlich zu ihm waren? „Ualbaabe, Mallenke!" Wieder und wieder stieß er es hervor. „Wenn ich doch wieder nach Hilligenley könnte, immer dort bleiben und nie wieder von Ualbaabe weg", und von Neuem stürzten die Tränen über seine Wangen.

Endlich suchte er sich zu fassen. Da gewahrte er in der Ecke der Bank zusammengeknüllt des Großvaters Taschentuch. Aufs Neue flossen die Tränen. Er sprang auf und hielt das rot gewürfelte große Tuch in der Hand und streichelte es wie etwas ganz Liebes. Es strömte keinen Lavendelduft aus, es roch stark nach Ualbaabens Pfeife, aber es duftete dem Knaben lieblicher als sonst alle Wohlgerüche der Welt.

Dann breitete er das Tuch vor sich auf dem Tische aus, faltete es langsam zusammen und legte es in den Eckschrank, in dem seine Wäsche lag. Mit zitternden Händen strich er nochmal darüber hin; wenn nun das Liangen[1] über ihn kam, dann war ihm dies Tuch ein tröstliches Stück Heimat.

---

1 friesisch: Heimweh, Sehnsucht

Als er zehn Minuten später in dem getäfelten großen Esszimmer hinter seinem Stuhle stand, hätte höchstens noch die
Röte seiner Wangen einem Seelenkenner etwas von seiner
Not verraten. Eben kam Wiebke Boysen, die Brudertochter
des reichen Kaufherrn, hereingesprungen und fragte ihn, was
ihre acht Jahre ihr eben eingaben. Das Ehepaar kam zu gleicher Zeit durch die Flügeltür.

Boy Jens Boysen ließ seiner Frau den Vortritt. Er war ein
breiter, massiger, auffallend großer Mann, der leicht seine
sieben Fuß hoch fest in seinen Schuhen stand. In seinem
energisch geschnittenen, bartlosen Gesicht fiel eine stark
hervortretende, gerade Nase auf. Die grauen, herrisch blitzenden Augen sowie seine ganze Haltung ließen unschwer
den reichen, selbstsicheren Kaufherrn erkennen. Frau Luise
strich mit anmutigen Bewegungen ihr glänzend schwarzes
Haar, dessen schlichten Scheitel erste Silberfäden durchzo-
gen, glatt, und, nachdem sie beiden Kindern die Hand gegeben hatte, zog sie das kreuzweise über der Brust gefaltete
Musselintuch zurecht. Der Kaufherr begrüßte die Kinder
nur durch ein kurzes Kopfnicken. Die vier setzten sich um
den runden Esstisch, und Frau Luise sprach das Gebet.

Ein Mädchen im dunklen Lüsterkleide und mit getollter
Haube füllte die Fliedersuppe in die Teller. Schweigend
wurde die Suppe gegessen. Erst als die Teller fortgenommen
waren und der Hausherr den Braten schnitt, richtete er das
Wort an Godber. „Wie war's denn heute in der Schule?",
fragte er unvermittelt.

Eine Röte flog über des Jungen Antlitz, und er fand nicht
sogleich Antwort. „Godbers Gedanken sind heute immer
noch bei seinem Großvater, den er auf der Fahrt im Geiste
begleitet", antwortete beschwichtigend Frau Boysen an seiner statt, als sie den leise aufsteigenden Unmut ihres Eheherrn sah.

Der Junge warf der mütterlichen Frau einen rührend
dankbaren Blick zu und begegnete nun frei den etwas strengen Augen des Mannes und erzählte ungezwungen vom Ver-
lauf der Schulstunden. Der Kaufherr lockerte mit seinem

Zeigefinger das zu fest gebundene weiße Batisthalstuch und hörte wohlgefällig zu. Er wollte doch seiner Frau hernach sagen, dass sie ihn nicht hindere, den Knaben an gewandtere Rede zu gewöhnen, da er dem Ratmann versprochen habe, acht darauf zu geben.

Boysens waren kinderlos, das war der Schatten und Schmerz des reichen Hauses. Frau Luise war selbst kein Kind des flachen, meerumrauschten Landes und hatte sich hier nur schwer gewöhnen können. Sie entstammte einem Wald- und Bergnest in Mitteldeutschland. Auch hatte sie ihre schöne Heimat, seit sie vor zwei Jahrzehnten als Hausfrau Einzug in das große Patrizierhaus im hohen Norden gehalten hatte, nicht wiedergesehen, aber unverblasst wie ein schönes Bild in Pastellfarben stand der Teutoburger Wald unvergessen vor ihren Augen. Wer die ebene Stirn, die wie gemeißelt war, mit den hochgewölbten Brauen und die immer ruhigen Bewegungen dieser mütterlichen Frau, deren Grundzug Güte und Mitleid war, sah, ahnte nicht, wie tief der Riss war, den das Schwert wieder und wieder in ihre Seele stieß, dass keine Ärmchen sich je um ihren Hals schlangen, dass niemals ein süßer Mund ihr den schönsten, den heiligsten Namen geben würde. Dem Gesinde war sie wohl eine gerechte, aber vor allen Dingen eine gütige, nachsichtige Herrin, die manche Härte und Schärfe des gestrengen Eheherrn glättete. Die vaterlosen Kinder Godber und Wiebke hatte sie mit gleicher Liebe an ihr weiches Herz genommen. An ihnen Gärtnerdienste tun zu können, war ihr jeden Tag von Neuem Freude und Gnade zugleich. Wie liebreich stützte und bog sie die jungen Pflanzen zurecht und tat alles, was in ihrer Macht stand, dass nicht zu viel Tränen die zarten Knospen betauten.

Sie brachte Godber, der ihr als ganz fremdes Kind noch viel lieber als ihres Mannes Brudertochter war, bei der süßen Mehlspeise noch einmal zum Erzählen. „War das heute wieder so schlimm in der letzten Stunde?", fragte sie ihn. „Ach was, schlimm, Frau, es wird doch Zeit, dass der Junge mit seinen zwölf Jahren etwas Ordentliches lernt", knurrte der Hausherr unwillig dazwischen. „Es geht auch schon ganz gut,

Tante Luise", erwiderte Godber, der sich krampfhaft bemühte, an dem strengen Gesicht vorbei das gütige Frauenantlitz voll anzusehen. „Bloß als ich ein Dreieck zeichnen sollte –, auf dem gegenüberliegenden Dach ist ein Storchennest, und auf der Hallig nisten keine Störche."

„So, so, da hat man also seine Gedanken bei den Störchen, während der Magister, Herr Markus Claaßen, sich dir etwas beizubringen bemüht. Am salzen Wasser kannst du meinethalben träumen, aber Süßwasser ist was anderes", warf der Kaufherr tadelnd ein.

Eine brennende Röte stieg in des Knaben Stirn. Wiebkes runde Augen – alles war an dem kleinen, gedrungenen Persönchen rund, der Kopf, die Stirn, die geballten Händchen, die dicken, kurzen, weißblonden Zöpfchen, die sich auf die Schultern kringelten – sahen bei dem Verhör spitzbübisch von einem zum anderen, dann rundete sie das Mäulchen und meinte schalkhaft: „Du musst das alles viel lustiger erzählen, Godber, sag schnell, was musstest du denn noch zeichnen?" „Ach, wir sollten ein Viereck machen, und da sagte Herr Markus Claaßen, weil das nicht ordentlich werden wollte, ob wir auf der Hallig keine Vierecke hätten. Da musste ich denn erzählen, wie wir sie auf Watt graben, um Salz daraus zu kriegen." Interessiert wandte der Kaufmann den Kopf: „So, so – das gibt's also doch noch, ich meinte nicht; früher ja, das ist mir bekannt." – „Weiß Tante Luise, wie es gemacht wird?" – „Nein", sie schüttelte lächelnd den Kopf, „aber belehre mich nur, mein lieber Junge." Mit blanken Augen berichtete er eifrig: „Erst wird getörft, und dann sehen wir alle aus, das kann Tante Luise gar nicht glauben. Dann wird gebrannt, das ist noch viel lustiger, und es gibt Wolken dabei, als ob richtig das ganze Land brennte. Dann wird gesotten, o ha, nein." –„Na, von dieser etwas krausen Darstellung wirst du auch noch nicht klüger", unterbrach der Kaufherr den Knaben und nahm nun das Wort und erklärte seiner Frau: „Es werden aus dem Schlick große Vierecke Salztorfs ausgehoben. Die werden oben auf der Warf ausgebreitet, dann wird das angesteckt und zu Asche gebrannt. Diese Asche wird mit salzem

113

Wasser angefeuchtet, bei großen Haufen spitzig und dicht zusammengeschlagen und mit Grassoden bis zum Herbste bedeckt. Grassoden sind etwa fußlange, grasbewachsene Quadrate aus Kleierde", erläuterte er und zeichnete mit dem Finger auf dem Tischtuche die Größe auf. „Man tut die Asche in große Küppes, und obenauf wird wieder salziger, grüner Rasen gelegt, Seewasser darüber gegossen, gesäubert und dann durchziehen lassen. Die Asche ist nun eine rote Sole geworden, die alsdann in einem breiten eisernen Kessel gesotten wird. Was zurückbleibt, ist eine reichliche Menge gutes, weißes, klein gekornet Salz und zum täglichen Gebrauch wohl gut und nützlich." – „Ist es gar nicht bitter, mein Junge?", wandte sich die Hausfrau an Godber. „Doch, das ist es, darum nehmen wir für alles Rauchfleisch und beim Buttermachen Lüneburger Salz, weil das Seesalz dazu für untüchtig geachtet wird, aber zum Specksalzen und für alle tägliche Speise kann es gut genommen werden und wird auch stets gebraucht. Die Frauen machen sich viel Arbeit damit, o ha, ja – wie viel Kummer und Mühen sind dabei, und die Männer verfrachten es nach Dänemark und verbüten[1] es gemeinlich um Roggen", versetzte Godber träumerisch. In Gedanken war er wieder daheim auf seinem geliebten Hilligenley.

Frau Luise nickte ihm fröhlich zu. „Der Junge wird richtig gesprächig, wenn er nur erst in Gang kommt, von der Hallig zu berichten", sagte lächelnd Boy Jens Boysen. „Was sagte denn euer Magister", fragte er, während er die Serviette zusammenlegte. „Er vermahnte und bedrohte mit dem gelben Stock Ingwer Jansen, weil der ganz laut schrie: ‚O ha – was für'n kümmerlichen Kram, erst das Salzmachen und denn mit so 'ner klöterigen Fracht lossegeln zu müssen.'" – „Ein paar Hiebe dann und wann würden dem Prahlhans vortrefflich bekommen", versetzte der Kaufherr nachdrücklich, der es nur ungern sah, dass sich Godber gerade am meisten zu diesem ihm unsympathischen Jungen hingezogen fühlte. Frau Luise teilte diese Bedenken nicht, sie wusste, dass es gar

---

1 friesisch: tauschen

nicht anders sein konnte, weil hier ein süßer Kern sich unter der rauen Schale barg. Denn Ingwer hatte die feinste und stillste Mutter, die es in Husum gab, und um Frau Elsbes willen erlaubte sie Godber immer wieder, Ingwer zu besuchen, sooft er sie auch darum anbetteln mochte.

Das Ehepaar zog sich nach Tisch zurück. Der Hausherr nahm den „Altonaer Merkur" – es las außer ihm nur noch der Senator Feddersen eine Zeitung – unter den Arm und öffnete seiner Frau voll Artigkeit die Tür. Die Kinder durften nach Herzenslust im Garten mit ihren Reifen sich tummeln, wobei es nicht ohne Zank abging, denn das kleine, quecksilbrige Mädchen konnte nicht anders, es musste dem versonnenen Jungen einen Schabernack um den andern spielen und ihn ärgern, wo sie nur konnte, und das war oft. Sie war erstaunlich erfinderisch darin.

An einem drückend schwülen Junitage bat Godber bei Tisch, ob er nachmittags bei Ingwer Jansen arbeiten dürfte, der Magister habe so schwere Aufgaben gestellt, und er wollte doch nächste Woche gern eine gute Note im Zeugnis haben. Er bekam die Erlaubnis. „Frau Kapitän Jansen schickte heute Vormittag die Jungfer Mette her und ließ mit einem Kompliment bitten, Godber etwas länger Erlaubnis zu geben, er solle bei ihnen das Nachtmahl einnehmen", sagte Frau Luise still. „Was? Wie – 'ne Einladung? Ach, Frau – du weißt doch, wie ich darüber denke." „Nun, es ist das dritte Mal mit der heutigen, dass er zu einer Mahlzeit genötigt wurde, und ich habe schon die Erlaubnis durch Jungfer Mette gegeben", erwiderte sie gehalten. Des Hausherrn etwas knurriger Einwand wurde über einer drolligen Frage Wiebkes überhört.

Glücklich ging Godber schon um die dritte Nachmittagsstunde durch die Neustadt und Hohle Gasse in die nahe am Hafen nach Westen laufende Wasserreihe. Die Sonne brütete auf den unebenen Steinen; eine Haubenlerche wippte vor Godber auf und nieder, zupfte an den Grasbüscheln, flog in den Rinnstein und von da auf den Schwengel einer Pumpe, die zwischen zwei sich kreuzenden Straßen angebracht war.

Der Junge ließ die ersten schmalen, spitzgiebeligen Häuser links liegen. Sie waren alle von gleicher Bauart. Schritt man von oben in die steile, holprige Straße hinein, so sah es aus, als seien die spitzen Giebel schief vornübergeneigt und als wollten die vorgeneigtesten auf die Straße stürzen und alle übrigen im Fallen mitreißen.

In der flimmerheißen Juniluft dieses Tages wurde der Eindruck noch verstärkt, und scheu drückte sich der Knabe an ihnen vorbei und war froh, als er zu den Vorgärten kam, in denen Malven und Blauveigelein auf Rabatten blühten. Die Sonne füllte von Westen her mit hellem Glast die ganze Wasserreihe. Nahezu am Ende der Straße, wo diese in die Kleikuhle und den Porrenkoogsdeich ausmündete, stand er vor dem Hause des Kapitäns Jansen.

Eine siebenstufige Steintreppe führte zu dem erhöhten Erdgeschoss des einstöckigen Hauses. Die kleine, mit roten Backsteinen gepflasterte Diele empfing nur durch zwei kleine runde Fenster ihr Licht. Um den weiß gescheuerten Tisch standen eine blau gestrichene Bank und mehrere Stühle von gleicher Farbe mit strohgeflochtenen Sitzen. Auf dem gemauerten Herde schwelte trotz Sommerwärme ein kleines Torffeuer unter dem blanken Kupferkessel. Die beiden Koggen, die unter der niedrigen, verräucherten Decke hingen und ehemals als Modell gedient hatten, waren stets das Entzücken aller Knaben. Auch Godber stand wie gebannt darunter, und voll sehnsüchtigen Verlangens ruhten seine Augen lange begehrlich auf den trotz aller Plumpheit doch zierlich geschnitzten Barockschiffen.

Dann ging er über die Diele auf der eigenartig engen und etwas gewundenen Treppe nach oben. Auch dieser Flur war dämmerig, weil er gleichfalls nur durch zwei kreisrunde Fenster Licht bekam. Drei Stuben mündeten darauf, und eine jede hatte Ähnlichkeit mit einer Schiffskajüte. Alle Wände waren holzgetäfelt und mit dunkelblauer Farbe gestrichen, hatten Wandschränke und Wandbetten an den Längsseiten, und die festgeschrobenen Stühle und Bänke wirkten so massig, als müssten sie Stürmen trotzen. Der Mittelstube hatte

Frau Elsbe einen milderen Charakter gegeben; sie hatte deren Beileger durch einen braunen Kachelofen ersetzen lassen. Auch eine schmale, harte, rosshaarbezogene Sofabank stand seit Kurzem zwischen den kreisrunden Fenstern, und ein Nähtisch mit Elfenbeineinlagen verdrängte beinah gänzlich das Schiffsmäßige. Es war der zarten Frau ein Schmerz, dass sie keine Blumen halten durfte und konnte, zumal sie auch keinen Garten hatte, und Fenstersimse gab es bei ihnen nicht.

Eben trat sie durch die enge Tür, die in Ingwers Stube, in die westlichste der drei, führte. Da stand Godber vor ihr, seine Hand umklammerte einen Teerosenstrauch: „Den schickt Tante Luise, die ersten aufgeblühten Teerosen", sagte er nach dem Kompliment. „Wie lieb von ihr", dankte Frau Elsbe mit holdem Erröten. Sie hatte feines, reiches, rotblondes Haar, das ein schmales, zartes Gesicht umrahmte, und tief liegende, dunkle Augen. Die mädchenhafte Gestalt war trotz breitbauschiger Kleidung so schlank, als könnte jeder Windstoß sie umblasen. Mit geschäftigem Eifer entnahm sie einem Wandschrank eine köstlich geschliffene dunkelblaue Schale und tat die herrlichen Rosen hinein. Godber sah dabei gespannt zu, mit welchem Geschick die gepflegten Frauenhände die Rosen ordneten.

Ingwer stand keck und breitspurig vor den beiden, betrachtete die große Freude, die seine Mutter an den Rosen hatte, und nahm eine altkluge und gönnerhafte Miene an. „Wenn Vater wiederkommt, dann will ich's ihm vorstellen, dass wir in ein anderes Haus ziehen wollen, wo Fenstersimse sind und ein Blumengarten vor und hinter dem Hause ist, Mutter." – „Wo denkst du hin, Ingwer, dein Vater hat dies Haus nach eigenen Zeichnungen und Maßen bauen lassen, niemals trennt er sich davon", antwortete Frau Elsbe. „Dann ziehen wir nach Hamburg, dort kriegst du es so, wie du es haben möchtest. Aber nun komm, Godber, wir müssen rasch arbeiten, um sechs wird gegessen und dann –." „Um sechs schon?" fragte etwas eingeschüchtert der Angeredete. Statt aller Antwort zog Ingwer ihn in seine Stube und überraschte den Freund mit fertigen Aufgaben, deren Resultate er dem verdutzten Godber einfach diktierte. „Mensch, frag jetzt nichts, schreib alles hin, und nachher kommt dann etwas ganz Besonderes. Du wirst staunen."

Nach einiger Zeit stand Frau Elsbe vor den beiden Jungen: „Ingwer, kommt nicht heute Jungfrau Konstanze Christiansen von Kiel zurück?" – „Ja, heute, Mittwoch, so bummelig gegen fünf ist der Wagen am Markt." – „Dann geht doch bitte hin und nehmt ihr das Paket ab." – „Ach, ist da die mandelgrüne Robe von Vater drin?" – „Ganz recht, ich habe die Taille noch mit kirschroten Atlasbändern in Kiel gürten und eine gleiche Seidenschute mit grünen und roten Taftbändern dazu arbeiten lassen." „Ah – ah –", sagte Ingwer und schnalzte mit der Zunge, „dann ist ja die allerschönste und feinste Frau bei dem Fest meine Mutter." Frau Elsbe versetzte ihm einen leichten Klaps und bat dann, die Kleider und die Hutschachtel recht vorsichtig zu tragen. Als die Knaben wieder zurück waren, gab es zu deren Freude Rhabarbergrütze zum Abendessen und hinterher Erdbeerblättertee, dazu Sternplätzchen und mit Zucker und Zimt bestreute Kringeln.

Dann liefen die beiden Jungen hastig fort. Frau Elsbe, die an Schlaflosigkeit litt, nahm ihren Umhang und ging ein Weilchen in den Schlossgarten, wie ihr der Chirurgus empfohlen hatte. Nur ein Viertelstündchen sollte sie sich dort ergehen und vorm Schlafengehen noch eine Tasse gesüßten Kamillentee trinken, dann müsse der gesunde Schlaf kommen.

In den blassen Sommerhimmel ragten düster hohe, knorrige Eichen, in deren Kronen der Westwind sang, die weißen Stämme der Birken schimmerten, und zwischen dem Torhause, dessen grau gestrichenes Sandsteinportal mit seinen Figuren von wilden Rosen überwuchert und von Klematis umrankt war, und dem schöngiebeligen Kavalierhause dunkelten Kastanien mit erloschenen Kerzen. Die Vögel gingen zu Neste, rosige Abendwolken flogen gen Westen, irgendwo ging knirschend ein Pumpenschwengel, und durch die

Abendstille vernahm man das Plätschern des Wassers. Späte Obstbäume trugen feierlich die Last schneeiger Blüten. Ein Zaunkönig flatterte von dem höchsten Ast, und von der Marsch und dem nahen Meer kam der Westwind und wiegte säuselnd die Baumkronen in den Schlaf.

Ingwer hielt im Laufen inne. „Mensch, du hast 'nen Meilenschritt am Leib, nun mal sinniger, wir sind doch gleich da", stieß er keuchend hervor. Im Westerende und der Fischerstraße trafen sie mit anderen Schülern der Gelehrtenschule zusammen.

Der Platz, die sogenannte Schlossschmiede, war erreicht. Ein Viereck war gezogen und mit Sitzbrettern umstellt. Qualmende Fackeln flammten an hohen Stangen und warfen ihren Brand in den opalschimmernden Abendhimmel. Ein Trommler bearbeitete mit aller Kraft sein Kalbsfell, und die Pfeifen klangen schrill und laut und aufreizend dazwischen. Die Flammenbündel aus den Pechfackeln verbreiteten einen stark brenzeligen Geruch, und die Musik schwoll zu ohrenbetäubendem Lärm an. Auf einem langen, schmalen Tische wurden Pfauenfedern, grellfarbene Korallenketten und Brezeln von einem alten Zigeunerweibe von absonderlicher Hässlichkeit feilgeboten. Ihre kleinen boshaften Augen verkrochen sich in dunklen Höhlen, während sie durch die Zahnlücken in verstümmeltem Deutsch ihre Herrlichkeiten anpries und dabei mit der braunen klebrigen Rechten unentwegt ihre Haarzottel unter das leuchtend bunte Kopftuch schob.

Peitschenknallen, Rufe, Klappen, Klirren – alles tönte durcheinander. Dazwischen schrien sich die Zuschauer einander zu, was sie sich an Geheimnisvollem erwarteten. Die rußige, brenzlige Luft und der Dunst aus den Kleidern der Menschen wurde dick und schwül und legte sich beängstigend auf die Brust. Da schrillte ein Silberton von vielen Schellen über die Köpfe hinweg. Mit wiegenden, schweren, unsicheren Schritten folgte ein brauner Bär einem dunkeläugigen, schwarzhaarigen Mann in den Kreis. Dieser blickte keck auf die Großen und Kleinen, warf den Frauen herausfordernde Blicke zu, löste Halsband und Riemen und rief dem Bären einige Worte in fremdländischer Sprache zu. Der hob sich gehorsam auf die Hinterfüße und stand da, die Tatzen demütig über der Brust gekreuzt. Ein lang gezogenes Brummen erklang, der massige Körper schwankte unruhig von einem Fuß auf den anderen, dann wandte er suchend den Kopf nach dem grellgrün gestrichenen Wagen, über dem ein bunt bemaltes Lakendach mit lauter Fähnlein angebracht war. Der Gaukler rief in der Richtung des Wagens mit herrischer Stimme einen Befehl, und wie ein süßes Vogellied antwortete es ihm.

Der Bär versuchte den Aufenthalt zu nutzen, um sich auf allen Vieren auszuruhen. Aber schon nahm sein Herr aus dem Stiefelschaft den gefürchteten Stiel, der so heftig biss. Die Gerte sauste ihm über die Nase und traf das empfindlichste seiner Glieder, und ein weher Klagelaut zitterte durch die Abendluft. Der Bär stand wieder kerzengerade. Aus dem Wagen sprang ein halbwüchsiger, dunkelhäutiger Bursche, neben ihm schritt ein zartes Kind von kaum neun Jahren und hielt eine Geige fest an sich gedrückt. Der Bursche stellte den Schemel mitten in den Kreis, hing ein blutrotes Tuch mit Goldbordüren besetzt darüber, nahm das Mädelchen an die linke Hand, machte eine tiefe Verbeugung in die Runde, wobei er wiederholt die rechte Hand großartig von der Brust weit ausholend nach unten schwang, und rief mit lauter Stimme: „La prinzess Fedha würd spüllen." Er hob die Kleine auf den Sitz und verschwand im Wagen.

Ingwer Jansen knuffte Godber in die Seite: „Mensch, was sagst du nun?" Der sagte gar nichts, wie verzaubert sah er auf das wunderfeine Geschöpf. Das Antlitz war von großer Schönheit, aber von einer Schönheit, die wehetat, wie trauriges Harfenspiel. In den großen dunklen, mandelförmigen Augen lag das Leid eines Lebens. Ein süßes Lächeln tropfte aus dem blütenhaften Mund, die schwarzen Locken wippten, und der schmächtige Körper zuckte in dem dünnen Gazekleidchen, als friere ihn, der an südlichere Sonne und Wärme gewöhnt war. Wieder schnitt der kurze Befehl, den niemand

120

verstand, durch die Dämmerung. Dann presste das Kind die Geige unter das Kinn, und der magere braune Arm führte den Bogen.

Vor Godber versank alles. Er sah nur den rätselhaften verträumten Blick aus den glutvollen Kinderaugen, hörte zum ersten Mal eine Geige spielen und war wie benommen von dem Weinen, Klagen, Singen und Jauchzen der Saiten. Er sah und achtete es nicht, wie der Bär nach den Klängen sich wiegte. Schattenhaft zog der Rest der Darbietung an ihm vorüber. Wie ein Schlafwandler ging er heim.

Am nächsten Morgen, als die Grütze gegessen wurde, hörte er erstaunt, wie der Kaufherr geringschätzig von Tatern sprach, die vom Norden gekommen und wieder nach Ungarn wollten, wohin sie gehörten. Ein brauner Bär sei von ihnen dressiert, und ein gelehriger Pudel springe durch Reifen, und ein Frauenzimmer spiele dazu auf. Wenn sie etwa betteln oder dem Gesinde aus den Handlinien lesen wollten, um nur gute Gelegenheit zu Dievereien auszukundschaften, wollte er sofort geholt werden. Im Übrigen sollte keine Wäsche nachts auf der Bleiche liegen bleiben, und sollten die Riegel vor alle Schlösser geschoben werden. Frau Luise versprach, alle Anordnungen zu befolgen. Im ersten Augenblick wollte Godber sagen, dass er die Gaukler schon gesehen hätte und dass dort ein Königskind die Geige spielte. Aber mit dem rechten Instinkt verschwieg er das Erlebnis. Umso stärker wuchs die Anziehungskraft, die Fedha auf ihn ausübte.

Eine ganze Woche lang trieb er sich jede freie Stunde heimlich in der Nähe des bunt bemalten Wagens herum. Ein wenig eigen klopfte ihm zwar das Herz dabei, aber er tröstete sich damit, dass Herr Boy Jens Boysen das Hingehen und Zuschauen ja doch nicht gerade verboten hatte. Das Neue und Seltsame nahm ihn gefangen. Sooft Menschen genug beieinander standen, trottete der Bär mit seinem Herrn in den Kreis, und die Kunststücke und Vorführungen begannen. Er aber wartete nur auf den Augenblick, wo Prinzess Fedha ihren Thron bestieg und zu geigen begann. Gegen Schluss der Vorstellung nahm sie allemal einen Messingteller, trat knicksend an die Zuschauer heran und hielt den Teller hin. Er legte jeden Tag einen Schilling mehr hinein, nur weil dann die schwarzen Lockenbüschel froher wippten und die Augen in dem braunen Gesichtchen wie stille Flammen leuchteten.

Am letzten Tage, Boysens waren mit Wiebke schon morgens mit dem Schimmelgespann zu dem Halbbruder und Stiefvater Wiebkes nach Tönning gefahren und kehrten erst frühestens am übernächsten Tage zurück, kam eine seltsame Unruhe über Godber. Wie er auch die Börse drehen und wenden mochte, sie war und blieb leer. Alle Schillinge waren auf den Messingteller gewandert. Er zog die Stirne kraus und dachte scharf nach. Aber fortbleiben, wo die Gaukler morgen die Stadt verließen – nimmermehr! Doch wenn der Teller rumging, heute vielleicht zweimal, wie Ingwer in der Schulpause geprahlt hatte – und er konnte nichts darauflegen! Eine helle Röte ergoss sich über sein Gesicht, zaghaft trat er an das Spind, in dem er seinen Goldgulden verwahrte. „Es ist nur, dass du was dein Eigen nennst, Godber, dafür lasse ich dir den Gulden da, er braucht nicht ausgegeben zu werden", hatte der Großvater beim Abschied gesagt. „Du musst Mutter auch für ein paar Schillinge Zuckerdinger mitbringen", hatte er noch hinzugefügt.

Godber steckte ihn entschlossen zu sich. Eilig verzehrte er sein Nachtmahl und schritt zögernd aus dem Hause. Er gab vor, noch ein Schulbuch holen zu müssen, das er am nächsten Tage nötig hätte.

Es schlug von St. Marien sieben, als er um die Ecke bog. Beim Krämer zuckte sein Fuß, er wollte dort seinen Gulden wechseln, aber irgendeine Scheu hielt ihn davon ab. Die Vorstellung war schon im Gange, als er sich in eine Lücke drückte. Es waren heute fast nur Kinder da, nur hie und da ein vereinzelter Erwachsener. Das kleine, braune Mädchen nahm am Schlusse den Teller, aber selten nur klirrte eine Kupfermünze hinein. Schubweise rannten die Zuschauer davon, ehe sie ihren artigen Knicks vor ihnen machen konnte. In Godbers Hand brannte der Gulden. Er umschloss ihn fest und legte ihn nicht auf. Mit großen glänzenden

Augen, in denen sich frohe Erwartung spiegelte, hielt sie dem Jungen den Teller hin; sekundenlang senkten sich die Blicke der beiden ineinander. „Nix geben für little Fedha?", fragte sie mit glockenheller Stimme. Er schüttelte verneinend den Kopf. „Ich habe nur ein großes Stück Geld, und das darf ich nicht ausgeben."

Sie sah ihm scharf auf die Lippen, schaute auf seine geballte Faust, in der sie den Reichtum vermutete und sagte bedauernd: „O – nix machen … ick erszählen dir was Feines." Sie gab dem Burschen den Messingteller mit dem kargen Inhalt und fasste des verdutzten Jungen Hand und ging mit ihm durch die nächsten Straßen dem steilen Seedeich zu.

Mit weicher, singender Stimme sagte sie zu dem widerstrebenden Knaben: „Komm, wir gehen an sehrr großes Meer!" Noch immer hatte Godber nichts gesagt; er war ihr aber, wenn auch nur zögernd, doch wie verzaubert gefolgt. Des Mädchens Augen sahen ihn seltsam innig an, ein feines Rot stieg in ihre Wangen und verging so schnell, wie es gekommen war. Ganz sachte strich ihre braune Hand über seinen Ärmel: „Du habn vülle goldenes Haar – oall Jungs in Dennemarken – wo kommen her jetzt – haben solches." „Wo geht ihr denn nun hin?", forschte Godber, von dem mit einem Male alles Unbehagen schwand. „O – wir rreisen widder in lauter Sonnenschein, puh – hier kalte Menschen sind." Sie schmiegte sich ganz an ihn, und er fühlte die Wärme ihres Blutes unter dem dünnen Stoff ihres Kleides.

„Sind das auch deine richtigen Eltern?", fragte mit beklommener Stimme der Knabe, „und warum sagt der eine Mann von dir la prinzess little Fedha?" „O, nix Eltern ssein, meine Mutter ssein krank, lüggt im Wagen, o – ssie ssein eine Könnigin, ist woll die letzte könnikliche Frau aus unserm Volkerstamm. O – wir schtammen aus das Pharaonenland! Vor vüllen Tausend Jahren sseind gewesen unsere Vorfahren Konnige und Herrscher! Sehrr große Konnige schtammen ab von uns. Nun ist nur noch die Puszta in sehrr schönem, warmen Sonnenland unsere Heimat, weißt du." Atemlos waren die beiden auf den grasbewachsenen Seedeich gerannt. „Puh, das vülle nasse, kalte Wasser, non, non, hier mak ich auch nicht ssein." Sie riss den Jungen mit einer wilden Bewegung wieder mit herunter und setzte sich ermattet ins Gras.

Sekundenlang schloss sie wie in Erschöpfung die Augen. Die nachtschwarzen Locken ringelten sich wie ein Heiligenschein um das braune Gesichtchen, ein Traumlächeln schwebte um ihre Lippen, und über Godber kam eine andächtige Scheu und eine unnennbare Qual zugleich. „Setzen dich hierher", kommandierte die Kleine, und gehorsam tat er es. „Jungens in Dennemarken sseind viel libber und zartlicher als du."

Godber rutschte ein Stück weiter von ihrer Seite ab und setzte sich an den Graben, zu Füßen des braunen Zigeunerkindes. Einen Augenblick sann sie nach, hatte er sie nicht verstanden oder war er so dumm, das musste sie doch feststellen. Sie erhob sich. „Kennst du Dennemarken?" Voll schlug sie die großen Augensterne zu ihm auf. „Nein, noch nicht, mein Großvater bringt mich aber später nach Oranienburg, wenn ich älter bin und viel gelernt habe. – „O", sie schnappte mit ihren beringten Fingern, „o, du sollst wohnen auf einer Burgk? Gib herr deine Hand", und ob er heftig widerstrebte, sie breitete seine Hand, die noch immer krampfhaft den Gulden presste, vor sich aus. Godber sah auf das Goldstück in seiner feuchtheißen Hand, im selben Augenblick war es verschwunden, und er meinte doch nicht, dass es Fedha genommen hatte. Sie sah angestrengt auf die Linien – „o – no – nix in Burgk und Schloss wohnen, niedrige Hütte bloß. Immer in langem schwarzem Rock vor Tisch in dunklem Raum zwei weiße hohe Kerzen, und da mitten liggt ein dickes Buch." Ihre Hände beschrieben eine meterhohe, unwahrscheinliche Dicke. „Hier ist ein blondes Frau mit ein Kind, da widder ein andres blondes Frau mit drei und da unten steht nochmals neue Frau, doch nicht ganz beschstimmt ist sie dir, wendet sich vülleicht auch wieder ab – aber nicht eine mit solche Locken", und sie fuhr durch ihr dunkles Gelock.

Dann presste sie die fein geschwungenen roten Lippen fest aufeinander und stand schweigend da, holdselig anzusehen

124

und von bestrickendem Liebreiz das ganze zarte, elfenhafte Wesen.

Zwei Porrenfischer kamen die schräge Deichböschung herab. Auf ihren Schultern hingen die Schleppnetze, und zwischen sich trugen sie einen geflochtenen Korb voll springender Krabben. Eine Wolke von Fisch- und Tanggeruch hüllte sie ein. Als sie die beiden Kinder sahen, sagte der eine zum anderen mit breitem Grinsen auf dem sommersprossigen Gesicht, und er zwinkerte dabei mit den verkniffenen Augen auf Godber: „Dä snöselig Jung fritt de Appels grön und suer, he kann nich töwen, bit se riep un gähl sünd." Der andere, der Ältere, hielt im Vorwärtsschreiten inne, sah auf den verdutzten Jungen und riet ihm, nach Hause zu laufen. „De Taterndeern verhext di, lop gau", dabei machte er eine Gebärde, als wollte er mit dem Stiel des Netzes auf Fedha losschlagen. Wie eine Katze zum Sprunge geduckt, schnellte sie auf und war davon, ehe die drei dessen gewahr wurden. Die beiden Männer gingen schwerfällig weiter.

In Godber stieg es heiß und beklemmend auf. Er zog den Kopf ein, versteckte das Gesicht hinter einem Arm und schlich traurig davon. Er nahm den Arm erst wieder vom Gesicht, als er in die niedere Straße einbog. Langsam und bedrückt ging er nach Hause, und unbemerkt klomm er die Treppen hinauf und saß in seiner dämmerigen Stube, von Unfrieden und unbewusster Scham hin und her geworfen und zerrissen. Das beklemmende Gefühl, Unrecht getan zu haben, verließ ihn nicht. Aber er hatte den Gulden ja auch nicht verschenkt, er war ihm genommen. Eine Last fiel ihm vom Herzen. So legte er es sich zurecht, bis eine innere Stimme Pfui! rief.

Da litt es ihn nicht mehr länger drinnen, die engen Wände, die niedrige Decke bedrückten und beengten ihn, als müsse etwas in seiner Brust zerspringen. Etwas Frostiges huschte über sein verschlossenes Gesicht, und er hüllte es in beide Hände.

Er meinte noch immer zu spüren, dass ein großes, gutes und reines Gefühl ihn geleitet, und kam sich doch nun beschmutzt und befleckt vor. „He fritt de Appels grön", klang es ihm immer wieder im Ohr. Und wenn er auch nicht wusste, was der Mann gemeint hatte, aber dass es nichts Gutes bedeutet hatte, war ihm offenbar, und das Augenzwinkern und Grinsen war noch das Schlimmste dabei gewesen. Es blieb davon, das fühlte er klar und bestimmt, ein gallenbitterer Geschmack.

Godber wusste nicht ein noch aus in seiner Not. „Das Königskind", jubelte es in ihm, und gleich riss ein Missakkord „der Gulden" das Märchengebilde mit rauer Faust zusammen, dass aller Glanz und Schimmer abfiel.

Als er in den dämmerigen Garten lief, streifte er im Vorbeigehen den Wildrosenstrauch, der in üppiger Fülle und Breite am Eingang stand. Er war als kleiner Busch mit aus dem lippeschen Rosenlande nach dem Norden gekommen und gedieh zur innigen Freude Tante Luises, deren ganze Liebe und Wonne dies einzige lebende Symbol ihrer geliebten Heimat war. Godber blieb sekundenlang vor ihm stehen. Die Wildrosenknospen zitterten im Winde, es war wie eine leise Ungeduld in ihnen, die sich nach dem Blühen sehnte. Dieses drängende Leben, diese schmerzlich süße Unruhe – so übertrug er, was in ihm sich regte, auf die Außenwelt und ward doch nicht ruhiger dabei.

Ja, wenn Tante Luise heute Abend hier wäre, die würde helfen, glätten und alle Verstörtheit davonjagen, wenn ihre gütigen Mutterhände lächelnd und verstehend nur ein einzig Mal über seine brennende Stirn streichen würden, dann wär alles gut – mit jenem verhaltenen Lächeln, welches sagte: Auch ich habe jene Zweifel, Kämpfe, Siege, Niederlagen durchgemacht, auch ich war wie du.

Es wurde dunkler im Garten, und nur eben ließen sich noch die satten gelben Flore, das tiefe Blau der Blauveigelein und die scharlachroten Frauenherzen erkennen. Geheimnisvoll hoben sich die mattweißen Dolden der Holunderblüten aus der Dämmerung, silbrig schimmerten die Glocken der hohen schneeweißen Lilien, Nachtfalter schwirrten, Leuchtkäfer verglühten im nächtlichen Dunkel, und die balsamische Luft war von trauriger Feuchte durchkühlt. Godber umklammerte den rissigen Stamm eines Gravensteiners, und seine Gedanken irrten wie Fledermäuse umher.

Aber ganz allmählich wurde es stiller in dem träumerischen Knaben, das Hässliche des heutigen Abends, die unguten Worte der Fischer und das noch schlimmere Grinsen – das fiel ab, sein Herz blieb unbefleckt, wenngleich schon eine heimliche Not in ihm nachzitterte. Er atmete tief, sein Herz schlug, und doch war ihm, als sei er wunderbar befreit. In all dem dunklen Wirrsal war nun ein Tor gesprengt, und eine neue Welt war ihm geöffnet. Er wusste nicht, wie lange er draußen war.

Über ihm in der Baumkrone zirpte traumverloren ein Zaunkönig und schlief gleich weiter. Eine Wespe erhob sich verschlafen und schwerfällig aus einem Blumenkelch und taumelte davon. Die Blätter rauschten geheimnisvoll, und die hellen Sterne blühten gleich silbernen Blumen an dem dunklen Himmel.

Da schlich er leise wieder ins Haus. Die namenlose Verlassenheit und Bangigkeit war von ihm abgefallen. Die Augen waren licht und klar, aber sein letzter Gedanke vor dem Einschlafen galt doch den Gauklern, und vor seinen geschlossenen Lidern schwebte noch einmal das süße Gesicht der Fedha, rief wundersames Entzücken hervor und ließ alle Sehnsucht aufblühen. Dann falteten sich seine Hände, und bald verkündeten gleichmäßige, feste Atemzüge, dass er schon eingeschlafen war.

* * *

Einige Tage später legte Olaf Bandicks Galiote im Hafen an. Nachdem er alle Gewerbe in der Stadt verrichtet hatte, die Ladung Korn gelöscht, wartete er auf passablen Segelwind, womit eine gute Woche hinging.

Es war nahe vor den Ferien. So kam es, dass Godber dieser Fahrtgelegenheit wegen drei Tage vor den anderen in die Ferien und nach Hause durfte. Nach zehn Monaten sollte er zum ersten Male wieder seine Heimathallig sehen! Kaum hielt Godber an sich. Alles Heimweh der vergangenen Tage, alle selige Freude der Heimkehr – er hätte sie hinausschluchzen mögen: „Hilligenley – Ualbaabe, Mäm, Mallenke!" Aber tapfer bezwang er sich.

Am übernächsten Tage gegen Abend hielt die Galiote auf Hilligenley zu. Im Westen begannen sich der Himmel und das Meer zu färben, während schon leichte Dämmerschleier über der Festlandsküste lagerten. Über dem breiten, ockergelben Band türmte sich eine zartrosige Wolkenschicht, und der Horizont, der wie eine straff gespannte, lichtblaue Wölbung glänzte, fing zu leuchten an. Eine große dunkle Wolkenbank senkte sich über den Sonnenrubin und verschmolz mit dem weiten, granatblumigen Horizont, als wachse ein finster drohendes Gebirge aus der flachen Niederung empor. Doch das währte nicht lange. Der Sonnenball war fast darunter verschwunden, aber schon stand der Mond als schmale Sichel über dem nun wieder glänzenden Himmelsbande in den rosigen Wolken. Dunkler wurden die Schatten, die Sonne stieg tief in die Flut, die sie im Scheiden mit ihrem goldenen Überfluss überschüttete. Die Wellen raunten und rauschten ihr uraltes Lied von Vergehen und Auferstehen.

Langsam glitt der Segler in die Farbensinfonie, durchschnitt mit seinem schwarzen Leibe das Goldgewand des Meeres und zeichnete mit seinen dunklen Masten Striche in das lichte Himmelsblau. Stumm genoss Godber den Sonnenuntergang, und sein Herz wurde weit und weich beim Anblick der Heimat. „Gibt es auch wohl ein schöneres Stück Erde als Hilligenley, was meint Olafbööle?" – „Ich meine darüber nichts, Godo, aber das weiß ich, dass das Wiederkommen immer das Schönste bei jeder Reise ist, die man tut", und in Gedanken setzte er hinzu, dass es gut und weise eingerichtet sei, dass es die Menschen nicht wissen, wann sie am glücklichsten sind.

Yorck und Mallenke standen am Ufer, und ehe der Schiffsanker sich in der schweren Kleierde festbiss, kamen auch noch Paul Meinert und seine beiden Jungen Pay und Ulf hinzu. Sie nahmen Godber in die Mitte und gingen mit ihm plaudernd der Warf zu. Auf den weiten, grünen Fennen waren schon hie und da lila Tupfen sichtbar, die Bondestabel begann zu blühen. Würzig und herb war der Duft des silbrigen Beifußes, der die Sommerluft erfüllte. Godber blieb stehen, sog den herben Ruch ein, wies auf den blühenden, lila Teppich und sagte versonnen: „Ist es schon so weit, dass der Bondestabel Zeit ist?" Yorck und Paul Meinert bedeuteten ihm, der Juni habe so viel Sonnenwärme und wenig Regen gebracht, und nun sei alles, auch das Gras, viel weiter als alle übrigen Jahre, und sie seien deshalb schon fleißig beim Mähen.

Befremdet blickte der Knabe nach der Haustür, durch die Mallenke, alt und gebückt, schritt. Seine Mutter müsste doch eigentlich schon vor dem Garten gestanden haben. Und jetzt war sie nicht einmal zum Willkommen vor die Tür getreten? Der Ratmann fühlte Godbers Blick. „Ja, sieh, Godo – Mäm kommt kaum mehr heraus. Sie ist auch wieder eingefallen und liegt deshalb seit einigen Tagen fest zu Bett. Du sollst erst morgen früh mit mir zu ihr."

Dann löffelten die drei schweigend ihre Rahmgrütze. Mallenke rutschte dem Jungen ganz nahe, strich unbeholfen über seinen Arm und murmelte ein „lütt Liew" – und „armes Stakel" nacheinander. Yorck zog die Stirn kraus: „Mach es dem Jungen nicht noch schwerer – wie es schon ist. Er weiß es ja doch nun, wie krank seine Mutter ist." Godber sah bestürzt von dem einen Gesicht auf das andere. Er schluckte etwas herunter, das würgend in seiner Kehle saß, und nickte statt einer Antwort schwer mit dem Kopfe. Dann legte er seinen Löffel hin und sagte, er sei wirklich satt.

Seine Augen irrten durch die blanken Scheiben und blieben auf dem mit dem silbrigen Wermut untermischten stumpfen, lila Blütenflecken haften. Alles versank. Wie aus weiter Ferne schlug Mallenkes Stimme an sein Ohr, die mürrisch sagte, es passe ihm wohl nicht mehr, mit einem Holzlöffel aus einer Schale Grütze zu essen, und sie habe ihm doch noch die aus geflammtem Wurzelholz von Helge Eriksen hingestellt, aber er sei es wohl jetzt vornehmer gewöhnt, mit silberner Gabel und Löffel von porzellanenem Teller an linnenbedeckten Tischen zu essen. Er antwortete nichts darauf, sah nur die Bondestabel und den Beifuß, schaute das stumpfe Lila mit den silberfiligranartigen Blättern vermischt, und Seltsames ging mit dem träumerischen Jungen vor. Bis in sein hohes Alter hinein erinnerte ihn immer diese Verbindung der beiden Farben an das Leid und die Trauer seiner ersten Heimkehr.

Am anderen Morgen sagte der Ratmann zu Godber und streichelte ihm das blond schimmernde Haar aus den Schläfen: „Nun wollen wir zu unserer Kranken gehen, mein lieber, lieber Junge." Es war eine Stimme, die vor Bewegung und Güte brach. „Deine arme Mutter wird ihr zeitloses, unbewusstes Dämmerleben führen, bis sie Gott der Herr zu sich nehmen wird – komm mit!"

Godber stand erschüttert vor dem Wandbett. Er hielt gewaltsam seine Tränen zurück. Der Ratmann öffnete weit die Luken, damit das Sonnenlicht hineinfluten konnte. Inke schlief noch. Neben ihrem Kopfkissen lag ein großer Strauß Bondestabel, der mit Wermut eingefasst war. Blitzartig durchfuhr es den Knaben, so bleich und weiß wie das Bettlinnen hatte Mutter schon einmal ausgesehen, als er die dunkelroten Akeleien pflückte und ihre Hände damit füllte.

Langsam hoben sich die Lider der von immerwährender Nacht befangenen Inke. Mit leeren, toten Augen sah sie auf die beiden, sekundenlang. Dann streckte sie abwehrend die Hände aus, als wollte sie das Grauen von sich fernhalten, und der hagere, fleischlose Körper sträubte sich wie in Qual des Entsetzens. Yorck nahm die durchsichtigen Hände in seine und sprach beruhigend gute, liebe Worte wie zu einem zweijährigen Kinde. Bald sanken die Lider herab, und wie sie so dalag, erinnerte sie an einen gefangenen Vogel, der müde und betäubt durch die Gitterstäbe blinzelt.

Die Kranke schlief wieder. „Sie kennt niemanden mehr, seit das mit Thomas passierte", sagte Yorck bekümmert. „Aber sieh, nichts ist sinnlos, wie so viele meinen. Der Verstand ist ihr genommen, aber damit auch die Schmerzenslast, für die ihre Schultern viel zu schwach gewesen sein würden."

– „Hat Großvater auch mal an einen Chirurgus in Hamburg geschrieben?" – „Nicht nur das, Godo, ich habe den Leibarzt aus Kopenhagen kommen lassen. Wir dürfen nichts hoffen. Sie ist meist wie ein ganz kleines, harmloses Kind. Ihre Freuden sind die Freuden eines Kindes. Die Sonne und die Blumen liebt sie sehr. Mit Muscheln und Steinen scheint sie nichts anfangen zu können, sie lässt sie achtlos runtergleiten." – „Kann Mäm denn gar nichts mehr tun?", fragte Godber langsam mit tränenerstickter Stimme.

Eine Weile blickte der Ratmann schweigend auf das Wandbett, dessen Luken er wieder geschlossen hatte, dann schüttelte er den Kopf. „Sie spricht seit Oktober gar nichts mehr. Dass sie die Sonne gernhat, merken wir an sonderbaren Lauten, es sind nur wenige, die sie gebraucht, aber es sind immer dieselben. Ihre Muttersprache ist gänzlich ausgelöscht. Auch ist sie fröhlicher, wenn die Sonne scheint. Sonst ist es recht traurig bei uns geworden. Scheint die Sonne nicht, dann tragen wir noch mehr Leid. Mäm weint dann, viel, sehr viel, und niemand weiß, warum, und was für ein bitterliches Weinen, o ha, ja! Das Schlimmste ist, dass sie, die immer kümmerlich isst, an solchen Tagen überhaupt nichts zu sich nimmt. Gott hat vor drei Viertel Jahren sein unerbittliches Nein gesprochen. Gott tat uns auch dieses an, und was er tut, und wie er's macht, so ist es uns Menschen gut. Du verstehst das jetzt noch nicht, mein Junge, später – später! Leid wird keinem Menschen erspart; es gehört zu den Lebensnotwendigkeiten, wie Sonnenschein und Regen. Gott schickt uns solches Leid ja auch nicht, weil er uns verworfen hätte, sondern weil er uns von Schlacken säubern will. Und nun Kopf hoch! Komm mit mir, du hast den neuen Stall noch nicht gesehen!" Godber hielt dem leidvollen Blick des Ratmannes stand, ohne zu weinen.

Aber es warf doch einen viel dunkleren Schatten auf den Knaben, als Yorck es gedacht hatte, und er nahm sich vor, solange das winzige Lebensflämmchen in Inke noch glühte, den Jungen nur in den Sommerferien heimkommen zu lassen. Viel lieber wollte er die Strapazen der Reise auf sich nehmen und, so häufig es ging, ihn in Husum besuchen.

Zwischen Mallenke und Godber gab es nach dem ersten Abend keine Hemmungen mehr. Sie kochte ihm alle seine Lieblingsspeisen, und er war weich und zärtlich zu der Alten. Nach drei Wochen wurde Inke nachmittags einige Stunden in den Garten gebracht. Da saß sie trotz Sommerhitze in Kissen und Tücher gehüllt und starrte vor sich hin, oder sie hatte die Enden ihrer beiden schweren, blonden Flechten, die ihr über die Schultern bis in den Schoß hingen und denen die Krankheit nichts hatte anhaben können, stundenlang zwischen den Fingern, öffnete sie und flocht sie wieder ein. Ihre Frauenhaube, die damals neben Thomas auf dem Watt gelegen, hatte sie nie wieder aufgesetzt und duldete es auch nicht, wenn Mallenke sie dazu veranlassen wollte. Warum, das wusste auch niemand.

Godber schlich scheu zur Kranken, er hatte in der einen Hand einen Strauß Bondestabel, in der anderen einen Busch prächtiger Möwen- und Austernfischerfedern. Mit blankem, tränenfeuchtem Blick hielt der Knabe beides mit bittender Gebärde hin. Inkes leere Augen hefteten sich auf ihren Knaben, doch in ihr verworrenes, abgeirrtes Bewusstsein kam keinerlei Erkenntnis. Mit den Blumen schien sie jedoch einen Begriff zu verbinden, sie nahm sie an sich und legte sie in ihren Schoß. Godber trat noch einen Schritt näher und berührte die Decke. Da griff sie auch nach den Federn. Erfreut legte er sie in ihre Hand. Doch da streckte die Kranke ihre Rechte auch schon wieder von sich, und achtlos ließ sie die Federn auf die Erde fallen. Der leichte Körper sank wie ein herabgewehtes Blatt fröstelnd an die Stuhllehne – eine Fremde, Unbekannte im irdischen Vaterhause. Das erstarrte Lächeln blieb auf dem schneeigen Antlitz liegen. Inke schlief schon wieder.

Godber lief ins Haus, presste beide Hände vor das Antlitz, und qualvolles Stöhnen und Schluchzen entrang sich seiner Brust. Er wünschte brennend, Olaf Bandicks Galiote möchte schon morgen nach Husum segeln. Krampfhafte Zuckungen erschütterten den Knabenkörper, er lief aber nicht aufs Feld zu Yorck und Mallenke, die beim Heuschwelen waren, sondern rannte auf die Kirchwarf. Leise klinkte er die Türe auf und stand verloren und verlassen in dem dämmerigen Raum vor der Steinplatte, die quer vor den Altarstufen lag, und unter der Herr Laurentius Laurentii seinen Schlaf bis an jenen Tag tat.

In unsäglicher Sehnsucht forschten des Knaben Augen auf der schweren, behauenen Steinplatte, dann glitten sie über den mit weißem Linnen bedeckten schlichten Altar, zu dessen beiden Seiten die zwei messingnen Leuchter mit den hohen, gelben Kerzen standen. Die Messingschilder trugen die Aufschrift:

Zum Angedenken der seligen Ehefrau Naemi Laurentius
geb. den 2. Junius 1649
selig entschlafen den 10. May 1725
Micha 7,7.

und

Zum Angedenken des Herrn Laurentius Laurentii
weiland Hirte dieser Gemeinde
gottselig im Herrn entschlafen am 16. Sept. 1728.
Lukas 2, 29. 30.

Je länger er hier versunken stand, desto ruhiger und gefasster wurde seine Seele. Es war, als ginge etwas von der Ruhe des Schläfers da unten auf ihn über. Es wurde ganz still in dem Knaben. Er hatte die Hände auf dem Rücken verschränkt, und in ihm fingen schwebende Töne zart und leis an zu läuten. Schleier zerrissen, Nebel wichen, und die leuchtenden grauen Augen sahen auf einmal ganz klar. Er wusste seinen Weg. Er würde nicht auf Sternkunde studieren, nein, er wollte Halligprediger werden, wollte so einer werden wie Herr Laurentius Laurentii.

„Ich will ein Diener der Kirche werden!", kam es heiß von Godbers Lippen.

Der Ratmann war einverstanden. Er war in dem Alter, wo man menschliches Erleben mit anderen Augen ansieht als in stürmender Jugend. So hatten seine Eltern ihn verstanden und ihm nachgegeben, da er Schiffer werden wollte, obwohl er später dann das Blutserbe stärker in sich gespürt und seine Liebe mehr und mehr den Sternen zugewandt. Aber wer konnte das wissen? Er wusste um das Geheimnis der Beziehungen zur Landschaft, diesem geliebten, flachen, möwenumflatterten, wolkenüberzogenen Land, Friesland, dem Land der ernsten, wortkargen Menschen reinsten Blutes. Friesisches Land, das seine eigene Sprache spricht und mit seinem eigenen Geiste denkt. Friesische Menschen, deren Herz Raum hat und deren Augen ausblicken zum weiten Horizont.

Rüm härt, kloor kiming.
Weites Herz, klarer Horizont.

Er kannte die Gewalt dieser Mächte. Und er wusste auch, dass alles Leben Wanderung ist, bei der es gilt, dem inneren Kompass zu folgen und geradeaus und aufrecht seinem Ziele nachzustreben. Dieses Ziel sollte und musste sich jeder selbst stecken. Die Freiheit der Möglichkeit zur Selbstentfaltung sollte seinem eigenen Willen gewährleistet sein.

Wollte Godber auf den Prediger studieren, gut, er würde ihn nimmer daran hindern. Noch konnte er ihm Ratgeber und Beschützer sein, aber ob noch viele Meilensteine kommen würden, wo er warnen und helfen konnte, das wusste nur der Eine.

Schmerzliche Zerrissenheit, Zweifel im Glauben, Verzagen an seiner Kraft – die würden auch dem jungen Godber in seiner Werdenot nicht erspart bleiben. Aber auch das war gut so. Vielleicht musste auch er, wie so viele, ohne Führer den Pfad in der Irrnis finden, wo sich so mancherlei Wege öffneten, sich kreuzten und wo es galt, mit Hin- und Hertasten das Wertvolle aus dem vielgestaltigen Leben für sich herauszufinden, getrieben von der ewigen Sehnsucht nach unendlicher Weite und hinaus über alle beengenden Grenzen. Mit dem allen musste er dann allein fertig zu werden suchen.

Wille und Schicksal im Menschen gingen nun einmal Hand in Hand. An Treue gegen sich selbst und gegen die anderen, an Pflichteifer beim Studium würde Godber es niemals fehlen lassen. Diese Gewissheit hatte Yorck Rickertsen. Und die Abschiedsstunde in der stillen Stube bei Herrn Laurentius, da jener segnend seine Hände auf des Knaben Kopf gelegt, stand wieder vor ihm. Mochte Godber Godbersen ihn dann gehen, den aus Sehnsucht und Willen gewobenen Weg.

* * *

Dreizehn Jahre waren seit diesem Entschluss vergangen! Dreizehn Jahre sind eine Ewigkeit, wenn ein Kind sie in der lockenden Zukunft sieht, sie sind ein Tag, wenn der Greis auf seine Wanderung zurückblickt.

Aus dem weichen, träumerischen Halligjungen hatten die Jahre einen ernsthaften und etwas linkischen Studenten und nun einen wohlgelahrten Magister und Theologen gemacht, der in nicht zu ferner Zeit seine Anstellung als Prediger erwarten durfte. Sein Gesicht war im Laufe der Jahre wohl männlicher geworden, aber weder Lebensmut noch Sonne konnten es kräftig bräunen, es blieb blass. Doch seine Augen waren die leuchtenden, grauen Kinderaugen geblieben, die treu und rein glänzten.

Nun, wo er morgen Marburg für immer verlassen sollte, ahnte er erst, wie er dies schöne, weiche Land mit seinen Hügeln und Wäldern, vor allem aber die Stadt selbst lieb gewonnen hatte.

Er hatte als Stipendiat im Kugelhause gewohnt und freien Tisch daselbst gehabt. Auch als er bereits das Baccalaureat erlangt hatte, war er aus Sparsamkeitsgründen dort geblieben.

Eben schritt er durch das Barfüßertor durch die Untergasse auf Umwegen zu der Wohnung des von ihm sehr geliebten und verehrten Professors Christian Wolff, des seit 1724 in Marburg lehrenden, berühmten Philosophen, um ihm einen Abschiedsbesuch zu machen. Vor dem Hause stieß er mit einigen wohlhabenden Studiosen zusammen, die mit modischen Allongeperücken, Spitzenmanschetten, Wadenstrümpfen geringschätzig unter ihren Dressenhüten auf den einfachen schwarz gekleideten Gottesgelahrten blickten.

Der große Philosoph war sehr herzlich gewesen, und traurig machte Godber nun bei den beiden Vettern, den Professoren Johann Christian Kirchmeier und Johann Sigmund Kirchmeier, die über systematische und praktische Theologie, Exegese und Dogmatik gelesen und ihn beide gleicher Weise sehr gefördert hatten, dankbaren Herzens seinen Abschiedsbesuch.

Am nächsten Nachmittage, einem Spätherbsttage, bestieg Godber Godbersen am Posthause die gelbe Postkutsche. Er war von hoher schmächtiger Gestalt. Ein breitrandiger Hut überschattete das bleiche, bartlose Gesicht, ließ aber das lange, schimmernde Blondhaar, das auf den Kragen des zugeknöpften, schwarzen Lutherrockes fiel, frei. Seine Reisetasche und die große, schwere Decke, die Mallenke aus vieler weicher Schafwolle ihm eigens für die langen Reisen gewebt hatte, verstaute der Postillion oben auf dem Verdeck. Der junge Kandidat der Gottesgelahrtheit hatte den ausbedungenen Platz auf dem Kutscherbock eingenommen. Bis Kirchheim wollte er wenigstens oben sitzen.

Die Pferde zogen an. Das Horn erklang. Marburg, ade!

Noch war es draußen warm, aber abends kündete die klare Sichel des wachsenden Mondes schon die ersten kalten Oktobernächte an. Über die träumende hessische Landschaft spannte sich wie blassblaue, schillernde Seide der Himmel. Nun ging es zum letzten Male durch die holperigen Gassen. Mit versonnenen Augen trank Godber wehmütig das Bild der lieben, alten buckeligen Stadt. Wie war sie doch so schön mit ihren Winkeln und Türmen! „Marburg, ade!"

Auf den schattigen Mauergängen spielten noch letzte Sonnenkringel. In Abendgold getaucht, grüßte noch einmal die Elisabethkirche. „Marburg, ade!" Vorbei an den niedrigen Häusern, die, dicht gedrängt und von herbstbuntem Rebengerank umsponnen, sich übereinanderbauten. Kein Haus glich dem anderen. Bald waren die Häuser hoch, bald niedrig. Der eine Erbauer hatte die Fensterhöhe so, der andere wieder anders genommen. Ein Haus war steil und gerade, das nächste mit überhängenden Stockwerken. Hier plätscherte es aus einem Sandsteinbecken, dort schloss reizvoll und malerisch ein Tor einen traulichen Winkel ab. Wie oft hatte er sich daran gefreut und diese Mannigfaltigkeit lächelnd bewundert.

Noch einmal winkte das Schloss ihm Abschiedsgrüße. Unzählige Male war er dahin gepilgert, wenn der volle Mond den murmelnden Brunnen streichelte, dass das Wasser in dem Becken gleich flüssigem Silber aufwallte. Aus dämmernder Vergangenheit waren ihm dann oft Bilder aus der Ritterzeit aufgestiegen, der Auszug am frühen Morgen zur Jagd und der Minnegesang am rauschenden Brunnen des Schlosshofes im nächtlichen Dunkel. Träumend hatte er viele Stunden monddurchfluteter Nächte dort zugebracht, bis dann der alte Nachtwächter mit schweren Schritten dahergetappt kam und, die Laterne, die niemals ordentlich brannte, in der Linken, ins Horn stieß und sein Lied anhob:

> „Hört Ihr Herrn und lasst Euch sagen,
> Unsre Glock' hat zehn geschlagen.
> Zehn Gebot' schärft Gott uns ein;
> Gib, dass wir gehorsam sein.
> Menschen Wachen kann nichts nützen,
> Gott wird wachen, Gott wird schützen;
> Herr, durch deine weise Macht
> Gib uns eine gute Nacht."

Die stolzen Giebel und Stadtmauern versanken in silbriger Abenddämmerung. Noch einmal das Schloss! Vorbei – vorüber – nie würde er das alles wiedersehen.

Als letzter Scheidegruß traf den Fortziehenden das purpurne und goldene Flammenmeer auf den Blättern der Buchen und Kastanien der alten Allee. Es sollte wohl so sein, dass er Abschied nehmend diese Farbensinfonie noch trinken durfte und nicht mehr zu erleben brauchte, wie nach dieser ersten frostharten Nacht die goldene Pracht weggewischt wurde und am nächsten Morgen das Laub in buntem Gemisch den grünen Rasen deckte. Über dem Frauenberg und den ihm benachbarten Kuppen glühte der Westen wie eine einzige Esse, lohte wie eine gewaltige Feuersbrunst auf, die Welt und Erdenrund verzehren wollte. „Marburg, ade, ade!"

Nun blieb Marburg zurück. Es ging in dem sinkenden Abend weiter auf der breiten Römerheerstraße, bis über Kirchheim hinaus. Von allen Abhängen stieg in dunstigen Wolken der Tau in die Tiefe. Silbriges Mondlicht huschte über Weinblätter und warf ihre Schatten auf den Weg. Hier und da ließ sich noch eben eine Rebe unterscheiden, die fein und deutlich auf den breiten, grünen Blättern lag. Ein süßes Vogellied verklang in der Ferne.

Godber Godbersen kletterte vom Bock herunter. Er reckte und dehnte die etwas steif gewordenen Glieder. Ehe er in die gelbe Postkutsche zu den schon schlafenden Mitreisenden stieg, sog er aufatmend die köstliche Luft ein. Aveläuten schwebte durch die Stille, und schattenhaft träumte in unwirklicher Höhe Amöneburg auf steilem Basaltkegel.

Der Schwager nahm sein Posthorn und blies eine gar traurige Melodie von Scheiden und Meiden und Nimmerwiedersehen.

* * *

Eine Woche war seitdem vergangen. Godber stand frohgemut und wanderlustig am Strande bei Blankenese. Als hätte die Riesenjungfrau diese Lotsen- und Steuermannshäuschen aus ihrer Spielschürze verloren, so wirkten die willkürlich an den Süllberg geklebten niedrigen, schilfbedeckten Häuser. Sie waren von winzigen Gärten umgeben, die im letzten Schmuck von bunten Winden und späten Rosen prangten, und hinter Holunderzäunen und Hecken versteckt, deren fahles Laub an Herbst und Vergänglichkeit gemahnte.

Godber schritt über das holperige Kopfsteinpflaster dicht an das Elbufer. Fischerboote und Segler glitten über den breiten Strom und verschwanden im silbernen Dunst des Horizontes. Als er vom vielen Laufen und Sehen hungrig geworden war, ging er in eine Herberge und nahm einen Imbiss. Dann trieb es ihn wieder an die Elbe, um jenen Anblick zu genießen, von dem der Großvater gar nicht genug hatte erzählen können.

Tief und gierig trank er die herbe, salzige Meeresluft. Seine Gedanken wanderten nach Norden, und sein Herz zog mit den Wolken und Schiffen, die die Ferne in sich aufnahm. Ein Segel nach dem anderen betupfte den dämmergoldenen Elbnebel mit dunklen Flecken. In den kleinen Gärten nickten feuerrote Bohnen von ihren Stangen sich einen Gutenachtgruß zu, kleine schillernde Käfer krochen tiefer in ihre Blattschlupfwinkel, und dicke Kürbisse, von grünen Blätterhänden beschirmt, versteckten verschmitzt lächelnd ihre gelben Buttergesichter hinter den Zäunen.

Die Nebel waren gewichen, und der Abend wischte seine weichsten Pastellfarben über die Wiesen und über die Elbe. Hie und da flackerten schüchterne gelbliche Lichter auf, die Wellen rollten leise an die Ufer, und der Mond schlug seine hohe, silberne Brücke über des Stromes Breite. Da wandte sich Godber wieder der großen Stadt zu, deren Gelärm er frühmorgens entflohen war, und suchte die Schifferherberge auf, in der er bisher immer auf der Durchreise übernachtet hatte. Schon am übernächsten Tage fand er Gelegenheit, mit einer holländischen Kuff nach Husum zu segeln. Sein Großvater hatte ihm nach Marburg Nachricht geschickt, er würde bei Boysens Botschaft wegen seiner Überfahrt nach Nordmarsch vorfinden.

Als er nun nach einer Seefahrt von kaum fünf Tagen den wohlbekannten Weg über den Marktplatz ging, wurde er etliche Male angehalten und begrüßt. Der Apotheker hielt ihn besonders lange am Rockknopf fest, und indem er unaufhörlich aus seinem silbernen Döschen schnupfte, erzählte er dem den friesischen Lauten freudig Lauschenden die Neuigkeiten Husums.

Nun fragte er, ob ihm auch schon offenbar geworden sei, dass sein ehemaliger Freund von der Gelehrtenschule, Ingwer Jansen, im verwichenen Sommer durch sonderbare Umstände den Tod gefunden habe, indem er mit seiner Mutter bei einem Besuch in Friedrichstadt auf der Treene gerudert und, weil Frau Elsbe durchaus Seerosen pflücken wollte, beim Plätzewechseln mit dem Boot gekippt und in eine der gefährlichen Tiefen geraten sei. Beide Leichen seien erst nach Tagen geborgen worden. Dann im Spätsommer sei ja auch Herr Boy Jens Boysen merkwürdig jählings verstorben. Ja, das Letztere wisse er, erwiderte bedrückt Godber, aber um Ingwer Jansen und dessen Mutter tue es ihm doch sehr leid. Dann verabschiedete er sich eilig mit einem Kompliment von dem niesenden Apotheker und stand bald darauf auf der Vordiele des Kaufhauses.

Herr Petrus Petersen, erheblich älter und gebückter als vor dreizehn Jahren, schritt wieder mit Proben in die Schreibstube. Als er den Ankommenden erkannte, streckte er herzlich die freie Hand aus. „O – Hochehrwürden! Meinen Glückwunsch für alle drei bestandenen Examinas! Magister, Doktor und Prediger! Da wird sich Madame Boysen herzlich freuen! Sie gedenkt, in nächster Woche die lange Reise nach Lippe-Detmold anzutreten." – Sie sprachen noch ein weniges und nickten sich zu, und Godber stieg die Treppe hinauf.

Waren auch zwei dunkle Schatten hineingefallen, seine helle Heimkehrfreude hatten sie doch nicht zu dämpfen vermocht. Kurz klopfte er an die hohe, weiße Flügeltür, und ehe noch „Herein!" erscholl, stand er mitten im Wohnzimmer. Frau Boysen sprang vom Sofa auf, ihre Näharbeit glitt auf die blanken Dielen, und hastig schloss sie den langen, dünnen Menschen in ihre Arme. „Du lieber, großer Godber, diese innige Freude!"

Dann schob sie Wiebke zu ihm hin, die verlegen zu ihm aufschaute. Sie schlug die klaren, blauen, dunkel umsäumten Augen errötend nieder und wusste nicht um ihr jungfräulich liebliches Aussehen. Ihr Gesicht war noch immer so apfelrund wie sonst. Das krause, weißblonde Haar trug sie nun sittsam zu vielen dünnen Zöpfen geflochten in Schnecken über die Ohren gesteckt. Die rundlich mollige Gestalt wirkte in dem schwarzen Trauerkleide schlanker als sie war. Ein schwarzer Florschal mit weißen Streifen hing um ihren entblößten Hals und ging bis zur Schnebbentaille. „Nun – ihr

140

seid ja beide ganz verstummt", sagte Tante Luise, „hat euch was entfremdet?", fragte sie gutherzig. „Du bist sehr gewachsen, Wiebke, in den drei Jahren", warf verlegen Godber ein. Wieder flog eine helle Röte über ihr Gesicht, und sie warf ihm einen schüchternen, dankbaren Blick aus ihren sanften Taubenaugen zu. Nun war deutlich das Wohlgefallen über so viel Anmut mädchenhafter Unberührtheit und Reinheit in seinen Augen zu lesen. Einen Augenblick stand noch das Schweigen zwischen ihnen. „Also, ja dann erst einmal guten Tag, Wiebke", und ihre Hände lagen ineinander.

Sie setzten sich um den ovalen Tisch, und Frau Luise stellte immer wieder mit Befremden fest, dass sich Godber nicht so frei und unbefangen wie sonst gab, und sie suchte nach Gründen. Ob es die neuen Würden machten? So ein frisch gebackener Magister, Doktor und Prediger, noch dazu in so jungen Jahren? Oder lastete noch die Trauer auf ihm um ihren Gatten, der sie vor zehn Monaten verlassen hatte? – oder –?

Wiebke war quellfrisch und munter wie immer. Ihre glockenhelle Stimme zwitscherte von tausend Dingen, ihr Mund fragte in einem fort, und das entzückte den Mann, als hörte er sie zum ersten Male. Als sie Tee getrunken, fragte Wiebke beiläufig: „Da ist schon vor einer Woche ein Schreiben für dich gekommen, Godber, soll ich es dir holen?" – „Lass nur", wehrte er ab, „es ist die Nachricht vom Großvater, er wird mir darin mitteilen, mit welcher Galiote oder Schnigge ich heimkommen kann. Meine Leute können mich noch gar nicht hier vermuten, weil ich ja mit der Post fahren wollte und nun mit dem guten Segelwind so viel schneller gekommen bin."

Beim Nachtmahl kam eine seltsame, innere Unruhe in Frau Boysen auf. Sie fing einen Blick auf, den Godber Wiebke nachsandte, die eben mit einem Auftrag von ihr das Zimmer verließ. Der Blick galt nicht der kleinen Wiebke, der Spielkameradin und Pflegeschwester. Sollte sich da etwas angesponnen haben, was doch, sie meinte es schon vorauszusehen, zur unvermeidlichen Katastrophe führen musste? Ja, vor einem Jahrzehnt wäre eine Verbindung die Erfüllung ihres lange gehegten Herzenswunsches gewesen. Aber keine, auch nicht die kleinste Begebenheit hatte damals zu einer solchen Hoffnung Anlass gegeben.

Und nun war Godber seit drei Jahren nicht einmal mehr bei ihnen gewesen, und ihr Mann hatte weise und vorbedacht eine andere Bestimmung getroffen. Sie hatte kein Recht, die letztwilligen Verfügungen des Toten zu durchkreuzen. Darum wollte sie Wiebke früh ins Bett schicken und Godber bei sich behalten und ihm erzählen, wie ihr Mann vorgesorgt und seine Brudertochter an den Sohn eines Tönninger Geschäftsfreundes versprochen hätte. Dass schicklich nur dies Trauerjahr und einige Monate darüber gewartet werden sollte, dann käme der junge Mann, und der Verspruch würde allen offenbar. Auch Wiebke war schon in den Plan eingeweiht, dass sie dermaleinst Herrin und Haupterbin des Hauses Boysen sein würde. Es war ein klein wenig Erleichterung in dem schweren Sterben des reichen, selbstsicheren Kaufherrn gewesen, dass der von ihm Auserwählte Dirk Boysen hieß und der Stammname also erhalten bliebe. Diese Tönninger Boysens waren alle gesunde, breite, stämmige, derbknochige Männer, und er glaubte, damit Erben und Nachkommenschaft sichergestellt zu haben. Denn Wiebke würde allem Anschein ihrer verstorbenen Mutter nacharten und sich als Ehefrau auch breit auslegen. So war, wie das Hauptbuch, auch dieses Nebenbuch noch von ihm in beste Ordnung gebracht, und das Patrizierhaus würde nach zehn Jahren mit kaum verändertem Gesicht fortbestehen, wenn es auch das Getrippel flinker Kinderfüße sich gefallen lassen und von Kinderlust und Kinderjauchzen widerhallen würde.

Frau Luise wurde plötzlich in das Nachbarhaus gebeten, wo eine alte, verwachsene Näherin gefallen und den Arm gebrochen hatte. Sie hatte über dreißig Jahre im Hause Boysen genäht und geflickt und immer besonders große Anhänglichkeit an Madame Boysen bewiesen. Nun ließ sie sie holen und bitten, bis der Chirurgus käme, möchte Madame Boysen mit ihren linden Händen die Schmerzen erträglich machen.

In Godbers versonnenen Augen trat ein heißer Blick: „Komm, Wiebke, lass uns, solange Tante Luise fort ist, in den Garten gehen." – „Nach draußen in den Garten, bei dieser Kühle?", fragte das Mädchen. „Nimm doch ein Tuch um", meinte er etwas ungeduldig. Gehorsam entnahm sie einer Truhe ein schwarz gestricktes Umschlagetuch und ging gesittet neben ihm durch den kahlen Garten. Er erzählte ihr von seinen Plänen, dass es nicht ausgeschlossen sei, dass er schon bald seiner Vocierung gewärtig sein könne, wenn es ihm vergönnt sein würde, auf der Nachbarhallig Gröde seine Probepredigt zu halten. Mit heiligem Eifer sprach er davon, Gottes teures Wort und die heiligen Evangelien dem gemeinen Manne lauter und rein zu verkündigen und ans Herz zu legen. „Wirst du schon bald ein richtiger Prediger?", erkundigte sich Wiebke schüchtern. Er schaute sie an und schüttelte wie in Verwunderung den Kopf: „Ich bin schon einer."

„Hier haben wir unser Reifenspiel gehabt, und ich konnte dich dabei immer so fein ärgerlich machen, denkst du noch mal daran? Oder hast du das alles in Marburg vergessen?", fragte sie schelmisch mit leichtem Erröten.

„Nichts habe ich vergessen. O – du!" Und mit einer Leidenschaft, die etwas Fortreißendes hatte, erzählte er ihr von seiner Sehnsucht und dass er mit aller Absicht erst nun nach allen Examina gekommen wäre, um sie zu fragen: „Und weißt du, was ich nun will? Dich will ich! Dich will ich, Wiebke!"

Dann zog er sie nieder auf die schmale Bank in der Ligusterlaube, wo in der Mitte eine Schwarzerle stand, die sommertags als Dach sich darüberwölbte. Doch nun war es Herbst. Oben in den kahlen Ästen saß eine Amsel und sang von Finden und Lieben, von Wonne und Weh, bis sie die schmelzenden Akkorde abbrach und im Fortfliegen von Reif und Kälte, Eis und Schnee warnend rief.

Es kam dem Mädchen alles so seltsam vor, dieser Gang am späten Herbstabend, das Sitzen in der kahlen Laube. Ja, wenn es Frühling oder Sommer gewesen wäre. Ihre blauen Augen öffneten sich weit vor Staunen, und der Kirschenmund wollte eine Frage tun, warum alles dies Ungewöhnliche und

Seltsame, aber ehe sie es aussprechen konnte, hatte Godber sie in aufjauchzender Seligkeit in seine Arme gerissen, drückte sie stürmisch an sich und schloss ihr mit seinen Lippen den Mund. Da lag sie willenlos, aber selig an seiner Brust.

Ein Zittern lief über Wiebke. Godber umschlang sie ganz fest und küsste sie innig. „Wieb, jetzt bist du meine Braut. Nun gehören wir einander in Zeit und Ewigkeit." – „O Godber", jammerte Wiebke, „wir haben uns vergessen, ich darf dir ja nicht angehören", und erregt erzählte sie dem bestürzt zuhörenden Manne, dass der verstorbene Onkel es anders bestimmt habe. „Wie kann er übers Grab hinaus solche Anordnungen treffen?", knirschte Godber. Dann forschte er, ob sie den ihr Auserwählten kenne. Gesehen habe sie ihn außer am Begräbnis nur noch einmal; da habe er mit der Tante, den Friedrichstädter Verwandten und ihr Tee getrunken, das sei am Himmelfahrtstage gewesen. Ob sie Dirk Boysen möge und ihn als ihren zukünftigen Mann estimiere? Nein, nein, er sei ihr viel zu dick und habe immer eine dunkelrote Couleur im Gesicht und spreche so leise und kurzatmig, dass sie sich schon graule, wenn sie ihre Hand in seine dicken, kurzen, fleischigen Finger legen müsse. „Noch heute Abend holen wir uns den Segen, Wieb, das andere braucht dich nicht zu inkommodieren."

Aus dem Fenster klang die Stimme Tante Luisens, die besorgt nach den beiden rief. Da besiegelten sie mit einem langen, innigen Kuss das Verlöbnis und gingen ins Haus. Senator Jebsens waren auf einen kleinen Schwatz gekommen, und da es nun später als gewöhnlich wurde, konnte Tante Luise ihr Vorhaben an diesem Abend nicht ausführen. Auch der Chirurgus, ein alter, eingefleischter Junggeselle schaute herein, begrüßte die Anwesenden etwas umständlich, wobei er mit Ausführlichkeit seine etwas gedrechselten höflichen Erkundigungen nach dem werten Befinden einzog; seinen Ebenholzstock mit dem silbernen Knopf hielt er derweil nach Feldherrnart ständig in der erhobenen Linken, während er die Rechte gespreizt und breit auf seinen kornblumenblauen befrackten Rücken legte.

Die Hausfrau hatte Godber zu Ehren statt der üblichen Talglichter Wachskerzen in die schweren, silbernen Leuchter gesteckt. Vor den drei Herren standen grüne geschliffene Weingläser, die Frauen hatten flache, runde Teetassen vor sich und naschten aus einem geflochtenen Körbchen Anisplätzchen und Mandelsterne. Die beiden Glücklichen standen wahre Qualen aus, als der L'hombre-Tisch bereit gemacht wurde, und das Spiel begann. Nun wurde aus dem Abend ein Gastereien, und sie würden Tante Luise erst morgen früh um ihr Jawort und ihren Segen bitten können. Gingen die Wogen der Unterhaltung erregt und hoch, so versuchte Godber, Wiebke einen schnellen Blick zuzuwerfen, und fühlte er sich ganz sicher, so schob er seinen Fuß zaghaft unter den ihren.

Senator Jebsen im schokoladefarbenen Frack mit Spitzenjabots räusperte sich eben vernehmlich. „Ich möchte unsere verehrte Wirtin und Gevatterin unserer Tochter selbander nicht immer wieder inkommodieren, aber warnen möchte ich doch noch einmal vor so einer langen Reise. Denn, wenn Madame Boysen ohne männlichen Schutz reisen muss, wäre sie doch beinah leichtsinnig zu schelten. Reisen ist überhaupt kein Vergnügen, und oftmals wird solch ein Fürwitz schwer bestrafet." Frau Luise lächelte schalkhaft: „Meine Reise soll ja auch keine Lustbarkeit sein, aber einmal möchte ich doch noch in meine Heimat, möchte Wälder rauschen, Bäche plätschern und Hirsche schreien hören, und ich möchte vor allen Dingen all die Meinen wiedersehen und sprechen, solange ich noch hienieden Zeit dazu habe. Mein Pflegesohn Godber hat doch jedes Jahr die noch viel weitere Reise nach Marburg gemacht."

Der aber hatte gar nicht zugehört, sein Blick ging zärtlich und streichelnd über Wiebkes Antlitz, die ihm zulächelte. Die rundliche Frau Jebsen faltete ihre Hände und schüttelte den Kopf. Ihr immer noch hübsches, rosig blühendes Gesicht rahmte eine weiße Tüllhaube ein, deren Spitzen tief in ihre Stirn hingen. Sie hob ihre etwas schweren Lider und sah Frau Luise voll an: „Jugend, Jugend – aber wir – in unserem Alter – sollten so etwas nicht mehr unternehmen." – „Wann

sind sie denn von Marburg gereist, mein junger Freund?",
wandte sich der Chirurgus an Godber. „Vor elf Tagen, Herr
Rat! Ich habe aber bis Hamburg nur eine Woche gebraucht.
Dann fuhr ich, des Vorhabens, schneller heimwärts zu kommen, mit einer Kuff und bin allhier nun wenigstens drei Tage
eher angekommen, doch Tante Luise kann der Beschwerlich-
keit wegen so nicht reisen, sie muss die Postkutschen benut-
zen. Insgemein würde ich nicht von Reisen abraten, man
sieht Menschen, kommt durch unterschiedliche Städte, die
fein durch artige und vielfach mit köstlichen Sprüchen verse-
hene Häuser verzieret und geschmücket sind, und erlebt so
vieles, was Gewinn an Kenntnissen bringt." Dann beschrieb
er ausführlich die Wartetage in Hamburg, die er mit einem
Besuche in Blankenese und Finkenwerder ausgefüllt hatte.
Wiebke hatte alle Vorsicht außer acht gelassen und ihn fort-
während strahlend angeblickt. Und dafür küsste sie Godber
nun mit seinen Augen. Tante Luise stand Qualen aus.

Der Zeiger rückte auf zehn, da verabschiedeten sich, wie
es die strenge Regel forderte, die Gäste mit vielen Kompli-
menten.

Als Frau Boysen wieder in die Stube kam, klagte sie über
schlimme Kopfschmerzen, und sogleich erbot sich Godber,
frisches, kaltes Brunnenwasser zu holen. Wiebke wurde an
den Linnenschrank geschickt, um weiches Leinen, das zu
Kompressen gebraucht wurde, herauszunehmen. So blieb
den Liebenden draußen ein kurzer, süßer Augenblick zum
heimlichen Gutenachtsagen. Denn Tante Luise wollte selbst
sogleich ins Bett.

Godber fand seine alte Jungenstube unverändert, die gleichen Sachen standen noch darin, alles heimelte ihn an, nur
die alten, steifen Vorhänge waren neuen gewichen. Auf seinem früheren Arbeitstisch lag der Brief des Großvaters, daneben stand das alte, von ihm sehr geliebte Rubinglas, das in
wunderfeinem Schliff einen Blütenkranz über zwei verschlungenen Händen trug, unter denen das Wort „Liebe"
stand. Der Kaufherr hatte das Glas, ein Geschenk seines Ri-
gaer Geschäftsfreundes, in hohen Ehren gehalten. Es hatte

immer auf einem bevorzugten Platz auf einer Konsole im Saal gestanden. Nun fand Godber es mit leuchtend roten späten Rosen gefüllt in seiner Stube vor. Die Sehnsucht und die Wünsche seines Herzens drohten seine Brust zu sprengen.

Endlich erbrach er das Schreiben. Der Großvater riet zu größter Eile, mit der kranken Mutter stehe es schon seit Monaten sehr schlecht. Den ganzen Sommer sei sie nicht ein einziges Mal draußen gewesen. Ihr Herzleiden werde in Kürze das winzige Lebensflämmchen für immer auslöschen. Bald flattere das Herz in der Brust wie ein ungestümer, gefangener Vogel, bald seien die Herzschläge so matt, dass man glauben könne, sie sei schon an jenem Ufer. Er täte gut, keine Schiffsgelegenheit zu versäumen.

Als wäre eine Lawine über ein Rosengärtlein gegangen, hatten sich Trauer und Bangen über Godbers eben noch so hoffnungsfreudiges Gemüt gelegt. Das Leid seines jungen Lebens stieg auf und dämpfte sein himmelhochjauchzendes Glück. Einen Augenblick wollte er aufbegehren, dann aber sprachen umso dringender die Bande des Bluts in ihm. Es zuckte schmerzlich um Godbers Mund. Sein Jugendland, herb und dunstig, seine Heimathallig langte nach ihm und zog ihn ganz in ihren Bann. Alle seine Gedanken waren auf Hilligenley. Er grub den Kopf in die Hände und fühlte schwer, wie wieder das Heimweh sein Herz umkrampfte und zerdrückte.

Langsam kleidete er sich aus und drückte mit feuchten Fingerspitzen den Docht der Talgkerze aus. Lange konnte er nicht schlafen, so tief hatte ihn die Nachricht erschüttert. Er hörte auf das Rauschen der nahen See, das Brausen des Windes und auf das Knarren und Knattern in den beiden hohen Ulmen. Es klang wie das Wühlen des Sturmes im Takelwerk. Wie gebannt blickte er auf den Schatten des Fensterkreuzes, das der Mondschein durch die Mullgardinen hervorbrachte. Wie zwei dunkle, schwere Arme, die unerbittlich ewas an sich reißen wollten, sah dieser Schatten aus. Eine Stunde verrann, der Schatten blieb. Godbers wache Sinne durcheilten sein Kindheitsparadies und stießen immer wieder auf den

dunklen Schatten, den die Schicksale seiner Mutter hinein-
warfen.

Nach und nach verblich das Kreuz auf den blanken Dielen.
Er sprang aus dem Bett und stieß einen Fensterflügel weit auf.

So rasch wie der Wind in dieser Oktobernacht aufgekom-
men war, war er auch wieder schlafen gegangen. Über ihm
am Nachthimmel flimmerte die Milchstraße mit ihren Nebel-
flecken und den unzähligen, leuchtenden Sternen. Vereinzelt
fielen Sternschnuppen vom Himmel nieder, aber er musste
an den Fährmann Charon denken, der die Seelen über den
Styx leitete, dorthin – wo unter Eibenbäumen Lichter durch
die immerwährende Nacht schwebten und verglühten. Fröstelnd legte Godber sich ins Bett zurück und schlief endlich
ein, in seinem Traum rauschten die Lethewellen. Und eben in
dieser zweiten Morgenstunde tat daheim auf Hilligenley
seine Mutter Inke in Yorcks Armen den letzten Atemzug.

Am nächsten Morgen wurde er früh noch vor Tagesgrauen
geweckt. Olaf Bandick stand vor seiner Tür und begehrte
Einlass. „Ich bin gestern Abend spät angekommen", sprach
er ihn mit vom raschen Treppensteigen keuchendem Atem
ohne Umschweife an, „und soll dir kundtun, dass deine Mutter im Sterben liegt. Wir haben favorablen Segelwind, hart
Ost, so gut, wie er nur sein kann. Du musst in einer guten halben Stunde klar sein, Godber. Ich bin nicht mit Gewerbe hier,
sondern nur um dich zu holen aus Freundschaft für den Ratmann", setzte er in drängendem Ernst hinzu.

Godber, der schnell in die Kleider gestiegen war, erblasste,
und sein Gesicht sah im fahlen Dämmerlicht elend und grau
aus. „So schnell kann ich nicht", entgegnete er, und mit hastig
überstürzender Stimme bat er ihn, eine bis zwei Stunden später abzusegeln. Jetzt sei Madame Boysen noch gar nicht aufgestanden; und er müsse zuvor etwas sehr Wichtiges mit ihr
besprechen; Olaf Bandick müsse ein Einsehen haben und
ihm diese Aussprache vergönnen.

„Kann das auch angehen?", erwiderte dieser, und man
merkte ihm tiefe Verstimmung an. „Was deine Pflegemutter
ist und was du mit ihr beschnacken willst, das hat Zeit, aber

deine leibliche Mutter noch einmal hienieden zu sehen, darfst du keine halbe Stunde mehr verziehen. Wenn wir sie noch lebend finden sollen, so soll unser Gott im Himmel schon ein besonderes Einsehen haben." „Das wird er auch", erwiderte Godber zuversichtlich, „ich werde sie noch am Leben finden und ihr meine Liebe zeigen dürfen. Aber erst muss ich hier mit Tante Luise gesprochen haben. Olafbööle weiß das nicht, es hängt zu viel von dieser Unterredung ab", trotzte er auf. Olaf Bandick steckte beide Hände in die Taschen und sagte mit unterdrückter Hast, indem er absichtlich den letzten Satz nicht beachtete: „Merkwürdig, bist noch gar nicht ein Prediger und Diener der Kirche und meinst, mit dem Herrgott schon Handel schließen zu können. In knapp zwei Stunden setze ich Segel, und wer nicht da ist, bleibt meinetwegen hier." Mit kurzem Gruß verließ er das Zimmer.

Er brauchte nicht zwei Stunden zu warten, da setzte sich Godber schweigend, mit bleichem Angesicht, auf die Bootsbank. Olaf Bandick machte mit seinen Schifferknechten eilfertig die Galiote seeklar, und bald glitten sie in den Heverstrom.

Godber saß immer noch stumm und wie zerschmettert da, und so viel Verzweiflung und Trauer lag auf seinem blassen Gesicht, dass Olaf Bandick seine harten Worte schon bereute. Er kratzte scheu in seiner Bartkrause und dachte angestrengt nach, was er dem jungen Manne Tröstliches sagen könnte. Aber wie nachdrücklich er auch sinnen mochte, ihm wollte nichts einfallen. Überhaupt, seit Godber auf den Priester studierte, wusste Olaf Bandick nie so recht, wie er mit ihm reden sollte, aber dass er sich das Sterben des armen Stakel, seiner Mutter, so zu Herzen nahm, trieb ihn trotz des Vorganges am Morgen zu wiederholten Versuchen, ein Gespräch anzuknüpfen. Doch Godber war und blieb verstört und unzugänglich.

Und doch gingen seine Gedanken nicht nach Hilligenley. Wie abwesend saß er in der Galiote und hatte keine Augen dafür, wie zauberhaft die Marschgehöfte der friesischen Uthlande mit ihren Baumwipfeln in der klaren Morgenluft standen, als schwämmen sie auf dem Meer. Die Deiche von Nordstrand und Eiderstedt schimmerten noch saftgrün, und die fernen Warfen schienen von züngelnden silberhellen Flammen umloht. Dann wurde auch hier mit einem Male durch eine andere Beleuchtung der Festlandsdeich an der Küste längs wie weggerückt, und das blanke Wasser schien bis an die menschlichen Siedlungen zu spülen. Sonst hatte er sich immer an diesen Luftspiegelungen und dem einer Fata Morgana gleichenden seltenen Schauspiel von Herzen gefreut; nun versank alles, Farbe, Licht, Sommer, Heimat.

Nichts anderes hatte Raum als das eine, und seine Gedanken umkreisten nur den einen Punkt, die entschiedene Weigerung der sonst so gütigen Tante Luise. Es war nur eine kurze Unterredung gewesen. Alles könne er von ihr verlangen, und alles würde er auch von ihr bekommen, nur Wiebke nicht. Ihr Mann habe ihr Dirk Boysen aus Tönning bestimmt, der das Geschäft weiterführen und hernach Inhaber werden sollte.

Wiebke war nicht zugegen gewesen. Frau Boysen hatte es zu hindern gewusst. Vielleicht, nein, auf jeden Fall wäre es besser gewesen, wenn sie beide die mütterliche Frau bestürmt hätten. Mit hellseherischer Klarheit hatte Godber verschiedene Male die Gedanken erraten, die hinter Frau Luises Stirne waren, und hatte ihr Antwort darauf gegeben, ehe sie sie ausgesprochen. Das hatte die mütterliche Frau schroffer gemacht, als sie sein wollte, und sie hatte gewaltsam die weiche, gerührte Stimmung, in die sie immer von Neuem geraten wollte, unterdrücken müssen. Sie war unerbittlich bei ihrem Nein geblieben und hatte ihm nicht gestattet, Wiebke noch einmal zu sehen und zu sprechen. Wie ihn das getroffen hatte! Die Wunde brannte und schmerzte heftig. Das Blut sang ihm in den Ohren. Es war, als hätte sich ihm etwas schwer auf seine Brust gelegt und ins Innerste getroffen, war er aus dem Hause gewankt. Scherben, Scherben, sein ganzes himmelhoch jauchzendes Glück lag in Scherben!

Noch einmal hatte er sich an der Straßenecke umgewandt. Sein Blick hatte die Fenster gestreift, hinter denen Wiebke vielleicht noch ahnungslos schlief. Ihm war bis gestern so wohl im Hause Boysen gewesen, fast wie im Vaterhause, und nun war ihm aus eben diesem Hause der schwerste Schlag gekommen.

Jämmerlich fror ihn in der Morgenkühle, und fester wickelte er sich in seinen Reisemantel. Später wurde es wärmer, und sie kamen gut vorwärts. Aber schon um Mittag sprang der Wind um, und es begann hart aus Nordwest zu wehen. Mit der kommenden Flut kam so heftiger Sturm auf, dass Olaf Bandick gezwungen wurde, mit seiner Galiote vor Anker zu gehen.

Erst am dritten Tage flaute es ab. Die Männer setzten alles Tuch und nahmen die Riemen, um die verlorene Zeit wieder einzuholen. Als aber gegen Nachmittag im Nordwesten über List eine kleine eigenartige Wolke am unheildrohenden Himmel schwamm, kam über alle große Unruhe. Eine Gewitterwand stand plötzlich auf, dunkel und drohend. Bald sprühte und zuckte es aus ihren schwefelgelben Rändern, und ein stetig wachsender, regenloser Gewittersturm brauste über die graue Nordsee, unheimlicher und gefahrvoller, als wenn der Himmel seine Schleusen geöffnet hätte. Sie hatten gerade noch hinter Hooge Schutz suchen können und dort Anker geworfen. Der Sturm hielt vier Tage an und litt kein Segeln. Dreimal hatte Olaf Bandick auf Godbers dringende Bitte den Versuch gemacht, aber kaum aus dem Hooger Schutz hinausgekommen, hatte die Galiote solche Brecher übergenommen, dass sie nur mit großer Mühe und unter ständigem Schöpfen ihren alten Ankerplatz wieder erreichen konnten.

Erst am siebenten Tage durften sie zu segeln wagen und kamen mit der Morgentide auf Hilligenley. Zu spät! Tags zuvor war Inke begraben.

Als der Ratmann mit Godber von dem frischen Hügel auf der Kirchwarf schritt, gab ihm dessen leidvolles Gesicht wie vorerst Olaf Bandick zu denken. Godber müsste sich doch sagen, dass der Tod für seine Mutter eine wahre Erlösung bedeutete, erwog er bei sich. Aber er ehrte seinen Schmerz, und stumm gingen sie nach Hilligenley zurück.

Nachmittags nahm Yorck ein Blatt Papier und zeichnete eine Steinplatte mit seiner Hausmarke darauf, schrieb Inkes und seinen Namen in die Mitte, und darunter, umrankt von einem Flechtwerk von Dornen und Blättern, Augustins Spruch:

„Du hast uns geschaffen, Herr, zu dir; und unser Herz ist unruhig in uns, bis es Ruhe findet in dir." anno 1742.

„Sieh, mein lieber Junge, diese Sandsteinplatte will ich im kommenden Sommer auf Föhr bestellen, dass sie so nach meinen Angaben behauen wird. Oben in den freien Platz soll der Dreimaster Ebenezer mit vollem Tuch kommen." – „Aber damit hat es hoffentlich doch noch gute Weile", sagte Godber gequält. Yorck tat, als hätte er nichts gehört. „Dann nimm du die Zeichnung hin; so soll es werden, nicht das übliche ausführliche Leidens- und Klageregister, wie man das jetzt tut. Wir haben unser Leid gestern als Weizenkorn in die Erde gesenkt, das brauchen die, die nach uns kommen, und andere neue Geschlechter nicht auch noch täglich Jahrhunderte hindurch vor Augen zu haben." – „Es soll alles so werden, wie Großvater es wünscht", erwiderte Godber und steckte das Blatt ein. Dann schwiegen beide.

Mallenke, älter und gebückter, aber doch noch ihrer Arbeit gewachsen, kam und nötigte zum Abendessen. Hernach sagte der Ratmann beiläufig: „Ich schickte dir außer der mündlichen Botschaft durch Olaf Bandick noch das Schreiben des Herrn Pastor Melchior Krafft zu, das dir wichtige Angelegenheiten übermittelte." – „Wie?", fragte Godber erstaunt. Der Ratmann runzelte die Stirn: „Es ist nicht in deine Hände gelangt? Das wäre mir sehr unangenehm, denn es war ein Amtsschreiben. Wie es hier stand, hatte ich nicht die Muße, es dir in Abschrift zu schicken." Dann erfuhr Godber, dass vor zwei Wochen die Nachricht vom Kgl. Konsistorio zu Gottorf gekommen, dass man geneigt wäre, ihm das Prediger- und Schulmeisteramt auf der Hallig Gröde zu übertragen; so die Gemeinde von dem Privilegium absähe, zwei Kandidaten auf die Wahl zu stellen, und sich auf ihn einigen würde, behielte sich somit der König alsdann nur das ius confirmandi[1] vor. Er möge derowegen in Husum bei Herrn Melchior Krafft oder in Gottorf persönlich erscheinen. Godber entschied sich rasch, in Yorcks Augen fast zu schnell und zielbewusst, für eine Reise nach Gottorf und trat sie noch in derselben Woche an.

Unterdes kam schon die Vocierung und die Verfügung, dass ihm die Reise, die wohl bei beginnendem Winter zu beschwerlich sein möge, aufgrund eingegangener schriftlicher Erklärungen beim Konsistorio erlassen werde. Es werde ihm somit ausdrücklich die Ermächtigung erteilt, vom kommenden Sonntag an auf Gröde zu priestern und amtieren.

Godber, der den Seeweg über Föhr genommen und nun schon in der Postkutsche saß, konnte nicht mehr zurückgerufen werden. Aber der Ratmann war geschäftig, für seinen Enkel alles bereit zu machen, was ihm in seinem neuen Amt und Pfarrhaus die Liebe und Fürsorge des Elternhauses ersetzen konnte. Er hatte ihm eine besondere Überraschung zugedacht und stand selbst an der Hobelbank und arbeitete einen Eichenrahmen. Als er damit fertig war, packte er mithilfe von Mallenke Kisten und Truhen und klopfte sie sorgsam zu. Anfang November ging die Schnigge früh mit den Sachen nach Gröde. Der Ratmann war selbst mit an Bord, überwachte das Ein- und Ausladen und besorgte auch selbst im Pastorat das Aufstellen. Alles ging so glücklich vonstatten, dass er noch in der Abendtide heimkehren konnte. Alle Wege äußerlich zu ebnen, so gut in seinen Kräften stand, war ihm selbstverständliche und beglückende Pflicht, das Übrige war Godbers Sache.

Wenige Tage später legte ein Husumer Zweimaster im Süden von Gröde an. Godber Godbersen entstieg ihm.

Die Gemeinde stand am Schlot, ihren neuen Prediger und Hirten zu empfangen und ihn auf die Kirchwarf zu geleiten. Mit warmem Leuchten in seinen guten Augen drückte Godber alle sich ihm entgegenstreckenden Hände und dankte für die Willkommenswünsche. Wie von einer warmen Woge des

---

1 Das Recht der Bestätigung

Vertrauens umspült und getragen fühlte er sich gleich vom Betreten der Gröder Kante an. Die Gemeinde geleitete ihn bis an den Fuß der steilen Kirchwarf und verabschiedete sich mit treu gemeinten Segenswünschen.

Nur die beiden Kirchenjuraten blieben und führten ihn hinauf vor das lang gestreckte Gebäude, dessen Westende das Gotteshaus bildete. Godber trat ein, entblößte sein Haupt und schritt bis an den reich geschnitzten Altar. Die Kanzel stand frei an der Süderseite, zu ihren Füßen das alte, granitene Taufbecken. Die Balken der Decke waren seltsam flammig gemalt und mit Schnitzereien reich verziert und trugen die Inschrift:

DIE STEINE IN DER MAUREN WERDEN SCHREYEN
UND DIE BALCKEN AM GESPER WERDEN IHNEN ANTWORTEN.
HABACUC, AM 3. CAP. V. II   AO 95

Versunken stand der junge Prediger da, hielt seine Hände auf der Brust gefaltet und vergaß darüber die beiden Männer. Ein goldener Sonnenstrahl huschte durch das bleigefasste Fenster und blieb auf dem blond schimmernden langen Haar liegen. Das Gelöbnis, das von dieser heiligen Stätte in Godbers Herzen aufstieg, hatte freilich niemand gehört als Gott allein, aber die Kirchenjuraten deuteten es auf ihre Weise ganz richtig, als sie sich leise zuflüsterten, dieser ihr Prediger sehe doch richtig wie des Herrn Lieblingsjünger aus. Erst wollten sie warten, bis er sich zu ihnen zurückwenden würde, aber dann kamen sie überein, fortzugehen. Den Pastoratseingang würde er ja auch allein finden. Die Stallarbeit drängte, und sie hatten noch ihre holländischen tuchenen Kirchenanzüge und Lederstiefel an.

Nach einer Weile fand sich Godber wieder und sah sich allein, aber das war ihm ganz recht. Ergriffen stand er vor einer reich geschnitzten Tafel:

„S. Margreta zu Ehren ist 1636 diese Kirche allhie versetzet, hat zum Einsiegel geführet das Lam Gottes, welches Ao. 1625 in der Eisflut mit der Kirchen verlohren ist. Also

Gott zu Ehren, der Nachwelt zu Einem Gedechtnis is aufge-
richtet worden von Ratmann Olde Jensen und Hans Ipsen
Froke Oldens. Amme Hans 1700."

Godber Godbersen rechnete die Zahlen und die Sturmfluten. Da war nun diese seine erste Kirche schon sechs Mal versetzet, hatte bislang auf drei verschiedenen Warften gestanden.

Welch ein Opfermut und Zeugnis ungebrochenen Opfer-
sinns der Gröder! Wie mussten die Alten ihr Gotteshaus lieb
gehabt haben! Was hatten sie dafür getan!

Von dem reich geschnitzten Altarblatt – sechs Bilder aus
dem Leben Jesu waren darauf dargestellt – sprachen die heiligen Einsetzungsworte zu dem jungen Prediger, aber auch
nicht minder die Worte an den offenen Altartüren:

„Zur Ehre Gottes und Zierde der Kirchen hat dieses Sta-
fieren Lassen Peter Hansen Schiffer von die gröde S. Pope
Peters A. D. 1592."

Und unter dem Mittelaltarblatt leuchtete in erhabenen
Goldbuchstaben:

SELIGE FEDDER HANS HEPT THO DESSEN TAFEL GEGEVEN
X RYX DALER   ANNO DOMINI 1592.

Tiefer Glanz strahlte aus den Augen des Grübelnden.
Noch lange Zeit stand er regungslos an den Taufstein gelehnt
und sann über Vergangenheit und Zukunft seiner Gemeinde
nach, dann ging er an den neun Bänken vorüber und schloss
die Türe hinter sich. Er schritt bewegt über den winzigen
Kirchsteig auf die Haustür zu. Einige Schritte ging er daran
vorbei und stellte durch einen Blick durchs Fenster fest, dass
das Pastorat mitten zwischen Kirche und Schule gebettet
war. So war alles recht nach seinem Wunsch unter einem
zwar sehr niedrigen, aber warmen Reetdach vereinigt. Er
klinkte die Daansktür auf, und freudigste Überraschung
malte sich auf seinem männlich schönen Antlitz.

Das waren nicht die gefürchteten kahlen, nackten vier
Wände, die er in seinem neuen Heim vorzufinden gefürchtet
hatte. Zwei geschnitzte Truhen standen dort an den Wänden.
Über dem Beileger hing, er traute seinen Augen nicht, in

einem Eichenrahmen das Kachelbild „Ebenezer". Auf dem
Arbeitstische sah er die beiden altgewohnten Leuchter und
seine Lieblingsbücher. Ein paar gepolsterte und mit See-
hundsfell bezogene Stühle taten sehr vornehm, und zwischen
den Fenstern auf dem halbrunden eichenen Tische stand der
Himmelsglobus. Das zwang ihn fast in die Knie. „Ualbaabe",
stammelte er wie in der Kinderzeit. Im Pesel nebenan fand er
das Wandbett für sich bereit und erkannte der Mutter Linnen
wieder. Kleider und Wäsche hing und lag wohlgeordnet. Wie
musste die gute alte Mallenke noch ihre Finger gerührt
haben! Ach, wie tat diese Fürsorge seinem wehen Herzen
gut! Auf dem Herde in der nach Norden gelegenen Küche
brannte ein lustiges Dittenfeuer, und die Speisekammer war
wohlgefüllt. Was nicht von Hilligenley gekommen, hatten die
Gröder hineingetragen. Nun ging er durch den leeren Stall
im Norden und schaute sich im Schulzimmer um. Durch die
niedrigen, bleigefassten Scheiben fiel schräg letztes Herbst-
sonnengold, blieb auf dem braunen Pult und der Tafel liegen
und wanderte über die sechs Bänke.

Aufatmend kehrte Godber wieder über die schmale Vordiele in die Daansk zurück und setzte sich vor seinen Tisch.
Der Beileger strömte angenehme Wärme aus und verstärkte
die Behaglichkeit. Er nahm die Bücher in die Hand. Da fiel
sein Blick auf ein Schreiben. Er erkannte sogleich die Handschrift seines Großvaters und ließ sich von seinen treuen Segenswünschen einhüllen. Zum Schluss schrieb der Ratmann,
er sei des Vorhabens, zu dem Tage bei ihm zu sein, wenn
Godber im zeitigen Frühjahr von Herrn Johannes Peterssen,
Pastor auf Oland, in sein Amt introduciret werde.

Lange saß Godber da, das Schreiben lag vor ihm. Ein neuer
Lebensabschnitt – nein, sein eigentliches Leben begann erst
nun. In diesem Grübeln sann er über sein bisheriges nach, und
auf seinem Gesicht lag ein Abglanz stiller, innerer Freude. Als
er zu dem kalten Oktobertage in Husum kam, hob er den Kopf
ein wenig aus der geneigten Stellung und schaute sekundenlang ins Leere. Aber nur kurze Zeit. Dann nahmen Zuversicht
und Vertrauen wieder überhand. Die ganze Schöpfung war

voller Harmonien, alles fand seinen Ausgleich, auch auf das Schreien der Kreaturen gab es eine letzte befriedigende Antwort. Wie sollte nur allein das zuckende Menschenherz in Kälte und Härte vergehen müssen? Das konnte nicht sein! Wiebke war ihm bestimmt, und sie würde sein Weib werden. Fröhlich dachte er daran, dass Herr Laurentius Laurentii einmal in einer Hochzeitspredigt gesagt hatte: Ein jeder müsse die Rippe suchen, die ihm fehlte, und sie dann festhalten, bis der Tod sie ihm nähme. Und er war sicher, dass er die seine in Wiebke gefunden habe. Wann? Wann? Wann würde sie sein Eigen? Die Frage wollte begehrlich aufstehen und sein Blut erregen, aber er hielt sie machtvoll nieder. Armselige Menschen sollten sich nicht anmaßen, Ewigkeitsgedanken und Rätsel zu ergründen. Immer musste ein Schleier vor den heiligen Geheimnissen bleiben. Jene mütterliche Frau konnte ja gar nicht anders; sie würde Ja sagen müssen, wenn die Zeit erfüllt sein würde. Sein Blick wurde feucht. Wenn Wiebke hier erst schaltete und waltete! O, sie würde auch sicher bald sein Weib werden, das konnte nicht anders sein.

Dann gedachte er seiner toten Mutter – einen Tag zu spät! Wie hart dies Wort: zu spät! Aber er meinte zu fühlen, dass ihm seine Mutter aus der Ewigkeit her diese Last, die er seitdem schmerzlich schwer mit sich geschleppt, abnähme und ihn segnete von oben her.

Und wieder kehrten seine Gedanken zu den beiden alten Getreuen zurück, zu Mallenke und Ualbaabe. Er würde hienieden keine besseren Freunde finden als den Ratmann und sie. Was waren sie ihm alles bisher gewesen und wie viel würden sie ihm noch sein! Besonders an Yorck würde er alles haben: Freund, Vater, Wegweiser und Berater. Als freundlicher Stern hatte er über seinem Leben geleuchtet, und noch heute verstand ihn kein Mensch so wie der Großvater. Er lauschte tief nach innen und vermeinte den Klang der geliebten Stimme zu vernehmen. So kam es, dass er sich keinen Augenblick fremd, sondern gleich heimisch auf Gröde fühlte.

Der übernächste Tag war ein Sonntag. Ehe Godber sein schwarzes Predigergewand anlegte, betete er halblaut:

„Herr, Herr, wolle Dein heiliges Wort in meinen Mund legen und mich stets achtgeben lassen auf mich selber und auf die mir anvertraute Herde", und ehe er vor dem Altar das Buch der Bücher aufschlug, betete er laut dieselben Worte nochmals, und sie waren der Gemeinde ein Gelöbnis.

Nie waltete er des Amtes, ohne dass ihm dies schlichte Gebet aus dem Herzen stieg und sich ihm auf die Lippen legte. Und das war gut so. So gelobte er sich immer aufs Neue seinem Gott und seiner Gemeinde. Und das nötigte ihn, immer klarer zu erkennen, wie es zwischen ihr und ihm stand, und ließ ihn umso fester sich gründen auf seinen Gott.

* * *

Er priesterte nun schon zwei Monate, versah an den Werktagen das Schullehreramt und tat beides mit heiligem Eifer. Der nordische Winter war so milde wie seit Menschengedenken nicht, die See fror erst Ende Januar zu. Die milde Witterung gestattete es deshalb Godber, zwischen Alt- und Neujahr nach Hilligenley zu segeln, und das wurden so schöne Tage, die er daheim verleben durfte, ja, eigentlich noch schöner als das Julfest selbst, trotzdem die Gröder versichert hatten, noch niemals sei ihnen die Predigt vom Kinde so zu Herzen gegangen.

Als Godber wieder auf Gröde war, sandte er mit Gelegenheit zwei Briefe nach Husum, einen bittenden an Tante Luise, einen voll drängender, hellauf lohender Liebe an Wiebke. Es kam auf beide keine Antwort. Trotzdem wartete er, wartete mit unbeugsamem Mut auf Erfüllung. Und das Warten weckte seine Kraft. Er zog sich auf sich selbst zurück. Sein Inneres wuchs, und je länger es währte, desto mehr, und wurde so stark, dass es nachmals in keinem Leide zerbrach.

Monate vergingen unter heißem Warten. Erst auf sein drittes Schreiben erhielt er um Himmelfahrt herum Antwort. Frau Boysen schrieb, dass sie aus ihrer Heimat zurückgekehrt und wohlbehalten mit Wiebke wieder daheim sei. Seine Briefe habe sie durch einen Kurier in Detmold erhalten. Wenn sie nun auch ihren Sinn ihm und Wiebke zuliebe ändern wolle, so sei doch Dirk Boysen nicht willens, die ihm Bestimmte freizulassen. Er, Godber, müsse das nun einsehen, sie habe auf Wiebkes inständiges Bitten hin den Verspruch auf Herbst hinausgeschoben, dem dann im Advent die Eheschließung und Umschreibung beim Notarius und Gericht folgen würde.

Er knirschte nicht wieder: „Scherben, Scherben!" Und er bebte nicht vor der Mitteilung „Herbst Verspruch, Advent Kost". In stiller Nachdenklichkeit straffte er die Arme. Gott ist immer der andere. Gott hatte ihm Wieb bestimmt.

Eine treibende Unruhe gewann aber so viel Macht über ihn, dass er gleich nach dem Pfingstfest, das noch in den Maienmonat fiel, mit seiner eigenen Schnigge nach Hilligenley gesegelt war und all seinen Gram und Kummer mit Yorck besprochen hatte, bis dessen überlegene Ruhe auch auf ihn, den so viel Jüngeren, übergeströmt war. Seitdem wandte er sich vertrauensvoll auch in dieser Sache an ihn und war gewillt, das zu tun, wozu der Ratmann riet. Als er ihm Auge in Auge seine Not geklagt, hatte der Alte erst kein Wort gesagt, was Godber wundernahm, da er doch sonst immer gleich Rede und Antwort fand. Langsam und bedächtig hatte Yorck seinen Sitz aufgegeben, um gelassen auf und ab zu gehen. Ihm war die Erkenntnis aufgegangen, dass die Wunde, die Godber geschlagen war, nicht verheilen werde, dass er vielmehr daran verbluten würde, wenn es sich nicht zum Guten fügen sollte. Da musste er erst bei sich selbst überlegen, bis er schließlich angefangen hatte, Godber zu beruhigen, und versprochen, selbst mit nächster Gelegenheit nach Husum zu segeln und mit Frau Boysen zu reden. „Aber nicht alle Pfade, die der Mensch schreitet, sind Gottes Wege. Gott lässt sich keine Vorschriften machen. Denke daran, dass du in jedem Vaterunser betest: Dein Wille geschehe", hatte er geschlossen.

Dann geleitete der Ratmann ihn noch bis zur Schnigge und verhieß, ihn bald auf Gröde zu besuchen. Noch ein Winken mit der Hand, und beide wandten sich ihren Zielen zu.

Ein linder Westwind blähte die Segel.

In glasheller Durchsichtigkeit hoben sich Nähe und Ferne ab. Der junge Prediger saß allein am Steuer seines Bootes. Er sah über den steil ragenden Mast in den mattsilbernen Abendhimmel hinaus und achtete auf die sanft bewegten Wellen. Eine Möwenschar kreuzte seinen Blick und schoss schräg hernieder. Die Welt war voller Licht und Klarheit, so hüllenlos fernsichtig, wie er sie noch nie geschaut. Und dabei versank ihm das Nächste und Fernste, als entglitte er sich selbst. In einer Hingabe ohnegleichen befreite sich seine gebundene Seele.

Als er an seiner Hallig anlegte, war er wie geblendet. Wie ein Traumbefangener ging er über das beblümte Land. In den Prielen spiegelten sich glitzernd die Sterne. Die gelben Honigblumen hatten sich schon zur Nacht geschlossen, aber zahllose rosa Grasnelken dufteten süß und lieblich um seine Füße. Weißer und roter Klee, mit Safranblumen untermischt, standen an Süßigkeit des Duftes nichts nach. Als er sich ein buntes Sträußlein von ihnen gepflückt, musste er des Heilandes Worts gedenken, „dass auch Salomo in aller seiner Herrlichkeit nicht gekleidet gewesen ist wie derselben eins".

Lange stand er im Westen auf der steilen Kirchwarf noch sinnend da. Sanft und glucksend plätscherten die silbergrauen Wellen und sangen müden Herzen ein unsagbar süßes Schlummerlied. Der laue Abendwind harfte weiche Weisen und streichelte lind des Mannes Stirn.

Da kam ein hehrer Friede über ihn, und seine Gebundenheit löste sich und weckte den Drang nach Mitteilung. Ein sehnsüchtiger Ruf, halb Jauchzen, halb wehes Schluchzen drängte sich leise über seine Lippen. „Wieb! Wieb! Hörst du es?" Und er ging in sein einsames Pfarrhaus.

* * *

Der Sommer ging vorüber, und der Herbstwind wirbelte die gelben und schwarzen Holunderblätter auf die schmalen Beete des winzigen Pfarrgartens und auf den Gröder Kirchhof. Gegen Ende Oktober begannen gewaltige Herbstregen niederzugehen, die die Hallig aufweichten und die Wege in einen schlammigen Schlickbrei verwandelten. Wochenlang weinte der niedrige, graue Himmel auf das Meer und auf die Hallig nieder, bald mit schräg strömendem, feinem Regen, dessen klare Tropfen auf den Fluten hüpften und auf das Gras sanft niederrieselten, bald mit stürmischen Böen und Flagen, die die Küste und verstreuten Inseln in zähe dichte Nebelschleier einhüllten.

Umso sonniger war es drinnen im Pfarrhaus. Dort schaltete und waltete seit wenigen Tagen Wiebke als Pfarrfrau. Der Bund war geschlossen und die Türe in den Himmel für die beiden Glücklichen geöffnet. Gott hatte eingegriffen. Dirk Boysen war der Pest erlegen, die doch schon, so wähnte man, seit Jahrzehnten so gut wie erloschen war. Godber hatte sich, so schwer es ihm auch fallen mochte, doch noch, wie es die Schicklichkeit erforderte, fast ein Jahr geduldet. Dann hatte er sich verwichene Pfingstzeit mit Zustimmung von Tante Luise auf die Fahrt gemacht, sich sein Glück zu holen. Schon unterwegs hörten sie von Schiffern, dass die spanische Grippe im Lande sei und in Husum viele Opfer verlange.

Als er dann zu dem alten Hause in der Schlossstraße kam, hatte ihm Wiebke mit verweinten Augen die Türe geöffnet. Er hatte seine liebe Tante Luise nicht mehr lebend angetroffen. Sie war in der Küstenstadt das erste Opfer der Seuche geworden.

So war das Verspruchsfest der Liebenden sehr ernst geworden. Der Ratmann war gekommen, hatte ihre Hände über dem Sarge der mütterlichen Frau am Johannistage ineinandergefügt und den Segen für sie erbeten.

In aller Stille war, wie es sich von selbst verstand, auf Hilligenley letzten Freitag Kost gefeiert. Herr Johannes Peterssen von Oland hatte sie anstelle des schwer erkrankten Predigers von Nordmarsch zusammengegeben und das Pauluswort über sie gesprochen: „O, welch eine Tiefe des Reichtums, beides, der Weisheit und Erkenntnis Gottes! Wie gar unbegreiflich sind seine Gerichte und unerforschllich seine Wege!

Denn wer hat des Herrn Sinn erkannt, oder wer ist sein Ratgeber gewesen? Oder wer hat ihm etwas zuvor gegeben, dass ihm werde wiedervergolten? Denn von ihm und durch ihn und zu ihm sind alle Dinge. Ihm sei Ehre in Ewigkeit! Amen." Röm. 11, 33–36.

Er hatte recht daran getan, sie mit diesem Wort zu segnen, das so viel Widerhall in ihnen weckte. Des Herrn Wege sind wunderbar. Das hatten auch sie erfahren. Durch wie viel Dunkel und durch welche Tiefen hatten sie hindurchgemusst! Tod und Trauer hatten an ihrem Pfade gestanden. Und doch, hatte der Herr es nicht herrlich hinausgeführt? Dass sie sich nun angehören durften nach Seinem heiligen Willen!

Sie empfanden es dankbar, dass jetzt all ihr Überschwang Ruhe und Ziel in Gottes gnädiger Fügung finden konnte. Es musste doch auch ganz gewiss Sein heiliger Wille gewesen sein, dass sie beide fortan eins sein sollten.

Der Strom eines neuen Lebens rauschte zwischen Mann und Weib. Wie in verhaltenem Jubel nahmen sie ihr Glück frohlockend und demütig zugleich aus Gottes Hand und gelobten, einander und ihrem Gotte mit dem Einsatz ihres Lebens zu dienen und nie müde zu werden in Wort und Werk, ihn zu loben und zu preisen: Ihm die Ehre in Ewigkeit!

* * *

Der lange nordische Winter in wallendem Pelz und flimmernder Silberkrone pochte an die Tür. Am ersten Advent lagen hier und da schon weiße Laken auf den Fennen und hingen zerfetzt an den Holunderbüschen und Hecken herab. Ein eisiger Nordwind brachte klingenden Frost und führte danach dichte bleierne Schneewolken herauf. Es hub an zu schneien. Der fallende Schnee wob ein rieselndes Spitzenkleid um die Häuser, setzte den Dächern bezaubernde Hermelinhauben auf und polsterte die Gesimse der Fenster, an deren Scheiben schon längst märchenhafte, duftlose Blumen wuchsen. Der hungrige Schrei der Möwen, die suchend durch die graue Eiswüste flogen und nirgend Atzung fanden, machte die ganze Strenge der Kälte noch fühlbarer und wurde dahin gedeutet, dass ein sehr harter kalter Winter bevorstehe. Und der Frost nahm zu. Jeder neue Tag wurde kälter als der verwichene, und jeden Abend funkelten die Sterne höher und kälter in ihrer hehren unbegrenzten Ferne. Wie eine Burg ragte steil und trotzig die Kirchwarf in den frühen Abend, in die weiße Nacht, die fromm war wie alle Gottesnächte in der heiligen Adventszeit. Die Schneeflocken fielen leis, weich und stumm aus blauschwarzer Unerschöpflichkeit. Eine verschneite Fußspur verlor sich vom Pfarrhause im weiten, weißen Felde, als führten die Stapfen von der einen überwältigenden Einsamkeit in die andere größere, ja – bis zur Urständ hin …

Die Dämmerung träumte in der Daansk und hüllte den niedrigen Raum in ein schwebendes, geheimnisvolles Dunkel. Von den Wänden nickten in Öl gemalt düster und ernst die Bilder des Kaufherrn Jens Boy Boysen und seiner Frau aus den schweren Goldrahmen. Die Mahagonimöbel dehnten sich und schienen in die Dunkelheit hineinzuwachsen. Jedes Stück hatte seine Schicksale und wurde gehalten, als habe es auch ein Stückchen Seele.

Heimeliger konnte es den beiden nicht sein, als wenn im Beileger das Dittenfeuer brannte und glühte und sie, die Dunkelheit erwartend, Hand in Hand saßen und die Seelen reden ließen, während der Blick durch die beiden breiten, niedrigen Fenster in die silberne Weite ging. War es dann völlig dunkel, so verstummten sie meist ganz, und das große Feiern stand in der Stube, in der es immer sonntäglich war, bis es sich nicht mehr halten ließ. Ein Seufzer des einen oder anderen kündete das Ende an. Dann löste sich Godber, noch einmal Wiebke liebkosend, von ihr, beugte sich zu ihr nieder und küsste ihre Stirn. Er tastete sich zum Tisch und schlug den Feuerstein. Das Kerzenlicht flammte auf. Bald schnurrte das Spinnrad, und des Mannes Kopf, der über die Bücher gesenkt war, verschwamm bald genug im wunderlich bläulichen Tabakswolkenreigen. Die blonde Frau musste von ihrer Arbeit immer wieder einmal hinsehen. So ging auch ihr in ungetrübtem Glück Abend für Abend hin, und sie wurde nicht ungeduldig über dem Warten, bis Godber seine Bücher schloss und ihr dann von dem erzählte, was er gelesen hatte.

* * *

Nun lag die Hallig schon drei Wochen wie umpanzert, von Winternebel, Eis und Schnee eingeschlossen und von der Welt abgeschnitten inmitten des öden, vereisten Wattenmeeres. Auf den Fennen leuchtete noch immer der Schnee hart und glänzend wie Silber in unberührter Reinheit und überirdischer Schönheit, aber gegen Jul wurde es anders. Am Christmorgen war der Weihnachtshimmel schon in der Frühe voll finsterer Wolken, als drohte ein tückischer Wetterumschlag. Die Halligleute sahen es und waren auf alles gefasst.

Endlos dehnte sich die blanke Eisdecke, über die schon bald ein eisiger Nordost fegte. Als könne ihm niemand etwas anhaben, breitete sich das große, weiße Schweigen noch unheimlich und ungeheuerlich über die vereisten Watten aus, und der kleine Mensch erschauerte in grenzenloser Einsamkeit. Wie schimmernde Perlenschnüre dehnten sich die aufeinandergeschobenen Eisschollen noch bis draußen an die freie See, aber gurgelnd und sprühend raste durch schmale Spalten schon die nimmermüde Flut.

Dann begann der Jultag mit einer wilden Sturmsinfonie. Jäh sprang der Wind nach Nordwest um und zerstörte die weiße Winterpracht, die weiten, weißen Felder, die in ihrer unsagbaren Reinheit in die Ewigkeit gebettet zu sein schienen. Ein schwaches Dröhnen klang unter dem Eise und verstärkte sich von einer Stunde zur anderen, bis es abgelöst wurde von vereinzelten dumpf grollenden Donnern, die wie Notböller gefährdeter Schiffe die Stille zerrissen. Das Eis barst.

Am Nachmittag stieg drohend eine Wolkenmauer über die Schneewand empor und führte rasch eine frühzeitige Dämmerung herbei.

Das Glucksen und Dröhnen wuchs zu schaurigem Brausen an. Das Meer, das wilde, dämonische Meer zerbrach wutschnaubend seine Fessel. Wie ein rasendes, furchtbares Ungeheuer stürzte das zornige Element ächzend, berstend und knirschend auf das Vorland.

Schon sprangen Wellen hoch, liefen mit phosphoreszierenden Kämmen über die Hallig und leckten die Schneemassen hinweg. Sie spielten klirrend mit den Schollen Fangball, rissen sie an sich, packten mit fester Umarmung ganze Haufen und schleuderten sie dann in wilder Bosheit gegeneinander, dass sie mit spitzen, schrillen Lauten zersplitterten.

Und dann kam es, das Eis. Woge um Woge schleuderte ihre viele hundert Tonnen schwere Last gegen die Warfen, dass die Häuser erbebten vor dem Donnern, Splittern und Klirren der von Urgewalten zerschleuderten Eisschollen; und das zage Menschenherz stockte, als hätte das Grauen verborgener Tiefen alle Herrschaft an sich gerissen.

Aber aus dahinjagenden Wolken schaute für einen Augenblick der volle Mond groß, ruhig und still über das sturmdurchwühlte, schäumende Chaos zum tröstlichen Zeichen, dass nicht alles mit in diesen Untergang hineingezogen werde.

Doch dann, als habe dies Atemholen und Ausruhen nur seine Kräfte gestählt, raste mit erneuter Wucht der Sturm im Orkan daher.

Aus den düsteren, schwarzen Wolken mit den wild verzerrten Rändern prasselten Hagelkörner herab, und Heulen, Jammern, Seufzen erfüllte die Luft. In den triumphierenden Siegesgesang von Sturm, Regen und Hagel mischte sich grausig das angstvolle Brüllen und Wiehern der Kreaturen, die instinktiv die Gefahren ahnten.

Die Flut, die bei Ebbe schon über die Hallig gestrichen war, spülte längst über die Warfen und in die Häuser hinein, in denen alle auf ihren Posten waren.

Godber versuchte noch einmal, das Fenster zu öffnen, ob er noch hinauskäme, um die Südertür durch Übernageln einer Planke besser zu sichern, aber der Sturm riss es ihm aus der Hand und zerschellte es, und er hatte Mühe genug, den Fensterrahmen mit alten Kistendeckeln zu vernageln. Wohl war er als Halligkind auf solche Eisflut vorbereitet gewesen, doch nun zerbrach die trotzige Ergebung an der Sorge um Wiebke.

In das Knarren und Ächzen des Balkenwerkes hinein fragte das junge Weib mit zitternder Stimme, der man anmerkte, dass Angst und Bangen ihr die Kehle zuschnüren wollten: „Was bedeutet dies alles, Godber, sind wir nicht sicher und geborgen in unserem Hause?" – „In dieser irdischen Hütte nicht, Wieb, aber in der Hand des Ewigen, aus der wir doch niemals fallen können." Er zog sie an sich. „Wieb", bat er mit schwankender Stimme, „sei tapfer! Wir müssen jetzt auf den Kirchboden flüchten."

„Auf den Kirchboden?", wiederholte sie mit einem fremden Ton, und sie erschauerte und wurde bleich. „Auf den Kirchboden nicht", flehte sie und setzte hinzu: „Überallhin, aber bitte nicht dorthin!" Godber wusste, weshalb sie widerstrebte, denn dort wurden die Särge aufbewahrt. „Die Kirche ruht auf Eichenständern, das Pastorat nicht. Darum ist es auf dem Kirchboden am sichersten. Wo könnten wir auch sonst noch hin?" Er machte eine unwillkürliche Gebärde der Abwehr. „Wieb, komm, wir müssen eilen. Die Kisten tun uns nichts." Dann öffnete er die breite Truhe und entnahm ihr die Kirchenbücher und das Siegel und hing über den andern Arm sein Priesterkleid. „Such ein wenig Kleidung und Wäsche zusammen, Wieb, wäre es auch nur für uns zum Wechseln. Wir wissen nicht, ob hier unten die Mauern halten."

Schon schleppte er die schweren Bücher über den Hausboden nach Westen, wo er die trüb leuchtende Stalllaterne aufgehängt hatte. Dann kam er zurückgelaufen und fand Wiebke dabei, mit fernem, wehem Lächeln das Frauenbild von der Wand zu nehmen. „Dies eine Andenken möchte ich nicht den Wogen preisgeben." – „Gewisslich nicht", sagte Godber, „hoffen wir überhaupt, dass unsere Sorge und Fürsorge nicht nötig war." Aber er brachte doch auch noch den Himmelsglobus und das Fernrohr in Sicherheit.

Ein Frösteln wehte sie beide an, als sie nahe der Tür auf dem dunklen, niederen Boden hockten, den Rest der Nacht zu verbringen. Zu sehen war nichts, umso unheimlicher war das Geheul des Sturmes, das Dröhnen der Brandung und jenes dumpfe Aufbrüllen, mit dem die brechenden Wogen ihre Eisfracht gegen das Mauerwerk der Kirche schleuderten, dass der Boden unter ihnen erzitterte und das Dach über ihnen wankte.

Wieder mochte eine Stunde vergangen sein, und alles war wie vorher. Durch die Bohlen der Fichtendecke drang eisige Kälte, und durch die Risse der Luken sprühten kalte Regenschauer. Godber hatte tastend die von Wiebke gefürchteten Särge ganz zurückgeschoben, hatte Heu zusammengeschichtet und setzte sie auf dieses weiche Lager. Der Pastor blieb vor der Luke stehen und versuchte, Neuwarf durch den breitesten Riss zu erspähen. Aber nur schauervolle, gähnende Finsternis und ein wild tobendes, brüllendes Meer lag zwischen den Warfen. Sie begannen für den äußersten Fall nach einem Rettungsmittel umzuschauen, und nun war es Wiebke, die an die Särge erinnerte. Schnell schob Godber zwei von ihnen aneinander und legte ein Tau um sie. Dann packte er Heu hinein und hob Wiebke in den einen. Das Schaffell, das sonst unter seinem Arbeitstisch lag, wärmte jetzt ihren Schoß. Er stieg in den andern. Dicht beieinander gekauert, saßen die beiden, jeden Augenblick den Einsturz der Mauern und damit das Ende erwartend.

Als Stunde um Stunde verrann, ohne dass das gefürchtete Ereignis eintrat, kehrten ihnen beiden doch Fassung und Zuversichtlichkeit wieder. Auch meinten sie, dass das Schüttern nicht mehr so stark und die Stöße so heftig seien.

Da litt es den Pastor nicht länger in seiner Notarche. Er trat vor die Lukentür.

„Ich lasse dich wenige Augenblicke hier allein", murmelte er gepresst, „ich muss durch die andere Luke beim Osten nachsehen, wie es um die Heerst steht, Wiebke." „Kommst du auch gleich wieder?", fragte sie stammelnd. „Sofort bin ich wieder bei dir."

Im nächsten Augenblick zitterten die Wände und Dachsparren und zugleich drang ein markerschütterndes Brüllen und banges Blöken in das wahnwitzige Donnern der See. Tödlich erschrocken blickte die Frau um sich, und ihr Gesicht ward noch bleicher als zuvor. War das das Ende? Sollten sie so jung und auf so schreckliche Weise sterben müssen? „Godber, Godber!", rief sie in Todesangst. Dann presste sie die Rechte auf ihren Mund, um das wild aufsteigende Schluchzen zu unterdrücken.

Gleich darauf tastete sich der Pastor an der grünschimmeligen, feuchten Wand zurück, den Kopf tief zwischen den Schultern, damit die Balken und Sparren ihm nichts anhaben konnten. Er rief bewegt ihren Namen. Dann war er bei ihr und griff ihre Hände. „Erschrick nicht, Wieb", bat er und drückte ihre kalten Finger. „Was ist?" Sie stockte. Er beruhigte sie freundlich und legte seinen Arm um ihre Schultern. „Wir sind das Schlimmste über, Wiebke, unserem Hause ist nicht viel Böses geschehen, die Mauern beim Norden werden Löcher bekommen haben, eingestürzt ist aber keine. Ich werde bald versuchen, ob wir nicht wieder hinunter können." – „Du weißt mehr, verschweig mir nichts, Godber!"

„Ja! Als ich die Osterluke ein wenig öffnete, gewahrte ich was Grausiges, du – von den fünf Häusern auf der Heerstwarf stehen nur noch drei! – Ach, Wieb – dies ist nun dein erstes Julfest!" – Sie legte ihre Hände auf seine Brust und ihren Kopf an seine Schulter. Ein ängstlich langer, banger Seufzer kam von ihren Lippen. „Was ist dir?", fragte er besorgt. „Mir ist immer wohl, wenn ich bei dir bin. Nur mich friert so." Hilflos schaute sie ihn an. „Komm, wir müssen hinunter, wir müssen den Heerstleuten helfen. Die armen Menschen! Und wie mag es auf der Knutswarf und Appelland und Buthfleth aussehen!"

„Wiebke", sprach er innig, „noch steht es nicht in unserer Macht zu helfen, die Kirchwarf ist wie jede andere abgeschlossen. Wenn Ebbe eintritt, ja – dann soll mein erster Weg mich hinüberführen. Komm mit, jetzt wollen wir hinuntergehen." Wohl zitterten Wiebkes Glieder und kaltes Entsetzen flog sie an, als sie die Zerstörung unten sah, aber kein Klagelaut kam über ihre bebenden Lippen, tapfer griff sie mit zu und half an ihrem Teile, so gut sie konnte, erste Ordnung in die verwüsteten Zimmer zu bringen.

Am Morgenhimmel verglomm der Mond in blasse Wolken. Der Sturm ging schlafen, und im fahlen, bleichen Tagesgrauen lag das bezwungene Meer, von der Warf zurückebbend, schwermütig und finster da.

Godber öffnete behutsam die Südertür, fegte mit einem Reiserbesen das aufgestaute Flutwasser hinaus und trat mit Wiebke auf den steingepflasterten Steg. Ihre Augen tranken durstig das stille, große Bild der wogenden Unendlichkeit, und in ihnen war ein heiliges Leuchten, bis Wiebke in jähem Erschrecken plötzlich Godbers Hand griff. Tränen des Mitleids verdunkelten ihren Blick, als sie die Zerstörung auf der Heerst gewahrte.

Fürsorglich legte Godber seinen Arm um Wiebkes zitternde Schultern und führte sie ins Haus und bat, die notwendigsten Innenarbeiten zu verrichten. Er selbst machte sich daran, die Mauerlöcher in der Norderwand auszubessern und nagelte die von den Elementen zerschlagenen Fensterscheiben mit Brettern zu. Als die Flut ein wenig abebbte, kam der Kirchenjurat Nommen Hansen Nommensen durch das Salzwasser, das ihm bis an die Hüfte ging, und bat den Prediger, auf die Heerst zu kommen. Das erste Haus, das der Sturm hinweggenommen, sei das der Witwe Haye Ipsens gewesen, und sie, die Kriencke Ipsen, sei mitsamt ihren beiden Söhnlein Hans und Nickels elendig dabei ertrunken. Die Leichen seien geborgen. So seien denn alle nun wieder vereinigt; denn der Mann und Vater Haye Ipsen war als Davisfahrer verwichenen Herbst nicht wieder gekommen und auf See geblieben.

Das andere Haus, dem Kapitän Broder Bandixen gehörend, sei halb von den Wellen der Wasserflut hinweggerissen, aber das alte Ehepaar sei gnädiglich durch die Nachbarn gerettet. Doch nun sei Reenly Bandixen so kümmerlich, dass sie nach dem Heiligen Abendmahl großes Verlangen hätte.

Auch auf Buthfleth hätten sich die beiden alten Brüder Riquart und Bonke Wirksen wegen ihrer körperlichen Gebrechen und gelähmten Glieder nicht zeitig retten können, sodass sie ihren Tod in den Wellen finden mussten.

Godber willfahrte sogleich, und da Wiebke nicht allein bleiben mochte, nahmen die Männer sie mit.

Tage schmerzlichsten Erlebens folgten, bis dann in der Woche zwischen Alt- und Neujahr das Bestatten und Christlich-zur-Erde-Bringen geschah; da gingen dann noch einmal die dunklen Wogen des Herzeleids und der Trauer über die arme Gemeinde.

* * *

Wochen waren verstrichen. Von Neuem schickte der Winter riesenhafte Schneewolken, und unter dem eisigen Hauch des Nordwindes erstarrte wiederum das Meer und ward zur überwältigenden, gigantischen Polarwüste. Schneeflocken wirbelten unentwegt über die Hallig und hüllten sie in ein weißes Bahrtuch. So groß waren die schneeigen Flocken, dass man meinen konnte, Schwärme weißer Vögel zu sehen. Und sie fielen so dicht, dass sie bald auch das Watt überschneit und bedeckt hatten. Wie gefangen lagen die festgefrorenen Schniggen an den vereisten Prielen, und unter der beißenden Kälte krochen alle Lebewesen tiefer in die schützenden Häuser.

Die erhabene Stille und das weiße Schweigen in der großen Einsamkeit wuchsen nach dem furchtbaren Geschehnis der Eisflut am Jultag zu einer schmerzhaften Todesruhe, und nur der sachte aufsteigende, kräuselnde Rauch aus den Schornsteinen sprach von der Unüberwindlichkeit des Lebens und von dem Recht der Lebendigen.

Zu den sonntäglichen Gottesdiensten konnten nur die jüngeren Gemeindeglieder kommen, die Alten und Kinder wagten mit Recht sich nicht durch die tief verschneiten Fennen, die weglos versunken lagen, zur Kirchwarf hin. Als Wiebke an dem ersten strengen Wintersonntag nur die wenigen Männer in groben, verschneiten Schafpelzen im Kirchlein sitzen sah, ward sie unwillig darüber in ihrem Pfarrstuhl. Sie war-

170

tete diesmal nicht, bis Godber, nachdem er gepriestert hatte, noch mit den wenigen Kirchgängern auf dem schmal gepflasterten Stege einige freundliche Worte wechselte und fertig war, sondern ging allein voran in die Daansk, wo sie sinnend vor dem Fenster stehen blieb.

Erst als Godber eintrat, wandte sie sich um. Er sah, wie das matte, sehr helle Silberblond der schweren Zöpfe seltsam gegen das dunkle Tuchkleid abstach, und bemerkte überrascht, dass alle ihre Bewegungen von auffallender Weichheit waren. „Armer Godber, musstest vor den leeren Bänken priestern!" – „Das musst du nicht sagen, Wieb. Erstens können wirklich durch die ungeheuerlichen Schneemassen nur kräftige Männer kommen, und dann: Gott ist nicht an Zahlen gebunden. Im Gegenteil, gerade den zweien und dreien, die in seinem Namen zusammenkommen, hat unser Herr und Meister seine große Verheißung gegeben. Herr Laurentius Laurentii hatte die feine Gabe, dass er die leeren Bänke gar nicht sah." – „Doch, die muss ein Prediger sehen", beharrte sie eigensinnig. Des Mannes Züge glätteten sich, wurden sanft, wie in den Jahren, als er noch Godo hieß, und ein stilles, gutes Lächeln legte sich darüber. „Ach, Wieb, da muss ich an einen Wintersonntag denken, der war wie heute, und es sind wohl zwanzig Jahre her. Da hatte Herr Laurentii um das Wort „Kommet her zu mir" das von den „Wohnungen im Vaterhause" gerankt und am Schluss gesagt – es waren auch nur vereinzelte Männer, vielleicht vier und ich als einziger Knabe, im Kirchlein –, dass es dereinst einmal keine leeren Plätze geben würde. Gottes ewiges Vaterhaus würde an jenem Tage voll werden, und unser Sinnen und Trachten müsse hienieden nur dahin gehen, dass die Bank, die Er uns in unverdienter Güte zugedacht habe, nicht von einem anderen eingenommen sei und dass wir selbst den Platz an seinem Vaterherzen nicht verfehlten. Du wirst unsere Halligleute darin auch besser verstehen lernen, wenn du erst länger unter ihnen bist. Du weißt auch nicht, wie das tut: Erst durch hüftehohen Schnee und dann dampfend in der kalten Kirche. Lass uns darüber nicht zu hart richten!"

Sanft strich er ihr über die Wange und sagte weich: „Wenn die Kälte nicht so rasch wiedergekommen und den Eispanzer um unsere Halligen gelegt hätte, dann wäre unser Großvater wohl hier bei uns." – „Jetzt wäre er gekommen", fragte Wiebke zweifelnd, „uns zu besuchen?" – „Die beiden Juraten haben gewiss gesehen, dass letzten Dienstag Bandicks Galiote in den Ridd gegangen, dort eben angelegt hat und dann mit Kurs auf Gröde weitergesegelt ist. Aber die aufkommenden Hagelböen von fast erstickender Stärke und das furchtbare Schneegestöber haben sie leider ja zum Umkehren gezwungen. Und dann kam mit der Abendtide der harte Ostenwind auf, nun wäre Olaf Bandick auch ohne die schneidende Kälte flottlos. Den Mast habe ich gestern auch deutlich mit dem Kieker erkannt."

„Godber", unterbrach sie ihn zögernd, „hätte das Boot uns auch eine schlimme Botschaft überbringen können? An einen Besuch bei diesem strengen Winter kann ich nicht so recht glauben", schloss sie voller Zweifel und Unruhe. Er senkte betroffen den Blick, ging mit hastigen Schritten einige Male durch das Zimmer und stellte sich vor das Fenster, die Hände auf dem Rücken verschränkt. Regungslos blieb er stehen, auch dann noch, als Wiebke hinausgegangen war, das Mittagessen zu richten.

Draußen setzte neues Schneegestöber ein. In wild treibender, seitlicher Bewegung wirbelten die großen Flocken herab und quirlten in tollem Tanz durcheinander. Immer neue lösten sich vom verdunkelten Himmel. Die Wolken drangen gegen Südwesten vor, und der Schnee fiel in beunruhigender Ausgiebigkeit. Godber verfolgte unbewusst das wechselvolle Spiel von Fallen und Steigen, Sichheben und Entschweben, aber bewusst ließ er sein bisheriges Leben an sich vorüberziehen, und alle Gedanken, Wünsche und Gebete mündeten beim Ratmann. Wenn Wiebke mit dem den Frauen oft eigenen ahnungsvollen Sinn recht behielte, dass dem Großvater etwas zugestoßen wäre? O, nur ihn nicht hergeben müssen, noch nicht herzugeben brauchen, den besten, treuesten Freund! Wenn Gott Gnade geben würde, so durfte er ihm im

Julimonat den ersten Urenkel auf den Arm legen, der Yorck gerufen werden sollte.

Aber nicht lange beschäftigte er sich mit der Zukunft, seine Gedanken kehrten in die Vergangenheit zurück, und er ließ ihnen freien Lauf. Bruchstücke ohne Zusammenhang aus seiner Kindheit stiegen herauf. Mallenke, die alte, treue – was hatte sie ihm für Liebe und Wärme zugetragen, wie ihn umsorgt und umhegt, als es seine Mutter nicht mehr konnte! Oder war auch schon zu Inkes Zeiten ihre Liebe ihm Weg und Brücke und alles gewesen? So grübelte der Mann am Fenster, bis er sich plötzlich losriss und an die Arbeit machte.

Am Nachmittag hörte es auf zu schneien. Die starren Holunderäste schienen unter der Schneelast zu brechen und entluden Mengen von trockenem Pulverschnee. Der Himmel hing tief und dunkelgrau über dem vereisten Meer, und auf den Schneefeldern und Dächern glänzte ein bleicher, grünlicher Schimmer von kommender Nässe und ließ die Welt hoffnungslos kalt und verblichen erscheinen. Aber trotz aller dieser Anzeichen trat kein Tauwetter ein. Die Tage und Wochen verrannen, es blieb beißend kalt, und keinerlei Nachricht über die Eisflut am Weihnachtstage drang von Hallig zu Hallig oder ans Festland.

An den langen Januar- und Februarabenden hatte Godber aus Pergamentblättern vorzulesen begonnen. Wiebke saß dann neben ihm und spann Wolle, flink drehten ihre Finger den Faden. Doch beim Zuhören entsank ihr sehr häufig die Spindel. Geschah es zu oft, dann wickelte sie etwas beschämt darüber den Faden auf, drehte wieder, und ihr Fuß trat in die Radspeichen. Das ruhige, gelbliche Licht der beiden Talgkerzen beschattete ihr Gesicht und ließ es bleicher als sonst erscheinen.

Godber hielt mit Vorlesen inne; denn Wiebke gähnte mehrere Male herzhaft hintereinander. „Du magst wohl kaum noch mehr von der Pestilenz hören, Wiebke?" – „Nein, von der schrecklichen Pest habe ich genug, aber die Annalen erzählen doch auch sicher noch von etwas anderem. Ich mag ja so gern hören und wissen, wie und was vorher und vor uns

173

war, aber das Grausige nicht", sagte sie weich und begegnete seinen offenen Augen. Godber blätterte. Er stutzte. „Hör mal, Wiebke, da ist ein landfremder Prediger auf dem Strande[1] auffällig geworden, weil er sich den hiesigen Gesetzen nicht gefüget hat. Es wird dich ergötzen, wie er hat weichen müssen, weil er die nachgelassene Witwe seines Vorgängers wegen ihrer vielen Kinder nicht hat ehelichen wollen:

„Herr Cosmas Frolich wart anno 1567 van M. Georgio prae posito denen von Evensbol vor ein pastoren tho gesandt dat gnadenjar von Catharinen H. Matthiae nagelatene wedewe tho denen, dede sin erste predigt am sondag Quasimodegeniti. Dat carspel sath dartho still und in der visitation im sommer darna togede de prawst einen breff, so Her Cosmas an Her Simon tho Rendsborg, darinne he sick beklagede, dat em de probst tho einer wedwen mit velen kindern dwingen wolde und wo duth land godtloß und tellus ingratissima were.[2] Do he nu solches nicht dardon und bewisen konde, wart em angetoget vam probst, dat he up thokomstigen ostern wedder aftehn scholde, wart unlangst darna Pastor in Swesing und aver weinig jaren Cap. tho Husum, wart na Stade in siner heimat beropen und starff darsulvest."

Wiebke hatte das Spinnrad von sich geschoben, ihre Hände lagen verkrampft im Schoß. Als Godber geendet, sah sie ihn forschend an und sagte heftig: „Das war recht, wie es Herr Cosmas gemacht hat. Wie kann ein Propst einen Prediger zwingen, eine nachgelassene Witwe zu heiraten!" – „Das ist keine Willkür vom Propsten gewesen, sondern so lautete das Gesetz", fügte er mit einem kleinen Lächeln hinzu. Ein Schauder durchfuhr ihren Körper. „Unchristlich war und ist es trotzdem, so etwas zu verlangen", beharrte sie kriegerisch. „Herr Cosmas Frolich hat es ja auch nicht getan", erwiderte er wie zuvor lächelnd. „Lies doch noch weiter, was aus der Frau und den vielen Kindern geworden ist", bat Wiebke.

---

1 Insel Nordstrand
2 sehr undankbar

Godber rückte sich eine Kerze ganz nahe heran. „Die Tinte ist auf diesem Blatt sehr verblichen", sagte er entschuldigend, „der Chronist hat einfach alles Mögliche und Unmögliche in seinen Annalen durcheinander gebucht. Hier schreibt er von Maria Stuart, nun von einer schlimmen Sturmfahrt, die er wohl selbst mitgemacht hat. Da meldet er weiter den Besuch des Herzogs Adolf in Gotha und die Hochzeit eines Nordstrander Pastors." Er hielt die Blätter nahe vor sich. „Jetzt folgt umständlich seine Visitation. Und nun pass auf! Deine Witwe erwähnt er wieder: Obberus Elersen, de domals bynnen Rostock studerte, wert van den volmechtigen des carspels Evendsbol, Laurens Henrichsen, Fedder Laurensen und eren consorten vor eim Pastoren, als Herr Matthias in agone (heißt Todeskampf) ennen geraden, dat jar thovorn dingstages na Martini geeschet[1], aver noch vor ostern im Jahre 1566 jar sende Mag. Georgius einen andern darhen, Cosmun Froliken, dat gnadenjar von Cathrin Her Matthiae frow tho waren, de sick nadages mit dem prowst, als tho vor gedacht, vorunwilgede und wedder wiken[2] moste, ging also Herr Obberi Eschung vor sick, em wart thom andern mahl geschreven, kam tho huß und dede sin erste predig in dussem jar am sondag Judica, wart angenamen, tho Hadersleve examineret und thom pastorn dominaca palmarum 1568 darsulvest bestediget. – „Siehst du, Herr Obberus Elersen ist willfähriger als Herr Frolich gewesen."

Wiebke sah Godber an, aber ehe sie etwas sagen konnte, hatte er umgeblättert und las weiter. „Es heißt von einem Geheimen Rat und Generalsuperintendenten Georgius Boetius: succederte darna sinen vader im ampte; sin ander frow was Sara, Hern Vincentii Johannis des vorigen praepositi nagelatene wedewe, hadden fief kinder thosamen. – Also, es war schon immer so üblich und ist bis auf den heutigen Tag so geblieben. Aber nun lege ich die Blätter weg, Wieb, es ist schon längst Bettzeit."

---

1 bestattet
2 verunreinigte und wieder weichen musste

Wächserne Blässe und seltsame Starrheit blieben auf dem Antlitz des jungen Weibes und ließen es fast durchsichtig erscheinen.

Godber Godbersen schien es zu bemerken, er erhob sich und sah ihr über den Tisch hin ins Gesicht. Hastig trat er nahe zu ihr: „Hat dich das so betroffen und mitgenommen? Wieb, das darf es nicht. Dann wollen wir die Chronik fortstellen und sie fürs Erste nicht wieder vorholen."

„Ja", bekannte sie freimütig und strich mit zitternden Fingern über seinen Arm, „das ist mir noch immer schwer verständlich. Wenn ich denke, dass man dir nach meinem Tode auch einfach eine Botschaft vom Konsistorio schickt, um eine nachgelassene Witwe zu freien." Laut lachend nahm Godber sie in seine Arme. „Gut, wenn du weiter keine Sorgen hast, Wieb, warte nur, gleich sollst du dein Lachen schon wieder finden. Ich will dir noch schnell aus einem anderen Buche eine Geschichte vorlesen. Es gehört Ualbaabe, er hat es mir diesen Winter hiergelassen. Das ist was sehr Ergötzliches. Herr Kammerjunker von der Gröben, den der Große Kurfürst im Mai 1682 mit der Leitung seiner Guinea-Expedition betraute, schreibt selbst: Als die Brandenburger nämlich mit den Mohren ans Handeln gingen im schwarzen Erdteil, da kam auch ein Näger mit zwey seyner Weyber, jede dem Ansehen nach 40 Jahre alt, an Bord, selbyge vor 20 Stangen Eisen zu verkaufen. Weil sye aber alte heßliche Teufels waren, stunden sie uns nicht an. Wäre dieser löbliche Gebrauch bei uns gültig, es möchten die europäischen Weiber noch wohlfeiler als die in Afrika sein. Inmassen mancher Mann sich von seinem bösen Weibe zu erledigen, sie nicht nur wohlfeil verkauffen, sondern wohl gar mit einer Schenkage dem Käuffer überlassen würde. Dieses sage ich nur von den Bösen, denn alle Guten seyn lobenswerth, von denen ich selbst ein Kauffmann seyn wollte. Es ist aber zu beklagen, daß man ihrer so wenig findet, denn es ist nur eine in der Welt, und Jedermann meynet, es sey die Seinige."

Nun lachte auch Wiebke laut und sagte: „Das ist ja ein köstliches Buch, das musst du mir von Anfang bis Ende vorlesen, Godber. Darauf will ich mich nun schon freuen." Godber erzählte, dass Ualbaabe seiner Mutter auch oft daraus vorgelesen hätte. Verschwunden war Wiebkes Müdigkeit, aufgeräumt plauderte sie noch eine Weile und fragte nach diesem und jenem. Schließlich bat sie: „Nun solltest du noch ein Lied spielen und singen, mein Godber." „Gern. Soll es ein Minne- oder Abendlied sein?" „Sing dein Lieblingslied."

Godber nahm die Laute und sang mit seiner weichen Stimme jenes Lied von Friedemann Bach, das er in Marburg zuerst gehört hatte: „Kein Hälmlein wächst auf Erden –" dessen vorletzte Zeilen:

„Dann sprosst, was dir indessen
Als Keim im Herzen lag" – –

sich Wiebke so gern auf ihr kommendes Mutterglück deutete.

Akkorde schwebten durch den niedrigen Raum, in dem eins für das andere lebte. Das zuckende Oval der Kerzenflammen wurde kleiner. Wiebkes Hände griffen wie im Spiel dahin, als müssten sie die schwebenden Töne zu Kelchen und Schalen ihres Glücks formen, welche wie die vom letzten Licht des Tages rosig durchschimmerte Blüte der Herbstzeitlose ihre Krone aufleuchten ließen im Lichtschein der verlöschenden Kerze. Dann ließ sie die Hände in den Schoß sinken. Das Lied war zu Ende. Es wurde dunkel in der Daansk.

* * *

Es blieb grimmig kalt. Erst am Petritage trat der Wetterumschlag ein. Die Sonne, die von einem blanken, blauen Himmel schien, bekam um Mittag so viel Macht, dass schon etwas Schnee von den Dächern tropfte. Am Abend zogen Wolken über den Mond, und in der Nacht brauste der Südwind mit ungestümem wildem Toben um die Hallig. Er sang mit Frohlocken von Regen und baldigem Frühling, verhieß des Winters Ende und gebärdete sich wie ein wildes Füllen. Die Schneepracht war am übernächsten Tage dahin; auch die vereiste See nahm einen grauweißen Ton an, und das Eis barst an vielen Stellen. Aus den Rissen gurgelte und sprühte es mit befreiten, ausgelassenen Spritzern, und der Regen peitschte mit dumpfem Grollen einher, dass selbst das Meer sich unter diesen gewaltigen Böen zu ducken schien. Stark und wissend riss der Frühling herrisch dem langen nordischen Winter das Zepter aus der Hand.

Die Tage blieben stürmisch, dennoch rüsteten die Gröder Schiffer, die alle Straße-Davis-Fahrer waren, zur Abfahrt. Ihr Segeltag war in milden Wintern der 20. Januar. Nun war es später geworden. Aber ehe der Februar zu Ende ging, segelte die Schmack mit den Männern ab. Das war in der Morgentide an einem warmen Vorfrühlingstage. Der Himmel wölbte sich schon in frühester Stunde hoch und tiefblau über der Hallig und rings über dem Meer. Wie geriffelt wehten weiße Wölklein darüber hin, und aus erstem jungen Grün stiegen kleine, braune Lerchen unermüdlich trillernd zum Himmel hinauf. In dem kahlen Geäst der Holunder zwitscherten und pfiffen Zaunkönig und Meisen um die Wette. Die Sonne glitzerte unruhig auf dem sanft gekräuselten Wasser, und der Wind ging so frühlingshaft zart und lind, als habe es nie einen Winter mit Eis und Flut und Sturm und Tod gegeben.

Mit derselben Abendtide legte Olaf Bandicks Galiote im Süden Grödes an. Godber und Wiebke gingen hinunter. Aber sie brachte nicht den heiß ersehnten Besuch des Ratmanns. Olaf Bandick reichte nur ein Schreiben zur Kate hinauf und segelte sogleich wieder heim, weil er am nächsten Tage die Seefahrenden von Langeneß nach Hamburg bringen sollte.

Godbers und Wiebkes Herzen begannen beide vor Angst zu pochen, der Mann wurde erst ruhiger, als er die Handschrift sah. „Lies doch schnell, Godber!", bat Wiebke, und ihr Blut klopfte noch stärker vor Erregung, als sie Godbers Zaudern sah, der den Brief schon durchflog. Aber erst, als er zu Ende gelesen und sie in der Daansk sich gesetzt hatten, gab er Bescheid, indem er den Blick nicht vom Brief hob: „Sie haben's auch schlimm in der Sturmflut am Jultage gehabt. Viel Schaden am Hause und an der Warf. Romy Volquardsen ist mit ihren beiden Kindern ertrunken. Das kleinste ist kaum eine Woche alt gewesen, das andere war zwei Jahre alt. Es soll dieses sonderlich erbärmlich anzusehen gewesen sein, dass die Wöchnerin, die mit den Kindern auf den Boden geflüchtet war, endlich durchs Dach gebrochen, und, als das Haus zerschlagen wurde, in jedem Arm ein Kindchen, jämmerlich im salzen Wasser ertrunken ist. Der Pastor und seine Frau haben sich auf den Kirchboden salvieren müssen. Sie hatten die Schafe und Kühe vorher im Stalle losgebunden, warum, das weiß niemand. Als sie nach verlaufener Flut wieder hinuntergestiegen sind, haben sie es also befunden: Die Schafe hatten sich zusammen in ein Bett retiriret, und die Kuh war mit den Vorderfüßen zu ihnen hinaufgestiegen, die andere stand brüllend vor der Daanstür. Die Nordermauern im Pastoratshause sind alle durchgebrochen, die übrigen Mauern durchlöchert und beschädigt. Ja, Wiebke, und dann noch: Mallenke ist tot."

Er sagte es mit bebender Stimme. „Ertrunken?", forschte sie. „Nein, gestorben. – Wiebke!" Sie legte ihren Arm um ihn. So saßen sie eine Weile vor dem Tisch. Die Briefblätter knisterten in Godbers Hand. Er zuckte zusammen, las die letzte Seite noch einmal und murmelte tonlos: „Alte, gute Mallenke!" Dann hob er den gesenkten Kopf ein wenig und erzählte, dass die Alte schon seit Advent gekränkelt habe und alle grobe Arbeit von der jungen Magd habe machen lassen. Selbst den Webstuhl habe sie Agnetha anvertraut. Die Sturmflut habe ein Übriges getan; sie habe noch einmal wie früher zugegriffen und tüchtig mitgeschafft. Dann habe sie eine Woche das Bett nicht verlassen können, habe ohne Nahrung mit großen Schmerzen gelegen, aber die nimmermüden, alten Hände der bald Neunzigjährigen hätten nicht gefeiert, sondern bis in die Sterbestunde hinein an Strümpfen für Godber gestrickt. Ihr einziger und letzter Wunsch sei gewesen, Godber möge an ihrem Sarge priestern. Aber die Galiote, die ihn holen sollte, habe umkehren müssen.

Godber sah Wiebke nicht an, sondern blickte unverwandt auf die Briefblätter. Da stand Wiebke auf, legte ihren Kopf an seine Brust und sagte: „Armer Godber, wie traurig bist du, und ich bin's mit." – „Ja, Wiebke, aber nicht nur die Trauer, auch das andere, dass die Galiote mich nicht holen konnte;

ach, und ich dachte, Mallenke sollte dich im Sommer noch im Kindbett pflegen. – Wie mag es Ualbaabe tragen? Siebzig Jahre hat sie ihm gedient." Ein Beben schwang in seiner Stimme. Godbers Augen wurden feucht, als er Wiebke leise vor sich hin weinen sah.

„Nicht an ihrem Sarge gestanden!", sagte der Mann schmerzlich, „auch nicht an Mutters." Wiebke nickte, und ihr schien, als hätte nie so viel Weh und Sehnsucht in seiner Stimme gelegen.

„Mein lieber Godo", murmelte sie versunken. „Am schlimmsten ist es aber doch noch für Ualbaabe. Er ist nun so ganz allein. Wenn er doch zu uns kommen möchte!"

Tränen tropften aus den Augen, eine um die andere.

* * *

Godber kam nicht so leicht darüber hinweg. Noch oft traf ihn Wiebke still und in sich gekehrt, aber sie half ihm doch mit ihrer unaufdringlichen Teilnahme.

Wochen und Monde vergingen. Der Juni brachte taghelle Nächte, die Fennen standen voll von dichtem, hohem Grase und versprachen eine reiche Heuernte.

Der Johannistag brach an. Die leichte Dämmerung rang mit der Nacht, aber sieghaft stieg im Osten das Tagesgestirn aus einem flammenden Saum dunkler Wolken, und wenn sie an diesem Abend sank, dann sollte nach unverbrüchlichem Gesetz die Sommersonnenwende eingetreten sein.

In der Morgentide segelte Godber mit der Schnigge seines Kirchenjuraten nach Husum. Der Wind konnte nicht günstiger sein. Wiebke hatte eine Vorladung des Erbschaftsgerichtes bekommen zu dem Termin am 25. Juni. Aber ihr Zustand erlaubte ihr die beschwerliche Bootsreise nicht mehr, so musste ihr Mann allein reisen.

Er tat es nur gezwungen. Der Ratmann, der Pfingsten auf der Gröde verlebt hatte, war auch der Meinung gewesen, Godbers Anwesenheit sei bei der endgültigen Testamentsvollstreckung erforderlich. Auch wenn er mit günstigem

180

Winde für die Rückfahrt rechnete, war vorauszusehen, dass er mindestens fünf Tage von Wiebke fernbleiben würde. Sie hatte ihn nicht ans Boot begleiten dürfen, weil sie schon am Abend vorher über Unpässlichkeit klagte: „Deine Stunde ist doch wohl nicht vorzeitig nahe?", hatte er sie in großer Sorge gefragt. „Nein, Lieber, das ist sie bestimmt nicht. Ja, wenn wir vier Wochen weiter wären, dann würde ich dich nicht mehr fortlassen", hatte sie lächelnd geantwortet. Aber ihre Gesichtszüge waren ihm nachträglich merkwürdig bleich und schmerzverzerrt erschienen.

„Ich werde, wenn der andere Monat da ist, auch sehr tapfer sein, mein Godo – denn es kommt von dir und ist für dich."

Das waren ihre letzten Worte beim Abschied gewesen, und sie gingen ihm nach auf der vielstündigen Segelfahrt, dass er ihnen nicht entrinnen konnte. Es war ihm auch nur ein schwacher Trost, dass er der Magd den Auftrag gegeben hatte, die Frauen von Knutswarf zu nötigen, nach Wiebke zu schauen. Schließlich hatte er, als er schon im Boote stand, den Grödern gesagt, dass es ihm eine Beruhigung sein würde, wenn eine kleine Jolle noch in der Morgentide nach Hilligenley ginge, den Ratmann zu bitten, zu Wiebke zu kommen. Es war in ihm wie ein Zwang gewesen, diese letzte Bitte auszusprechen, weil er diesen Zug von Milde und Wissen auf Wiebkes Antlitz noch niemals mit dem seltsam ernsten Ausdruck ihres veränderten Mundes vereint gesehen hatte.

Als er sich umwandte, lag die Hallig wie ein ferner Schemen schon im flimmernden Morgensonnenschein. Er grüßte stumm und weherfüllt hinüber, seine Seele blieb wund, und über die bewegten Wasser meinte er einen Klang zu vernehmen wie von fernem Glockenläuten.

* * *

Die Schnigge hielt, wie es vorher berechnet war, am fünften Tage in den Nachmittagsstunden auf Gröde zu. Die Unruhe war nicht von Godber gewichen, der Schlaf war nächtens geflohen, und selbst die frische, salzige Seeluft verwischte kaum diese Spuren. Sorgenvoll stand er von der harten Schiffsbank auf, stellte sich vor die beiden Schiffer, die am Steuer saßen, verschränkte die Hände auf dem Rücken und wandte keinen Blick von seiner Pfarrhallig. Die beiden Männer, die bis eben sich laut und froh unterhalten hatten, verstummten mit einem Male und warfen sich hinter dem Rücken ihres Predigers bedeutsame Blilcke zu. Ihre scharfen Augen hatten den Ratmann entdeckt, der auf der Kirchwarf stand, und sie sahen auch, dass er trotz sommerlicher Schwüle und beklemmender Hitze seinen dunklen Tuchanzug und den holländischen Hut trug, und wussten gleich, dass das nichts Gutes zu bedeuten habe.

Die Schnigge tat noch einen Schlag, das Kommando „Ree!" erklang, Godber bückte sich tief, und als er den Kopf hob, lag Gröde vom Abendsonnengold warm beschienen vor ihnen. Sein Herz pochte dumpf und langsam wie die Ruderschläge, mit denen der Steuermann das Boot, nachdem er das Segel eingeholt, nun auf die Kante zutrieb.

Starr blickten seine Augen geradeaus. Er gewahrte auf einem erhöhten Erdknast einen Büschel Bondestabel, die vorzeitig ihre lila Blumenaugen geöffnet hatten, rings umstanden von einem Kranz hohen, silbrigen Beifußes. Wie gebannt blieb sein Blick auf diesem lieblichen, beblümten Fleck haften, aber ein Vorgefühl unnennbarer Trauer erfüllte sein Herz dabei.

Dann sah er den Ratmann, zum ersten Male auf zwei Stöcke gestützt, langsam, schneckengleich auf den Priel zuwanken. Das lange, silberweiße Haar schimmerte auf dem dunklen Rockkragen, aber von seinem gebeugten Antlitz war nichts zu sehen, so gesenkt trug er den Kopf.

Die dunkle, ahnungsschwere Unruhe, die seit fünf Tagen auf ihm wie ein Druck gelegen, überfiel ihn nun mit gewaltiger Angst, machte seine Kraft erlahmen und ließ sein Blut erstarren. In das dumpfe, gedrückte Schweigen im Boot fiel ein unnatürlicher Laut, ein todwunder Seufzer. Godber Godbersen sah in geheimnisvoller, durchsichtiger Klarheit alles, was sich in seiner Abwesenheit zugetragen hatte.

Von Schmerz verzehrt, verkrampften sich seine Hände, und wirren Blicks umfasste er noch einmal die greisenhafte, tief gebeugte Gestalt des Großvaters, dem kein Leid in seinem langen Leben erspart blieb.

Fröstelnd stieg der Pastor über den Bootsrand, hastig durchquerte er die Fenne und stand neben dem Ratmann. Die brennenden, rot geränderten Augen unter den schlohweißen Brauen waren tief umflort, dann schlug der zitternde Alte die Lider nieder.

„Wann, Ualbaabe, wann?", fragte er flehend. Wie eine zerbrochene Glocke klang seine Stimme.

„Godo – mein armer Junge – ja – Wiebke – – ist nicht mehr, ihr kleines Söhnchen lebt. In der ersten Nacht, als du fort warst, ist es geschehen." Sie gaben einander die Hand, und so traten sie selbander ins niedrige Pfarrhaus bis vor die Tür der sonst unbewohnten Norderstube. Der Ratmann öffnete sie lautlos und ließ Godber allein. Dem Manne brachen die Tränen aus den Augen wie ein glühender Strom. Er konnte nichts sagen. Erschüttert sank er in die Knie.

Die Fenster waren innen und außen mit dunklen Tüchern und Heulaken verhängt. Am Kopfende des Sarges standen zwei hohe, gelbe Kerzen, und Wiebke lag in ihrem weißen Hochzeitskleide vor ihm und bot das Bild einer marmorblassen Königin von ergreifender Schönheit. Über ihrer weißen Stirn lag das silberblonde Haar wie eine Krone, in der die Kerzenflammen goldene Lichter entzündeten. Die Hände, die müden Blumenblättern glichen, lagen gefaltet auf der Brust, während das wächserne Antlitz des kindhaften, jungen Weibes von einem Ausdruck seltsamen Friedens beseelt war.

Mit leeren Händen und leerem Herzen kniete er noch immer vor dem Sarge. Er sah die Flammen der beiden hohen, gelben Kerzen, die züngelnd in der Luft standen, und er hörte, wie ab und zu das verkohlte Ende des baumwollenen Fadens herunter und auf die Erde fiel.

Konnte er denn nicht einmal beten?

Ein Schauer glitt über sein zitterndes Herz, und da war ihm, als rühre ein unsichtbarer Flügelschlag seine Stirn, als er ihrer letzten Worte gedachte: „Von dir – – für dich!" Dann schwanden ihm die Sinne.

Der Ratmann brachte den Erschöpften mithilfe der Gröder in sein Bett, wo er in einen tiefen, dumpfen, traumlosen Schlaf fiel.

Als Godber aufwachte, saß der Ratmann an seinem Bett, die aufgeschlagene Bibel auf den Knien. Da faltete Godber seine Hände, und an dem Wort der Schrift fand seine Seele den Pfad. Er hatte hernach am Sarge seines Weibes lange mit seinem Gott zu reden und nicht minder an der Wiege seines Kindes, das ihm nun erst zum letzten Geschenk seiner Wiebke und zum heiligen Vermächtnis wurde.

Drei Tage später taufte Godber Godbersen seinen Sohn Yorck Boy Momme am Sarge der Mutter und bestattete starken Herzens unter der Teilnahme der Gröder und fast aller abkömmlichen Nordmarscher – von Hilligenley fehlte keiner – und auch vieler Langeneßer Wiebke, sein Weib.

* * *

Einer zarten Apfelblüte gleich lag das rosige Kindlein in der alten Wiege, in der Inke und Godber ihren ersten Schlaf getan. Leise begannen sich neue Hoffnungen, neue heimliche Wünsche, neue selige Träume um diese Blume des vereinsamten Hauses zu ranken.

III

Der Sommer verging, ein milder Winter folgte, und schon jährte sich wieder der Johannistag.

Wie Godber Godbersen in tränenlosem Schmerz mit starrem, wie gemeißeltem Antlitz im verwichenen Jahre am Sarge gestanden und aufrecht ihm aus dem Hause die wenigen Schritte bis auf den winzigen Friedhof gefolgt war, dieser Zug grub sich unauslöschlich in sein Gesicht ein. Noch immer galt jeden Morgen, den Gott werden ließ, sein erster und jede Nacht, die sich herabsenkte, sein letzter Gedanke ihr, die seines Lebens Erfüllung bedeutet hatte. Die Abende waren ihm zwar im zweiten Jahre nach Wiebkes Heimgang ein wenig erträglicher geworden, aber beim Erwachen bohrte es wie ein dumpfer Schmerz in Herz und Hirn, und es legte sich wie eine Betäubung über seine Gedanken, bis das alte Herzeleid mit seinen dunklen Schwingen wieder erstand.

Den größten Teil der ersten beiden Jahre hatte der Ratmann auf der Gröde zugebracht und über seinem Enkel und Urenkel gewacht. Auch im dritten Jahre kehrte er dann und wann auf kurze Wochen nach Hilligenley zurück. Es kam ihm wie ein Unrecht vor, Godber allein zu lassen, der sich in dem einsamen Leben so schwer zurechtfinden konnte. Den Ratmannsposten hatte er abgeben wollen und diesen Entschluss damit begründet, dass seine Zeit, die abebbe, jetzt seinem Enkel gehören solle und müsse. Doch weil sich kein Nachfolger fand, sah er sich zum Fortführen der Geschäfte gezwungen.

Die Jahre gingen. Der kleine Yorck lief längst durch die stillen Räume des Pfarrhauses.

Er war ein eigentümlich ernstes Kind, viel zu ernst für seine fünf Jahre. Nicht die Augen, nur die Haarfarbe und der feine, zart geformte Mund erinnerten flüchtig an Wiebke. Die großen klaren, grauen Augen mit den langen, seidigen, dunklen Wimpern und den gleichen Brauen konnte er eher von Godber haben. Sein ganzes verschlossenes, bedachtsames Wesen aber war dem Vater wie dem Urgroßvater seltsam fremd. Er wuchs in größter Einsamkeit auf und ertrug es nicht nur kühl und gelassen, sondern wollte es nicht einmal anders haben. Ahnte er, dass er mit seinem Vater auf einer der Warfen einen Besuch machen sollte, so ließ er sich vergeblich suchen. Seinen Urgroßvater begleitete er zwar gern nach Hilligenley, das war aber nur um der Fahrt auf der Schnigge willen. An Land zu kommen, reizte den Jungen durchaus nicht. Boote, Boote, immer wieder Boote forderte er als Spielzeug, und als gäbe es nichts anderes, war er von den Prielen und vom Strande nicht fortzubekommen. Verbote und Strafen vermochten diese Neigung nicht zu brechen. Den Grödern bei ihren Booten zu helfen, sah er bei jedem Wetter für sein gutes Recht an, und er entwickelte schon früh in der Jolle eine erstaunliche Selbstständigkeit, die den Ratmann wieder versöhnte und ihm Achtung abnötigte.

Als er in die Schule musste, zeigte er gegen Lesen, Schreiben und Rechnen die größte Abneigung, aber Segel und Steuer konnte er in der Galiote bedienen, dass jeder Schiffer seine Lust und Freude daran hatte.

Tags zuvor hatte er seinen neunten Geburtstag gefeiert, und bei seinem Eintritt in das zehnte Jahr hatte es an guten väterlichen und urgroßväterlichen Ermahnungen nicht gefehlt. Aber das beschäftigte ihn nicht mehr.

Er lag nun mit aufgestützten Armen auf dem blumigen Teppich nahe der Kante und sah auf das blänkernde Watt, auf dem langsam die Priele und Rinnsale sich füllten. Über ihm zerfaserte lautlos und langsam eine einsame weiße, leuchtende Wolke in der blauen Unendlichkeit. Er sah sie, aber er träumte nicht mit versonnenen Augen in die sommerliche Pracht wie einstens sein Vater. Seine klaren Jungenaugen blickten vielmehr scharf und kühl auf den glitzernden, gerippten Wattgrund, als spähten sie unentwegt nach Strandgut aus, und entrückten niemals der Wirklichkeit.

Aber heute war doch ein anderer und nachdenklicherer Zug in das frische, offene Antlitz eingegraben und ließ ihn älter und reifer erscheinen. Ihm gingen halb verstandene Gespräche zwischen seinem UAlualbaabe[1] und seinem Vater durch die wachen Sinne. Häufiger als sonst hatte der Ratmann in letzter Zeit von seinem Tode gesprochen und darauf hingewiesen, dass sich Hinfälligkeit und Altersbeschwerden beunruhigender fühlbar machten, was schließlich bei einem Neunzigjährigen ja auch nicht weiter verwunderlich wäre. Und immer wieder hatte er Godber Godbersen gedrängt, dass er ein Schriftstück an das Konsistorium zu Gottorf verfassen möge mit der Bitte, ihn, wenn angängig, auf die Pfarrstelle zu Nordmarsch zu vozieren, da der Prediger dort häufiger den Wunsch geäußert habe, auf den festen Wall[2] versetzt und berufen zu werden.

Yorck hatte volles Verständnis dafür, dass sein Vater dem widersprach. Von der Gröde weg, wo alles so schön war – wo es keinen Schulweg für ihn gab, wo der herrliche Südstrand ihm allein gehörte, wo alles sein war, was er auf Nordmarsch mit vielen Jungen teilen musste, nein, wenn es nach Yorck ginge, trat kein Wechsel ein, bis er zur See fahren konnte. Dann war es ja gleichgültig, wo sein Vater war, wenn er nur den UAlualbaabe immer auf Hilligenley fand. Als Grönlandkommandeur würde er ein eigenes Schiff mit noch mehr und noch größerem Tuch als auf dem „Ebenezer" unter den Füßen haben und so ein Friese, ein Halligfriese, ein freier Mann sein und bleiben.

---

1 friesisch: Urgroßvater
2 Festland

Derart waren die Träume, die hinter der hohen Knabenstirn sich regten. Nichts anderes als das Meer rief ihn und übte an ihm die Urgewalt, mit der es der Schöpfer beliehen hatte. Die Schulbücher blieben ungestörter im alten Seehundsranzen, als gut war. Aber der Junge las, nein, verschlang die Wikingersagen, wo er ihrer nur habhaft werden konnte. Der Wiking, der auf von Menschenhänden erschaffenem, schwimmendem Kiel kühn und selbstsicher ferne Meere befuhr und fremde Lande brandschatzte, war ihm der Inbegriff eines Helden. Wie fühlte er mit den alten Germanen, die ihre toten Könige auf brennendem Schiffe in die hohe See treiben ließen; das war noch etwas! Wie übermächtige Wahrzeichen dunkler Sehnsucht nach dem Grenzenlosen empfand er die Sagen davon.

War er sich dessen auch nicht klar bewusst, es lebte noch in ihm. Die helle Befriedigung darüber, dass die Welt so groß und weit und dass rundum, so weit das Auge sah, das Meer, das ewige Meer war, löste auch nun alle seine grüblerischen Gedanken auf.

Er reckte und dehnte sich wohlig im saftigen Grase, das mit weißem Klee und gelben Safranblumen dicht bestickt war. Ein Schmetterlingspärchen gaukelte über ihm seinen Hochzeitsreigen, und in leidenschaftlicher Eile strebten kleine Käfer dahin. Wespen und Bienen befruchteten die Blumen, und die Luft war angefüllt mit dem silbrigen Leuchten der großen Möwenzüge, die über das endlose einsame Watt hinschwärmten.

Nichts entging den forschenden, klaren Augen. Auf einer Sandbank zwischen Gröde und Langeneß sonnte sich eine zahlreiche Seehundsfamilie. Kopf an Kopf lagen sie da, sanftäugig in die Sonne blinzelnd, und bellten in allen Tonarten des Behagens darüber, dass das Tagesgestirn so warm und mollig ihre Felle kitzelte. Die kleinen Hundchen wurden von ihren Müttern zärtlich geleckt und zu harmlosen Spielen erzogen. Zwei der ganz kleinen Tierchen tranken noch Milch und berochen nur misstrauisch die erste Fischmahlzeit. Das Oberhaupt, ein mächtiger Bulle mit einem stattlichen Schnurrbart, der wohlgenährt, feist und fett war und wohl seine zwanzig Liter Tran zum Stiefelschmieren hergegeben hätte, lag auf Wache.

Dann und wann streckte er seinen Kopf hoch über die teils spielfrohen, teils faul daliegenden Gefährten hin, äugte scharf und schnupperte tief, eine etwa nahende Gefahr zu wittern. Die große Reise von den winterlichen Brutplätzen im hohen nordischen Eismeer war mit dem üblichen Familienzuwachs wieder einmal geschehen. Den langen strengen Winter mit seinen schimmernden Hungerqualen, die schneidende Kälte und das große Dunkel hoch oben im Norden schienen sie längst vergessen zu haben. Hier im Wattenmeer gab es Fische in Hülle und Fülle; hier hatten sie keinen anderen Feind als den Menschen, dem sie sich leicht entziehen konnten, und so mochten sie schon das Dasein über alle Maße schön finden und wert, es zu leben.

Wie aus Erz lag der Junge unbeweglich da, schaute auf die Seehunde und konnte sich nicht satt daran sehen. Der große Kerl mit seinen vier Fuß Länge hatte es Yorck angetan. Einen kleineren, den die Gröder gefangen hatten, hatte er sich im Vorjahr im Graben der Kirchwarf mehrere Wochen als Spielgefährten gehalten und zu zähmen verstanden, bis er auf Anruf kam und hinter ihm herwatschelte. Die Gröder hatten ihren mächtigen Spaß daran, Jungen und Seehund beim drolligen Spiel miteinander zu beobachten.

Yorck war ganz eingesponnen in den Zauber und den Wunsch, einmal ein so großes Tier lebend zu besitzen, und er sann schon auf die abenteuerlichsten Mittel dazu. Da richtete sich der Gegenstand seiner Begierde plötzlich auf, seine großen, klugen Augen funkelten in entschlossener Wachsamkeit, und schon ließ er einen dumpfen, bellenden Warnungsruf ertönen. Das ganze Lager geriet in wilden Aufruhr. Große und Kleine watschelten, rollten und kugelten sich blitzschnell in das Tief, und der Alte stürzte sich ihnen mit gewaltigem Plätschern nach. Die Sandbank lag einsam und verlassen da.

Auf dem Watt, nicht weit von der Sandbank, lag, von der Flut geschoben und halb überspült, ein schwerer, dunkler

Klumpen. Der hatte also den Schreck verursacht. Eine Weile blieb Yorck stehen und sah dahin. Das war weder Kiste noch Tonne, auch keine Planke. Seltsam! Ob er noch hinlaufen konnte und vor der Flut zurück war? Sicherlich! Es konnte doch irgendetwas Kostbares an Strandgut sein.

Im langsamen, gleichmäßigen Rhythmus rollten die ersten Wellchen heran. Mit flinken Schritten flog der Junge über die Fläche, dass das Wasser weithin spritzte, bis er in die Nähe kam. Er hielt mit Laufen inne, ihn fror. Noch einen großen Schritt tat er dahin.

Zwei Leichen, durch ein Tau aneinander gebunden und mit einem großen Stein beschwert, lagen vor seinen nackten Beinen. „Tot", murmelte er und nahm die Frauenhand auf. Ein kaum zweijähriges Kind war um die Frau geschnürt. Dumpf und verworren, aber ohne Furcht und Grauen blickte Yorck um sich.

Er überlegte. Dann lief er zu der Birkenbake, die etwas entfernt stand, und riss die leise hin und her schwankende aus und pflanzte sie zwischen Mutter und Kind durch das Tau an der grausigen Fundstelle in das Watt ein.

So schnell, wie ihn seine Beine trugen, rannte er dann der Kante zu. Atemlos berichtete er seinem Vater und Ualualbaabe, und seine Augen waren groß und schauten in die Ferne, als sähen sie den eigenen Tod. Godber drang in seinen Sohn und wollte alles wissen. „Du musstest doch erkennen, ob die Leichen schon lange trieben, Yorck." – „Wie sollte mir das offenbar sein, Baabe! Sie stanken, ja, das taten sie, aber in Verwesung waren sie noch nicht, die müssen noch frisch sein." Die Männer schwiegen. Yorck sprang davon, um nach der Knutswarf Botschaft zu bringen. „Das gibt gewisslich Ungelegenheiten, oha ja, das tut es sicherlich", meinte der alte Nommen Nommensen. Aber sie kamen dann doch mit und segelten in der Jolle des Strandvogtes hin, die Toten zu bergen.

Godber Godbersen sagte tief bekümmert zum Ratmann: „Da sieht es Ualbaabe doch wieder, der Junge hat wenig Gemüt. Wie oft ist mir das schon erschreckend klar geworden. Wenn ich ihm Geschichten erzähle, die sein Gemütsleben weicher formen sollen, so schweift er absichtlich ab und versteht es, auf ganz Belangloses abzulenken, oder macht aus seiner Langeweile kein Hehl und bittet, doch lieber von Störtebecker zu erzählen."

Der Ratmann zog die weitbuschigen Brauen zusammen, sah den Sprechenden lange an und erklärte endlich: „Dieser Weg ist wohl nicht der richtige, Godber. Du machst kein raues Gemüt durch Erzählungen weich. Ich bin auch nicht deiner Meinung über Yorck, und mit dem Gemüt ist das so eine Sache. Sieh nur in seine Augen, dann wird dir offenbar werden, dass er genug davon hat. Er zeigt es nur nicht. Aber es tut dem verschlossenen Charakter ungut, dass er allein und vereinsamt aufwächst. Doch du kennst über das alles ja meine Meinung." „Ach, Ualbaabe", bat der Pastor gequält, „ich kann doch nun einmal nicht daran denken, dem Jungen wieder eine Mutter zu geben, mir ist, als wäre das Verrat an Wiebke." „Verrat an seiner Mutter? Versündige dich doch nicht! Mich dünken zehn Jahre ohne Mutter gerade lang genug, nein, sieben Jahre zu lang. Und dann bei der Abgelegenheit der Kirchwarf mit mir altem Mann und der stets brummigen Magd allein hier auf der Gröde, und dass gerade du zur Jugend passt, deucht mir nun auch nicht", tadelte mit heiligem Ernst der Ratmann.

Godber verschränkte beide Hände auf dem Rücken und seufzte schwer.

„Denk weniger an dich", fuhr der Alte unerbittlich fort, „und mehr an deinen Sohn, und was du dann für gut und richtig ansiehst, das tue! Da ist doch die älteste Tochter Kriencke im Pastoratshause zu Ockholm. Herr Thaddäus Tadsen, der Prediger daselbst, meinte noch kürzlich, es sei nicht leicht für ihn, seine fünf Töchter zu versorgen. Weißt du, du solltest um Kriencke freien!"

„Du meinst es gut, aber ich kann nicht, und mir scheint es nun auch nicht mehr nötig zu sein. Yorck geht in sein zehntes Jahr."

„Zehn einsame Kinderjahre bei einem mehr als vereinsamten Vater und dem neunzigjährigen Urgroßvater im verwaisten Gröder Pfarrhause, o ha ja, das ist wahrlich kein beneidenswertes Los! Überleg es dir doch, mein Godber, es wäre für euch beide gut. Es muss ja nicht heute oder morgen sein. Und es gibt ja auch noch andere, es braucht durchaus auch nicht Kriencke Tadsen zu sein."

„Nein, das brauchte es nicht", antwortete bedrückt und voll Ablehnung der Pastor. Der Ratmann hörte mit geneigtem Kopf und, was Godber Godbersen verschwieg, erhorchte seine Seele.

Er stand müde auf und ging mit schleppenden Schritten auf die Warf, das kranke Bein machte ihm dauernd Schmerzen, er sprach nur nicht darüber.

Yorck war dann richtig mit dabei gewesen, als die Leichen geholt wurden, und zeigte eine kaum beherrschte Neugierde für alles, was mit der traurigen Geschichte zusammenhing. Die Gröder erkannten sie gleich als die Magd von Mom Levesen vom Strande. Es gab denn auch nachmals Ungelegenheiten genug, als sich herausstellte, dass sie, von zwei Kumpanen, die vom Vater des Kindes gedungen, ertränkt war, da dann die beiden Schelme gehängt, Mom Levesen aber gerädert wurde.

Sic Deus atrocia eius scelera atrocibus poenis in hac vita punivit!

Also bestrafte Gott die entsetzlichen Verbrechen bei Leibes Leben mit entsetzlichen Strafen.

* * *

Der Sommer verging, und es herbstete früh. Der erste Schnee stäubte schon zu Anfang November vom Himmel, und es ging zeitig in den nordischen Winter hinein. Zum 1. Advent hatte der rieselnde Schnee lautlos alles ins Ungewisse eingehüllt. Die Fennen weiß, das Meer weiß, bis rings an den weiten Horizont eine einzige friedliche, weiße Welt. Endlich brach durch das Schneegewölk siegreich die Adventssonne und ließ Abermillionen funkelnder Kristalle gleißen und glitzern. Lichtes Schweben allenthalben, und je tiefer die Sonne sank, desto mehr Rosenschleier und Wolken leuchteten am Himmel über der weißen Einsamkeit, dass es wie ein neues, geheimnisvolles Leben aus ihrem starren Innern hervorzuquellen schien.

Als es auf Weihnachten zuging, wurde der Ratmann ernstlich krank und schwebte wochenlang zwischen Leben und Tod. In diesen bangen Zeiten reifte in Godber der Entschluss, ihm, solange er hienieden noch war, alles zuliebe zu tun. Den Anfang machte er mit dem Gesuch an das Konsistorium zu Gottorf. Erst schwankte er noch, ob er es dem Ratmann sagen sollte, dann reichte er ihm einfach das Schriftstück hin.

Als dieser es gelesen, flackerte es unruhig in den alten Augen. „Möge es einen glücklichen Ausgang nehmen, dieses dein Vorhaben, Godber" – er brach ab. Ein Leuchten lief über sein Gesicht, und er lächelte sein wissendes Lächeln. Als Yorck hineingesprungen kam, dem Ualualbaabe von dem großen Schneemann zu erzählen, den er allein auf der Warf gebaut hatte, und der gerade in sein Fenster schaute, tauschten die Männer über dem Schriftstück, das der Pastor nun zusammenfaltete, einen scheuen Blick aus. Aber sie sagten dem Knaben nicht, dass es wohl der letzte Gröder Winter sei, denn sie wussten, ihn würde der Abschied von der Gröde am schwersten treffen. So kamen sie überein, ihn, zumal der Ausgang noch ungewiss war, einstweilen nicht zu beunruhigen.

Das wurde Godber leichter als seinem Großvater. Die Freude, heimzukommen nach seinem lieben Hilligenley und sich mit all seinen Lieben dort vereinigt zu sehen, wollte oft durch die Spalte hinaus. Aber er war doch auf der Hut.

Langsam kehrten die Kräfte des Kranken zurück, und als der Segeltag der Straat-Davisfahrer nahte, konnte der Ratmann beinahe in alter Frische ihnen bis an den Priel das Geleit geben. Yorck rannte wie ein ungebärdiges Füllen durch das frühlingsnasse Gras und holte geschäftig den Anker ein. Wenn er an die Bücher sollte, spreizte er sich wie ein Fohlen, das ins Geschirr und vor den Pflug soll. Sollte er aber am Boote hantieren, so tat er das mit großer Freude.

Die Galiote stieß vom Ufer ab, die Männer schwenkten ihre Mützen, ein Abschied wie der andere. Der Junge rannte den Grödern voraus und stellte sich auf die Warf. Seine Blicke schweiften sehnsüchtig dem Schiffe nach. Drei Jahre noch, dachte er inbrünstig, und ein heißes Verlangen quoll in ihm auf.

* * *

Um die Osterzeit kam an einem Tage, an dem der Ratmann mit Yorck nach Hilligenley gesegelt war, ein Schreiben von Gottorf. Mit der Abendtide wurde das versiegelte Amtsschreiben auf der Kirchwarf abgeliefert. Da Godber nach Buthwehl gegangen war, legte es die Magd auf seinen Arbeitstisch und ging wieder in den Stall, die andere Kuh fertig zu melken. Die aber hatte schon vom Abendfrieden geträumt und brummte laut und voll Abwehr, dass sie noch mal hoch musste.

Godber Godbersen war, als er auf Buthwehl hörte, wie krank die alte Kerstina Nommensen auf Appelland lag, auch noch dorthin gegangen. Wie das denn üblich war, bat ihn der Nachbar der Kranken, sein Kirchenjurat Edlef Wirksen, zum Abendbrot zu bleiben, und der Pastor tat das gern. Waren es auch nur wenige Tage, die seine Leute von ihm fort waren, schmerzliches Verlangen nach den beiden überfiel ihn jedes Mal und ließ ihn seine Einsamkeit und Verlassenheit bitterer als sonst empfinden. Erst in der Dunkelheit schritt er auf grasigem Pfade heim.

Der laue Frühlingswind ließ die zarten Grashalme hin und her wehen und strich warm und sehnsüchtig um den Vorwärtsschreitenden. Hoch in der Luft riefen die Seevögel, Sterne schimmerten still im Unendlichen, und das Meer sang und rauschte seine ewigen Lieder.

Godber Godbersen atmete tief, und die dumpfe Benommenheit und unbestimmte Angst wich und machte einer großen, unerschütterlichen Zuversicht Platz. Als er die Kirchwarf hinaufschritt, löste sich aus der unfassbaren Weite und Grenzenlosigkeit des Sternenhimmels ein goldener Funken, zog in weitem Bogen seine Bahn und fiel, so schien es ihm, auf den Friedhof nieder, dort, wo man Wiebke eingebettet hatte. Der Einsame verfolgte den fallenden Stern, und er deutete die Erscheinung dahin, dass es niemals und nirgends ein Hinausfallen aus dem Verbundensein gibt.

Lange brannten an diesem Abend die beiden gelben Kerzen auf Godbers Arbeitstisch. Das Amtsschreiben lautete dahin, dass der Prediger der Hallig Nordmarsch nunmehr zu Protokoll gegeben habe, dass er nicht mehr aufs feste Land voziert zu werden wünsche, er sei alt und wolle bleiben, wo er sei. Da aber nun vor Jahresfrist Herr Johannes Peterssen auf Oland selig entschlafen sei und die nachgelassene, erst eben dreißig Jahre alte Witwe mit ihren drei kleinen Mädchen, an welchen sich der liebreiche Gott als treuer Vater und Verfolger in Gnaden verherrlichen und seine Psalm 32, 8 gegebene treue Verheißung erfüllen wolle, doch kümmerlich genug daran wäre, so habe ein Kgl. Konsistorium beschlossen, ihn, Godber Godbersen, nach Oland zu setzen, wo er geziemend um die nachgelassene Witwe freien möge.

Minutenlang saß er regungslos vor dem Schriftstück. Man hörte nichts als seinen schweren Atem und das leise Knistern von feuchtem Holz im Beileger. Nur die großen, grauen Augen lebten in dem versteinerten Gesicht und wanderten hilflos und verzweifelt in der Stube auf und nieder. Plötzlich sprang er auf. Das Blut schoss ihm in die erblassten Wangen, und, die Hände auf dem Rücken, schritt er hastig auf und ab, Stunde um Stunde, um den Aufruhr im Innern zu beschwichtigen. Sollte es nicht doch Gottes Wille sein, der durch den Mund des alten Yorck und nun durch seine Behörde zu ihm redete?

Er ging hinaus auf den mondhellen Kirchhof. Im seltsam weißblauen Licht gebadet, lag der kleine Friedhof da. Geisterhaft ließ das Mondlicht den blass leuchtenden Sand auf den Gräbern glitzern und spiegelte sich schmeichelnd in strichhaft breitem Bande auf dem weiten Wasser.

Godbers Seele war von einer tiefen Schwermut erfüllt. Aber er fand nicht, was er suchte, nichts, was sich dem an ihn

ergangenen Ansinnen an dem Grabe seiner Wiebke gebiete-
risch entgegengereckt hätte. Er klammerte sich an die Empö-
rung, die sie einstens gegen eine solche durch das Konsistorium erzwungene Ehe gezeigt hatte. Aber auch diese sprach
zu ihm nicht mehr mit der Kraft eines Verbotes. Und war's
nicht doch am Ende ein gutes Werk, wenn den Kindern wieder ein Vater gegeben wurde? War's denn ihm nicht auch
eines Einsatzes wert, seinem Yorck wieder ein Heim, eine
Mutter zu geben, die sein unbändiges Herz durch Liebe ge-
winnen würde? Und war's denn wirklich solch ein Opfer für
ihn? War die Witwe des Herrn Johannes Peterssen nicht noch
jung und schön? Und dass sie ihrem Eheherrn ein trautes
Heim zu schaffen gewusst hatte, war weit und breit männig-
lich bekannt.

Ganz allmählich wich die Unruhe von ihm. Er sah auf.
Wunderlich geformte Wolken zogen über den vollen Mond,
der ihnen silberne Ränder gab. Er atmete tief. Das Leben lag
noch einmal lockend vor ihm. Mit weit offenen Augen ver-
träumte er den Rest der Nacht schlaflos in seinem Bett.

* * *

Es wechselten die Monde, es kamen und gingen die Jahre.
Godber Godbersen war Pfarrherr auf Oland, war Ehemann
der Maren Peterssen und ein rührender und liebevoller Vater
der drei Mädchen, von denen die älteste, Telse, schon das El-
ternhaus verlassen hatte, um dem jungen Prediger in Fahretoft ein tugendsames Weib zu sein. Keryn und Frauke gingen
ihrer Mutter im Hausstande zur Hand. Yorck Godbersens
Knabentraum hatte Erfüllung gefunden. Er war auf einem
Segler nach Ostindien und wurde noch in diesem Junimonat
zurückerwartet.

Der Ratmann schickte sich an, das Zeitliche zu segnen.
Seine letzte Sorge war gewesen, dem Urenkel noch alle
Wege zu ebnen. Trotz allen Abratens war er mit seinen sie-
benundneunzig Jahren noch einmal bis Hamburg gesegelt,
um nach einem Schiffe Ausschau zu halten, das er zur Aus-

bildung Yorcks zu einem tüchtigen Seemann für passend erachtete. Von dem Kapitän der „Mirjam Holzmann" hatte er Gutes gehört, hatte sich im „Blauen Schwan", wo sich die Kapitäne und Steuerleute zu einem Dämmertrunk einzufinden pflegten, selbst von seiner Tüchtigkeit überzeugt und war dann mit ihm zur „Mirjam" gegangen, das Schiff, das erst seine dritte große Fahrt getan hatte, auf alles hin zu prüfen. Es war kein Fehl an dem stolzen Segler zu finden, die Masten stur und sicher, Segel ohne Flicken, Rahen und Tauwerk untadelhaft. Die Wanten konnten nicht stärker sein, der Fockmast war soeben erneuert, und über und unter Deck herrschte musterhafte Ordnung. Kammern und Lagerräume waren schon bis an die Decke befrachtet. Wände, Spanten und Planken waren so fest, dass sie jedem Sturm trotzen würden.

Befriedigt und beruhigt war er nach Hilligenley zurückgekehrt. Yorck aber dankte ihm diese Fürsorge dadurch, dass er seine Briefe, die freilich nur unregelmäßig und höchstens dreimal im Jahre befördert werden konnten, an den Ratmann schickte, der sie dann mit Gelegenheit nach Oland sandte.

Diese Briefe, im jugendlichen Überschwang geschrieben, aber Zeugen so scharfer Beobachtung, dass ferne Länder, Landschaften und fremdartig dunkelhäutige Menschen mitsamt der reichen Pflanzen- und Tierwelt bildhaft vor Augen gezaubert wurden, versöhnten Godber Godbersen ein wenig mit dem von Yorck gewählten Beruf. Er hatte immer wieder dagegen einwenden zu müssen geglaubt, dass der Ton an Bord roh und gefühllos sei und nicht dazu angetan, ein schon an sich verkümmertes Gemüt zur Blüte zu bringen. Aber diese Briefe ziehen ihn des Irrtums, und er gab sich zufrieden.

An einem nassen, nebligen Aprilmorgen hatte man Godber Godbersen nach Hilligenley geholt. Der Ratmann schicke sich zum Sterben an. Er wartete nicht erst die Flutzeit ab, sondern trat sogleich mit dem Boten Pay Paulsen, seinem Jugendgespielen, den Gang übers Watt an. Der scharfe Nordwest raubte ihnen den Atem und erschwerte den beiden Männern das Vorwärtskommen. Sooft Godber eine Frage an Pay tat, wurden die Worte vom Sturm verschluckt. Erst von der Langeneßer Kante an konnte Godber alles das fragen, was er wissen wollte.

Nässe und Wind schlugen gegen seine Kleider und hatten sie feuchtschwer gemacht. Nie würde er diesen Gang vergessen. Es war nicht eigentlich Schmerz und Trauer, was der Gedanke an den Tod des Ratmannes ihm verursachte, dazu war dieser wohl zu alt geworden. Aber eine tiefe, unsagbare Wehmut wollte nicht weichen. Wie viel hatte er ihm zu danken! Einen uneigennützigeren Freund hatte die Erde für ihn nicht. Wie freute er sich nochmals, dass er noch rechtzeitig gekommen war. Der Sterbende hatte ihn noch erkannt und ihm für sein Kommen gedankt und war bis zum letzten Atemzuge bei klarem Bewusstsein geblieben. Merkwürdig viel hatte er, wenn auch nicht ohne Pausen, noch geredet.

„Gönne mir altem Manne nun doch die Ruhe, mein Godo! Wenn auch alles im Leben ungewiss ist, die letzte Stunde ist uns gewiss. – Viele nennen unsere Erdenwanderung die Totenallee, ich sage, die Straße zur goldenen Stadt ist es. Wie groß war die Zahl meiner Tage, wie reich waren sie auch durch dich. Gott sei Dank für alles! Und auch du danke Gott, dass ich so lange hier sein konnte. Das ist keine Dankbarkeit, Godber, die nur in guten Tagen dankt, Dankbarkeit muss auch das Schwere aus Gottes Hand nehmen. – Gott hat es gut mit mir gemeint."

Nach einer Weile hatte er die geschlossenen Lider noch einmal gehoben. „Bald ist das dunkle Gewölk nicht mehr, und ich darf im hellen Gotteslicht sein! Morgen schon, Godber – morgen! – Wenn du deiner Gemeinde das Evangelium vom guten Hirten auslegst!"

Dann hatte er regungslos gelegen. „Du hast mir viel Liebe gegeben, Godber – aber dein Yorck auch. Ich hätte ihn gern noch einmal gesehen, wenn er von seiner großen Fahrt kommt." – „Ja, Ualbaabe, ich fürchte mich vor des Jungen

Heimkehr, wenn er Ualualbaabe nicht mehr findet", hatte ihm Godber gedrückt geantwortet. „Und dann Ualbaabes hundertster Geburtstag im September. Es ist viel Leid in unser aller Leben." Da hatten die bald erloschenen Augen noch einmal in altem Feuer geloht, und kräftiger und fester als alles vorher Gesagte hatte sein Bekenntnis geklungen: „Alles Leid hienieden recht besehen ist nur verhüllte Gnade. Gnade, die am Kreuz zum Schächer das Wort vom seligen Aufgang in die Höhe sprach, Gnade", ... Da hatte die Seele des Bürgen dieses Wunders den letzten Flügelschlag getan.

* * *

Yorck Godbersen wanderte in frühester Morgenstunde durch die sonnige Marsch. Rubinrot stieg die Sonne aus den leichten Nebelschleiern empor, die noch über den gräben-umfriedeten Fennen lagen. Von der nahen See strich der Juli-wind herüber. Sanft geballte Gutwetterwolken wanderten über die Weiden und jungen Weizenfelder. Er nahm die Kappe ab und gab sein blond schimmerndes Haar dem Winde preis. Die grauen Augen in dem schmalen rassigen braunen Gesicht begannen zu leuchten. Er sog die balsami-sche Luft tief ein. Wenn er bis Kirchzeit auf Oland sein wollte, durfte er nicht zögern. Bis zur Nachmittagstide wollte er bei seinen Leuten bleiben, um dann mit einer Jolle nach Hilli-genley zu segeln.

Wildgänse strichen über ihn hin. Ihre weißen Flügel schim-merten wie blankes Silber im ersten Sonnenlicht. Sie flogen über die Marsch, über den steilen Deich, und dahinter lag die Heimat, das Wattenmeer, die Halligen. „In einer halben Stunde", dachte der junge Seefahrer, „bin ich auch schon über den Deich hinaus und auf Watt".

Leise rauschten im Morgenwinde die frischen grünen Reetfelder. Lerchen stiegen jubelnd in schwindelnde Höhen, und Störche stolzierten gravitätisch an dunkelgrün glänzenden Wassergräben. Das Brüllen zahlloser Rinder, die bald zerstreut, bald in Gruppen vereint der weiten, endlosen Ebene bunte Tupfen gaben, belebte die friedliche und feierliche Morgenstille. Durch das Grün einer von alten Eschen und Weiden umschirmten Warf schimmerten die weißen Giebel, und noch lange umwehte den rüstig schreitenden Wanderer der süße Geruch der weiten Felder blühender Bohnen.

Aufatmend stand Yorck auf der Deichkrone. Da lag das weite, graue Watt vor ihm. Er schaute sich um, das dort waren die Türme von Husum, und hier nebenbei sah er wohl Fahretofter Kirchgänger, deren Silhouetten in malerischer und plastischer Größe sich vom hohen Seedeich gegen den blauen Morgenhimmel abhoben; drüben auf dem Heverstrom mit vollen Segeln eine holländische Kuff, fern, dicht unter der Kimmung des freien Meeres ein Dreimaster mit Kurs nach Südwest.

Auf dem Vorlande sangen die Lerchen, als gälte es einen Wettstreit. Kiebitze lärmten, als wollten sie das Gepiepse der hungrigen Brut übertönen, Strandläufer ließen ununterbrochen ihren melancholischen Ruf erklingen, und die harten Schreie der Raubmöwen, der Nimmersatten, drangen schrill und spitz von den Prielen herüber.

Bald war Yorck über die erste, weiche Schlickstrecke hinaus, der Boden wurde fester und eilig glitten seine Füße über den gerippten Wattgrund. Noch lagen die Halligen in stille, weiche Nebel gehüllt, bis ein schwacher Wind aufkam und Schleier um Schleier abnahm. Vor dem Halligjungen hob sich aus zartem Dunst breit und wuchtig Oland. Aber dann suchten seine Augen sein Kinderland Gröde, die lang gestreckt mit ihren Warfen zu ihm herübergrüßte. Bitterkeit wollte in ihm aufsteigen, aber er hatte ja den Ualualbaabe und brauchte auf Oland nur so lange zu bleiben, wie es die Schicklichkeit erforderte.

Einen Augenblick stand er im weglosen, einsamen Watt, starrte nach der Gröde und hob wie in wilder Sehnsucht beide Arme hoch über den Kopf. Das Blut schoss ihm nach dem Herzen, dass es wie ungebärdig klopfte, und nach den

Augen, dass sie dunkel wurden – drei Jahre war er ihr fern gewesen.

Dann schritt er fürbass.

* * *

Derweil saß Godber Godbersen mit aufgestützten Armen vor seinem Arbeitstisch. Er hatte die Stirn in die Hände gelegt und verharrte lange Zeit so. Die Jahre hatten die aufrechte Gestalt weder gebeugt noch behäbiger gemacht. Nur sein Haar war grau, aber das bartlose Gesicht jetzt von frischerer Farbe als in seiner Jugend. Eben trat Frau Maren ein und brachte ihrem Eheherrn, wie er es vor der Predigt gewohnt war, ein geschlagenes Ei.

Sie war von kleiner, zierlicher Gestalt. Unter dem schwarzen Spitzenhäubchen lag ein schimmernder, weißer Scheitel, zwei grundgute und klare, blaue Augen blickten aus dem feinen, milden Frauengesicht und schienen dem, der ihnen begegnete, bis auf den Grund der Seele zu sehen. Sie stellte die Kumme vor ihn hin und sah fragend in sein Gesicht. „Setz dich doch nieder, Maren", bat der Mann, „es ist noch Zeit genug, und ich bin fertig." Ein klares, sonniges Lächeln spielte um die Lippen der Frau, und in ihren Augen lag ein heller Schein, als sie ihm gegenüber saß und mit zuversichtlicher Stimme sagte: „Es ist doch seltsam, Godber, dass ich schon seit heute früh eine stille und große Freude in mir spüre, als müsse uns heute Yorck überraschen." Und sie besprachen dies und das von ihres Sohnes Heimkehr.

Die Fenster in der Studierstube standen weit geöffnet, frische, würzige Luft flutete mit der Julisonne herein, und von ferne drang, seltsam gedämpft, das Rauschen des Meeres. Über die blauen Kachelwände strich die Sonnenhand, glitzerte über das kunstvoll geschnitzte Gebälk der Decken hin und blieb aufleuchtend auf dem Schiffsbilde „Ebenezer" liegen. Der Arbeitstisch war noch derselbe, den Godber auf Gröde vorgefunden, der Himmelsglobus stand auch hier zwischen den Fenstern, und wie dort hatte er auch hier durch die

Scheiben den weiten Blick auf das weite Meer. Nur der reich geschnitzte Schrank, der im oberen Regal Medikamente enthielt, sonst aber voller Bücher stand, die zum Teil dem seligen Herrn Johannes Peterssen angehört hatten, erinnerte ihn daran, dass er auf Oland war. Aber er empfand das schon lange nicht mehr als etwas Fremdes. Das dankte er Frau Marens liebevoller Hand. Sie hatte sogleich die runde Schale aus geflammtem Wurzelholz oben hinaufgestellt, die sie, solange es möglich war, mit Bondestabel und Beifuß füllte. Dies stumpfe Lila mit dem feinen Silberfiligran war fast wie ein Ausdruck ihres Wesens. Sie würde gerade diese Zusammenstellung gewisslich vermieden haben, wenn sie gewusst hätte, welche Erinnerung sich mit ihr für ihren Godber verband.

Seit Kurzem hing über seinem Arbeitstisch unter einer reich geschnitzten Rosette ein holländisches Oiken, wie es die Amsterdamfahrer mitbrachten und als Talisman in ihren Häusern aufhingen. Auf der leicht zerbrechlichen hauchdünnen Schalwand waren Jesu Geburt, Taufe, Kreuzigung und Auferstehung gestrichelt. Godber Godbersen liebte es sehr. Der frühe Heimgang seiner Wiebke hatte ihn still und in sich gekehrt gemacht. Er sprach zwar nicht darüber, aber seine Laute hatte er doch nicht wieder in seine Hände genommen, seitdem er sie selbst in eine Kiste getan und diese fest zugenagelt hatte.

Ein Geräusch von draußen brachte ihn in die Wirklichkeit zurück, gequält fuhr er mit der Linken über seine Augen. Auf seinem Gesicht stand tiefer Ernst, der aber gleich schwand und einer gütigen Abgeklärtheit Platz machte, als Keryn und Frauke, beide mit fliegenden, starken, weißblonden Zöpfen, ihre blauen Augen unter hell schimmernden Brauen um den Türpfosten ins Zimmer lugen ließen und fröhlich hineinriefen: „Da kommt für gewiss Yorck. Wir meinten ihn auf dem Watt auch schon zu erkennen und haben eben wieder durch den Kieker gesehen. Er ist schon hinter der Warf und kommt gleich auf den Kirchsteig. Wer sollte das anders sein?"

Eine freudvolle Stille entstand. Dann sagte Godber ruhig: „Es ist wohl noch Zeit, dem Heimkehrenden wenige Schritte entgegenzugehen." Keine Hast und keine Spur von Unruhe in den Zügen seines Gesichts verrieten den anderen, wie bewegt er war und wie er sich bemühte, die selige Freude, die er empfand, niederzuhalten.

Sie traten vor das Pfarrhaus und gingen die Warf hinab, dem seine Schritte Beschleunigenden entgegen. Und dann stand er vor ihnen, von der Sonne des Südens braun gebrannt, mit blitzenden Augen in dem schmalen, straffen Gesicht. Doch als Yorck nun, ehe ihn Godber in seine ausgebreiteten Arme schloss, mit einem ungestümen Griff das blond schimmernde Haar aus der Stirn zurückwischte, durchzuckte es das Herz des Vaters plötzlich. So ähnlich war er Thomas Thomsen geworden. Wie Schuppen fiel es Godber von den Augen, daher das Fremdsein – daher! Aber er beherrschte sich äußerlich und bezwang den Aufruhr seines Gefühls. Er umarmte Yorck, hieß ihn herzlich willkommen und schob ihn dann tief aufatmend Maren hin. Dieser traten die Tränen in die Augen. Empfand sie das Gleiche, obwohl sie Thomas nur zweimal gesehen hatte, oder war es wirklich nur die Wiedersehensfreude? „Mein lieber Yorck, sei herzlich willkommen daheim im Elternhause", sagte sie schlicht und innig. Yorcks Gesicht wurde von einer dunklen Röte übergossen, hastig befreite er sich und dankte. Dann legte er flüchtig seine Rechte in Fraukes und Keryns dargebotene Hände. „Hattet ihr mich von Weitem erkannt?", fragte er gezwungen. Frauke schwieg, Keryn antwortete harmlos: „Aber gewiss doch, wir haben dich richtig mit dem Kieker herangeguckt! Mutter hat es schon am frühen Morgen im Gefühl gelegen, dass du heute kommen würdest." – „Dir auch, Frauke?", fragte Yorck und forschte in ihren Zügen. – „Vielleicht, doch ich weiß nicht recht", gab diese verwirrt zurück. Yorck sah es, merkte, wie ihm das Blut zu Kopfe stieg, und wurde selbst befangen. Um es zu verbergen, wandte er sich zur Mutter.

Dann gingen sie hinauf zum Pfarrgarten. Noch immer war Godber im Tiefsten erschüttert. Würde Yorck auf Hilligenley in der Dämmerung in irgendeine Daansk zu alten Leuten treten, so würden sie alle gleich wie er empfinden und sagen: Thomas Thomsen. Kopfschüttelnd folgte er den Vorangehenden. So ähnlich Thomas – daher also – daher – welch ein dunkles Rätsel!

Die Eltern sprachen noch ein Weniges mit dem Heimgekehrten, der an die niedrige Fliederhecke gelehnt stand und mit den Augen in der Ferne das geliebte Hilligenley suchte. Der süße Duft der dunkelroten Rosen zog über den schmalen Rasen, und in das Blättergewirr des Holunders vor ihm verlor sich taumelnd ein leuchtender Zitronenfalter.

Der Küster Heme Frerksen schritt an dem Pfarrgarten vorbei zum hölzernen Glockenturm. Er grüßte die Predigerfamilie mit einem Kompliment, und als er Yorck gewahrte, neigte er seinen Kopf tief auf den schwarz gesteppten, hohen Stehkragen und fragte mit artigem Lächeln: „Auch mal wieder zu Lande von weiter Fahrt und mit guter Gesundheit heimgekommen?" – „Danke, Heme, alles ist mir bisher zum Glück ausgeschlagen, und einen langen Urlaub darf ich auch verhoffen. Mein Reeder meinte, vor Bartholomäus würde er mir keine Botschaft schicken." – „Komm noch eben mit in meine Stube", drängte nun Godber, während Heme Frerksen das Glockenseil nahm und es langsam hin und her schwang.

Der Pastor knöpfte sein langes Predigergewand zu, fing an, das Bäffchen vorzubinden, und er mied es noch immer, Yorck anzusehen. Die Glocke läutete. Flehend, drängend, fordernd rief sie ihre Beter. Länger als sonst hielt der Küster das Seil und läutete. Godber nestelte noch immer am Bäffchen. Endlich war er fertig. Er trat zu Yorck, schlang seinen Arm um die jungen Schultern und sagte ihm, dass er ja nun keine gute, frohe Heimkehr habe, weil der Ualualbaabe, auf den er sich am meisten gefreut, nun schon gesammelt sei, und erzählte ihm kurz von seinem Heimgange und brachte Yorck bewegt seine letzten Segenswünsche.

Dann entstand eine Stille. Völlig verstört stand dieser da, bis das beklemmende Schweigen wieder von Godber Godbersen unterbrochen wurde. „Ja, mein lieber Sohn, es ist mir nicht leicht geworden, es dir zu sagen, und glaube mir, dass ich mit dir fühle. Wenn man aber eine fast hundertjährige Erdenwanderung hinter sich hat, dann ist das Heimgehen und Eingehen zu des Herrn Freude nur Gnade und Erbarmen. Und dass er das letzte Jahr hienieden doch sehr mit Leibes Schwachheit behaftet gewesen, haben wir dir geschrieben. Er konnte selbst von sich sagen: ‚Ich sterbe täglich.‘ Er hatte sich noch die beiden Textworte selbst ausgesucht, für die Parentation 1. Mose 32, 11: ‚Ich bin zu gering aller Barmherzigkeit und aller Treue, die du an deinem Knechte getan hast‘, und für die Leichenpredigt in der Kirche vorm Altar Psalm 180: ‚Denn bei dem Herrn ist die Gnade und viel Erlösung bei ihm.‘ Ich habe denn auch danach getan.“

Yorck rührte sich noch immer nicht, so tief hatte den Ahnungslosen die unerwartete Kunde erschüttert. Langsam löste der Vater den Arm ab. Mit unbeholfener Gebärde strich er dann seinem Sohne über das Haupt. „Nun weißt du es, Yorck – und sooft du magst, wollen wir von dem verblichenen Ualualbaabe als von unserem allerbesten Freunde reden und uns der unverdienten Gnade freuen, dass wir ihn so lange, wie nur selten jemand vergönnet ist, bei uns haben durften. Du kannst“, – da wurde er unterbrochen, Frauke streckte hastig ihren Kopf ins Zimmer: „Vater, ihr müsst eilen, Mutter und Keryn gingen schon zur Kirche, und von Warff sind auch schon alle da.“ Als die beiden Männer vor die Türe traten, verklang draußen das letzte Beben der Glocke.

Frauke stand, das silberbeschlagene Gesangbuch in der Linken, wartend an dem Holundergebüsch, das den Garten von dem Friedhof trennte. Die Sonne lag voll und leuchtend auf den schweren blonden Zöpfen. Godber nickte ihr freundlich zu: „Sieh, Frauke hat auf uns gewartet.“ Aber Yorck sah an ihr vorbei. Godber schritt voraus. Die beiden jungen Menschenkinder gingen schweigend hinterdrein. Ehe sich die Kirchtür öffnete, strich Frauke mit einer scheuen, unendlich zarten Bewegung über seine herabhängende Hand: „Armer Yorck!“ – Schmerzvoll bogen sich seine Lippen: „Ich hatte mich so auf Ualualbaabe und auf Hilligenley gefreut!", und die Stimme versagte ihm. Dann traten sie in das Gotteshaus.

Wenn Godber nicht zu priestern brauchte, musste er seine Augen immer wieder auf Yorck ruhen lassen. Die jungen schmalen Lippen waren fest aufeinander gepresst, die sonst so blitzenden Augen sahen verschleiert geradeaus. Wie nach innen gerichtet schienen sie Bilder und Vorstellungen zu verfolgen, die sicher nur um Hilligenley und um den Ualualbaabe sich bewegten. Der zusammengekniffene Mund zuckte oftmals unwillig, als wenn er die Gedanken oder ein fliehendes Bild nicht recht zu erkennen oder festzuhalten vermöchte. Dann verfinsterte sich die Stirn des Träumenden so sehr, dass es nicht nur Godber, sondern auch anderen in seiner Nähe Sitzenden auffiel. Er blieb bis zum Predigtschlussgesang abgewandt und mit sich selbst beschäftigt, nichts hatte er vom Gottesdienst vernommen. Seine Gedanken kreisten immer wieder um den einen Punkt. Unzählige Male hatte er sich das Wiedersehen mit dem Ratmann ausgemalt, und nun drückte wie ein zermalmendes Felsengewicht das Wort „tot" alle Heimkehrfreude nieder und machte ihn hart und ungerecht gegen die Menschen, die ihm doch die nächsten und liebsten waren.

In der Studierstube umschlang Godber noch in seinem langen Predigerrock Yorcks zuckende Schultern. Der hatte die Fäuste vor seine Augen gedrückt und schluchzte heiß auf: „Ich hatte mich doch so darauf gefreut." – „Das weiß ich, mein Sohn", und bekümmert sah er seinen Jungen an.

Yorck wandte sich schweigend ab, er griff nach seiner Kappe und ging hinaus. Godber sah ihm nach, wie er erst schnell, dann langsam nach der Halligkante sich entfernte.

Stunden verstrichen. Yorck war noch immer nicht zurückgekehrt. Frau Maren suchte liebreich ihren Eheherrn zu begütigen, der ungeduldig zu werden begann.

Keryn hatte mit dem Kieker Ausschau gehalten, aber ihn nicht entdecken können. Sie kam in die Studierstube und erzählte es. „Meint Vater nicht, dass Yorck versucht haben wird, nach Hilligenley zu kommen?"

„Nein, Keryn, das möchte ich nicht glauben", erwiderte er nachdenklich langsam, „wenn der Gedanke, Ualualbaabens Grab aufzusuchen, ihn auch geleitet haben mag, so würde er sich doch besonnen und es uns wissen lassen haben."

Maren war gleicher Meinung und meinte: „Wir müssen eben Geduld mit ihm haben!"

Draußen legte sich der Wind schlafen, und die sommerliche Wärme wurde zur Schwüle. Schon in den Nachmittagsstunden lastete eine bleierne Glut über der Hallig und der salzen See, und die Luft war dick zum Ersticken. Im Süden und Westen türmten sich scharfumrissene Gewitterwolken, und der Zickzackflug der Vögel ward unruhig. Aus dem Meere stiegen dunkle Wolken, reckten sich wie schwarze Hände höher und höher, bis sie das Sonnenlicht ausgelöscht hatten.

Pflanzen und Tiere waren ermattet, und eine unbestimmte Schwermut lag bedrückend auf allem Lebendigen.

Maren und Frauke schlossen die Fenster und zündeten in der Daansk und im nebenan liegenden Studierzimmer Kerzen an. Währenddessen stieg Keryn mit großen braunen Schüsseln auf den Hausboden und stelle sie sorglich unter die schadhaften Stellen des Reetdaches, wo es, wie vorauszusehen war, durchregnen würde.

Godber ging untätig und unruhig in seiner Stube hin und her. Der erste Donner brach los und rollte mit furchtbarem Grollen über Oland. Als er verklang, hörte Godber die Haustür sich öffnen und erkannte an den festen Schritten, dass es Yorck war, der in seine Norderkammer ging. Erleichtert atmete er auf und trat vor das Fenster.

Der Himmel war von einem aufreizenden Schwefelgelb, in dem eine weißgrau gerandete, blauschwarze Wolke so unheildrohend hing, dass alle Kreaturen ängstlicher denn je harrten.

Und dann brach es los wie Weltenuntergang. Wie eine undurchsichtige, alles verdunkelnde Wand stob es heran. Jäh duckten sich Baum und Busch und streckten wie gepeitscht ihre Zweige. Blätter flogen, aufgewirbelter Meersand und kleine Muscheln prasselten gegen die Fenster, das Haus erzitterte, und die Luft war voll von Pfeifen, Fauchen und Heulen.

Blitz zuckte auf Blitz. Godber war zu Maren getreten und hatte seine Hand beruhigend um die Schulter der Sitzenden gelegt. Keryn und Frauke drängten sich wie schutzsuchend an die Knie der Mutter.

Da – ein Blitz und Donner zugleich, der das Pastorat in den Grundfesten erbeben ließ. Schreckensbleich fuhren Maren und ihre Töchter in die Höhe und faßten sich an den Händen. Godber lief vor die Nordertür, warf einen Blick auf die Reetdächer, sah im Zurückkehren im Scheine eines neuen Blitzes den auf der Fensterbank seiner Kammer sitzenden Yorck, ihm abgewandt, sich mit wilder Bewegung weit hinauslehnen, und stand, ehe ihm das Erlebte noch recht zum Bewusstsein kam, schon wieder bei den drei bleichen, angsterfüllten Frauen: „Gott sei Dank, ein kalter Schlag!" Er drückte Maren sanft nieder auf den Stuhl. Auf allen Gesichtern lag die bange Erwartung eines neuen Schlages.

Gleich darauf hub es draußen an zu rauschen. Ein wolkenbruchartiger Regen schüttete herab. Erleichtert atmete Godber auf: „Die Gefahr ist vorüber." Und er behielt recht.

Prasselnd schlugen die Tropfen an die Holzladen. Die Donner wurden seltener und verhallten in der Ferne. Und die ungeheure Spannung löste sich. Menschen und Tiere atmeten wie befreit auf. Was machte es, dass der Regen Rosen entblätterte, Knospen vorzeitig knickte! Baum und Strauch, Blatt und Blume, ja, selbst die zähe, schwere Halligerde tranken empfängnisbereit die Erlösung, die er brachte.

Maren saß Godber gegenüber, der in einem Stuhl vor seinem Arbeitstische Platz genommen hatte. Das feine Frauenantlitz trug einen horchenden Ausdruck, als lauschte sie immer noch auf das schwermütige Fallen der Tropfen, während der weißhaarige Scheitel sich, wie von einer Last gebeugt, ein wenig seitwärts neigte. Ihre Hand griff nach dem Herzen. Godber, der es sah, fragte voller Angst: „Geht es dir schlecht, Maren?" – „Es ist wohl die beklemmende Luft im

Zimmer." – „Warte, wir öffnen ein Fenster, dann ist dir gleich besser."

Balsamische, gereinigte Luft strömte kühl und würzig in den niedrigen Raum, die Fliederbäume rauschten, und gleichmäßig fiel der Regen. Die Kerzen flackerten hin und her. Eine löschte der Luftzug aus, der entstand, als Yorck in die Stube trat. Er trat hastig an den Schreibtisch, stemmte beide Hände darauf, sah vorgebeugt seinen Vater an und sagte: „Baabe, ich halte es nicht aus! Ich muss wieder fort, muss ganz bald wieder auf große Fahrt!" Dabei sah er gespannt und unverwandt auf Godber. Dieser blickte vor sich auf die Tischkante, während seine Finger in sichtlich erregtem Spiel einen Fidibus zur Kugel formten. Da war es wieder, dieses seiner Art so Fremde, dies beinah herrisch Fordernde, wie es ihm an Thomas Thomsen immer unlieb entgegengetreten war.

Dann erwiderte er und schien äußerlich ganz ruhig dabei: „Nun, mein Sohn, darüber hast du selbst zu entscheiden!" Yorck war auf Widerspruch gefasst gewesen. Nun wusste er nicht, wie er mit seinem Vater daran war; es hatte verstehend und verzeihend geklungen, und doch fühlte er sich kalt berührt. Er fing, als sei die Sache abgemacht, an – von dem eben verzogenen Unwetter zu sprechen.

Leise Schatten krochen über die Dielen und verloren sich in den Möbeln und Ecken. Maren hatte die beiden Männer allein reden lassen. Nun stand sie auf, zündete die andere Kerze wieder an und hielt den Fidibus auch über den dreiarmigen Leuchter. „Es soll doch festlich sein bei unseres Sohnes Heimkehr", sagte sie leise. Dann schaute sie ihn lange an, tief und liebevoll: „Nicht wahr, Yorck, du übereilst von dir aus nichts mit deiner Abreise. Wie wir uns auf dein Kommen gefreut haben, weißt du selbst, und wir hatten auch auf deine Hilfe in der Heuzeit ein wenig schon gerechnet."

Er schwieg eine Weile: „Nein, ich kann nicht bleiben, quält mich nicht", antwortete er rau. Sogleich kam ihm ins Bewusstsein, wie schroff seine Ablehnung geklungen hatte, und er fügte leicht hinzu: „Nun, ein paar Tage wird's schon gehen!"

„Aber du wirst doch für gewiss einmal mit uns segeln?",
beugte Frauke mit sicherem Takte der einsetzenden Stille
vor. „Gewisslich, wohin soll's denn sein?", und das Gespräch
spann sich fort, ohne die gefährliche Klippe weiter zu berüh-
ren.

* * *

Langsam zerstreute sich der Frühnebel, auch über dem
Meere teilte sich der graue Schleier und glitzerte silbrig. Die
Sonne, die in den hellen nordischen Nächten kaum schlafen
ging, goss ihren warmen Strahlenglanz über den Pfarrgarten,
sog die Tautröpfchen, die wie diamantene Perlen an den Halmen hingen, auf – beleuchtete die weißen Holunderdolden
und entzündete eine lichte Glut auf den kaum geöffneten
Rosenblüten.

Yorck schritt eilig durch den Garten. Der Morgenwind streichelte lind und weich sein Gesicht. Er trat an den Ausschnitt
der Fliederhecke und schaute mit brennenden Augen über das
dichte Gewirr nach Westen, wo Hilligenley träumte … Leise
flüsterten die Blätter, als ehrten sie den Schmerz, der auf dem
jungen gramvollen Menschenantlitze lag.

Sollte er noch in dieser Tide hinübersegeln? Er überlegte
und trat aus dem Garten auf die Warf. Den Kopf zurückbeu-
gend, musterte er den strahlend blauen Morgenhimmel.
Seine Stirn verfinsterte sich, nirgends Windwolken! Da hieß
es sich also gedulden, wenn er nicht übers Watt gehen wollte.

„Guten Morgen, Yorck!" Keryns frische Stimme klang an
sein Ohr. Er wandte sich um und sah sie am Fuße der Kirchwarf die Kühe herauftreiben. Gleichmütig, aber nicht un-
freundlich erwiderte er ihren Gruß und fragte: „Stehst du
immer so früh auf!" – „Früh? – Wir haben diese Woche das
Küheholen aus der Nachtfenne. Du weißt das ja noch. – Es
wird doch nun auch schon gegen halb fünf sein. Nächste
Woche sind zwei Mäher bei uns auf Kost, da muss ich um halb
vier die Grütze fertig haben."

„Richtest du denn alles allein?", fragte er verwundert.
Keryn reckte ihre hohe Gestalt auf und antwortete mit

blitzenden Augen: „Das will ich meinen, oder traust du's mir etwa nicht zu? Frauke ist zart, ist zu schnell gewachsen und hat mit ihren sechzehn Jahren noch Schlaf nötig, und Vater mag nicht gern, wenn Mutter eher aufsteht als er." – Sie war mit den Kühen im Akk angekommen, langte einen Schemel her, und bald strömte die schäumende Milch in die Eimer. Ehe sie die vierte Kuh ausgemolken hatte, sagte sie leichthin: „Wenn du mir einen Gefallen tun willst, Yorck, dann bring das Vieh gleich in die Osterfenne, ja? Hätte ich nur gewusst, dass du solch Frühaufsteher bist, wäre die Grütze längst zu Feuer." Er tränkte die Kühe und das Jungvieh und trieb es aus.

Am nächsten Morgen holte er, als müsse das so sein, für Keryn die Kühe. Als er sie nach dem Melken wieder in die Osterfenne gebracht hatte, machte er einen Umweg und ging um die Norderkante an der Piplingsfenne vorüber zur Kirchwarf. Aufatmend schritt er barfuß durch das saftige, tauige Gras. Wo in der ganzen Welt gab es diesen weichen und zugleich herben, diesen blumigen und zugleich zähen Grasteppich? Nirgendwo!

Sein Blick haftete auf den bunten Mustern, die in immer neuem Farbenspiel sich ihm entgegenzuschieben schienen. Da hörte er, wie nach halbrechts hinüber der scharfe Stahl der Sense durch das kurze blumenübersäte Gras sauste. Er wandte das schmale, energische Gesicht und sah Kay Jens Oldsen von Pipwarf. Schwade auf Schwade sank vor seinen weit ausholenden Schlägen, und der Schweiß hatte ein Perlenband um seine Stirne gelegt. Nun war er am Ende der Schifft, richtete sich auf und erblickte Yorck, der ihm zuschauend stehen geblieben war. „Guten Morgen, Yorck, willst du nicht auch bald anfangen oder hast du es schon verlernt?"

Yorcks Herz krampfte sich zusammen. Er brachte kein Wort heraus, sondern hob nur in Abwehr die Hand. Nein, er wollte nicht mittun, nur noch nach Hilligenley, an Ualualbaabes Grab und dann fort, auf möglichst große Fahrt. Nichts sollte ihn hier halten, „nichts!" bekräftigte er fast laut seinen eigensinnigen Entschluss. Dann setzte er sich auf die steil abfallende Kante, ließ die schnell einander folgenden kleinen grünlichen Wellen über seine bloßen Füße hüpfen und wurde sich nicht bewusst, dass seine Gedanken von der Nachtfenne bis zum Mehdeland, vom Mehdeland zu Hock und Stall und all ihren Aufgaben und Arbeiten wanderten, um schließlich über Keryn hinweg bei Frauke zu enden.

Da sprang er jäh auf und ging heim.

So vergingen ihm die ersten Tage in innerer Unruhe. Er vermied, mit seinem Vater allein zu sein; gern hätte er noch über Ualualbaabe gesprochen, aber er selbst mochte nicht davon anfangen. Nur zu gern hätte er auch selbst die Arbeit, die überall auf ihn zu warten schien, angegriffen, aber er scheute den Eindruck, dass es aus eigenem Antrieb geschähe. Darum empfand er es als Befreiung und Erlösung, wenn die immer frische und tätige Keryn ihn kurzerhand hier und dort einfach anstellte, und gestand sich's doch nicht ein. Godber litt unter dieser ihm rätselhaften Verschlossenheit und zur Schau getragenen Teilnahmslosigkeit, aber die feinfühlige Maren wusste ihn zu beschwichtigen und zu beruhigen: „Da braucht's Zeit, Zeit und viel Geduld, am Ende wird noch alles gut."

Keryn hatte viel zu viel Freude an der gemeinsamen Arbeit mit Yorck, als dass sie nicht immer neue und größere Gelegenheiten dazu gesucht und gefunden hätte. Und als das Ende der Woche nahte, hatte Keryns Jugendlust auf ihn so weit ansteckend gewirkt, dass in ihrem Verkehr jeder Zwang gewichen war, unter dem er stand oder unter dem zu stehen er vor anderen wenigstens den Anschein erwecken zu sollen glaubte.

In der nächsten Woche sollten die beiden Mäher von Pellworm kommen, und das ganze Haus harrte ihnen wie einem großen freudigen Ereignis entgegen. Nur Yorck schien teilnahmslos. Aber am Montagmorgen in aller Frühe saß er doch am Priel und dengelte seine Sense, als gälte es, ein Versäumnis von Jahren nachzuholen. Und als die Mäher wirklich erschienen, hatte er schon eine ganze Schifft in der Preesterfenne heruntergearbeitet. Er erlahmte auch in den folgenden

Tagen in diesem Eifer nicht, sondern trieb es so, dass Keryn und Frauke mit Schwelen und Kehren nicht mehr nachkommen konnten. Da erst unterbrach er seine Emsigkeit und half ihnen, schob das Heu in Schwaden zusammen und setzte es in Haufen.

So in rastlosem Schaffen flogen die Tage dahin, dass er sich dessen kaum bewusst wurde. Und schon war das zuerst Geschnittene reif zum Bergen. Es war an einem Donnerstag und bereits am frühen Morgen so schwül, dass es geraten schien einzubringen, was sich einbringen ließ. Den ganzen Vormittag hatte er mit den beiden Mädchen darum das Heu zusammengebracht und es mit Hilfe der großen Laken in Bunde gepackt, dass deren um die Mittagszeit bereits mehr als dreißig in Reih und Glied standen. Als sich dann richtig Gewitterwolken zeigten, beschlossen sie, den in der Heuzeit allgemein üblichen und auch berechtigten Mittagsschlaf daranzugeben und den Rest des reifen Heues noch in Laken zu binden, um dann gleich nach der Vesper mit dem Eintragen zu beginnen.

Sie nahmen sich kaum Zeit zu essen und schafften gleich darauflos. Die Hitze war drückend. Aber sie wurden schneller fertig, als sie gedacht hatten, und ehe die Halligleute aus ihren Wandbetten stiegen, war auch das letzte Bund gepackt. Einen Augenblick ruhten sie sich rastend aus. Yorck hatte sich an das eine Bund gelehnt, die beiden Mädchen an ein anderes. Keryn hatte ihm den Rücken gewandt und tuschelte mit Frauke. Plötzlich sah sie sich um, und der helle Übermut stand ihr im Gesicht. Sie lachte schelmisch triumphierend und sagte laut: „Frauke, guck nur, Yorck – das arme Stakel – kann nicht mehr!"

Yorck fuhr in die Höhe. „Krieg uns doch!", klang es herausfordernd herüber. Ehe sie sich's versahen, war er neben ihnen, doch bevor er eine festhalten konnte, waren sie entwischt. Die unverwüstliche Keryn lief auf die Kirchwarf zu, Frauke nahm den Weg durch die Küsterfenne. Als er sah, dass Keryns Vorsprung zu groß war, rannte er Frauke nach. Eben lief sie ihm fast in die Arme. Aber als er zugreifen wollte, entglitt sie ihm im letzten Augenblick durch eine geschickte Schwenkung, sodass er an ihr vorbeischoss. Umso toller wurde die Jagd.

Sie flog über den weichen, kurzen Grasteppich, und er folgte ihr unter Aufbietung aller seiner Kraft. Gleich musste er sie haben. Aber wieder und wieder gelang es ihr, ihn mit unberechenbar schneller und unerwarteter Wendung zu narren. Erst als er sich aufs Müdelaufen verlegte, halfen ihr auch die raschen Drehungen nichts mehr. Auf der Höhe der Warf hatte er sie erhascht.

„Endlich!", rief er und hielt sie in seinen Armen. Frauke war völlig außer Atem und lehnte sich erschöpft in seinen Halt gebenden Arm. Er fühlte ihr Herz gegen seine Brust pochen. Ein unnennbares warmes Glücksgefühl durchströmte ihn. Einen Augenblick standen sie so da. Ihre Atem stießen, die Schultern gingen auf und nieder, die Herzen schlugen zum Zerspringen von der Hetzjagd. Dann machte sich Frauke ganz schmal unter seinen Armen: „Nun lass mich los!" Und sogleich gab er sie frei.

Als Yorck aufblickte, sah er den Vater mit tiefer Unmutsfalte auf der Stirn am Fenster stehen. Erregt ging er in seine Kammer: „So, also nicht einmal Haschenspielen durfte man, noch dazu, wo niemand es gesehen haben konnte, da noch alles schlief", und es dauerte eine ganze Weile, bis er ruhiger geworden war.

Godber hatte schon länger am Fenster gestanden und dem Spiel anfangs mit herzlicher Freude zugesehen. Als er aber Frauke in Yorcks Armen sah, trat ihm so unvermittelt aus Art und Haltung Yorcks das Bild seiner Mutter in Thomas Thomsens Armen entgegen und damit alles Leid seiner Kindheit, dass es ihm die Freude vergällte und ihn ungerecht und bitter gegen Yorck machte. Und der Groll schwang auch bei der Vesper noch in ihm fort. Kaum hatte sich Yorck gesetzt, da sagte er, diesen dabei ansehend, streng: „Ich dachte, ich hätte vernünftigere Kinder." Befremdet schauten ihn die Mädchen an. Yorck war erblasst. Auf seinen Lippen lag eine bittere Erwiderung, aber ein bittender Blick der Mutter traf ihn, und er schwieg.

214

Da seufzte Keryn in die entstandene Stille hinein: „Oh – ist das schwül! Ich habe es ja den ganzen Tag gewusst, dass es ein Gewitter gibt", und der Schalk saß ihr in den Augen. Frauke biss sich auf die Lippen, um sich das Lachen zu verbeißen, Maren senkte tief den Kopf, um das verräterische Zucken um ihre Mundwinkel zu verbergen. Yorck wartete gespannt, was nun wohl kommen würde. Godber sah von einem zum andern, wurde sich des Unbegründeten seines Verhaltens bewusst, fing gleichfalls an zu lächeln und sagte dann: „Ja, es ist wohl sehr schwül. Aber unvernünftige Leute seid ihr doch. Doch nun macht schnell, sonst kommt das Wetter wirklich noch, ehe das Heu herein ist. Ich will auch gleich mithelfen. Kann ich auch nicht mehr viel, so vermag ich doch noch die Bunde auf die Karren zu laden und sie hernach Yorck zum Tragen aufzuhelfen. Ihr beide", wandte er sich an die beiden Mädchen, „geht dann auf den Boden."

So geschah es auch. Es dauerte nicht lange, da waren die Bunde an den Fuß der Warf herangekarrt. Keryn und Frauke kletterten auf den Boden, um Yorck die Bunde, die er auf dem Kopfe herzutrug, an der Luke abzunehmen und zu verstauen.

Godber half Yorck die Bunde auf. Zwischen Vater und Sohn wurde kein Wort gewechselt. Zu tief hatte Yorck gefühlt, dass des Vaters Groll nur ihm gegolten. Und während er Last um Last zur Bodenluke hinantrug, gingen seine Gedanken immer wieder zu seinem Ualualbaabe, und der Entschluss reifte aufs Neue in ihm: nur noch nach Hilligenley und dann fort. Hier konnte ihn doch nichts mehr halten. Als er das letzte Bund abgeliefert hatte, fielen auch schon die ersten Tropfen. Er blieb aufatmend auf der Treppe sitzen und sah dem Vater nach, der eilends ins Haus ging.

Da schlugen die Stimmen der Mädchen auf dem Boden an sein Ohr. Er hörte zu: „Nein, Keryn, das ist es bestimmt nicht; aber sieh in seine heimatlosen Augen, dann wirst du ...", weiter vernahm er nichts. Das war Frauke! Wie der Klang einer goldenen Glocke trafen ihn die Worte. Das Kind verstand ihn. Er horchte angestrengter, aber vergeblich. Nach einer

Weile stieg er die Treppe hinab und ging versonnen ins Haus.

An diesem Abend wollte sich die Müdigkeit nicht einstellen. Das Gewitter war eines jener ungefährlichen gewesen, das sich nach einigen Schlägen in einen Landregen aufgelöst hatte. Nur vereinzelt wetterleuchtete es noch.

Als Yorck in später Stunde mit der flackernden Kerze seine Norderkammer aufsuchte, tropfte heißes Wachs auf seine Hand. Gleichgültig schlenkerte er sie hin und her, aber der Docht, der flackernd hin- und herzuckte, blieb blakend. Da löschte er sie aus. Ein schwelender, übel riechender Dunst strich um sein Gesicht. Er entkleidete sich rasch und legte sich ins Bett. Nach einigen vergeblichen Versuchen einzuschlafen, stand Yorck auf, schob die bunt gewebte Gardine zurück, stieß das Fenster weit auf und lehnte sich hinaus.

In dem Rauschen und Harfen der kommenden Flut, in dem sehnsüchtigen Schluchzen der schäumenden Wellen, in dem flüsternden Reet des schweigsamen Fethings meinte er eine süße Kinderstimme zu vernehmen: „Seine heimatlosen Augen …" Wohl die halbe Nacht lauschte er darauf, und als er endlich einschlief, klang sie noch in seinen Traum.

Die nächsten Tage brachten vormittags die Tide, und er konnte sein Vorhaben, nach Hilligenley zu segeln, nicht ausführen. Konnte er auch vielleicht bei günstigem Winde in einer Tide hin- und zurücksegeln, so würde er dort nicht einmal Zeit gefunden haben, zum Friedhof zu gehen. Darum wartete er, bis sie so lag, dass er mit halber Ebbe morgens hinunter und früh abends mit der Flut wieder zurücksegeln konnte. Als er am Abend zuvor sein Vorhaben kundgab und wie zur Entschuldigung hinzufügte: „Ich habe in Hamburg meine Seekiste auf eine Amrumer Galiote gestellt, die wollte sie am Ridd absetzen. Ich soll sie nun gern hierhaben", bestürmten ihn die Mädchen mit Bitten, sie mitzunehmen, und mit Fragen, ob und was etwa in der Kiste für sie sei.

Eigentlich hatte er allein fahren wollen, aber nun mochte er sie nicht enttäuschen.

„Wenn uns nur das Wasser nicht wegläuft. Keryn, du musst doch erst gemolken haben, und dann wird's reichlich spät.

Aber bis zum Sande kommen wir vielleicht, da müsst ihr dann eben ablaufen", gab er ihrem ungestümen Drängen nach. Die beiden jubelten. Der folgende Morgen fand sie richtig unterwegs. Es wehte ein steifer Westwind, und sie mussten aufkreuzen. Yorck saß am Steuer, Keryn bediente den Fock, und Frauke spielte den Kapitän. Yorck suchte sie durch absichtliche Ausnutzung missverständlicher Befehle zu necken und zu verwirren. Aber sie ließ sich nicht beirren. Sie kannte das Wasser ganz leidlich und spielte ihre Rolle nicht schlecht. Scherzworte flogen hin und her. Keryn ließ ihrem Übermut die Zügel schießen, und Yorck war so wohl zumute, dass er hätte die ganze Welt umarmen mögen. Viel zu schnell kamen sie an den Sand.

Keryn hatte eben geklagt, dass die herrliche Fahrt schon zu Ende sein sollte, da sah sie auf der Höhe der Sandbank wohl ein Dutzend Robben liegen, und sogleich war ihr Beuteeifer erwacht. Yorck bedauerte, kein Gerät an Bord zu haben. Aber Keryns Jagdlust war nun einmal erwacht und wirkte ansteckend: „Fang uns einen lebendig, Yorck!" – „Ach ja, bitte, bitte", stimmte Frauke zu. „Das ist nicht so leicht und gelingt nur selten", erwiderte Yorck, „aber ich will versuchen, sie ganz nahe heranzulocken."

Inzwischen hatten sie die Kante des Sandes erreicht. Yorck gebot den Mädchen Schweigen und nahm vorsichtig das Segel herunter. Dann stieß er das Boot mit dem Schiebstock ganz langsam und unauffällig an der Kante entlang, bis er auf siebzig Meter herangekommen war, und ließ den Anker sinken. Nun wartete er einige Minuten, bis sich die misstrauisch gewordenen Tiere wieder beruhigt hatten, und stieg dann mit einem Stück Ölzeug bewaffnet an der ihnen abgewandten Seite der Schnigge über Bord.

Scharf hielt er die Hunde im Auge, näherte sich ihnen Schritt für Schritt und stand wie zur Bildsäule erstarrt, sobald eines den Kopf hob und zu ihm herüberschnupperte. So war er ganz nahe herangekommen. Mit gespanntester Aufmerksamkeit sahen ihm die Mädchen zu. Da ließ er sich plötzlich auf dem Öltuche auf den Sand niedergleiten und blieb eine Weile ausgestreckt regungslos liegen und fing dann an, die Bewegungen der unbeholfenen Tiere nachzuahmen, wobei er seltsame Locktöne ausstieß. Und es glückte.

Die Robben hoben die weiß gesprenkelten Brüste. Die Köpfe wiegten hin und her, und nun watschelten sie heran. Yorck ließ nicht nach, und ständig schnuppernd kamen die Hunde näher und näher. Der größte von ihnen, ein starkes männliches Tier, war nur wenige Meter von ihm entfernt. Seine großen Augen sahen sanft und vertrauend zu Yorck herüber. Dieser fieberte vor Erwartung. Noch zwei Schritte näher, dann würde es ihm gelingen, den schwächeren Tieren den Weg abzuschneiden und eins auf dem Sande müde zu jagen. Noch einmal stieß er einen leisen Lockton aus.

Aber unvermutet warfen sich die schwerfälligen Tiere, als hätten sie die Gefahr gewittert, herum und schoben, kugelten, rollten mit unglaublicher Schnelligkeit dem Tief zu und stürzten in das aufspritzende Wasser. Yorck war sofort auf den Beinen gewesen, es gelang ihm auch, unmittelbar vor der Kante den letzten, kleinsten Hund zu überspringen. Der aber ließ sich nicht schrecken; mit schneller Seitwärtsbewegung schoss er dicht an Yorcks Wade vorbei. Der suchte ihn zu greifen, konnte das glatte ungestüme Kerlchen aber nicht halten, und es entwischte.

Keryn jubelte, Frauke klatschte vor Vergnügen in die Hände, und Yorck konnte sich an der kindlichen Freude der Mädchen für die entgangene Jagdbeute schadlos halten. Dann gingen sie über Watt auf Hilligenley zu, und nun erst kam ihm Zweck und Ziel seiner Fahrt zum Bewusstsein. Je näher sie der Kante kamen, desto einsilbiger wurde er. Auf dem Lande trennten sie sich, nachdem sie die Zeit der Abfahrt beredet hatten. Die Mädchen gingen von ihm, um ihre alte Kindermagd auf Treuberg und später ihre Freundin auf Kirchwarf zu besuchen.

Es wurde ein trauriges Wiederfinden für Yorck. Das ihm von Ualualbaabe vermachte Haus wurde von Fremden bewohnt. Godber hatte die Stelle an Ipke Johannsen verpachtet.

Er war zwar herzlich bewillkommt und zum Essen genötigt, aber er mochte und konnte nicht.

Alles war so ganz anders geworden. Nichts zog ihn hier mehr an als Ualualbaabes Grab. Lange, lange hielt er dort Zwiesprache mit ihm. Den Nachmittag verbrachte er am Fuß der Warf liegend, meist die Arme aufgestützt, das liebe alte Haus vor sich, während er die Bilder der Erinnerung an seine Kindertage an sich vorübergleiten ließ.

Dann holte er mit steigender Flut das Boot an die Kante, besorgte seine Seekiste an Bord und wartete ungeduldig auf die Mädchen. Diese kamen auch zur verabredeten Zeit, fanden ihn im Banne seines Erlebens und hielten sich scheu zurück. So wurde es eine stille Heimfahrt. Auch den Spätnachmittag daheim blieb Yorck verschlossen. Aber nach dem Abendbrot machte er sich an das Auspacken seiner Kiste, und da konnte er es doch nicht lassen, den Eltern und Mädchen zu bringen, was er auf der Fahrt für sie erstanden hatte, seidene gestickte Tücher, seltene perlmuttschimmernde Muscheln und allerlei Schnitzwerk.

Ein Wort gab das andere, und er wurde mitteilsam, wie er nie gewesen. Das Eis schien gebrochen, zumal der Vater ein Interesse zeigte, wie er solches bei ihm nie vermutet hatte.

Wochen glückfrohen Daheimseins folgten. Schon neigte sich sein Urlaub dem Ende zu. Er hatte von seinem Reeder Botschaft bekommen, dass er am Bartholomäustage mit der „Maria Magdalena" eine vier- bis fünfjährige Ostindienfahrt machen sollte. Das ganze Pfarrhaus stand im Zeichen des nahen Abschieds, der umso schwerer drohte, als weder Godber noch Maren recht mit so langer Abwesenheit einverstanden waren. Und wirklich erwog Yorck noch im letzten Augenblick, dem Reeder diese große Fahrt abzusagen und um eine andere zu bitten.

Da tat sich jäh der alte Riss wieder auf. Keryn und Yorck kamen barfuß vom Buttgreifen zurück. Frauke war ihnen bis zur Kante entgegengegangen. Als sie heimkamen, sahen sie den Vater am Fuße der Warf stehen und warten. Flink, wie sie in allem war, nahm Keryn sich nicht die Zeit, den kleinen

Umweg über den Steg zu machen, sondern stieg durch den Priel auf den Vater zu. Frauke, die des kühlen Tages wegen in Schuh und Strümpfen war, schickte sich an, zum Stege zu gehen. Da nahm sie Yorck wie ein leichtes Bündel auf die starken Arme, trug sie hindurch und setzte sie vor Godber nieder. Als er ihr zum Hause nachsah, sagte dieser unvermittelt: „Vergiss nicht, dass sie deine Schwester ist." Jäh schoss Yorck die Röte ins Gesicht: „Das sollte Baabe selbst nur nicht immer wieder vergessen", erwiderte er in kaum verhaltener Gereiztheit und wandte sich und ging erregt fort. Er hatte sich wirklich nichts dabei gedacht. Das fühlte nun auch Godber, und er bereute seine Unvorsichtigkeit. Aber er erwartete doch, dass Yorck ihm Gelegenheit geben sollte, seinerseits einzulenken.

Vergeblich; das versöhnende Wort blieb ungesprochen. Die alte Spannung lag wieder über dem Hause, und Yorck ließ den Plan, dem Reeder abzuschreiben, fallen. Er empfand es schließlich wirklich als Befreiung, als der Laurentiustag, der Tag seiner Abreise, da war. So kam es, dass sein Abschied von Maren und Keryn wohl herzlich, vom Vater aber beinah frostig und von Frauke, die nicht wusste, was er gegen sie haben mochte, immerhin so kühl ausfiel, dass diese auf dem Heimwege zur Warf sich wie schutzsuchend weinend an die Mutter drängte.

* * *

Es war am Altjahrsabend des nächsten Jahres. Maren und ihre Töchter waren längst zu Bett. Godber war nach seiner Gewohnheit aufgeblieben.

Die letzte Stunde des Jahres hatte ihm immer viel zu sagen gehabt. Auch heute hatte er Rückschau gehalten und sich Rechenschaft gegeben über alles, was das Amt des Predigers und Seelsorgers an Aufgaben und Pflichten von ihm gefordert, und war streng mit sich ins Gericht gegangen, wo er sich eines Versäumnisses oder einer Nachlässigkeit anzuklagen hatte. Dann hatte er dessen gedacht, was das vergangene Jahr an Freud und Leid seiner Gemeinde gebracht, und seine Gedanken hatten lange bei dem alten, ihm so lieben Olaf Bandick verweilt, der im Herbst nach Gottes unerforschlichem Rat den Drinkeldod gefunden hatte. Das war so gekommen.

Der Frühherbst brachte schwere Stürme und verzögerte die Ankunft der Galioten und Zweimaster, die nach Husum gegangen waren, Wintervorräte für die Halligen zu holen. Einen Tag wie den andern fuhren weißmähnige Wölfe in wilden Sätzen über das Meer und zerrissen und verschlangen, was sich ihnen entgegenwarf. Eine Septembernacht nach der andern heulte der Nordwest sein schauerliches Kampflied, und in immer neuen Fluten spie das aufgewühlte Meer seinen Groll über das Vorland aus.

Während alle übrigen Halligfahrzeuge im Husumer Hafen verankert blieben, hatte der alte Olaf Bandick das Abflauen des Windes für ein Zeichen der Rückkehr besseren Wetters genommen. Er war mit seiner Galiote losgesegelt und durch die Hever gekreuzt, um am Michaelistage daheim sein zu können.

War er doch schon vor drei Wochen fortgegangen, und es hatte dem 85-Jährigen nicht gepasst, länger untätig zu liegen und auf favorablen Segelwind zu warten. Er verlangte mit einem Male sehr, heimzukommen von dieser seiner letzten Fahrt. Denn er hatte das ganze verwichene Jahr davon geredet, dass er in diesem Herbst die letzte Fahrt mit seiner Galiote tun würde, um sie dann jüngeren Händen zu überlassen.

Bis kurz vor Ausbruch des schlimmsten Unwetters hatten sie nun mit kleinsten Reffen gesegelt und waren bis ins Dwarsloch gekommen. Aber dann hatte sie die vor dem Sturm wild auflechzende Dünung und die jäh hereinbrechende Dämmerung gezwungen, vor Anker zu gehen. Als dieser schon fasste, ging im letzten Augenblick krachend und splitternd der Großmast über Bord, und eine zweite Sturmböe knickte den Fockmast um, als wäre er ein Strohhalm. Regen und Hagelschlossen prasselten herunter, Gischt und Brecher blendeten die Augen, die angestrengt die rabenschwarze Finsternis durchbohrten, um nach Rettung auszusehen.

Da zerrissen die Wolken am Himmel, tiefgelb wie eine Scheibe brach der Mond durch und sah unentwegt auf den höllischen Wellentanz und auf das von weißem Gischt umhüllte und gespenstisch leuchtende Wrack, in dem die Männer mit aller Anstrengung, deren sie noch fähig waren, um ihr Leben kämpften.

Der alte Olaf Bandick hielt mit erlahmenden Fäusten das Steuer und zwei Mann mit ihm. Die beiden Schiffsjungen hockten achter an der Reling, sie hatten die verklamten Fäuste darum geklammert und gepresst und wimmerten leise vor sich hin.

Wieder warf der Sturm die mastlose Galiote ächzend auf die Seite und rüttelte sie mit schweren Griffen, als wollte er sie auseinanderschlagen. Dann gischteten Brecher in das Schiff, dass der glitzernde, flockige Schaum den Männern bis an die Knie ging. Der Alte taumelte von der Ruderpinne auf die erschreckten Jungens zu, aus seinen zitternden Lippen rang sich ein Schrei. Dann mahnte er noch mit lauter Stimme: „Tid tum letzten Spruch –." Da rollten zwei Wogen donnernd und brüllend vor der Nordwestböe. Die erste packte das Wrack unterm Heck, hob es und warf es kopfüber in die Dünung der zweiten, die sich hoch auftürmte und alles unter sich begrub.

In einem Wirbel stäubte der Sturm, als bedeute es für ihn nichts, Menschen und Schiff in den kochenden Strudel zu reißen, und zermalmend deckte die Nacht das Unabänderliche mit Riesenfäusten zu.

* * *

Nur einer der Schiffsjungen war entkommen. Wiederauftauchend war er gegen eine Planke gestoßen, hatte sich daran geklammert und war nach zweistündigem Treiben an der Südkante von Hooge angespült, wo er sich hatte retten können. Von ihm wusste Godber den Hergang.

Wie es Yorck wohl verwinden würde, wenn er hörte, dass Olaf Bandick seinem Ualualbaabe so bald gefolgt sei. Yorck, ja, er hatte nie so viel über ihn und sich nachdenken müssen wie in all der Zeit seit dem letzten Abschied. Da war etwas, was ihn immer wieder beunruhigte. Er hatte, da er in Erfahrung gebracht, dass ein anderer Segler des Reeders auf direktem Wege nach Bangkok fahre, Yorcks Schiff „Maria Magdalena" aber unterwegs in den verschiedensten Häfen Ladung nehmen und darum später ankommen würde, schon bald nach Yorcks Abreise von Hamburg einen Brief nach Hamburg geschickt, zur Weiterbeförderung an seinen Sohn, in dem er im versöhnlichsten Ton zu ihm gesprochen. Er hatte zwar den leidigen Vorfall nicht berührt, aber wer willens war, konnte aus diesem Schreiben entnehmen, wie leid ihm seine Unbedachtsamkeit geworden. Nun war gerade recht zum Julfest der seit 16 Monaten bange erwartete Brief von Yorck gekommen, der ihm zeigte, dass er von Yorck verstanden war. Godber suchte unter den Papieren auf dem Arbeitstisch, hielt das Schreiben in der Hand, legte die engbeschriebenen Blätter in sichtlicher Erregung wieder hin, stand auf und begann unruhig im Zimmer auf und ab zu gehen.

Blieb nicht jeder Mensch im Grunde sich selbst ein dunkles Rätsel? – Was könnte und würde ihm denn in Wahrheit Lieberes geschehen, als wenn einmal die Herzen von Yorck und Frauke sich zum Bunde fürs Leben fänden? – Und doch hatte er die sich regende Neigung im Keime zu ersticken gesucht? – Hatte sich hinreißen lassen zu Worten mit einem Sinn, den er nie beabsichtigt hatte? –

Die Erinnerung an seine trübe Kindheit im Schatten Thomas Thomsens mochte ja manches erklären, aber alles gewiss nicht. Da war noch eine unbegliechene Forderung. Merkwürdig überhaupt diese sonderbare Wiederkehr der Begebnisse, Thomas Thomsen und seine Mutter Inke, Yorck und Frauke. Warum tat Gott das?

Godber verlangsamte seine Schritte und blieb stehen. War's etwa darum, weil er die ihm damit gestellte Aufgabe nicht oder doch nicht richtig gelöst hatte? Ach, wohlig war ihm bei seiner Abneigung gegen Thomas Thomsen nie zumute gewesen. Sollte das der Sinn der Wiederkehr der Begebenheiten im

Menschenleben sein, Gottes Forderung einer besseren Lösung? Er suchte in der Erinnerung nach einer Antwort der Schrift. Da kam ihm Petrus in den Sinn. Zweimal am See Tiberias, zweimal bei Fischfang und Netzen, zweimal der Auftrag: „Von nun an sollst du Menschen fangen" – und: „Weide meine Lämmer." Aber nach dem ersten Male die Verleugnung –. Wie Schuppen fiel es ihm von den Augen. Darum, ja, darum die Wiederkehr.

Es war stille in der Studierstube, ganz stille. Die Sanduhr lief ab. Godber sah es. Er faltete die Hände. Es gibt in der letzten Minute noch vieles, was der Mensch allein mit seinem Gott abzumachen hat.

* * *

Die Sonne war eben untergegangen, als aus dem kleinen Wäldchen, dem Uhlenhorst, zwei Menschen dem Alsterufer zustrebten. Sie gingen schweigend nebeneinander wie Leute, die in irgendeiner Erwartung sich getäuscht sehen. Je näher sie der verkehrsreicheren Gegend der Binnenalster kamen, desto mehr richtete sich der Herr, dem man den Hamburger Kaufmann sogleich ansah, empor. Das energische Kinn, die schmale, nicht eben kurze Nase über den bartlosen, wenig geschwungenen Lippen, die blauen Augen, die hohe Stirn und das unter dem grauen Zylinder hervorleuchtende blonde Haar ließen keinen Zweifel darüber, dass er friesischer Abstammung sein musste. Das junge Mädchen, das er geleitete, trug ein weißes, an Ärmeln und Halsrand mit schwarzem Samtband eingefasstes Kaschmirkleid. Es hatte den großen weißen Schutenhut abgenommen und an seinem schwarzen Samtband über den Arm gehängt.

An der Lombardsbrücke trat sie dicht an das Alsterufer, ließ den Blick über das Stadtbild mit seinen in rosige Dunstschleier getauchten Türmen hinschweifen und brach in den Ausruf des Entzückens aus: „Ach, ist das schön! Monsieur Bonncken!" – „Ihre Freude bereitet mir große Genugtuung, Demoiselle Keryn!", erwiderte der Angeredete, „es gibt auch nicht viele Städte, die es an Schönheit des Stadtbildes mit unserm Hamburg aufnehmen können", fügte er mit einigem Stolz hinzu. „Das hätte ich nun alles nicht zu sehen bekommen, wenn Mutter uns nicht zur Silberhochzeit ihrer Cousine mitgenommen hätte." – „Und ich preise mich glücklich, dass sie meinem Bruder Bonke vergönnet hat, mit Ihnen allen zu reisen und mir so Gelegenheit geworden ist, Ihre mir so teure Bekanntschaft zu machen." – „Machen die Hamburger immer so artige Komplimente?", lenkte Keryn ab, fuhr aber, da sie sah, dass sich ihr Partner verletzt zeigte, sogleich unbekümmert fort: „Sie hatten es uns gestern aber auch in Ihrem Hause zu nett gemacht. Mutter lebte ordentlich auf, und Frauke konnte sich beim Zubettgehen gar nicht genugtun, mir von ihrem Tischnachbar, Ihrem Amsterdamer Geschäftsfreund, zu erzählen."

„Nun, Demoiselle Frauke muss ihm auch wohl gut gefallen haben, dass er mit von der Segelpartie ist. Herr van Sluyter schließt sich gar nicht so leicht an. Hoffentlich habe ich Sie da nicht um ein schönes Vergnügen gebracht. Aber ich dachte, ich wollte eigentlich …"

Keryn erbarmte sich: „Nein, nein, der schöne Spaziergang mit Ihnen ist mir wirklich ein großes Vergnügen gewesen. Doch nun müssen wir wohl gehen, die andern werden schon zurück sein. Sagen Sie mir nur noch: ,Ist das da drüben der Turm der neuen Kirche St. Michael?" – „Ja, Demoiselle Keryn, und man kann ihn besteigen." – „O, da möchte ich hinauf. Das müsste wunderschön sein, hoch über allen Dächern solchen Sonnenuntergang zu erleben." – „Es würde mir eine große Freude sein, Sie morgen Abend hinaufzuführen, man hat wirklich einen sehr schönen Blick von dort oben, und ich könnte Ihnen manches Interessante dort zeigen."

„O, charmant! Mutter wird schon nichts dagegen haben, da sie mich in Ihrer Hut weiß. Da freue ich mich schon auf morgen Abend. Wann darf ich darauf rechnen, dass Sie mich abholen?" Er zog seine Uhr: „Es ist jetzt 7 Uhr, und die Sonne ist schon hinab. Sagen wir um 6 Uhr, ja?" – „Gut, um 6 Uhr."

Damit gingen sie weiter. Sie mussten wohl beide wieder mit ihren Gedanken beschäftigt sein, denn sie setzten schweigend ihren Weg fort. Vor einem Hause, dessen reich verzierte Tür allein schon von der Wohlhabenheit seiner Bewohner Kunde gab, verabschiedete sich Herr Bonncken gar ehrbar und artig von seiner Begleiterin, nicht ohne wiederholte Versicherung, dass er sich über die Aussicht auf die morgige Turmbesteigung sehr glücklich schätze.

Keryn eilte die breite Treppe hinauf und traf auf dem oberen Flur mit der Tante Annette zusammen, einer vornehmen älteren Dame mit schon silbrigem Haar unter einem zierlichen Spitzenhäubchen, die das junge Mädchen sogleich in ihre Arme schloss und dann in die Stube, aus der sie herausgetreten war, hineinrief: „Maren, da ist sie, lass nur das Abendbrot auftragen."

Das Essen, das Maren, Tante Annette, Keryn und Frauke um den schweren Eichentisch in dem reich getäfelten Esszimmer vereinigt hatte, der Hausherr hatte in Geschäften gleich nach der Silberhochzeit eine Reise nach der Hansaschwesterstadt Bremen antreten müssen, war vorüber. Es war lebhaft genug verlaufen, da man die gegenseitigen Erlebnisse austauschte, und Keryn, die wiederholt der Mutter Auge prüfend auf sich ruhen fühlte, hatte alle ihre Fantasie in der Ausschmückung ihrer Erzählung aufbieten müssen. Als sie dann mit heller Begeisterung von der Einladung des Herrn Rickert Bonncken zur Besteigung des Michaelisturms gesprochen, hatte Maren ein wenig nachdenklich gemeint: „Ich weiß doch nicht recht, was Baabe dazu sagen würde."

Aber die gütige Tante hatte in ihrer ruhigen, sicheren Art den drohenden Einspruch verhindert: „Ach, lass sie mir das Mädchen, liebe Cousine, wir sind hier nicht auf der Hallig, und Herr Bonncken ist ein Mann von dreißig Jahren, dem wahrlich jede Mutter getrost ihr Kind anvertrauen darf."

Keryn und Frauke waren in ihrem Schlafzimmer. Keryn wollte sich gerade ins Bett legen, da fühlte sie sich von Fraukes weichen Armen umschlungen und auf die Bettkante zum Sitzen niedergezogen: „Nun sag mir doch, wie es war?"

„So ein neugieriger Schelm", wehrte sie spitzbübisch lächelnd ab, fuhr aber, als sie die bittenden Augen Fraukes auf sich gerichtet sah, fort: „So war es! Wir kamen an einen kleinen buchenumstandenen Weiher, auf den die rostroten Blätter niederrieselten. Dort setzten wir uns auf eine Bank. Ich wartete, und er seufzte, und er seufzte, und ich wartete; und endlich habe ich auch dreimal geseufzt, und dann sind wir nach Haus gegangen." Frauke brach nach dieser Schilderung in ihr klingendes, silbernes Lachen aus. – „Es war aber doch sehr schön, und warte nur!", beharrte Keryn.

Sie nahm Frauke mit beiden Händen an den Kopf, blickte ihr tief und aufmerksam in die Augen und sagte: „Und du? Gefällt dir der Amsterdamer denn gar so gut?" Dann gab sie sie frei. Frauke hielt ihre Hände in den Schoß und das feine schmale Gesicht tief darüber gesenkt. Sie konnte es nicht hindern, dass sich ihr leiser Seufzer an Keryns Ohr stahl: „So, seufzt du auch?", tat sie verwundert und dann ganz mütterlich: „Frauke, pass auf, es wird noch alles gut werden." – „Ach, was du auch immer für Unsinn redest", – damit war diese aufgestanden. Sie plauderten in ihren Betten noch von diesem und jenem, bis Keryn eingeschlafen war. Frauke lag noch lange wach und träumte den Traum ihres fernen Glücks, und Sehnsucht sang ihr urewiges Lied.

Am nächsten Spätnachmittag, als die Häuser schon lange Schatten über die Straße warfen, wanderte Keryn richtig an der Seite des Herrn Bonncken auf dem großen Burstah dem Krayenkamp und der Michaeliskirche zu. Sie hatten mit Absicht einen Umweg gemacht, da Keryn so großes Gefallen an dem bunten Hamburger Straßenleben fand. Besonderen Spaß machte ihr der Straßenhandel mit seiner bunten Mannigfaltigkeit an Trachten. Als sie gerade über den Krayenkamp der Michaeliskirche zugingen, rief es mit lauter Stimme: „Witten Sand, witten Sand!" und vom oberen Ende des Platzes: „Kantüffeln, Kantüffeln!" – und wieder:

„Witten Sand, witten Sand!", so dicht neben ihr, dass sie sich beide Ohren zuhielt und dann fröhlich meinte: „Ich dachte nicht, dass sich mit weißem Sand auch noch Geld verdienen ließe, sonst hätte ich ein paar Amrumer Dünen mitgebracht."

Aber da nahm sie auch schon der Anblick der Kirche und ihres Turmes gefangen. Sie erkundigte sich angelegentlich nach dem Baumeister, der Bauzeit und der Höhe des Turmes und fragte dann: „Wie hoch kann man hinaufsteigen, bis ganz dort oben, wo der Turm unter der Spitze durchbrochen ist und man nach allen Winden sehen kann? – „Freilich, bis auf den Bleiboden, wenn's Ihnen nicht zu beschwerlich fällt." – „O, das wird's gewiss nicht. Aber warum heißt man den Ausguck Bleiboden?" – „Weil der Boden dort oben jeder Witterung ausgesetzt ist und man ihn zum Schutze dagegen mit Bleiplatten bedeckt hat. Doch nun kommen Sie, Demoiselle, sonst werden wir vor Sonnenuntergang nicht mehr oben ankommen."

Sie klingelten dem Türmer, der auch bald erschien und sich bereit zeigte, sie hinaufzuführen.

Als sie den ersten Absatz erreicht hatten, setzte sich Keryn ziemlich außer Atem nieder. Auch Herr Rickert Bonncken fuhr bereits mit seinem Taschentuch über die Stirn: „Wir steigen zu schnell", sagte er, „und kommen erhitzt oben an, da Demoiselle sich dann leicht erkälten möchte." – „Nein, das tut mir nichts. Ich bin Wind und Wetter gewohnt. Aber setzen Sie sich ruhig ein Weilchen mit her, Monsieur." – Er tat es und ließ in unverhohlener Bewunderung seinen Blick auf Keryns von Kraft und Gesundheit blühender Gestalt ruhen. Diese fühlte es und musterte errötend das ihr so unbekannte Innere eines solchen Turmes; diese Treppen, die Dicke der Mauern und die mächtigen Balken. „Es sind nur noch wenige Stiege bis zur Glockenstube", sagte Rickert Bonncken.

Da sprang Keryn auf und stieg dem Türmer nach, und man hörte lange Zeit nichts als die Schritte, die im Turm merkwürdig hallten. Nun traten sie hinein. Nein, solche Glocken!

Keryn hatte nicht geglaubt, dass es dergleichen gäbe, diese Klöppel und dann die Riesenschalllöcher! Sie ließ sich zeigen, wie die große Glocke gezogen und die kleinen getreten wurden.

Der Turmwart wollte ihr schon hier die Aussicht erklären, doch sie wollte sich lieber durch den Blick von ganz oben überraschen lassen. Ob sie denn bis auf den Bleiboden wollten? Ja, so hätten sie sich's vorgenommen. Ehe sie den Aufstieg wieder hinter dem voransteigenden Türmer aufnahmen, sagte sie hastig: „Monsieur Bonncken, wie lieb von Ihnen, dass Sie mir Ihre Zeit opfern, um mir so viel Schönes zu zeigen. Ich bin Ihnen wirklich sehr gut deswegen", und sah ihn dabei so dankbar an, dass Rickert sie am liebsten an sich gerissen hätte. Das nahe Glück hatte sein Blut in Wallung gebracht. Sein Atem ging schwer, aber er konnte doch nichts hervorbringen als: „O Demoiselle Keryn!" Einen Augenblick noch zögerte diese. Aber als sie sah, dass der merkwürdige Mann über den Ansatz nicht hinauskam, ging sie eilends dem Türmer nach.

Es wurde dunkler und dunkler, und immer noch folgte Treppe auf Treppe. Da, auf einem schmalen Absatze, wo es fast völlig dunkel war, blieb sie, wie sich ausruhend, stehen und erwartete Rickert Bonncken. Nun trat er zu ihr. Ganz dicht standen sie beieinander: „Es ist leider nicht mehr Platz", sagte sie wie zur Entschuldigung. „Demoiselle Keryn!", war die einzige Erwiderung. Bittend, ein wenig vorwurfsvoll und ganz weich hatte es geklungen. Ihr Herz zitterte vor Freude; die zwei Augenpaare suchten sich im Dunkeln, Keryn meinte sich jeden Augenblick bei den Händen gefasst zu fühlen. Aber nein. Sie stand und wartete und hörte nur seinen stockenden Atem.

Im schnellen Weitersteigen fasste sie einen festen Entschluss. Dies musste und sollte ein Ende haben. Unter sich hörte sie die Tritte Rickert Bonnckens, der sich tief unglücklich fühlte, eine solche nie wiederkehrende Gelegenheit richtig verpasst zu haben. „Vorsicht!", rief jetzt der Türmer, „die letzte Treppe ist sehr steil." Er war stehen geblieben, zog aus einem Krampen über sich den Holzpflock, schob den Hänger von dem Krampen, stemmte sich unter die Luke und hob sie empor: „So, da wären wir!" In demselben Augenblick stieß Keryn mit dem Kopf gegen das Eisen. „Au", rief sie und rieb sich die schmerzende Stirn. „Sie haben sich doch nicht weh getan?", rief es von unten, und man hörte Rickert seine Schritte beschleunigen. „O, es ist nichts", antwortete sie beruhigend und war schon an der Hand des Türmers über den Lukenrand gestiegen. Dann wandte sie sich, sah aufmerksam Krampen und Hänger an, und in ihren Augen blitzte es schalkhaft auf. Monsieur Bonncken zog seine Börse, gab dem Turmwart ein reichliches Trinkgeld und bedeutete ihm, dass sie seiner Hilfe beim Anblick nicht bedürften. Der verabschiedete sich dankend. Sie hörten sein Getrapp unter sich verklingen, Rickert Bonncken trat an die Brüstung, als Keryn die Luke vorsichtig herabließ. Als sie vernahm, dass der Hänger über dem Krampen einhakte, entfuhr ihr ein so entschiedenes „So!", dass ihr Begleiter den Kopf wandte. „Ich habe nur die Luke herabgelassen", sagte sie unbefangen, „weil man sonst leicht hineinfallen kann", und brach sogleich in Rufe des Entzückens aus über die herrliche Aussicht. –

Es mochte eine gute Stunde vergangen sein. Sie hatten zuerst schnelle Umschau gehalten und dann lange schweigend dem sinkenden Sonnenball nachgesehen. Danach hatte sie zu fragen begonnen. Ihr Partner war in Eifer geraten, ihr alle Schönheit und alles Bemerkenswerte Hamburgs, dessen sie von ihrer luftigen Höhe ansichtig werden konnten, zu weisen und zu erklären.

„Es fängt an, kühl zu werden, Monsieur Bonncken, und wird wohl Zeit, an den Abstieg zu denken. Der Türmer möchte auch ungeduldig werden." – „Ist die Zeit so schnell vergangen? Es war so schön hier oben mit Ihnen", sagte er mit vor Bewegung bebender Stimme. „Ich wollte, ich könnte –", aber auch dieser letzte Anlauf gegen seine Natur war vergebens, sie wollte sich nicht zwingen lassen. Er seufzte und sagte schließlich: „Dann muss es ja wohl sein." Langsam bückte er sich zur Luke und hob, hob noch einmal, sie gab nicht nach.

„Demoiselle Keryn, welch ein Malheur! Beim Schließen ist ihnen unglücklicherweise der Hänger nach innen geraten und hat über den Krampen gefasst. Wir können nicht wieder hinab."

„Das kann doch nicht sein!", rief Keryn und riss in gut gespielter Verzweiflung wieder und wieder mit Aufbietung aller Kraft an der Luke, aber vergeblich.

Da richtete sie sich auf und bedeckte ihre Augen mit den Händen. Rickert Bonncken suchte sie zu trösten, um acht Uhr käme ja auf jeden Fall der Türmer. „Bis acht Uhr hier noch verweilen? O, Monsieur Bonncken, ich mochte es vorhin nur nicht sagen, mir ist so schwindelig." Nun erfasste ihn heiße Angst. Er legte zaghaft seinen Arm um sie und zog sie an sich. „Soll ich rufen, vielleicht hört man uns?" – „O nein, nein, doch nicht!", rief sie hastig, „wenn man uns dann von unten hier sähe!"

„Aber fürchten Sie das denn so sehr, Keryn, liebe Keryn?" Seine Worte gingen über sie hin wie ein kaum zu tragendes Glück. Sie drückte sich fest an ihn: „Bin ich das denn wirklich?", stammelte sie.

„Du swiit foomen!"[1] Rickert Bonncken hatte seine friesische Muttersprache wiedergefunden.

„Du", – sagte er noch einmal, und es zitterte in diesem Du alle Süße und Seligkeit der Welt. Keryn spürte das Brennen seiner Lippen, und ein Glutstrom rieselte durch ihren Körper. Dann flüsterte auch ihr Mund Liebesworte. Und was sie sich, auf der Luke sitzend, gesagt haben, muss wohl sehr schön gewesen sein. Erst als um acht der Turmwart kam, kehrten sie in die Wirklichkeit zurück. Der Turm hat ihr Geheimnis bis heute und sein Wächter Schweigen bis an sein Lebensende bewahrt.

Als Frauke an diesem Abend die Schwester mit den glückstrahlenden Augen der heimlichen Braut in ihre Schlafstube

---

1 friesisch: „Du süßes Mädchen!"

treten sah und, als sei das Was und Wie ihr selbstverständlich, nur hervorsprudelte: „Wo?", reckte sich diese in die Höhe, wies mit dem Zeigefinger unter die Decke und sagte langsam und feierlich: „Oben auf dem Bleiboden des Turmes von St. Michael in Hamburg."

* * *

In feuchten Frühnebeln verschwammen die Inseln und die inmitten des bleigrauen Meeres, das ohne Grenzstrich verfloss, zerstreuten Halligen. Noch hing der Himmel geschlossen und wolkenlos über der herben nordischen Landschaft, die erhaben und groß in beinahe urweltlich mystischem Dämmer träumte.

Der Nebel senkte sich und lagerte in weiten Schwaden über den kaltgrünen Wassern.

Ufer traten aus der Ferne, und der breite, massige Festlandsdeich stufte sich wuchtig ab. Wolken ballten sich, und überall entstand Bewegung. Nun zerrann der Nebel, und in wolkigen Gebilden wehten milchige Schleier silbrig über getürmte Mauern, bis aus wogenden Rändern im Osten das Tagesgestirn kam und mit ihm das Licht emporstieg. Seine Pfeile trafen Erde und Wasser zugleich wie in der ersten Schöpfungsstunde. Wasser und Erde entzündeten sich, Wellen wirbelten in feurigen Kreisen, und das Land lag farbig durchtönt. Dann verschwamm der Dunst, die Nebel flüchteten, Wolken zergingen, indes Himmel und Meer sich vermählten. Das Herbe, Nordische war wie mit leichter Hand weggewischt, und in durchsichtiger Klarheit erfüllte eine berauschende, schimmernde Farbensymphonie Nähe und Ferne.

Es war ein wunderschöner Septembermorgen. Oland prangte seit Sonnenaufgang im Flaggenschmuck. Vor jedem Hause bauschte sich vom hohen Flaggenmast eine Fahne, auf allen Schniggen und Jollen in den Prielen wehten Wimpel.

Keryn hatte im Frühjahr mit Rickert Bonncken Verspruch gefeiert, dem heute die Kost folgen sollte. Allen auf Oland war dieser Verspruch überraschend gekommen. Nachdem er fast zwei Jahrzehnte sich auf seiner Heimathallig nicht mehr hatte sehen lassen, war um Ostern Rickert Bonncken bei seinen Brüdern Bonke und Ocke zu Besuch gekommen, die auf Warff die väterliche Stelle, die größte von allen Halligstellen, bewirtschafteten. Im Geschäftlichen außerordentlich energisch und tüchtig, war er in allem, was persönliche Beziehungen betraf, scheu und schüchtern. Auch auf Oland hatte er sein zurückhaltendes Wesen nicht abgelegt, und so erwünscht es Keryn sein mochte, nicht vorzeitig in aller Leute Munde zu sein, so trug sie doch schwerer an seiner Art, wie es ihre Munterkeit daheim glauben ließ.

Da war eines Tages Bonke Bonncken bei Godber Godbersen und Frau Maren erschienen, um für Rickert den Freiwerber zu machen. Es war alles der Halligsitte entgegen, aber Godber kannte diese merkwürdig verschlossene Bonnckensche Art, und wenn es ihm und Maren auch nicht so ganz recht war, dass sie sich schon so bald und so weit von Keryn trennen sollten, so hatte er doch sein Jawort gegeben und auch die Zustimmung, dass die Kost, wie es sich Rickert sehr gewünscht hatte, in dessen väterlichem Hause stattfinden sollte.

Zu den Hochzeitsvorbereitungen war Marens älteste Tochter, Telse, mit ihrem Eheherrn, dem Prediger von Fahretoft und ihren fünf lebhaften Kindern schon vor drei Wochen eingetroffen.

Sinnend schritt Godber Godbersen in den frühen Morgenstunden des Hochzeitstages über die schmalen, muschelbestreuten Gartenwege. Wie liebte er diese schweigende Morgenfrühe des beginnenden Herbsttages! Niemals wurde ihm sein Herz so weit und groß und friedevoll und so voll Andacht über seines Gottes Herrlichkeit wie in diesen Stunden. Vor den beiden größten Beeten blieb er grübelnd stehen. Es war der Rest seiner Arzneipflanzen. Die meisten hatte er schon getrocknet und in Gläsern wohl verwahrt in seinem Medikamentenschrank geborgen, während die Übrigen noch ihrer Bestimmung entgegenharrten. Ein paar späte Blüten des Johannisblutes waren erst jetzt zur Entfaltung gekommen, diese gelb leuchtenden Blütensterne hatten sich noch allemal wirksam gegen Nierenerkrankungen erwiesen.

In Gedanken verloren stand er noch vor seinen Pfleglingen, als leise Tritte über den Muschelkies schritten. Frau Maren kam zu ihrem Eheherrn und legte ihre Hand auf seinen Arm.

Liebreich machte Godber sein Weib auf dieses und jenes aufmerksam, pries hier eine neue Staude, hob dort ein Pflänzchen und stützte da wieder einen schwanken Stängel.

Plötzlich wurde die Morgenstille durch einen weithin schallenden Schuss zerrissen. Godber zuckte zusammen und sah hilflos Maren an. „Ist die Zeit schon so weit vorgeschritten?" – „Nein, Godber, das war wohl der Schuss, der auf Oland den Hochzeitsbittern zu Ehren gelöset wird." Gleich darauf sahen sie zwei Junggesellen mit Stäben, die mit Blumen und Bändern geschmückt waren, in den Händen ins Küsterhaus gehen.

Gegen ein Uhr versammelten sich die nächsten Angehörigen der Braut und des Bräutigams in Godbers Studierstube. Gleich darauf trat Maren mit der Braut ein. In dem hohen, glitzernden Kopfgeschmeide aus Perlen und Flittern sah Keryn seltsam feierlich aus. Auch das Seidenkleid, ein Geschenk des Kaufherrn, war überreich mit handbreiten Brabanter Spitzen geschmückt. Dazu hatte sie um die Taille das breite, mit Gold bordierte Band geschlungen, das an der linken Seite bis unten auf die Füße hing.

Mit sittsam niedergeschlagenen Augen blieb Keryn zwischen Vater und Mutter stehen, und erst, als Godber sie an die Hand nahm und sie Rickert mit einem Segenswunsche zuführte, sah sie auf und legte zag und scheu ihre Rechte in die Seine.

Der Brautzug ordnete sich, die drei Fiedler voran, zum Kirchgang. Als sich die Tür des Pfarrhauses geöffnet hatte, wurden mehrere Pistolen zugleich abgeschossen, und der Bräutigam nahm artig seinen Hut ab, für die Ehrung zu danken. Das wiederholte sich siebenmal, und immer grüßte und dankte Rickert Bonncken dafür.

Die Hochzeitsgesellschaft und eine große Gemeinde hatten ihre Plätze eingenommen. Der bei dieser Feier übliche Choral: „In allen meinen Taten" war verklungen. Da trat Rickert vor den Pfarrstuhl und machte seine Reverenz vor Keryn, um mit ihr vor den Altar zu treten. Die Braut aber blieb schicklich noch ein wenig sitzen, ließ itzo noch einmal Rickert eine tiefe Reverenz machen, ehe sie langsam aufstand, ihm zu folgen. Es galt als gute Sitte, auf diese Weise zu bekunden, dass man es mit der Frauenhaube nicht allzu eilig habe.

Nun stand das Brautpaar vor dem Altar, und Godber sprach über sie das Wort aus dem Briefe Judä, V. 20 u. 21: „Ihr aber, meine Lieben, erbauet euch auf euren allerheiligsten Glauben, durch den Heiligen Geist, und betet und erhaltet euch in der Liebe Gottes und wartet auf die Barmherzigkeit unseres Herrn Jesu Christi zum ewigen Leben. Amen."

Die Predigt war vorüber und das Brautpaar kopuliert, es hatte auf dem Friedhof die Händedrücke und Glückwünsche entgegengenommen. Unter den Klängen der Musik und froher Lieder ging es von der Kirchwarf über die Fenne nach Warff. Die Pistolenschüsse fielen dabei so dicht, dass Rickert Bonncken zur allgemeinen Heiterkeit kaum schnell genug durch Hutabnehmen zu danken vermochte.

Im Pesel nahm das Brautpaar auf Stühlen unter dem Skämstian[1] Platz, auch Godber und Maren saßen auf Stühlen, die übrigen Gäste, siebenzig an der Zahl, auf Bänken. Die Tische standen ringsum an den Wänden der Daansk und des anstoßenden Pesels. Und alle hatten Platz.

Nach dem Gebet traten die Schäffner, junge Schiffer und Halligmädchen, in die Türen. Sie trugen auf langen geschnitzten Brettern Teller mit den drei üblichen Traktamenten: Schafffleischsuppe, Reisbrei mit Rosinen, Erbsen und gesalzenes Fleisch, die sie nach ihrem fröhlichen Kompliment den Gästen darboten.

---

1 friesisch: Spiegel – skäm = Schatten, stian = Stein, die Bezeichnung aus alter Zeit, als Metallscheiben statt Spiegel üblich waren.

Als alle sich daran genug getan, fuhren mit einem Male Schüsse durch die entstandene, erwartungsvolle Stille daher. Das gab eine fröhliche Erschrockenheit, denn nun kam erst der eigentliche Kostgang. Die beiden jüngsten Schäffner kamen mit großen Schüsseln herein. Auf jeder prangte ein riesengroßer gekochter Schweineschinken, die Schwarten waren abgelöst, und mit Nelkenpfeffer waren in die Speckschicht die verschlungenen Initialen des Brautpaares gesteckt, die von einem gleichfalls aus Nelkenpfeffer gebildeten Herzen umrahmt waren. Um das Schinkenbein war eine aus weißem Papier geschnittene, krause Manschette gelegt, von der ein breites, kirschrotes Seidenband lang herabhing. Auf jeder Schüssel lag ein scharfes Knif[1].

Mit tiefer Reverenz und den Worten: „Wälkiamen altomaole!"[2] stellte der Jüngste den Schinken vor Rickert.

Der erhob sich, bedankte sich und tat den ersten Schnitt. Dann wurde der Schinken auf sein Geheiß Godber zum Tranchieren gereicht, während der andere Schinken, weil kein Ratmann an der Hochzeit teilnahm, nach dem ersten Schnitt mit der Bitte: „Wees su gööd!"[3] dem ältesten Bruder hingestellt wurde, der ihn an den Fahretofter Prediger, Godbers Schwiegersohn Hennecke Knutzen, weitergab. Schinken gehörten nun einmal zu jeder Hallighochzeit, und sie wurden auch auf dieser mit großer Befriedigung und Hingebung verschmaust.

Mit einem Schuss wurde den Gästen das Einholen der Flaggen und Wimpel bei Sonnenuntergang angezeigt. Es war auch zugleich das Zeichen, dass nun der Freude und dem Frohsinn Raum gegeben werden sollte.

Die Gäste traten, um dem Abtragen Platz zu machen, vor die Haustür und mischten sich zwanglos, wie es Belieben und Neigung fügten. Der Amsterdamer Geschäftsfreund, Mynheer van Sluyter, hatte sich zu Frauke gesellt. Godber und Maren schöpften in dem kleinen Gärtchen frische Luft.

---

1 friesisch: Messer
2 friesisch: „Willkommen alle miteinander!"
3 friesisch: „Bitte!" (Sei so gut!)

Da erhob sich plötzlich eine allgemeine Bewegung. Alle, die zur Kost genötigt waren, eilten die Warf hinunter und Yorck entgegen, der drei Monde früher von seiner großen fünfjährigen Ostindienfahrt zurückgekommen war und nun ganz unerwartet heimkehrte. Im Triumphzuge wurde er zu Godber und Maren geführt, die aus ihrer freudigen Überraschung kein Hehl machten, und ward dann von dem Brautpaar, das mit Frauke herbeigeeilt war, aufs herzlichste bewillkommt. Alles pries den glücklichen Zufall, stand und plauderte in freudiger Erregung, bis die Schäffner ins Haus einluden.

Nun sonderte sich Jung und Alt, und während Frauke mit Herrn van Sluyter und der übrigen Jugend in der Daansk Platz fanden, blieb Yorck trotz aller Zurufe im Pesel bei seinen Eltern und den Alten. Er hatte sich so gesetzt, dass er durch die offene Tür Frauke im Auge behalten konnte.

Frohe Reden und Gesang gemeinsamer Lieder, wohlgemeinte Reime, die je länger, desto größeren Anklang bei allen fanden, wechselten miteinander ab. Ein süßes, warm gereichtes Getränk, aus Wein, Rosinen und Zuckerwasser bestehend, wurde fleißig dargereicht. Messingleuchter mit Talgkerzen wurden auf die Tafeln gestellt.

Yorck schien anfangs fröhlich. Er stand in all dem Trubel auf Frage und Rede Antwort und erzählte anschaulich Erlebnisse seiner Reise, bis er auf einmal wortkarg wurde. Godber suchte lange vergeblich nach dem Grunde seiner Veränderung. Da blieben seine Augen, Yorcks Blicken folgend, auf Frauke haften. Ein jähes Erschrecken ging durch seine Seele, er wusste von Maren, der sich die weiche Frauke längst anvertraut hatte, wie es um sie und den Amsterdamer stand, dass sie für Yorck verloren war.

Wieder folgte er dessen Blick. Herr van Sluyter hatte sich zu Frauke hinübergeneigt und ihr etwas ins Ohr geflüstert. Jetzt beugte er sich zurück und schaute wie erwartungsvoll auf ihr Gesicht. Da schlug sie ihre leuchtenden Augen zu ihm auf und nickte selig lächelnd mit dem Köpfchen. In diesem Augenblick erhob sich Yorck, blassgrau, erklärte kurz, dass er die Stubenluft nicht mehr gewohnt sei, und ging, wie es dem Vater schien, schwankenden Schrittes hinaus.

* * *

Kurz vor zehn Uhr, als, wie man es gewohnt war, das Naachderd gereicht wurde, benutzte Godber die Gelegenheit, sich unauffällig zu entfernen. Ihn beschäftigte nur der eine Gedanke: der arme, arme Yorck. Eilends ging er zur Kirchwarf, und als er ihn dort nicht fand, an die Kante, wo er nach langem vergeblichen Suchen ihn weit im Osten endlich antraf.

Yorck hatte sich auf das steil abfallende Ufer gesetzt und starrte in die Nacht hinaus, ohne das Nahen des Vaters zu merken. Er konnte es noch immer nicht fassen, wie das hatte geschehen können. Bald gab er Frauke die Schuld und zieh sie der Falschheit und Treulosigkeit, bald seinem Vater und höhnte bei sich: „Vergiss nicht, dass sie deine Schwester ist. – Als ob sie jemals meine Schwester gewesen wäre", und fühlte doch beschämend, dass er beiden unrecht tat.

Wie hatte er sich auf die Heimkehr gefreut! Nun waren aus den Rosen stiller Hoffnung dürre Dornen geworden. Wie waren die heimlichen Wünsche vor ihm hergeflogen auf der langen Fahrt über die Weltenmeere! Der Sand im Stundenglas war unaufhaltsam weitergerieselt. Seine Gedanken waren wie vom Sturm verschlagene Vögel, die nicht zu Neste finden konnten.

Da fühlte er eine zitternde Hand sich auf seine Schulter legen, und des Vaters Stimme klang an sein Ohr: „Yorck, mein armer, armer Sohn!", damit setzte er sich neben ihn nieder, ohne den Arm von ihm zu nehmen.

„Baabe!" Nur dies eine Wort brachte Yorck heraus, und es lag all sein Weh und all sein Herzeleid darin. Dann schüttelte das Schluchzen seinen starken Körper. Godber wartete, bis er ruhiger geworden war. „Frauke trifft ja gewiss keine Schuld, sie war damals noch ein Kind", meinte er dann. „Nein, nein", wehrte Yorck ab, „aber ich hatte sie doch so lieb!" – „Ja, mein Sohn, das hattest du wohl, und auch ich habe von Herzen

238

gewünscht, euch einmal zusammengeben zu können. Aber es ist nun wohl Gottes Wille nicht. Als ich deiner viel geliebten Mutter Wiebke in eurer Mutter Maren eine Nachfolgerin gab, war es kein kleines Opfer für mich. Ich brachte es für dich. Als ich dann deine Neigung zu Frauke recht verstehen lernte, war es mir ein lieber Gedanke, dass mein Opfer so schöne Frucht für dich bringen sollte. Das ist nun vorbei. Doch lass uns fortan die Last gemeinsam tragen."

„Ja", erwiderte Yorck gepresst, „aber damals, vor fünf Jahren, dachte Baabe doch wohl anders."

„Wir sind alle fehlbare Menschen", antwortete Godber milde, „und uns selbst oft ein Rätsel. Ich habe es immer mit mir herumgetragen, und es ist noch nicht lange her, dass ich darin über mich selbst zur Klarheit gekommen bin." Dann erzählte Godber Yorck von Thomas Thomsen und Inke und den bestimmenden Einflüssen dieser Erlebnisse seiner trüben Kindheit, die unbewusst in ihm fortgewirkt während Yorcks eigener Jugend, von denen er umso mehr sich habe beherrschen lassen, als ihm unvermittelt seine Ähnlichkeit mit Thomas Thomsen entgegengetreten sei, bis zum verwichenen Altjahrsabend.

Yorck hatte ihm aufmerksam zugehört. Wie befreit atmete er auf. „Ich danke euch, Baabe", sagte er einfach und herzlich. „Was bliebe mir auch sonst noch als Baabe, nun ich Frauke verloren."

„Nicht für immer, Yorck, kehre nicht die Liebe in Hass. Du hast es ja selbst erfahren und eben gehört, wie der Hass tut. Freilich mit dem Gedanken, Frauke dein Eigen zu nennen, musst du ganz und gründlich aufräumen."

„Ja", sagte Yorck, „ich habe nun keine andere Braut als das Meer und keine andere Geliebte als die See! Denn hierbleiben und Frauke als Braut des Holländers sehen zu müssen, das wird mir Baabe doch nicht zumuten?"

„Tue nur, was du musst! Wenn es mir auch schwer wird, eben Gefundenes wieder dahinzugeben." – „So will ich morgen reisen, und Baabe muss mir glauben, dass es nicht leicht für mich ist, doch es muss sein."

Damit erhob sich Yorck, und Vater und Sohn gingen zur Kirchwarf, wo sie, alles andere vergessend, in der Studierstube noch bis zum frühen Morgen hin Stunden innigster Gemeinschaft verbrachten.

Auf Warff hatte die Kost ihren Fortgang genommen.

Als es Mitternacht geschlagen hatte, erreichte die fröhliche Feier ihren Höhepunkt. Unter ungeheurem Jubel wurde das Brautpaar auf die Fenne geleitet, dort den Brauttanz zu halten.

Lau und weich strich der Nachtwind um die heißen Köpfe der jungen Menschen, die im Kreise sich an den Händen hielten. Der grasige Samtboden dämpfte die Schritte, und durch die monddurchflutete Nacht jauchzten die Geigen. Langsam im Kreise drehte sich das Jungvolk. Die Nachtluft füllte sich mit Getön. Auch der Wind kam beladener aus der Ferne, murrte über dem Meer, und die Orgel der Wasser schwoll an.

Wunderliche, weiche Konturen umflossen den singenden Kreis, ohne Rast und Ruhe glucksten und sickerten die Wellen an der Halligkante, das Mondlicht wob und silberte ein breites, schimmerndes Band über das Meer, und die niedrigen Häuser warfen schwarzmilde, bläuliche Schatten. Die Nacht, die zugleich alles offenbart und alles verschleiert, die jedes Geräusch dämpft und steigert, ließ ihren Himmel über der tanzenden Jugend wie einen Märchendom emporwachsen, und jedes Wunder wurde in ihr glaubhaft.

Mit leise hin und her wiegenden Schritten kreisten die jungen, frohen Menschen noch immer um das in ihrer Mitte tanzende Brautpaar. Um ein Uhr brachen plötzlich die Fiedler ab. Alle ordneten sich um das Brautpaar in einem weiten Rund. Rickert Bonncken reichte Keryn die Hand, und während sie die Hände hoch und nieder schwenkten, warf er mit seiner Linken ein rundes, kugeliges Glas, das ihm gereicht war, über sich in die Luft.

Mit hellem, silbernem Klingkling fiel es zu Boden und zersprang. Aufmerksam hatten alle diesem Klange gelauscht, und lauter Jubel brach los. Denn es galt als gute Vorbedeutung, wenn das Glas beim Niederfallen zerbrach. Damit war der Brauttanz beendigt, und unter Scherz, Gekicher, Zurufen und guten Wünschen wurde das junge Paar bis an die Tür des Hochzeitshauses geleitet.

Dann erhob die Gesellschaft ein vielstimmiges Rufen und Juchzen und stob wie auf Kommando die Warf hinunter über Heck und Stack auf die Fenne, wo sich alle verabschiedeten und nach Hause begaben.

Traumhafte Stille verdämmerte über dem Eilande, und die Nacht deckte beides, Freude und Leid mit ihren dunklen Fittichen, bis die schimmernde Morgenröte über die verhangene Ferne zu siegen begann.

* * *

Zwei Jahrzehnte waren gekommen und gegangen, und jedes Jahr hatte Godber Godbersen ein vollgerüttelt Maß von beidem gebracht, von Arbeit und Erleben und von Schweigen und Einsamkeit. Und sie alle hatten mehr Leid als Freude in ihrem Schoße getragen, mehr Schmerz als Frohsinn mit sich geführt und löschten doch beides aus und nahmen es mit hinab ins Meer der Ewigkeit.

Sie hatten grausam auch das stille Glück zerstört, das im Oländer Pfarrhause wohnte und vielen zum Segen geworden war, die darin ein- und ausgingen.

Godber Godbersen sollte sich des warmen, goldenen Abendsonnenscheins dieses Glückes nicht erfreuen. Frau Maren ging von ihm, obwohl ihre Erkrankung an der Spanischen Grippe dem Medikus nicht eben schwer gedeucht hatte. Godber hatte zu der gleichen Zeit viel kränker an derselben Seuche gelegen. Immer wieder hatte ihm das Fieber die Gedanken verwirrt. So war es gekommen, dass er seines schmerzlichen Verlustes erst gewahr geworden, als seine Maren schon länger als zwei Wochen in die kühle Kirchhofserde gebettet war.

Über ein Jahrzehnt hatte sie Wärme und Behagen in sein liebearmes Leben gebracht. Dann war es jäh einsam um ihn und in ihm geworden. Aber die Zeit hatte das Ihre getan, brennenden Schmerz in linde Wehmut gewandelt und ihn an das Alleinsein gewöhnt.

* * *

Hochziehend und Sturm anzeigend, hing ein Krähenzug in der regenschweren Oktoberluft. Über das flache Land lief schon das erste Licht des kommenden Tages, und darüber breitete sich grau und grenzenlos die Unermesslichkeit des Himmels. Doch seine schwarzblauen Wolken ballten sich nicht in sausender Wildheit zusammen, Nordfriesland nahm jenes geheimnisvolle, ewig schweigsame Gesicht der sturmharrenden, wolkenverhangenes Landschaft an, das ins Grenzenlose zu blicken scheint, in Unendlichkeit.

In den Pappeln und Weiden hinter dem Deiche und an den Wehlen wühlte und juchte der Wind, der vom Meere kam, als wollte er seine Kraft erproben, aber die schweren Wolken zogen stetig und langsam vom Festlande her aus Niemandsland über das weite Meer ins Nirgendland.

Endlich war ihr Zug vorüber. An ihren Rändern stand schnell wachsend bald ein hoher, blauer Himmel in unberührter Reinheit, und sein Licht lag sanft über der schlafenden, herbstlichen Erde. Tau perlte glitzernd auf den Halmen der Gräser, und über den kahlen Ästen der baumumfriedeten Triften hingen noch durchsichtige Nebelfetzen, während die Luft hin und her von zahllosen Scharen von Zugvögeln bevölkert war, die nach dem Süden reisten.

Eng und behütet lag drüben am Festlande die Kirchwarf in Fahretoft zwischen Deich und Marschen. Aber auch darüber wies der Keil der Wildgänse mit wanderndem Pfeil aus dem Frieden dieser kleinen Welt in unbekannte Fernen.

Aus der hohen Südertüre, die in den Garten führte, trat Godber Godbersen mit seinem Schwiegersohne Hennecke Knutzen. Er war auf der Heimreise von Hamburg. Über ein Jahrzehnt hatte er Keryn seinen Besuch zugesagt und ihn nun ausgeführt, weil auch Frauke, die mit Herrn von Sluyter schon viele Jahre glücklich verheiratet war, mit ihren Kindern von

Amsterdam nach Hamburg hatte kommen können. Die größte Freude war für sie alle jedoch gewesen, dass auch Yorck dazugekommen war. Godber hatte zwar dem unvermuteten Zusammentreffen Yorcks mit Frauke mit Bangen entgegengesehen. Aber sei es nun, dass das stille und innige Mutterglück ihn überwand oder dass er selbst sich schon innerlich überwunden hatte, er freute sich an ihrem Glück, betreute unermüdlich ihre Kinder und hatte sich in ein so schönes geschwisterliches Verhältnis zurückgefunden, wie es nur je zwischen Keryn, Frauke und ihm bestanden hatte. Dazu hatte das lange Beisammensein so viele goldene Brücken geschlagen, wie es zwischen Vater und Sohn nur geben konnte. Wohl war es Godber schmerzlich, dass Yorck keine Anstalten machte, sich zu verehelichen, und so mit ihm das Godbergeschlecht aussterben würde. Aber er söhnte sich doch schließlich mit dem Gedanken aus, dass für Yorck das Meer Braut und Geliebte zugleich blieb. Und was steckte dieser Grönlandkommandeur voll hoher Ideale und großer Pläne! Nicht genug hatte er davon Hennecke Knutzen erzählen können.

Godber Godbersens Greisengestalt war nur wenig gebeugt, er schien es dem Ratmann Yorck Rickertsen nachtun und es auch an die Hundert bringen zu wollen. Der nun achtzigjährige Pfarrherr von Oland sah frischer aus und war beweglicher als der noch nicht sechzigjährige Prediger von Fahretoft.

Godber schlug den Kragen seines lammfellgefütterten Mantels hoch und zog die Mütze tief herab. „Das Wetter klart auf, und wenn der Wind nur noch ein wenig herumgeht, wird die Überfahrt doch nicht so schlimm, wie wir seit vorgestern befürchten mussten", sagte er. „Ja, so ist es", pflichtete Hennecke bei, „dass ich Vater gern noch länger in meinem einsamen Hause behalten hätte, das brauche ich doch nicht zu sagen?" – „Dank dir, Hennecke, ich weiß es, aber mich zieht es mit Allgewalt heim, weiß nicht warum", antwortete er, indem er ein Zittern zu überwinden suchte, das ihn in letzter Zeit häufiger befiel. „Hörst du den Wagen?"

Hennecke hastete kurzatmig die wenigen Schritte bis an das Küsterhaus; von dort konnte er die Fahrstraße übersehen. „Nichts zu sehen und auch nichts zu hören", meldete er prustend mit heiserer, asthmatischer Stimme. „Dann ist doch Zeit, dass wir noch einmal zum Friedhof gehen können", schlug Godber vor, und ohne Antwort abzuwarten, ging er den schmalen Steg hinunter, dem nahen Gottesacker zu. Hennecke folgte dem Voranschreitenden, aber so rüstig wie dieser konnte er nicht mehr gehen.

Lange standen die beiden Männer in Gedanken versunken vor der Grabstätte. „Dass Telse ihrer Mutter Maren so schnell in die Ewigkeit folgen würde, wer hätte das je gedacht", sagte bekümmert Godber. „Am Bischof Martinstage[1] werden's dreizehn Jahre, dass auch sie schon den Weg ging, den wir alle einmal gehen müssen", endigte Hennecke mit niedergeschlagenen Augen.

Fernes Wagenrollen drang zu ihnen durch die kühle Morgenstille, und sie verließen schweigend den Kirchhof.

* * *

Hennecke half seinem Schwiegervater in den Wagen und legte ihm ein Schaffell über die Knie. Dann kam der Abschied.

Solange er den Wagen sehen konnte, blieb Hennecke auf der Kirchwarf stehen, dann wandte er sich seufzend seinem Hause zu, und die dunkle Ahnung eines noch im Verborgenen lauernden, unheimlichen Geschehens überkam ihn innerlich und machte den sonst immer Sicheren auf einmal bange und betäubt.

„Da fährt er hinaus, der greise Godber Godbersen, fährt für immer aus meinem Leben", dachte er schmerzhaft, und dabei glitt ein Schein der Trauer über seine derben Gesichtszüge, wie wenn Wolkenschatten sich über das weite, sonnenbeschienene Meer legen. Das war ja auch ihm offenbar, Godber Godbersen würde nicht lange mehr hienieden sein.

---

1 11. November

Ein Husten erschütterte die gewaltige Brust, und wieder kroch eine große Unsicherheit über Hennecke Knutzen. Mit zitternden Beinen ging er ins Haus. Kälteschauer flogen ihn an, glühende Hitze stellte sich danach ein. Er musste sich hinlegen und stand von seinem Krankenlager nicht wieder auf. Noch ehe der Martinstag ins Land kam, wurde er auf den Gottesacker gebracht.

* * *

Müde, sterbensmüde war Godber Godbersen. Aber noch versorgte er sein Predigeramt mit großer Treue. Er machte es sich mit Absicht nicht leicht, und abnehmen ließ er sich nichts, nicht einmal wintertags einen beschwerlichen Weg. Als der Küster einstmals artig bat, er möge doch bei solchem Schneesturm nicht wieder zur Osterwarf kommen, dort Bibelstunde abzuhalten, und es ihm dann vergönnen, dies an seiner statt zu tun, fragte er, die Brauen runzelnd: „Glaubt man, ich könnte mein Amt nicht mehr versehen?"

Aber einförmig flossen doch seine Tage dahin. Nur wenn Yorck, der sein Versprechen wahr machte, mit Beginn des Winters auf Urlaub kam, lebte er auf, und bei niemandem fand Yorck so viel Verständnis und brauchbaren Rat für seine Pläne und Ziele wie bei seinem Vater. Auf dessen Zureden hin hatte er es unternommen, wenn ihn die Winterruhe zwang, von Bord zu gehen, in Hamburg junge Seefahrende in allen den Wissenschaften, deren Kenntnis ihnen von Nutzen war, zu unterrichten. Besonders unterwies er sie in Sternenkunde und schärfte ihnen die Anfangsgründe eines allgemein verbindlichen Seerechts ein. Dabei trieb ihn die gleiche Unrast wie dermaleinst Thomas Thomsen. Es war wie auf dem Meer. Welle folgte auf Welle, und keine Welle erreichte die andere oder holte sie ein.

Die schönen Urlaubswochen hatten nun freilich wieder längst ein Ende genommen, aber sie waren voller Anregung und ungetrübesten Beisammenseins gewesen. Diesen Frühling war Yorck zum ersten Mal auf eigenem Schiff, das er dem Ualualbaabe zu Ehren wieder „Ebenezer" genannt hatte, auf

Walfischfang gefahren. Er hatte schon im Hochsommer einen Bericht gesandt, in dem er anschaulich von einem Zusammenstoß zuerst mit einem normannischen und hernach mit einem britischen Freibeuterschiff erzählte, dessen Ausgang beinahe verhängnisvoll geworden wäre. Godber musste jetzt oft an seinen Großvater denken. Wie einstens der Lebensstrom des Ratmanns einsam geworden war, und die Tage ihm vereinsamt und still dahingegangen waren im Aufschauen nach den Sternen und im Warten auf einen Brief des einzigen Enkels, so vergingen auch Godber Godbersens Tage im Aufschauen und Warten.

* * *

Der Herbst brachte durchsichtig klare Sonnenaufgänge und entfaltete berauschende Farbensymphonien aus hauchzarten Pastellen. Allabendlich wölbte der weite Horizont seine tiefe, klare Schale über Meer und Land, und der Himmelglanz spiegelte sich noch lange in den Prielen und Sikken und zerfloss in der schimmernden See. Godber Godbersen trat regelmäßig um die achte Abendstunde auf den kleinen Friedhof im Westen, verweilte eine Zeit lang an Marens Grab und wandte dann sein Antlitz. Sein sanfter Blick hing am vergehenden Abendrot ohne Traum und ohne Wunsch.

Die Beschwerden, die ihm sein Herz machte, wurden stärker und raubten ihm manche Nacht den erquickenden Schlaf. In solchen langen, einsamen Nachtstunden hob sich vor seinem inneren Blick langsam, aber mit immer wachsender Klarheit das Bild seines langen Lebens, bis es sich zu einem plastischen Gemälde formte. Es hatte seinen Inhalt nicht so sehr aus ihm selber, als vielmehr von außen her bekommen, von Gott, wie er sich gestand. Und wohl gerade darum war es so reich.

Da war sein Kindheitsparadies, sein geliebtes Hilligenley, sein noch heißer geliebter Ualbaabe, der Ratmann, und die treue, gute Mallenke; wie ein Schatten dazwischen auftauchend und verschwindend seine Mutter, wie er sie in Erinnerung hatte aus der Zeit, ehe sie mit Thomas Thomsen Verspruch gefeiert. Dahinter grüßte die Kirchwarf mit Herrn Laurentius Laurentii ehrwürdiger Gestalt, dem nachzueifern einst das Ziel seiner Jugend und heute noch der Wunsch seines Alters war.

Die Heimwehjahre Husums und Marburgs mit ihren Erlebnissen!

Und dann tauchte es auf, ein Bild nach dem andern. Dort aus einem Grunde von lauter Gold hervortretend – Wieb! und daneben in den wärmsten Farbentönen gehalten – Tante Luise, lauter Liebe, lauter Güte!

Ein dunkles Wasser strömte wie das Wasser des Styx; ein herrenloser Kahn schaukelte darauf. Sein Jugendfreund Ingwer Jansen war in ihm so früh wieder aus dem eben begonnenen Leben gefahren. Erst viele Jahre später, als Godber selbst schon durch tiefes Dunkel gemusst, war er an die Grabstätte gegangen und hatte voll Erschütterung gelesen, dass das Unglück an Ingwers Geburtstage geschehen war.

Eine Geige sang und schluchzte.

Hügel hoben sich, türmten sich zu sonnbeschienenen Höhen: seine Ankunft auf Gröde, sein himmelhoch jauchzendes, sturmerprobtes Glück mit Wieb. Abgründe öffneten sich und Tiefen taten sich auf. Sein Leid auch ebenda. Wiebkes Verlust, die Entfremdung von Yorck und die Zeit der Vereinsamung.

Olaf Bandick rang mit seiner Galiote in Not und Tod. So reihte sich's dicht an dicht, dass der Rahmen die Fülle kaum halten konnte.

Wie die Schatten lebendig wurden, wie sie Gestalt annahmen!

Gewaltsam schüttelte sich der Entrückte, richtete sich auf und streckte suchend die Rechte aus, um nach dem Feuerstein zu greifen, die Kerze in Brand zu setzen. Immer, wenn er so in Erinnerungen versunken war, kehrte bei ihrem milden Schein Ruhe und Besonnenheit zurück. Er legte seine linke Hand auf die Brust, um das stürmische Herz darunter zu besänftigen. Godber schloss sekundenlang die leidvollen Augen. Erinnerungen und Gedanken schoben und drängten ineinander. Von goldener Abendsonne durchleuchtet und durchwärmt, lagen die elf Jahre da, die er mit Maren gelebt hatte, bis sie still und sanft, wie sie in sein Leben getreten, auch wieder aus seinem Leben gegangen war.

Das Licht der Kerze flackerte hin und her, er drückte den Docht mit feuchten Fingerspitzen aus. Mit dem Gedanken an Maren zog ein unendlicher Frieden in sein Herz. Die Augenlider fielen ihm zu, während wechselvolle, freundliche Bilder aus ihren Ehejahren gütig und still in seine Träume glitten.

* * *

Der nächste Monat, der Oktober des Jahres 1799, begann mit Nebel und Regenschauern und blieb auch grau und windig. Darum ließ Godber das Feuer im Beileger in seiner Studierstube nicht ausgehen, und seine fleischlosen, blutleeren Hände lagen oftmals auf der kupfernen Platte, ein wenig Wärme einzufangen. Schon von frühester Nachmittagsstunde an brannten täglich die beiden hohen Talgkerzen, und eine weitbauchige Lampe aus gelbem Metall verbreitete helles Licht.

Über Godbers Gesicht flog der Schimmer eines wehmütigen Lächelns, als er, den Kopf leise hin und her schüttelnd, mit einem Fidibus auch noch die Ampel anzünden musste, weil seine alten Augen so viel Licht gebrauchten. Vor ihm lag geöffnet ein dickes in Schweinsleder gebundenes Buch.

Grübelnd saß Godber vor den Pergamenten, die er mit einer Chronik von Oland beschrieben und eben durch den Bericht seiner eigenen Erlebnisse vervollständigt hatte. Weit entrückt lauschte er dabei auf das Anprallen der Wogen, die schon längst gegen die Halligkante brandeten. Ununterbrochen stieg das dumpfe Donnern zu dem Einsamen auf, und er hörte ergriffen auf sein Lebenslied. Der Regenpfeifer spitzes Tüht-Tüht, das schrille Keckern der Möwen, die wilde Symphonie, heute – wie vor tausend Jahren und nach tausend Jahren – Wasser rundum. Wasser rundum.

* * *

Schon vor dem Martinstage begann der frühe Winter seinen leisen Gang durch dichte, zähe Nebel und kurze, ergiebige Schneefälle hinzuschleppen. Aber vorläufig blieb Frost aus, und die See war frei vom Eise. Endlose stumme Nebel zerdrückten und zerpflückten das Schneegewand, welches die letzte, besonders kalte Novembernacht über Oland gebreitet hatte, und schluchzende Regenflagen gingen unentwegt nieder.

Godber Godbersen stand vor dem Fenster seiner nach Westen gelegenen Schlafstube und sah den rötlich bleichen, strahlenlosen Sonnenball rasch und eilig sinken, indes die Schatten ringsum sich sachte verlängerten.

Schwere Schritte näherten sich der Tür, und durch den Spalt steckte Engellene, die Magd, ihren alten, grauen Kopf und meldete, dass sie einen landfremden Schiffer in seine Studierstube genötigt habe, der mit ihr in unverständlicher Sprache schon länger draußen geschnackt habe. Das Einzige, was sie verstanden, hätte gelautet: „Ik ben Nederlander, en ik heet Jan Pieter."

Godber Godbersen zog unwillkürlich die Schultern zusammen, als ob ihn fröstelte, dann ging er zitternden Schrittes in seine Stube. In dem dämmerigen Raum ließ sich nur schwer etwas erkennen. Der Fremdling stand auf und bot bescheiden seinen Gruß: „Goeden avond, Dominee!"[1]

„Behaltet Platz", erwiderte gepresst der Pastor, „ich zünde die Kerzen an."

Aber er zögerte, und es dauerte ein Weilchen, bis er endlich beide Kerzen und die Stehlampe zum Brennen gebracht hatte. Wie aus einer Starrheit erwacht, ging er dann auf den holländischen Schiffer zu, ihm zum Gruß die Hand zu reichen.

Dieser mühte sich umständlich, die dicke, wollene Strickmütze mit dem Klunker in der Mitte abzunehmen, wobei er nicht mit den Fingern zugriff, sondern mit den Handrücken die Mütze hinunterzuschieben suchte. Auch den dicken Woll-

---

1 Guten Abend, Herr Pastor!

schal, den er um den Hals gewickelt, und der den unteren Teil des Gesichtes ganz verhüllt hatte, wand er mit derselben Umständlichkeit ab.

Godber erkannte sogleich den Grund.

„Sind euch die Finger gelähmt?", fragte er. Der breite Mund über der krausen, grauen Schifferkrause öffnete sich: „O, niet verlamd, maar ellendig vervroren, Dominee!"[1] Gleich darauf senkte er verlegen die Augen und schaute vor sich nieder. Geräuschvoll, mit seinen hohen Holzschuhen stampfend, schritt er ganz nahe vor Godber, spreizte seine beiden Hände aus und erzählte ihm in fließender holländischer Sprache, wann und wo ihm sämtliche Finger abgefroren wären. „Aber setzt Euch doch", murmelte Godber nachdenklich, „Ihr könnt mir das alles ebenso gut im Sitzen wie im Stehen erzählen."

Er schob ihm einen Stuhl hin und drückte ihn mit sanfter Gewalt nieder. Innerlich kam er von dem Gedanken nicht los, warum erzählt dir dieser Fremdling so weitschweifig sein Unglück. Noch fand er die Verbindung nicht und konnte doch nicht hindern, dass es wieder wie ein Kälteschauer durch seinen Körper fuhr. Lag es an der mehr ungewohnten als fremden Sprache, die er nur verstehen konnte, wenn er mit gespanntester Aufmerksamkeit zuhörte?

Der Fremde machte eine Pause. Godbers Augen drängten sich suchend, flehend in die seines Gegenübers, und deutlich stand in ihnen die Furcht vor einem Unnennbaren geschrieben. Der Schiffer hub wieder an. Leise und stockend und wie im scharfen Nachdenken kamen die Worte von den Lippen, bis er endlich die Form gefunden zu haben glaubte, die seine Gedanken während der Unterredung bisher vergeblich gesucht hatten.

Dann war es gesagt, dass er der einzige Überlebende des „Ebenezer" sei, der im Nebel auf einen tückischen Eisberg gerannt und untergegangen sei, als wäre nicht der Tran von siebenunddreißig großen Walen in seinem Rumpf und der

---

1 O, nicht gelähmt, sondern elendig erfroren, Herr Pastor!

tüchtigste Kommandeur Yorck Godbersen am Steuer gewesen.

„God sta u by, Dominee!",[1] setzte er in bebendem Ernst hinzu, als er den Eindruck bemerkte, den seine Worte auf Godber Godbersen machten. Dieser verkrampfte verstört die fleischlosen Hände und sank dann kraftlos vom Stuhle. Es war, als ringe er nach Luft oder nach Worten. Der Fremdling bettete den Kopf, welcher der eines Toten zu sein schien, so behutsam, wie es mit seinen erfrorenen Händen möglich war, auf ein Kissen und ging, Engellene zu holen, bei der nun die Verständigung keine Schwierigkeiten mehr bot: „Engellene, ga naar binnen, Dominee roept na u."[2]

Grau und elend sah der Magd Gesicht aus, als sie sich um Godber mühte und dem Schiffer bedeutete, er müsse ins Schullehrerhaus nebenan laufen und Hilfe holen, dass man den Prediger ins Bett bringe. Ob er nun ihre Worte nicht verstanden hatte oder ob der Küster nicht da war, es dauerte Engellene zu lange; die Angst um ihren Herrn gab ihr die Kraft, dass sie ihn allein auf ihren Armen in sein Schlafzimmer trug. Hart presste sie ihren eingefallenen Mund aufeinander, und von der Anstrengung perlten in allen Runzeln ihres schweißfeuchten Gesichtes die Tropfen. Als er eben entkleidet war, schlug er die alten müden Augen auf, und man sah, dass ihm das Herz zum Zerspringen klopfte.

Er schaute wie abwesend gegen die Decke und sagte dann stockend sehr leise und matt: „Gott, hilf mir! Alle deine Wasserwogen gehen über mich!"

Nach einer Weile schien er Engellene zu erkennen und bat mit kaum wahrnehmbarer Stimme: „Lasst mich schlafen!" Engellene nickte nur und schloss behutsam die Luken des Wandbettes, ging stumm, bleich und grübelnd in die Küche und blieb allein mit ihren schweren Gedanken.

Der Schwächezustand dauerte an, und Godber musste die ganze Woche das Bett hüten. Eine leichte Lähmung der linken

---

1 Gott steh Euch bei, Herr Pastor!
2 Geht hinein, der Pastor ruft nach Euch.

Seite war unverkennbar, auch blieb die Zunge vorerst schwer und unbeholfen. Trotzdem musste alle Tage der Holländer an sein Wandbett kommen und ihm erzählen, und Godber wurde nicht müde, ihm zuzuhören.

Der Fremde war über vier Jahrzehnte auf Grönland gefahren, und da er in Godber einen aufmerksamen Zuhörer fand, schilderte er beredter, als es sonst seine Art war, was in dem ungeheuren Schweigen der weißen Winternacht hoch oben im ewigen Eise geschehen war. Wie sie die letzte Fahrt mit anderem Kurs gemacht hätten, weil sich die Walfische nach den ersten Wochen glückhaften Fanges hätten gar nicht wieder zeigen wollen. So habe Yorck seinen „Ebenezer" immer nördlicher gesteuert, dorthin, wo schon Gletscher aus der Tiefe aufleuchteten, wo die Inselränder wildzackig in das Nordmeer vorstießen und von wo sie über die gewaltigen, unermesslichen Eisflächen oft genug schwerfällige Eisbären hätten einhertrotten sehen, bis zwischen Bartholomäus und Johannis Enthauptung der Nordost ganz eingeschlafen wäre und stattdessen schwere, mächtige, graue Nebelsäcke vom unheildrohenden Himmel gehangen, die sich tiefer und tiefer herabgesenkt hätten. „Zoo diep en zoo dik en zoo taai, oha, Dominee",[1] versicherte er, indem er mit der Hand erst nach unten dann nach oben wies. Einen Tag wie den anderen, über eine Woche lang hatte es gedauert.

Und immer bedrohlich kälter und eisiger sei es dabei geworden. So – oder so – habe das für sie alle das sichere Ende bedeutet. Und das sei bald genug gekommen. „Ja, en Yorck heeft wel het rechte gevonden: Jeder voor zich – God voor ons allen. Dat waren zyne laatste woorden."[2]

Sie hätten auch keine andere Lösung mehr nötig gehabt, so plötzlich sei es gekommen. Ein furchtbares Knirschen, ein Zittern durch das ganze Schiff, einen Augenblick, als wäre der „Ebenezer" hoch aus dem Wasser gehoben, dann sei er

---

1 So tief und so dick und so zäh
2 Ja, und Yorck hatte wohl die rechte Lösung gefunden: Jeder für sich – Gott für uns alle. Das waren seine letzten Worte.

auch schon auseinandergebrochen und zu beiden Seiten des schroffen, auftauchenden Eisberges in die Fluten versunken. Die meisten Leute von der Besatzung hätten in dem eisigen Wasser sogleich den Herzschlag bekommen. Von Yorck wisse er es gewiss, denn er habe neben ihm gestanden und habe ihn sogleich regungslos neben sich im Wasser gesehen. Er selbst habe sich auf den Eisberg retten können, wo er nach qualvollen 56 Stunden von einem anderen Grönlandfahrer gesichtet und gerettet worden sei.

* * *

Am Nikolaustage segelte der Fremde nach bewegtem Abschied von Godber nach Föhr, dort lag eine holländische Kuff, mit der er heim wollte. Lange hatte er des Predigers Hände gehalten und war mit dem Wunsche: „Tot weerzien, beterschap, Dominee!"[1] geschieden.

Wochen hatte es gedauert, ehe bei Godber die Kräfte zurückgekehrt waren. Aber nun priesterte er schon wieder den dritten Sonntag. Nur die Sprache war unbeholfen geblieben, und die Zunge ging schwer. Häufiger als sonst kam plötzlich Schwindel über den Greis, und die Unsicherheit wuchs täglich beim Gehen. Ihm war, als ob bei jedem Schritt der Boden unter seinen Füßen klaffte.

Keryn und Frauke sandten gemeinsam durch einen Kurier zwischen dem 3. und 4. Advent Briefe und Pakete. Sie hatten später als Godber von Yorcks Tode gehört, und es drängte sie, nun ihrem Vater ihr Gedenken und ihre töchterliche Liebe zu zeigen.

Eine große Freude war ihm noch beschieden, das war die Art, wie Keryn auf seine Wünsche einging und neuerdings ein seinen Anregungen entsprechendes Kirchensiegel hatte anfertigen lassen. Schon lange hatte ihn der Gedanke beschäftigt, und als er nun im September eine Andeutung gemacht, hatte sie nicht geruht, bis er ein Stück Papier genommen und

---

1 Lebt wohl, gute Besserung.

ihr das Gröder Insiegel mit dem Lamm aufgezeichnet und ihr danach mit flüchtigen Strichen eine Skizze zu entwerfen gesucht, wie er sich das Oländer dächte und wünschte: Das Gotteshaus mit dem freistehenden Glockenturm und rundum das Meer und darüber der Spruch: „Quasi morientes et ecce vivimus."[1]

Noch an demselben Abend hatte Keryn, die gut zeichnete, nach vielen vergeblichen Versuchen eine künstlerische Vorlage geschaffen. Sie zeigte die Kirchwarf im Sturm, dass man glauben konnte, das Brausen und Aufschlagen der Wellen zu vernehmen und das angsterfüllte Schreien einer Schar aufgeschreckter, wild flatternder Möwen, mit denen die Luft angefüllt war, zu hören. Nun hielt er das Siegel in seinen Händen. Gute Keryn, die so glücklich die schöpferische Stunde genutzt und ihm dadurch dies sinnige Geschenk gemacht hatte!

* * *

Seit dem Julfest hatte es ununterbrochen geschneit. Der Winterhimmel blieb von den Schneeflocken verdunkelt, die unaufhaltsam Tag für Tag herniederschwebten und hohe Schanzen auf den Warfen und um die Häuser errichteten. Eine seltsame Klanglosigkeit, die an die starre Todesruhe gemahnte, lag über der tief verschneiten Hallig Oland.

Auch der Altjahrstag begann wieder mit Schnee. Lange hatte Godber am Fenster gestanden und zugesehen, wie die lautlos treibenden Flocken auf der zerrissenen Kante die weichen hochgebogenen Polster erhöhten, die seltsam genug gegen das dunkel drohende rauschende Meer abstachen. Der Himmel blieb den ganzen Tag schwer und grau, und das Licht war wie hinter Schneetüll verborgen.

Frühe kam an dem letzten, dunklen Tage des zu Ende gehenden Jahrhunderts die Dämmerung.

Durch den weichen lautlosen Flockenfall rief und klang die Glocke, die die Halligleute zur Altjahrsabendvesper rief.

---

1 Wir sind Sterbende, und doch leben wir. 2. Kor. 6, Vers 9.

Wie in schweren stoßenden Wellen schwangen die dumpfen Glockentöne durch die Unendlichkeit. Und kein Ohr, das sich dieser ernsten, dringlichen Botschaft: Kommet her! verschlossen hätte. Niemand blieb zurück, dem noch die Kräfte irgend den Kirchgang erlaubten.

Im gelblich bleichen Kerzenlicht sah Godber Godbersen kraftloser und elender als am Tage aus. Doch seiner Wortverkündigung merkte man weder Müdigkeit noch Schwäche an. nur in seinen Augen glomm ein fremder Schein, der kam von den Ufern jenes fernen und doch so nahen Landes, das seine Augen schon oft zu schauen meinten und seine Seele immerdar sehnend umfing.

Mit heiligem Eifer und unendlicher Liebe legte er seiner Gemeinde das Johanneswort aus: „Den Frieden lasse ich euch, meinen Frieden gebe ich euch. Nicht gebe ich euch, wie die Welt gibt. Euer Herz erschrecke nicht und fürchte sich nicht." So lautlos still wie an diesem Abend war es noch nie in der Kirche gewesen. Da war nicht einer, der Godbers Worte nicht tief bewegten Herzens als Abschiedsworte empfunden hätte, keiner, der sich nicht gesegnet gefühlt hätte wie von einem Scheidenden. So leuchtend meinten sie noch nie das Glück der Gotteskindschaft dargestellt bekommen zu haben, und so nahe, meinten sie, sei ihnen noch nie die hohe Seligkeit derer gebracht, die den Frieden im Herzen tragen, einen Reichtum, gegen den alles Silber und Gold der Welt nicht aufkommen könnte. Und dann wies er noch einmal auf Christus hin, der jedem, jedem Herzensfrieden geben möchte. Da war es, als sähen sie ihrem alten Prediger gerade ins Herz hinein, denn sie kannten ihn nicht anders, als dass in jeder Predigt Jesus den Ausklang bildete.

Er hatte über 50 Jahre gepriestert, aber nicht einmal, ohne Gottes Gnade und Barmherzigkeit in Christo zu rühmen, zu der er sich versah im Leben und Sterben.

Nach der Predigt blieb die Gemeinde teils im Gange, teils vor der Kirchtüre stehen, um ihrem Prediger die Hand zu drücken und ihm einen gesegneten Altjahrsabend zu wünschen.

Godber war warm ums Herz geworden, als er dem Letzten die Hand gereicht und sich seinem Pfarrhause zuwandte. So herzlich, so voll innerer Wärme hatten die Glückwünsche seiner Gemeindeglieder doch sonst nicht geklungen! Oder hatte er nur nicht Ohren dafür gehabt? Und es war wie linde Trauer in ihm.

Nach dem Abendessen, das nach altem Brauch aus Pförtchen bestanden hatte, war er zuerst an die Niederschrift seiner Neujahrspredigt gegangen. Die Einleitung und den ersten Teil hatte er schon ein paar Tage vorher zu Papier gebracht, aber den Schluss hatte er sich bis heute aufgespart. Er hatte den 67. Psalm, den Gnadensegen Gottes, seiner Neujahrspredigt zugrunde gelegt. Mit ihm sollte in seiner Gemeinde und Kirche das neue Jahr begonnen werden. Lange saß er sinnend vor den Bogen, dann schrieb er eilend, fast hastig.

Endlich war er fertig. Er nickte befriedigt vor sich hin. Ja, so sollte sie ausklingen: Hoffnung, Zukunft, Ewigkeit.

* * *

Nach einer geraumen Weile nahm er die Kirchenbücher vor, um die letzten Eintragungen noch vor Mitternacht zu machen.

* * *

Im Beileger knackte und knisterte es. Engellene hatte es zu gut gemeint, das wollte er ihr doch morgen sagen. Schweiß perlte auf Godbers Stirn und Nase, er wischte ihn sich ab, stand von seinem Tische auf, trat vor das Fenster und öffnete es weit.

Der Nordost hatte sich inzwischen auf sein Recht besonnen. Eisig und scharf blies er durch die dunkle Silvesternacht. Er wühlte in den gefrorenen Ästen der niedrigen Holunder, dass sie klirrend ihre Zweige bogen. Godber lauschte dem Liede, welches das noch offene Meer rauschte.

Wasser rundum. Ja, das war das Leben: Fahrt und Ankern auf ungewissem Meere. Aber über allem Wandel und Wechsel der Zeit, über Werden und Vergehen, Steigen und Fallen wölbte sich der Himmel der Gnade Gottes. Der Schnee hub an zu leuchten und zu funkeln, und Godber Godbersens Augen verloren sich in Sternenlicht und Schneepracht, über denen in überwältigender Erhabenheit die Einsamkeit und das große Schweigen standen.

Lange verharrte er sinnend; erst die empfindliche Nachtkälte riss ihn in die Wirklichkeit zurück. Er schloss mit bebenden Fingern das Fenster und setzte sich vor seinen Arbeitstisch. Der tiefe Glanz in seinen Augen blieb, als schauten sie schon durch das geöffnete Tor der nahen Ewigkeit. Sein Gesicht war wachsbleich und seltsam verändert. Die bläulichen Schatten darauf wurden tief und scharf. Plötzlich richtete er sich hoch, als horche er auf irgendeinen Anruf, und mit bebenden Lippen sagte er laut: „Ja, Herr!"

Er rückte die Kerzen nahe an das aufgeschlagene Kirchenbuch, putzte eine neue Schwanenfeder, tauchte sie in das Tintenhorn und schrieb mit zittriger Hand auf die neue Seite, wozu er sich noch immer nicht hatte entschließen können:

Den 31. August 1799 ist mein und meiner Frau Ehegeliebten Wiebke geborene Boysen eheleiblicher Sohn: Yorck Boy Momme Godbersen unter Grönland verdrunken. Geb. den 24. Junius 1746, gesammelt den 31. August 1799.

Und darunter setzte er, die Feder noch einmal eintauchend: in fidem Hallig Oland, am 31. Dezember 1799. Godber Godbersen pastor.

Und dann malte er ein schwarzes Kreuz. Die Feder stak schon wieder in dem Calmusrohr, und er griff zum Petschaft und setzte zum ersten Male das neue Kirchensiegel unter seine Eintragung. Da stand es: „Quasi morientes et ecce vivimus."

Der Schwanenkiel fiel achtlos auf die Tischplatte. Godber Godbersen faltete seine kraftlosen Hände vor der Brust. Leise und demütig stammelten seine bleichen Lippen noch einmal: „Ja, Herr!" Dann sank er in den Stuhl zurück, ein langer Seufzer, noch einer, und dann nichts mehr.

Das Blatt, das er als letztes begonnen und mit dem Siegel versehen hatte, setzte sein Nachfolger nachmals mit der Eintragung fort:

Am Neujahrsmorgen 1800 wurde Herr Godber Thomas Godbersen, weiland Hirte dieser Gemeinde, entseelt vor seinem Arbeitstisch gefunden. Vor ihm dies gleiche aufgeschlagene Kirchenbuch mit der letzten Eintragung von seiner Hand über seines Sohnes Yorck Boy Momme Godbersen Drinkeldod, neben ihm die fertig niedergeschriebene Neujahrspredigt, die ihm hienieden zu halten nach Gottes Ratschluss nicht mehr vergönnt war.

Er hat sein Priesteramt an dieser Gemeinde über 40 Jahre in großer Treue und vorbildlichem Eifer geführt, nachdem er zuvor auf der Gröde seines Pfarramts und Schulmeisteramts in eben solcher Treue gewaltet hat. Er war zweimal verheiratet, welche beiden Eheliebsten nebst seinem Sohn ihm sind im Tode vorangegangen. Quasi morientes et ecce vivimus.

Nachwort

Godber Godbersen erschien erstmals 1928 als gebundene Leinenausgabe im Ernte Verlag, Potsdam und Hamburg. Bereits 1931 erreichte der Roman seine neunte Auflage. Gegenstand des Verlagsunternehmens, das sich ursprünglich im Eigentum der vom Haus Hohenzollern geförderten „Evangelischen Frauenhilfe" befand, war die Verbreitung religiös orientierter Belletristik. Bis zum Ausschluss Elfriede Rotermunds aus der Reichsschrifttumskammer erschienen sämtliche Bücher von ihr in diesem Verlag. 1937 erhielt das Unternehmen einen neuen Eigentümer und veränderte, dem politischen Zeitgeist geschuldet, sein Verlagsprofil. Elfriede Rotermund wechselte deshalb zu Herrmann in Zwickau. Der Novellenband *Die Christglocke der Hallig*, der 1939 dort erschien, erreichte bereits innerhalb weniger Wochen seine dritte Auflage.

Godber Godbersen ist der einzige Roman, den Elfriede Rotermund publiziert hat. Er wurde von der zeitgenössischen Literaturkritik, unter anderem 1929 von Rudolph Jacoby, als der „Höhepunkt ihres Schaffens" bezeichnet. Zuvor bereits hatte sich die Autorin mit ihrem erzählerischen Werk einen Namen gemacht.

Eine Besonderheit kennzeichnet den vorliegenden Roman: Im Mittelpunkt des Handlungsgeschehens steht nicht, wie sonst bei Elfriede Rotermund üblich, eine Frauengestalt, sondern ein Mann, Sohn eines Schiffers, der, ungewöhnlich genug, Theologie studiert, um anschließend auf den Halligen Gröde und Oland ein halbes Jahrhundert lang als Pastor zu amtieren. Die äußeren Stationen seines Lebens bilden den Rahmen, in dem uns die Autorin das Leben der Hallig-Menschen, ihre Kämpfe mit der See, ihre Erfolge und Niederlagen näherbringt.

Godber Godbersen gehört zu den schönsten Hallig-Romanen. In kaum einem anderen Werk werden uns so eindrücklich die Eigenheiten dieser einmaligen Welt im Wattenmeer Nordfrieslands vor Augen geführt. Lebens- und Wirtschaftsweise, Halligkultur und -natur, Seefahrt und Sturmflut, die Abgeschiedenheit dieser kleinen Inseln genauso wie ihre Verbindung mit anderen Teilen der Welt – all dies bildet den Hintergrund für Elfriede Rotermunds Roman. Sie kannte die Halligen aus eigener Anschauung. Schon als junge Frau war sie 1905 mit 21 Jahren hierhergekommen. Es war die erste Begegnung mit einer Welt, die sie nicht mehr losließ. Über anderthalb Jahrzehnte wirkte sie als Lehrerin auf Hallig Oland.

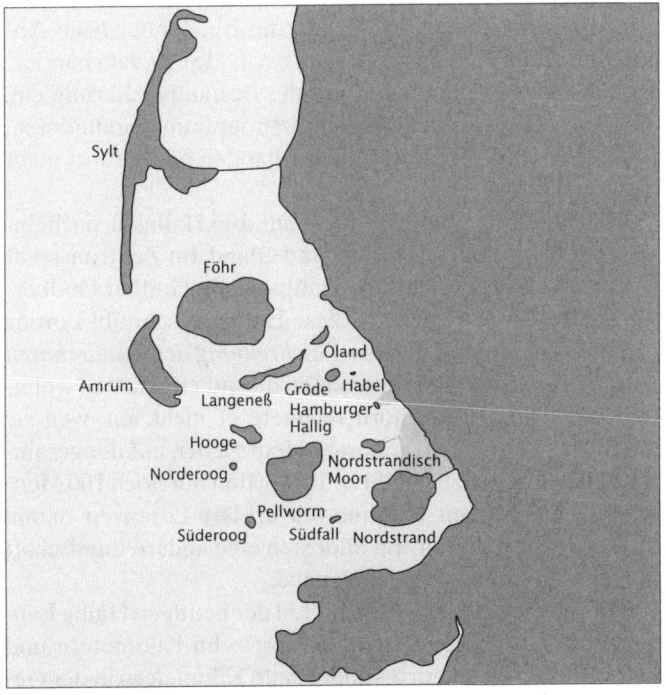

Die Handlung des Romans spielt im 18. Jahrhundert. Die Halligen waren damals noch ganz ungesichert. Keine Steinkante schützte die Halligküste, kein Sommerdeich umgab das Halligland. Viel häufiger als heute gab es „Landunter", wurde also das Land überflutet, sodass nur noch die Warften, die künstlich aufgeworfenen Erdhügel mit den Häusern, herausragten. Ungehindert nagte jede Sturmflut an der Abbruchkante. Das Halligland verkleinerte sich ständig, alljährlich ging im Durchschnitt ein Uferstreifen von zwei bis drei Metern verloren, bei schweren Sturmfluten bedeutend mehr. Manche Hallig verschwand ganz. Auf den kleinen Inseln lebten damals viel mehr Menschen als heute, doch nahm ihre Zahl schon ab. So schrieb 1807 der damalige Pastor auf Hallig Nordmarsch, Jes Siemsen: „Die Insel ist sicher nach fünfzig bis sechzig Jahren größtentheils Boden des Meers, und wenn dasselbe Verhältniß der Gestorbenen und Gebornen fortdauert, so werden die Einwohner nach Ablauf derselben Zeit ausgestorben seyn." Im 19. Jahrhundert setzten indes Bemühungen um die Bestandssicherung ein, die 1894 sodann in ein Halligschutzprogramm einmündeten. Vielleicht wäre von den kleinen Eilanden heute sonst nicht mehr viel übrig.

Die Handlung spielt vor allem auf drei Halligen, nacheinander auf Nordmarsch, Gröde und Oland. Im Zentrum steht Nordmarsch; hier wächst die Hauptperson Godber Godbersen auf. Im Jahre 1749 hatte diese Hallig, so schreibt Lorenz Lorenzen in seiner *Genauen Beschreibung der wunderbaren Insel Nordmarsch*, 400 Einwohner, die auf elf Warften wohnten (die Warft Norderhörn rechnete er nicht mit, weil sie kirchlich zu Langeneß gehörte). Heute leben auf der gesamten Hallig Langeneß mit ihren 18 Warften nur noch 100 Menschen. Den Namen Nordmarsch erklärt Lorenzen damit, dass „vor alten Zeiten" im Südosten eine andere Landschaft namens Südermarsch gelegen habe.

Nordmarsch ist der westliche Teil der heutigen Hallig Langeneß, die mit einer Länge von fast zehn Kilometern und einer Breite von einem bis anderthalb Kilometern in der Ge-

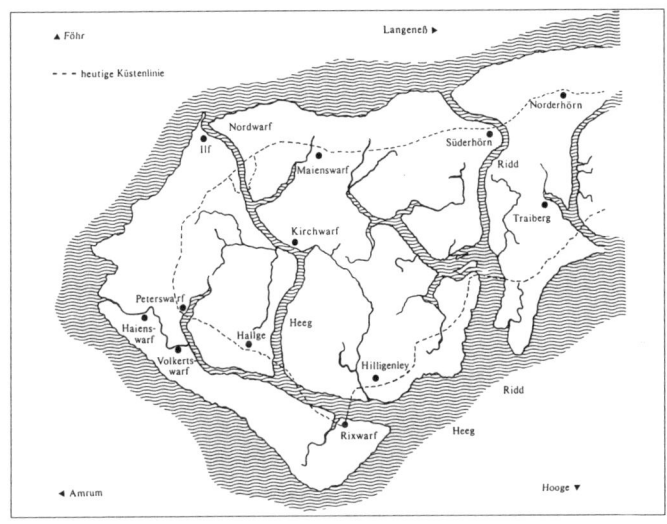

Hallig Nordmarsch 1803, Skizze nach der Karte von F. Harcksen
Quelle: Jens Lorenzen: Die Halligen in alten Abbildungen

genwart die weitaus größte der zehn Halligen darstellt. Nordmarsch ragte im 18. Jahrhundert noch weiter nach Westen
hinaus. Viel Halligland und mehrere Warften nahm sich die
Nordsee, darunter die auch in Elfriede Rotermunds Roman
erwähnte Haienswarf. Das Halligland war durch größere und
kleinere Wasseradern, Priele genannt, zerklüftet, insbesondere durch „Heeg" und „Ridd". Außerdem gab es zahlreiche
kleinere Gräben und Vertiefungen, die vor allem nach Landunter lange voll Wasser standen, „Sikken" genannt. Der
breite Priel „Ley" trennte Nordmarsch von der Nachbarhallig Langeneß. Man konnte ihn trockenen Fußes über Bal-
kenbrücken überqueren. Im Jahre 1847 wurde östlich der
Warft Norderhörn ein Querdamm errichtet, der die erste,
auch mit Fuhrwerken befahrbare Verbindung zwischen beiden Halligen bildete. Im Laufe der Zeit wurden sie stärker
miteinander verbunden, ebenso Langeneß mit der südlich
anschließenden Hallig Butwehl. Schon Lorenz Lorenzen
hatte geschrieben, dass Nordmarsch mit Langeneß „eigent-

Maienswarf auf Hallig Nordmarsch, Südost-Ansicht, um 1900
Archiv H. D. Ingwersen
Quelle: Jens Lorenzen: Die Halligen in alten Abbildungen

lich nur eine Insel ausmachet". Aber noch bis 1941 blieb diese Hallig eine eigenständige politische Gemeinde.

Zur Zeit der Roman-Handlung bildete Nordmarsch darüber hinaus noch eine selbstständige Kirchengemeinde, die 1838 dann mit der von Langeneß verbunden wurde. Die erste Halligkirche hatte auf Nommenswarf gestanden, doch die Abbruchkante rückte so nahe heran, dass man 1732 inmitten der Hallig eine neue Kirche errichtete, im Jahr darauf auch das Pastorat. Sie wurde in der Sturmflut 1825 schwer beschädigt und 1838 abgebrochen; nur der Friedhof verblieb hier. Die Warft heißt heute Kirchhofswarf; die Kirche für die gesamte Hallig Langeneß liegt auf der Kirchwarf.

Pastor auf der damaligen Kirchwarf von Nordmarsch ist in Elfriede Rotermunds Roman Laurentius Laurentii von der Insel Föhr, der für Godber Godbersen zum bewunderten Vorbild wird. Die Autorin orientiert sich hier an einem verbürgten Prediger: Von 1718 bis zu seinem Tod 1777, also durch fast sechs Jahrzehnte, amtierte auf Nordmarsch der Pastor Bernhardus Laurentii oder Bernhard Lorenzen, der 1691 in Oevenum auf der Nachbarinsel Föhr zur Welt gekommen war. Zu Föhr hatte Nordmarsch einst auch kirchlich gehört.

Überhaupt webt Rotermund zahlreiche historische Ereignisse in ihren Roman ein. Sie hat sich in ihrer Zeit auf Oland mit der Geschichte der Halligen beschäftigt, und sicherlich kannte sie Lorenz Lorenzens *Genaue Beschreibung der wunderbaren Insel Nordmarsch* von 1749, die 1762 von Johann Friedrich Camerer erstmals veröffentlicht worden war und zwischen 1927 und 1929 erneut in den *Jahrbüchern des Nordfriesischen Vereins* erschien. Lorenz Lorenzen (1720–1790), der 1752 Pastor an der Alten Kirche auf Pellworm wurde, war der Sohn jenes Bernhardus Laurentii. Er berichtet zum Beispiel, dass nach einem Gottesdienst, als die Gemeinde gerade die Kirche verlassen hatte, mit lautem Gepolter die schwere Krone über der Kanzel herabstürzte. „Wäre dieser Fall eine Stunde vorher geschehen, so würde diese Krone dem Prediger ohne Zweifel den Kopf zerquetschet haben, und ist er diesmahl dem Tode nährlich entrunnen." Im Roman ereignet sich das Vorkommnis noch während des Gottesdienstes, gleich nach dem Abendmahl. Dem Pastor

Hilligenley, Blick vom Südwesten, um 1912   H. D. Ingwersen
Quelle: Jens Lorenzen: Die Halligen in alten Abbildungen

fällt vor Schreck der Kelch aus den Händen, und er schlägt sich auf dem Steinboden das Gesicht blutig.

Ein Großteil der Handlung vollzieht sich auf der Warft Hilligenley. Lorenz Lorenzen nennt „Hilligen-Lei" eine „von den größten und volkreichsten Warffen der gantzen Insel; man findet darauf 16 Wohnhäuser und 65 Seelen"; heute stehen hier nur noch sechs Häuser. Der Name leitet sich ab von der friesischen Bezeichnung *lai* für einen Wattstrom oder Priel. „Hilligenley" bedeutet aber wohl kaum „heiliger Priel", sondern bezieht sich vermutlich auf Kirchenland, das an einem solchen Strom lag. Bekannt wurde der Name durch einen Roman des Schriftstellers Gustav Frenssen (1863–1945), dessen Handlung jedoch in Dithmarschen spielt.

Spätere Hallig-Schauplätze von Elfriede Rotermunds Roman sind Gröde und Oland. Auf Gröde-Appelland tritt Godber Godbersen seine erste Pfarrstelle an. Die beiden kleinen Eilande waren zum Zeitpunkt der Romanhandlung noch nicht miteinander verbunden. Erst im 19. Jahrhundert wuchsen sie zusammen. 1802 gab es auf Gröde und Appelland noch insgesamt sieben bewohnte Warften, von denen mehrere im Roman erwähnt werden. Die Kirche stand schon damals auf

Hallig Gröde: Kirchwarft (links) und Knudtswarft um 1950
Quelle: Jens Lorenzen: Die Halligen in alten Abbildungen

Die einzige verbliebene Warft auf Oland, 1898, links Kirche und Glockenturm　　　　　　　　　　　　　　　　　*G. Weigelt*
Quelle: Jens Lorenzen: Die Hallig Nordmarsch-Langeneß

der heutigen Kirchwarft, die mit der eng benachbarten Knudtswarft als einzige die Zeiten überdauert hat. Auf den beiden Warften leben in der Gegenwart nur noch etwa 15 Menschen. Genau beschreibt Elfriede Rotermund die Einrichtung des Gotteshauses und zitiert mehrere Inschriften auf Kanzel, Altar und Tafeln; der Wortlaut wird in dieser Neuausgabe wiedergegeben nach dem Buch *Die Kunstdenkmäler des Kreises Husum.* Einer der Gröder Halligpastoren des 18. Jahrhunderts, Michael Brasch von Föhr, wechselte übrigens 1772 nach Oland – wie Godber Godbersen im Roman, nachdem seine Frau Wiebke im Kindbett gestorben ist.

Auf Oland heiratet Godber die 30-jährige Maren Peterssen, Witwe eines Kollegen, was damals unter Pastoren durchaus üblich war. Elfriede Rotermund lässt uns dieses Schicksal bereits erahnen, als Godber seiner ersten Frau Wiebke ausführlich aus einer alten Chronik vorliest, in der ein verwitweter Pastor genannt wird. Deren Herkunft benennt sie nicht; es handelt sich um die Schriften des 1603 verstorbenen Pastors in Odenbüll auf Nordstrand, Johannes Petreus, die der Historiker Reimer Hansen 1901 herausgegeben hatte. Aber-

267

mals wird hier deutlich, dass sich die Autorin intensiv mit der Geschichte der Region befasst hat. Durch die Ehe mit Maren Peterssen kehrt Godber Godbersen auf die Hallig zurück, von der sein Vater stammte. Über vier Jahrzehnte ist er hier als Halligpastor tätig. Oland kannte Elfriede Rotermund aus ihrer eigenen Anschauung am besten. 1768 gab es hier neben der Kirchwarft noch zwei Warften mit 73 Häusern. Die im Roman erwähnte, im Westen gelegene Pipwarft nahm sich im 19. Jahrhundert die Nordsee. Heute stehen alle 15 Häuser dorfähnlich auf einer einzigen großen Warft. Die Hallig zählt etwa 25 Einwohner.

An vielen Stellen in ihrem Roman lässt Elfriede Rotermund die alte, eigentümliche Lebens- und Wirtschaftsweise auf den Halligen aufscheinen. So schildert sie genau die Einrichtung eines Hallighauses mit der Wohnstube (friesisch „Daansk"), die immer an der Südseite des Hauses lag und deren Beilegeofen, der „Bilegger", von der im Norden gele-

Wohnstube des Halligschiffers Theodor Johannsen auf Maienswarf,
Hallig Nordmarsch-Langeneß; neben dem Wandbett (Alkoven) der
von der Küche aus beheizbare eiserne Beilegeofen
Quelle: Henry Koehn: Die Nordfriesischen Inseln, Hamburg 1936

Frauen in Halligtracht　　　*Ernst C. Payns, Nordfriisk Instituut*

genen Küche aus beheizt wurde. Sie beschreibt die Frauen-
tracht mit ihren verschiedenen Bestandteilen, etwa dem
„Roontje", einer Kappe über Haar und Stirn. Sie erwähnt die
Fethinge, in denen auf den Warften Regenwasser für das
Vieh gesammelt wurde. Die Halligbewohner waren auf nach-
haltiges Wirtschaften angewiesen, möglichst viel wurde wie-
der- oder weiterverwendet, in über die Jahrhunderte ausge-
klügelter Weise. Dies sei beispielhaft an der Gewinnung der
von Elfriede Rotermund mehrfach erwähnten „Ditten" beschrieben, jener quadratischen Platten aus getrocknetem

Gewinnung von Ditten auf Hallig Nordmarsch-Langeneß
Ernst C. Payns, Nordfriisk Instituut

Kuhdung, die als Feuerungs- und Heizmaterial dienten: Auf der Warftböschung wurde am Ende des Winters der Mist in einer fünf bis sechs Zentimeter hohen Schicht ausgebreitet, mit den Füßen durchgeknetet und sodann glatt geklopft. Nach ein bis zwei Wochen war die Mistschicht an der Oberfläche getrocknet. Nun wurden die Ditten ausgestochen und gewendet, damit auch die Unterseite trocknen konnte. Der Trocknungsprozess wurde in Reihen und Stapeln fortgesetzt. Im Juni hatte man sodann mit mancher Mühe, aber völlig kostenfrei Brennmaterial gewonnen, das bis zum nächsten Frühjahr reichte. Ein mittelgroßer Betrieb benötigte ungefähr 15 000 dieser – völlig geruchsfreien – „Mistbriketts", die man auf dem Dachboden lagerte. Ausführlich dargestellt wird gleichfalls das aufwändige Verfahren der Salzgewinnung auf der Hallig, das indes zu jener Zeit wohl kaum noch in großem Umfang betrieben wurde.

Aber nicht nur Wirtschaft und Kultur der Halligwelt beschreibt Elfriede Rotermund detailreich und liebevoll, sondern auch die Natur des Wattenmeers. Sie schildert zum Bei-

spiel eine Seehundfamilie, die sich auf einer Sandbank aus-
ruht, insbesondere aber die Vögel, an denen die Hallig so
reich ist, „als wohl je ein Ort in der Welt seyn mag", wie schon
Lorenz Lorenzen schrieb.

Vieles in dem Roman dreht sich um die Seefahrt, die im
18. Jahrhundert für die Männer der Halligen den bei Weitem
wichtigsten Broterwerb darstellte. Lorenz Lorenzen be-
merkt 1749, dass „alle Manns-Personen auf Nordmarsch sich
von Jugend an zur Schiffahrt angewöhnen", und weiter: „Es
ist kaum zu beschreiben, wie traurig es läßet, wenn alle
Mannspersonen von unserer Insel weggefahren sind. In den
ersten Tagen nach ihrer Abreise ist alles gantz stille, man sie-
het fast niemand auf dem Felde gehen, und es scheinet, als ob
die Einwohner fast gäntzlich ausgestorben wären." Für 1720
beziffert Lorenzen die Anzahl der Seefahrenden von Nordmarsch auf über 100.

Auf See beginnt der Roman. Kapitän Momme Godber, der
von der Hallig Oland stammt, befindet sich auf Handelsfahrt
in Skandinavien, als sein Sohn Godber Godbersen geboren
wird. Typisch für die Seefahrt der Nordfriesen ist, dass die
ganze Mannschaft seines Schiffes aus Landsleuten besteht.
Der erste Steuermann, Thomas Thomsen, kommt von der
Nachbarhallig Langeneß. Die übrige Besatzung stammt von
der Insel Föhr, nur der Bootsmann ist Sylter, und der Koch
kommt aus Husum.

Mommes Frau Inke ist das einzige Kind des Grönland-
Kommandeurs Yorck Rickertsen, der auf der Warft Hilligenley auf Hallig Nordmarsch lebt. Kommandeur ist die Bezeichnung für den Kapitän eines Walfangschiffs. Von Yorck
Rickertsen heißt es: „Durch Glück und Walfischfang / Gab
Gott mir Haus und Land." Wie viele andere Kommandeure
hat er es also im – manchmal glorifizierten – „goldenen Zeit-
alter" der Inseln und Halligen zu einem gewissen Wohlstand
gebracht. Doch aufgrund einer Erkrankung hat er die Seefahrt aufgegeben und wirkt auf seiner Hallig nun als „Ratmann". Dies war die Bezeichnung für den Gemeindevorste-
her, der vom Amtmann in Husum bestätigt wurde. Viele er-

folgreiche Seefahrer wandten sich in ihrem Ruhestand der Selbstverwaltung in ihrem Gemeinwesen zu.

Nicht nur der Walfang im Nordmeer spielt eine Rolle im Roman, sondern auch die Handelsfahrt nach Ostindien. Ihr wendet sich Thomas Thomsen zu, zeitweilig auch der junge Yorck Godbersen. Die Männer verbrachten hier oftmals mehrere Jahre auf See, während sie beim Walfang im zeitigen Frühjahr die Heimat verließen und im Herbst zurückkehrten. In ihren Schilderungen ist Elfriede Rotermund sehr präzise. So berichtet sie davon, dass alle Gröder Schiffer „Davisfahrer" gewesen seien. Das heißt, sie befuhren die Meeresstraße zwischen Baffinland und Grönland, die die Labradorsee mit der Baffinsee verbindet. Dort jagten sie den großköpfigen Grönlandwal. Und sie waren sehr erfolgreich darin.

Viele Seeleute aus Nordfriesland fuhren von niederländischen Häfen aus. Jes Siemsen, Pastor auf Nordmarsch in den Jahren 1803 bis 1807, schrieb darüber: „Alle Producte des Luxus, als Zucker, Thee, Liqueure u.s.w. bringen sie, wenns möglich ist, von Holland mit, oder lassen sie von dorther kommen. Sie haben überhaupt eine große Vorliebe für Holland, und Amsterdam ist bey ihnen das non plus ultra." Diese enge Verbindung Nordfrieslands mit den Niederlanden klingt im Roman immer wieder an. Yorck Rickertsen etwa bezieht seinen Tee noch immer „von einem befreundeten Reeder aus Amsterdam". Die Wände der Hallig-Wohnstube schmücken Fliesen, Fayence-Platten aus den Niederlanden, die im Roman verschiedentlich falsch als „Kacheln" bezeichnet werden; Kacheln gehören indes zu einem Ofen. Inkes Ring stammt ebenfalls aus den Niederlanden, und in der Husumer Wohnung ihres Sohnes Godber tickt eine „große holländische Standuhr". Die Kirchenjuraten auf Hallig Gröde tragen Anzüge aus holländischen Tuchen. Ein Niederländer ist es schließlich, der Godber Godbersen die Nachricht vom Tod seines Sohnes Yorck überbringt.

Eindringlich werden die Gefahren der Seefahrt geschildert. Momme Godber wird bei schwerer See von seinem Schiff gespült. Seine Witwe Inke findet auf ihrer Hallig eine

Fliesentableau eines Walfangschiffs auf der Warft Norderhörn, Nordmarsch-Langeneß Henry Koehn, Hamburg 1936

Strandleiche – es ist niemand anderes als Thomas Thomsen, mit dem sie demnächst hatte Hochzeit feiern wollen. Sie verfällt darauf dem Wahnsinn. Tatsächlich ereignete sich 1744 ein Unglück, von dem Elfriede Rotermund gewiss Kenntnis hatte, denn nicht nur Lorenz Lorenzen, sondern auch der bekannte Sylter Chronist C. P. Hansen in seiner *Chronik der friesischen Uthlande* (1856) berichtet darüber. Auf dem Weg von den Niederlanden zurück nach Nordfriesland kenterte ein Schmackschiff und riss 100 Männer von den Inseln und Halligen in den Tod. Von Nordmarsch ertranken dabei „im Angesicht des Vaterlandes" sieben, von Langeneß elf Männer, und manche der toten Körper wurden an der Halligkante gefunden – genau wie der des Thomas Thomsen im Roman.

Der Tod eines Seemanns wurde, so erzählte man sich auf Inseln und Halligen, häufig durch einen Wiedergänger, friesisch: „Gonger", angekündigt, also ein real wirkendes Spukbild des Verstorbenen. Ein „Gonger" deutet im Roman auf den Tod des Momme Godber hin, und auch als Thomas Thomsen verunglückt, hat Mallenke dunkle Vorahnungen. Vielleicht fand Elfriede Rotermund das Motiv ebenfalls bei Lorenz Lorenzen, der diese „seltsahme Gespenster-Historie" ausführlich beschreibt. Vermutlich hörte sie davon auch auf der Hallig. „Vöröwen" und „Vörspöken" waren durchaus übliche Deutungsmuster an der sturmumtosten, nebelverhangenen Westküste Schleswig-Holsteins, wenn es darum ging, Unvorhersehbarem oder Geheimnisvollem einen erklärbaren Sinn zuzuschreiben. In diesem Zusammenhang sei erwähnt, dass der Husumer Journalist Albert Johannsen und der Hamburger Xenologe Dr. Ferdinand Maack im Rahmen einer Erhebung gegen Ende des 19. Jahrhunderts versucht haben, den rationalen Ursachen dieser „anscheinend übernatürlichen oder übersinnlichen Erscheinungen im Volke" auf den Grund zu gehen.

Auch die Gefahr der stürmischen See auf der Hallig selbst wird an einigen Stellen im Roman eindrucksvoll beschrieben. Die Handlung setzt im Jahr 1717 ein. Wer allerdings erwartet hätte, nun werde die verheerende Flut von 1717, die „Weihnachtsflut", eine Rolle spielen, sieht sich getäuscht. Dabei mussten an jenem Heiligen Abend auf Nordmarsch „16 Personen jämmerlich ertrinken", wie Lorenz Lorenzen schrieb. Besonders eindringlich schildert Elfriede Rotermund eine Eisflut auf Gröde. Eigene Erinnerung ist hier eingeflossen. Die besonders schwere Sturmflut am 3. und 4. Dezember 1909 erlebte sie auf Habel, der kleinsten Hallig.

An vielen Stellen verwendet Elfriede Rotermund in ihrem Roman friesische Wörter und Sätze. Offenbar hält sie, mit Recht, die friesische Sprache für eine große Besonderheit nicht zuletzt der Halligen. Auch hierzu hat sich Lorenz Lorenzen 1749 pointiert geäußert: „Die Sprache, welche auf Nordmarsch und den umliegenden Halligen geredet wird, ist die friesische, welche von allen Sprachen in der Welt weit unterschieden ist …" Bezeichnend für viele andere Zeugnisse über die friesische Sprache mit ihren vielen Varianten ist es, dass er den eigenen Dialekt für den eigentlich richtigen hält: „Es wird aber die friesische Sprache auf unserer Insel am reinesten und nettesten geredet, welches an der simpelen Aussprache der Wörter, und den ungezwungenen Redens-Arten gnug abzunehmen." Lorenzen betont die Gleichwertigkeit der friesischen mit anderen Sprachen: „Es ist diese Sprache geschickt, alle Sachen in geist- und weltlichen Dingen auszudrücken, und ist nur Schade, daß die Gelehrten sich derselben nicht angenommen, und sie etwas ins Feine gebracht haben. Daher denn nirgends friesisch geprediget, und auch nie keine Bücher in derselben Sprache gedrucket worden. Gleichwohl wird ein jeder, der sie verstehet, bekennen müssen, daß die Ausdrücke in derselben rund, die Redensarten nett, und die Vorstellungen überaus lebhaft seyn."

Lorenzen bringt sodann „zur Probe" das „Vaterunser" auf Friesisch in seiner eigenen Übersetzung. Elfriede Rotermund hat es in ihren Roman übernommen; für unsere Ausgabe haben wir dafür – und auch für weitere halligfriesische Wendungen – die heute gültige Rechtschreibung verwendet (s. S. 46). Hier sei jedoch die von Lorenz Lorenzen aufgeschriebene Fassung wiedergegeben:

Öhsen Baabe! die Dö beest öhne Hemmel.
Halligt waarde dann Nohme,
Thokamme dinn Kenning-Rick,
Dann Walle schien öfh dä Eerde, allick ös öhn dä Hemmel,
Dühn ös delling, ös daaglicks Bruud,
En verjeef ös öse Schöll, allick ös wie verjeefe öse Scheelners,
En feehr ös eech hanninn öhn Verseecking,
Men help ös vohnt Eävel en Eerg,
Dirram datt dat Kenningrick dinn is,
en dä Krafft en dä Huchheit öhn Iwigkeit.
Amen.

Die Übertragung des „Vaterunser" ins Friesische durch Lorenz Lorenzen zählt zu den frühesten schriftlichen Zeugnissen der nordfriesischen Sprache überhaupt. Aus dem gesamten Mittelalter liegen – im Unterschied zu Ost- und Westfriesland – aus Nordfriesland überhaupt keine friesischen Texte vor. Als ältestes Sprachdokument gilt die Übertragung des „Kleinen Katechismus" in zwei nordfriesische Dialekte von etwa 1600. Friesisch wurde weder zur Amts- noch zur Kirchensprache, somit auch nicht zur Schulsprache. Nach der Reformation wurde zunächst auf Niederdeutsch gepredigt, im 17. Jahrhundert stieg sodann Hochdeutsch zur Amts- und Kirchensprache in Nordfriesland auf. Bis 1800 gibt es nur wenige Texte auf Nordfriesisch, erst seit dem 19. Jahrhundert entwickelte sich das Idiom mehr zur Schriftsprache.

Doch war Friesisch im 18. Jahrhundert, in dem Elfriede Rotermunds Roman spielt, auf den Halligen für so gut wie alle Menschen die Familien- und Alltagssprache. Heute hingegen wird dieser Dialekt bedauerlicherweise nur noch von einer Handvoll Menschen gesprochen. Das Halligfriesisch gehört zur festlandsnordfriesischen Dialektgruppe, was zunächst merkwürdig erscheinen mag. Doch als die hiesigen Marschen im elften Jahrhundert von Friesen besiedelt wurden, wies die Küste noch eine völlig andere Gestalt auf. Erst nach großen Sturmfluten, insbesondere nach der „Mandränke" von 1362 und auch noch nach der zweiten Katastrophe 1634, bildeten sich die Halligen heraus.

Elfriede Rotermund verwendet unter anderem den friesischen Wahlspruch *Rüm hart, klaar kiming,* den wir hier ebenfalls in der halligfriesischen Version angeben: *Rüm härt, kloor kiming*. In der Erstausgabe des Romans lautet die Übersetzung: Festes Herz, klare Sicht. Ganz richtig muss es jedoch heißen: Weites Herz, klarer Horizont. Friesland bezeichnet Elfriede Rotermund als „Land der ernsten, wortkargen Menschen reinsten Blutes". Von „rassigen" Menschen spricht sie an anderer Stelle. Natürlich konnte sie nicht wissen, in welcher Weise diese Begriffe schon bald politisch missbraucht werden würden. Sie ist weit entfernt von einer

Heroisierung der Friesen, wie sie in manchen „Heimatromanen" aus dieser Zeit betrieben wurde. Ihre Gestalten zeichnen sich eher durch Unsicherheit, Widersprüchlichkeit und Hinnahme schicksalhafter Gegebenheiten aus als durch kämpferisches Heldentum. Der körperlich starke Momme Godber zum Beispiel verfügt, im Kontrast zu seinem beeindruckenden Äußeren und gar nicht in das Bild des „edlen Friesen" passend, über eine hohe, etwas weinerliche Kinderstimme. Doch auch bei Elfriede Rotermund finden sich manche Klischees und stereotype Wendungen. Die Charaktere ihrer friesischen Figuren erscheinen einfach zu gut, zu festgelegt, zu leicht vorauszuberechnen. So positiv sie im Allgemeinen die Friesen darstellt, so übel erscheint ein „Zigeunerweib von absonderlicher Hässlichkeit" in Husum, deren „boshafte Augen" sich in dunklen Höhlen verkriechen. Godber ist verzaubert von einem Zigeunermädchen und sucht seine Nähe. Als Leser hofft man inständig, hier möchte einmal ein Klischee ausgelassen werden, aber nein: Das „elfenhafte Wesen", „holdselig anzusehen und von bestrickendem Liebreiz", bringt den blauäugigen, naiven Godber eben doch um seinen ersparten Gulden. Zu berücksichtigen ist allerdings, dass Elfriede Rotermund noch nicht durch die postmoderne Debatte der *political correctness* gegangen sein konnte, die gegen Ende des 20. Jahrhunderts so vehement geführt wurde. Sie gibt Denkgewohnheiten und Weltanschauungen wieder, die sie als Äußerungen des zeitgebundenen „kollektiven Bewusstseins" der Landschaft sensibel registrierte. Darin war sie realistisch. Anders als Gustav Frenssen und Adolf Bartels gerieten sie ihr jedoch nicht zur ideologischen Leitmaxime. Sowohl ihr Lebenslauf als auch ihre Schriften sprechen sie in dieser Hinsicht von jeglichem Verdacht frei.

Viele schöne alte friesische Namen kommen in dem Roman vor. Da treten zum Beispiel auf: Bonke Brodersen, Kriencke Ipsen, Broder Bandixen, Heme Frerksen oder Olaf Bandick Arfsten (der mit diesem Nachnamen ganz sicher von Föhr stammt). Doch die Bildung der friesischen Namen hat Elfriede Rotermund offenbar nicht ganz richtig verstanden. Merkwürdig mutet schon der Name Momme Godber an, denn eigentlich gab es in Nordfriesland damals so gut wie ausschließlich Namen auf -sen (= Sohn von) oder mit Genitivendung, entweder -s oder -en. Der Sohn Godber eines Momme hätte im 18. Jahrhundert auf den Halligen eigentlich Godber Mommsen heißen müssen, aber nicht Godber Godbersen! Solche Bildungen gibt es heute durchaus, aber in der damaligen Zeit wechselnder Nachnamen, immer nach dem Vornamen des Vaters gebildet, waren sie äußerst ungewöhnlich und stellten die Ausnahme von der Regel dar. Doch davon finden sich in dem Roman gleich mehrere: Der Küster auf Langeneß heißt Jasper Jaspersen, außerdem treten zum Beispiel auf: ein Fedder Feddersen, Frerk Frerksen und Nommen Nommensen auf den Halligen oder ein Magister Asmus Asmussen an der Husumer Lateinschule. Wahrscheinlich hat sich Elfriede Rotermund zu diesen Bildungen durch den Verfasser jener ihr sicher vorliegenden *Genauen Beschreibung der wunderbaren Insel Nordmarsch* inspirieren lassen. Doch jener Lorenz Lorenzen war der Sohn eines Pastors. In solchen höher gestellten Familien blieb der Nachname schon damals manchmal unverändert. Außerdem hatte der Vater seinen Nachnamen Lorenzen in Laurentii latinisiert. Ansonsten wurden feste Familiennamen erst am Ende des 18. Jahrhunderts eingeführt.

Als Elfriede Rotermunds Roman 1928 erschien, hatten die Halligen bereits mehrfach Eingang in die Literatur gefunden. Eine erste Hallignovelle, stark christlich-missionarisch geprägt, mit dem Titel *Die Hallig oder die Schiffbrüchigen auf dem Eiland in der Nordsee*, erschienen 1835, verfasste Johann Christoph Biernatzki (1795–1840), Pastor auf Hallig Nordstrandischmoor und sodann in Friedrichstadt. Als 1844 der dänische Dichter Hans Christian Andersen sonnige Tage in der Sommerresidenz des dänischen Königs in Wyk auf Föhr verbrachte, besuchte er auch die Hallig Oland. Seine dortigen Eindrücke verarbeitete er in dem 1848 erschienenen Roman *Die zwei Baroninnen*, der etwa zu einem Drittel auf der Hallig spielt. In der deutschen Öffentlichkeit wurden die bedrohten kleinen Eilande bekannter durch literarische Arbeiten von Theodor Storm, insbesondere durch seine 1873 erschienene Novelle *Eine Halligfahrt*, und Detlev von Liliencron, der von 1882 bis 1883 Hardesvogt auf Pellworm war. Zu einem Dichter der Halligen wurde der aus Nordschleswig stammende, in Kiel tätige Volksschullehrer Wilhelm Lobsien (1872–1947), vor allem mit seinen Romanen *Der Halligpastor* (1914) und *Landunter* (1921). Sein Werk ist im Wesentlichen der „Heimatkunstbewegung" zuzurechnen, die das ländliche Leben in seiner scheinbaren Natürlichkeit und Unverbrauchtheit darstellen wollte und alles „echt" Nordfriesische verklärte. Auch erste Kunstmaler entdeckten die abgeschiedenen Eilande. Zum „Maler der Halligen" wurde der aus Westerhever, Eiderstedt, stammende Jacob Alberts (1860–1941), der zuerst 1887 hierher kam. Ihm folgten 1892 Hans Peter Feddersen (1848–1941), der als bedeutendster schleswig-holsteinischer Landschaftsmaler vor Emil Nolde gilt, und zum Beispiel Otto Heinrich Engel (1866–1949). Zu den ersten Fotografen zählte der Kieler Lehrer Theodor Möller (1873–1953), der die Halligen erstmals 1906 gemeinsam mit Wilhelm Lobsien bereiste. „Immer deutlicher erkannte ich sie als eine Welt für sich, die nicht mehr ihresgleichen hat und deren Schicksal es ist, dem Untergange geweiht zu sein." Um diese Zeit kam auch Elfriede Rotermund erstmals auf die noch ganz entlegenen Halligen, die sie sogleich faszinierten. 1922 gab Theodor Möller sein reich bebildertes Buch *Die Welt der Halligen* heraus. Zu den späteren Kunstmalern, die viele Motive auf den Halligen fanden, zählte Ingwer Paulsen (1883–1943), der häufiger Gast bei Rotermunds im Pastorat auf Oland war.

Außerhalb der Halligwelt siedelt die Autorin ihre Romanhandlung an drei „Nebenschauplätzen" an: in Husum, Marburg und Hamburg. Wie so mancher begabte Junge von den Inseln und Halligen wird Godber mit elf, zwölf Jahren auf die Lateinschule in Husum gegeben. Lebendig und anschaulich schildert Elfriede Rotermund die Szenerie der Hafenstadt und das Leben in der Kaufmannsfamilie Boy Jens Boysen. Der wohlhabende und gebildete Kaufherr liest den *Altonaer Merkur* wie außer ihm nur noch der „Senator Feddersen" – man fühlt sich an den ersten Satz in Storms Novelle *Der Schimmelreiter* erinnert. Die Frau des Kaufherrn stammt aus dem Teutoburger Wald, der ihr „wie ein schönes Bild in Pastellfarben unvergessen vor ihren Augen" stand. Und auch ein Blumenbusch war „aus dem lippeschen Rosenlande nach dem Norden gekommen", das „einzige lebende Symbol ihrer geliebten Heimat". Reminiszenzen an Elfriede Rotermunds Geburtsort sind unverkennbar. Historisch zutreffend beschreibt Rotermund die Baugeschichte des Schlosses, das der Gottorfer Herzog Adolf an der Stelle eines Klosters hatte errichten lassen. Dass indes damals schon „der weite Rasen im wunderbaren Blaulila der Krokusse schimmerte", ist nicht überliefert. Und dass in der ersten Hälfte des 18. Jahrhunderts, als Godber die Lateinschule besuchte, das „Lachen der Edelfrauen und Lärmen der Hofgesellschaft" zu hören waren, stimmt mit dem historischen Geschehen kaum überein. Denn zu diesem Zeitpunkt herrschte bereits Stille im Schloss. Die gesellschaftliche und kulturelle Blüte war mit dem Tod der Herzogin Maria Elisabeth 1684 zu Ende gegangen. Das Schloss diente nur noch als Sitz des Husumer Amtmanns, Besuche aus dem Herrscherhaus waren eine Seltenheit. Im Einklang mit der historischen Realität steht hingegen der „hohe Turm von St. Marien". Er war seinerzeit einer der höchsten in Schleswig-Holstein. Der große alte Kirchenbau wurde zu Anfang des 19. Jahrhunderts abgerissen und um 1830 durch das wesentlich kleinere, noch heute existierende klassizistische Gotteshaus ersetzt.

Godber studiert sodann in Marburg. Die Stadt beherbergt die erste protestantische Universität in Deutschland. Erwähnt wird der an ihr tätige bedeutende Philosoph Christian Wolff (1679–1754). Robert Rotermund, der Ehemann der Halligdichterin, hatte Germanistik und Theologie in Göttingen und Marburg studiert. Von daher hatte Elfriede Rotermund wohl ihre Ortskenntnis (Gespräch mit Maria Pawelke de la Motte vom 8. März 2008).

Manche Szenen des Romans spielen in Hamburg, der neben Amsterdam und der dänischen Hauptstadt Kopenhagen für Nordfriesland wichtigsten Großstadt. Hier findet eine Stieftochter des Godber Godbersen ihren – friesischen – Bräutigam. Während des Aufstiegs auf den Turm der Michaeliskirche steigern sich Zuneigung und Liebe. Turmaufstieg und Gefühlsausbruch, innere Seelenwelt und äußeres Geschehen sind die beiden Elemente eines jener Gleichnisse, derer sich Elfriede Rotermund so gern bedient.

Werk und Wirkung

Am 6. September 1940 sucht Elfriede Rotermund bei der Reichsschrifttumskammer um eine Sondergenehmigung zur Veröffentlichung ihres soeben fertiggestellten Novellenbandes *Wunder der Weihnacht* an. Es sei ihr neuntes Buch, teilt sie der Kammer mit, eine Aussage, die Rätsel aufgibt. Erschienen sind bis zu diesem Zeitpunkt, soweit wir wissen, ein Roman und fünf Novellenbände, mit dem soeben fertiggestellten insgesamt also sieben Bücher: *Einsame Ufer. Hallignovellen* (1925), *Die große Stille. Halligskizzen* (1926), *Godber Godbersen. Ein Halligroman* (1928), *Wenn die Stürme schweigen. Inselnovellen* (1929), *Ein heimlich Wort. Marsch- und Inselnovellen* (1931), *Die Christglocke der Hallig. Weihnachtserzählungen* (1939), *Wunder der Weihnacht. Hallignovellen* (1940). Gemeinsam mit Prof. Dr. Eduard Kück hatte sie 1911 *Heidjers Tanzmusik. 28 Bauerntänze aus der Lüneburger Heide* publiziert. Nach wie vor ungeklärt ist das Schicksal der unauffindbaren Roman-Manuskripte *Vale Carissima* bzw. *Die letzten Mönche von Segeberg*. Bei beiden könnte es sich um ein und dasselbe Werk unter verschiedenen Titeln handeln. Auch Elfriede Rotermunds erste eigene Buchpublikation *Volhert Nissens erste und seine letzte Fahrt*, angeblich 1919 erschienen, gibt Rätsel auf. Sie konnte bislang in keiner Bibliothek ausfindig gemacht werden.

Godber Godbersen

Ein Halligroman von
Elfriede Rotermund

*Erstausgabe
„Godber Godbersen"*

Wie keine Zweite hat Elfriede Rotermund es verstanden, die Welt der Halligen, die sie aus eigener Anschauung kannte, und die Auseinandersetzungen der Menschen mit den Naturgewalten der Nordsee zu schildern. Aber es ist nicht nur und nicht einmal so sehr die äußere, die längst versunkene Welt der Halligen, die sie berühmt macht und die uns auch heute noch fasziniert, es ist vor allem die innere Welt der Menschen in dieser abgeschiedenen Landschaft, die sie mit großem Einfühlungsvermögen beobachtet und aufzeichnet, das Sterben in seiner Qual oder Erlösung, die Not des Broterwerbs, der die Männer hinaustreibt aufs Meer, und die Sehnsucht und Ungewissheit der zurückbleibenden Frauen. All das sieht und beschreibt sie mit den Augen einer Frau und Mutter, sie, die selbst zwei Töchter früh verliert in dieser abgeschiedenen Welt.

Die Gabe der Beobachtung hat sich bei Elfriede Rotermund recht früh entwickelt. Schon als junge Lehrerin in

Wardböhmen im niedersächsischen Kreis Celle widmete sie sich in ihrer Freizeit botanischen und folkloristischen Studien. „Fast täglich streifte sie mit einem alten Schäfer durch Heide und Moor", weiß Erik von Nordenskjöld (1889–1973), ein enger Vertrauter der späteren „Halligdichterin", zu berichten (1964). Hermann Löns ermuntert sie zum Schreiben und fördert ihr Talent.

Sensibilität und Empathie prägen nicht nur ihr literarisches Werk. Auch im wirklichen Leben nimmt sie aufrichtig Anteil am Schicksal ihrer Mitmenschen. Käthe Petersen von Hallig Oland, eine Schülerin Elfriede Rotermunds und von ihr zur Organistin ausgebildet, erinnert sich gern an frühere Zeiten zurück (Gespräch vom 11. August 1993): Elfriede Rotermund habe sich fürsorglich um die Halligbewohner gekümmert, insbesondere um Kranke. Auch den Kindern sei sie sehr zugewandt gewesen. Sie habe oft Hausbesuche gemacht, sei eine nette Lehrerin gewesen. Vor dem Pastor hingegen hätten die Schüler Angst gehabt. Der 94-jährige Kapitän Christian Frerksen habe ihr, weil sie ihn gesund gepflegt hat, aus Dankbarkeit einen Talisman geschenkt. Dieser Talisman, ein niederländisches Oiken, auch Euken oder Eiken, findet im Roman eine ausführliche Würdigung. Ein solcher Talisman war in den Hallig- und Inselhäusern der seefahrenden Männer des 17. und 18. Jahrhunderts oft zu finden. Es wurde fest daran geglaubt, dass sie vom Walfang unversehrt heimkommen würden, wenn und solange das Oiken heil blieb. Das Oiken auf Oland war aus Glas und zeigte, eingefasst von einer Holzrosette, die Jesusgeschichte. Es hing unter einem dicken Balken im Pastorat und wurde von Zeit zu Zeit vorsichtig abgestaubt. Heute befindet es sich im Flensburger Schifffahrtsmuseum. In der Geschichte vom „Gemeinderat" hat Elfriede Rotermund dem alten Kapitän Christian Frerksen in der Figur des Okke Frerksen ein literarisches Denkmal gesetzt. In dieser Erzählung geht es unter anderem um das Verdienst, das sich der Halligpastor um den Küstenschutz erwirbt. Ihr liegt eine reale Begebenheit zu Grunde: Pastor Rotermund hatte wiederholt bei den zuständigen Behörden interveniert und auf eine dauerhafte Sanierung der Abbruchkante durch Steinbefestigungen gedrängt, damit Oland nicht das Schicksal von Hallig Habel ereile. Auch Wilhelm Lobsien hat diese Begebenheit in seinem Roman *Der Halligpastor* literarisch verarbeitet.

Nicht selten liegen sowohl dem Roman als auch den Erzählungen Elfriede Rotermunds, das haben Nachforschungen und Gespräche auf Hallig Oland ergeben, wahre Begebenheiten zu Grunde, die sie literarisch verarbeitet hat. Wenn nun hin und wieder angemerkt wird, vor allem auch von ihrem eigenen Ehemann, dem studierten Germanisten und Theologen, dass Elfriede Rotermund in ihrer Weitschweifigkeit nicht die wirkliche Halligwelt beschrieben habe („zu viel Wortmalerei", „das lässt sich alles kürzer sagen"), dann muss hinzugefügt werden, dass es ihr tatsächlich nicht so sehr und nicht allein um die äußere, sondern um die innere Welt der Menschen ging, um ihre Seelenlandschaft – die aber hängt nun mit der äußeren eng zusammen. Und diesen Zusammenhang herzustellen und herauszuarbeiten, das gelingt ihr an vielen Stellen vortrefflich. Inkes unsicheres Schwanken zwischen dem ihr angetrauten Kapitän und Schiffseigner

Das Innere der St.-Petri-Kirche auf Oland zur Zeit der Rotermunds Familienbesitz

284

Die St.-Petri-Kirche auf Hallig Oland mit Glockenturm zur Zeit der Rotermunds *Familienbesitz*

Momme und dem Steuermann Thomas Thomsen, zu dem sie sich hingezogen fühlt, der damit verbundene Aufruhr ihrer Gefühle – all das spitzt sich dramatisch zu und erfährt zugleich seine Spiegelung in dem mit Verderben drohenden Unwetter vor Hanstholm: „Mit dem Orkan da draußen wuchs auch in ihrem Innern der Aufruhr. … Ein Gedanke, ein Wunsch, ein dämonischer Trieb tobten in ihr und ließen sie fast zerbrechen." Ihnen ist sie, allein gelassen in der Kajüte unter Deck, ebenso ausgeliefert wie oben auf Deck die Männer den Naturgewalten der über das Schiff hinwegrollenden Sturzseen. Erst als das Meer zur Ruhe kommt, mit all seinen tragischen Folgen, erst da findet auch Inke ihren Seelenfrieden. Dass Elfriede Rotermund das Geschehen in die Jammerbucht verlegt, geschieht nicht ohne Grund, war doch die Gegend zwischen Hirtshals und Hanstholm zur Zeit der Segelschiffe weithin als Jütlands Seemannsgrab und Schiffsfriedhof verschrien. Die seelische Zerrissenheit Inkes, die im Aufruhr des Meeres vor der Verderben bringenden Küste von Hanstholm ihre Parallele findet, lastet auf der Familie bis in die dritte Generation. In der ungewöhnlichen Namensgebung ihres Sohnes Godber Thomas Godbersen findet sie ihren widersprüch-

285

lichen Ausdruck und bleibt „ein dunkles Rätsel", das sich schließlich im tragischen Schicksal des Yorck Godbersen, des Enkels, verkörpert und in dessen konfliktreichem Verhältnis zu seinem Vater. Erst als der Vater die eigene Kindheit zu reflektieren beginnt, wendet es sich zum Besseren.

Über lange Strecken des Romans hinweg geschieht nicht sehr viel. Alles ist Landschaft und Wetter, Wiederkehr des Immergleichen: „Einförmig flossen die Tage dahin. Es war wie auf dem Meer. Welle folgte auf Welle, und keine erreichte je die andere oder holte sie ein." Darin unterscheidet sich der Roman von den zahlreichen Novellen Elfriede Rotermunds, in denen das Handlungsgeschehen recht schnell zum Höhepunkt drängt. Und insofern beansprucht er die Geduld des heutigen Lesers in einer Weise, vergleichbar etwa der Lektüre von Thomas Manns *Lotte in Weimar* (1939), die in unserer so schnelllebigen Zeit kaum noch aufgebracht zu werden pflegt. Aber sie entspricht jener in sich ruhenden Gleichförmigkeit der Halligwelt, die Außergewöhnliches in der Regel als Katastrophe erlebte und sich nur durch Übersinnliches zu erklären vermochte. Selbst der Ratmann, der in vernünftiger Rede darlegt, dass man eine Last leichter trage, wenn man sich nicht vorher schon in Gedanken daran lahm und krumm geschleppt habe, versichert der alten Mallenke, auch er glaube durchaus an den Gonger, wie er sich ihr zeigte, als Momme Godber im Sturm ums Leben kam.

Auch andere Schriftstellerinnen haben die abgeschiedene Welt der Halligen als Rahmen für ihre Romanhandlung gewählt, etwa Felicitas Rose (1862–1938) in ihrem als „Halligroman" untertitelten Buch *Der Mutterhof* (1918) oder Anny Wothe (1858–1919) in ihrem als „Nordsee-Roman" bezeichneten Buch *Hallig Hooge* (1900). Im Gegensatz aber zu den Erzählungen Elfriede Rotermunds bleibt die Landschaft, in die beide Autorinnen ihre handelnden Personen stellen, dem Lebensschicksal der Menschen äußerlich. Die Romane könnten ebenso gut in der masurischen Seenplatte oder im Kärntner Lesachtal angesiedelt sein, ohne dass sich am Fortgang der Handlung viel ändern müsste.

Zweifellos ist es Elfriede Rotermund, selbst 16 Jahre lang auf einer Hallig zu Hause, viel überzeugender gelungen, die innere Seelenlandschaft der Halligbewohner als Abbild ihrer äußeren Umwelt nachzuzeichnen. Insbesondere vermochte sie das in ihren Kurznovellen. Es mag sein, dass es dabei zu Überzeichnungen gekommen ist und zu Verzerrungen, weil sie die sozialen Realitäten des Inselalltags selektiv wahrgenommen hat oder selektiv wahrnehmen wollte, was legitim ist, weil es sich letztlich um belletristische Fiktionen und nicht um soziografische Analysen handelt. Dennoch sind ihre Erzählungen, Novellen und Skizzen dichter an der Realität dieser Eilande als die erwähnten Hallig- und Nordsee-Romane. Wenn das Außergewöhnliche eintritt, wenn die Katastrophe sich ereignet, dann, ganz im Gegensatz zu ihrer sonstigen Kleinmalerei und behaglichen Breite, formuliert Elfriede Rotermund überraschend kurz und lapidar, zum Beispiel in der Szene, als Momme Godber durch eine Sturzsee zu Tode kommt. Der Steuermann übernimmt das Kommando mit Worten, die nüchterner nicht hätten formuliert werden können: „Der Kapitän sagte, als er zur Frau runter wollte, ich hätte das Kommando. Das bleibt so, wie er gesagt hat. Denn er ist unten nicht angekommen." Ähnlich unscheinbar formulierte Passagen, die gleichwohl auf äußerst dramatische Ereignisse verweisen, finden sich immer wieder in den Texten der Halligdichterin. So hatte sie in ihren Tagebuchblättern von 1909 über die Zerstörungen berichtet, die die Dezember-Sturmflut auf Hallig Habel anrichtete. Mit der alten Bäuerin Regina Nommensen flüchtete sie in Todesangst vor den Fluten auf den Dachboden des Hauses. Nachdem alles vorüber und Meinert Nommensen mit der Tochter auf seinem Schiff aus Husum zurückgekehrt war, schreibt Elfriede Rotermund, „saßen wir zu viert um den Teetisch in der Norderstube ... und Frau Regina erzählte den Ihren unser Erleben und brauchte nicht mehr als drei Minuten dazu. Mein Blick fiel auf die alte holländische Kastenuhr, sie ging noch! Gab es das denn? Kann Zeit wie Ewigkeit sein? Da hörte ich die alte Friesin schließen: ‚Es wehte heel haart,

Meinert.' Es klang so selbstverständlich wie der Pendelschlag."

In solchen Textpassagen äußert sich die heute gar nicht mehr als so selbstverständlich hingenommene Einsicht, dass menschliches Leid ein ganz normaler Bestandteil irdischen Daseins ist. „Leid wird keinem Menschen erspart", heißt es an einer Stelle im Roman, „es gehört zu den Lebensnotwendigkeiten wie Sonnenschein und Regen." Und an anderer Stelle: „In jedem Menschenleben gibt es Scherben, das soll wohl so sein und ist weiter nicht schlimm. Aber wie man's trägt, ist unterschiedlich." In einer ihrer Novellen beschreibt Elfriede Rotermund in vergleichbarer Weise das harte Schicksal einer Halligbäuerin, die auf ihr Leben zurückblickt: Jahre voller Arbeit, voller Leid und Sorgen. So waren die Jahre dahingegangen, die Zukunft war zur Gegenwart, die Gegenwart zur Vergangenheit geworden. „Doch es hatte ja niemand je gesagt, dass das Leben leicht und angenehm sein müsse, und das stand auch nirgends geschrieben."

Die prosaische Nüchternheit, mit der die handelnden Personen des Romangeschehens ihre Umwelt betrachten, wird, ganz anders als in den zeitgenössischen Erzählungen etwa einer Rosamunde Pilcher, unter anderem auch deutlich in jener Szene, in der sich der Knabe Yorck Godbersen auf einer Sandbank zwischen Gröde und Langeneß einer Seehundherde nähert: „Das Oberhaupt, ein mächtiger Bulle mit einem stattlichen Schnurrbart, der wohlgenährt, feist und fett war und wohl seine zwanzig Liter Tran zum Stiefelschmieren hergegeben hätte, lag auf der Wache." Nicht die Kreatur an sich, die Schönheit des Tieres wird gewürdigt, sondern allein der ökonomische Nutzen, wenn man seiner habhaft werden könnte, bestimmt das Bild, das der Knabe sich von ihm macht.

Wenn Elfriede Rotermund, anders als im Roman, Frauen in das Zentrum ihrer Novellen rückt, dann sicher auch deshalb, weil sie den Hallig-Alltag mit den Augen einer Frau wahrgenommen hat. Darin unterscheiden sich ihre Erzählungen zum Beispiel von den Romanen Wilhelm Lobsiens oder Gustav Frenssens. Hierin mag einer der Gründe dafür zu finden sein, dass ihre Werke von der akademischen Literaturwissenschaft so lange vernachlässigt worden sind. Es ist einer vorwiegend männlichen Literaturkritik schon immer schwergefallen, Werken, die aus bewusst weiblicher Perspektive geschrieben wurden, gerecht zu werden und ihnen die gebührende Beachtung zu schenken. Erst der jüngeren Literaturwissenschaft blieb es vorbehalten, überkommene Abgrenzungs- und Klassifizierungskriterien als interessengebundene Ausgrenzungsstrategien mit ihren fatalen Folgen für „weibliches Schreiben" zu kritisieren und detailliert zu benennen: Abwertung der Gegenstände des (weiblichen) Schreibens als uninteressant und wertlos; Abwertung der (weiblichen) Schriften durch (sowohl zutreffende als auch unzutreffende) Zuordnungen zu als minderwertig qualifizierten Literaturarten und -gattungen; Abwertung der Autorin als Person durch Negativstereotype; Isolierung der Frau, falls sie denn doch in den männlichen Kanon gerät, als Ausnahmeerscheinung; Mindergewichtung ethischer und sozialer Werte im Vergleich zu den ästhetischen Werten der Form, die das Kunstwerk als Kunstwerk und nicht den Bezug zur Realität auszeichnen. Dabei stellte sich sehr schnell heraus, dass Kriterien wie mangelhafter organischer Aufbau und Klischeehaftigkeit, die angeblich den Modus eines trivialen Textes ausmachen, lediglich das Resultat eines bestimmten Literaturbegriffs sind, der in der Vergangenheit unhinterfragt als universell gültig hingestellt wurde. Mögliche Qualitätsunterschiede im Produkt sollen dabei keineswegs geleugnet werden.

Der hohe Stellenwert, den die durch Tradition und Sitte abgesicherte Institution der Ehe in der Gesellschaft, insbesondere im Leben der Frauen, einnahm, wird im Godbersen-Roman mehrfach deutlich: unter anderem in der Enttäuschung der Angens, als Thomas Thomsen nicht sie, sondern Inke heiratet, aber auch in der an Pastor Godber Godbersen gerichteten Aufforderung des Konsistoriums, die Witwe seines verstorbenen Amtskollegen zu ehelichen. Die Frage, wer wen wann (und ob überhaupt) heiraten wird, nimmt in den Frauenromanen jener Zeit einen breiten Raum ein. Als Gegenstück zum Entwicklungsroman der Männer entstanden, behandelt der Frauenroman traditionellerweise das Erwachen der Frau aus Mädchenträumen und das Finden des rechten Ehegatten. Folgerichtig ist der Handlungsrahmen, in den die Romangestalten eingebunden sind, Gesellschaft, Verwandtschaft und Familie, in der Regel schärfer gezeichnet. Deutlich wird dabei herausgestellt, dass die stete Nähe Angehöriger ein tragendes, Sicherheit verleihendes Element im Leben der Frauen ist. Dieses Thema, die Suche nach dem rechten Ehegatten, ist von der akademischen Literaturkritik lange Zeit vernachlässigt oder herabgewürdigt worden, obwohl es für die Reproduktion und Stabilität der Gesellschaft von erheblicher Bedeutung ist. Die Wahl des Ehepartners, von männlichen Autoren häufig als erotisches Jagdabenteuer inszeniert, hat weitreichende soziale, moralische und kulturelle Voraussetzungen und Folgen. Es geht dabei nicht nur um das private Glück der beteiligten Menschen, sondern auch um die Zukunft ihrer Familien und ihrer soziokulturellen Traditionen, um die Bewahrung und Erneuerung überlieferter Wertvorstellungen und Lebensformen. Es geht nicht nur darum, ob es einer Frau gelingt, sich in der Ehe für das Alter ökonomisch abzusichern, sondern auch darum, ob sie den Lebensabend allein wird verbringen müssen, ob sie, der Zeit entsprechend als Jungfer stigmatisiert, einem trostlosen, einsamen Alter entgegengeht.

Dass Elfriede Rotermund vor allem von Frauen gelesen wurde, verwundert deshalb kaum. Männer haben sich bislang immer schwerer getan sowohl im Umgang mit als auch im Zulassen von Gefühlen. Nur allzu leicht lässt sich deshalb aus männlicher Perspektive die gefühlsträchtige Stimmung in den Schriften Elfriede Rotermunds als „frauenzimmerliche Gefühlsduselei" abtun, anstatt sie zu nehmen als das, was sie ist: ein bewusst eingesetztes poetisches Mittel. Männer neigen eher zu Ironisierungen, um seelisch belastende Situationen in den Griff zu bekommen. Tränen, ein typisch weibli-

Heinz Christoph Rotermund, Robert Rotermund und Elfriede Schön-
hagen(-Rotermund) zwischen 1910 und 1920   *Familienbesitz*

ches Mittel, um sich emotionale Erleichterung zu verschaf-
fen, gelten ihnen als verpönt. Die versteinerten Gesichter
verraten allerdings oft, wie schwer das fällt. Vielleicht haben
wir es hier gleichfalls mit einem jener Gründe dafür zu tun,

dass das Werk Elfriede Rotermunds von einer männlich dominierten Literaturwissenschaft lange Zeit so sträflich vernachlässigt wurde.

Dass die Heimatdichtung und die Heimatkunstbewegung, so fortschrittlich sie zum Teil ursprünglich waren, später nationalsozialistisch vereinnahmt wurden, dafür stehen Namen wie Gustav Frenssen und Adolf Bartels. Dafür, dass eine solche Vereinnahmung nicht zwangsläufig sein musste, steht unter anderem der Name Elfriede Rotermund. Traditionslinien, die in unverwechselbarer Weise das Gesicht einer Kulturlandschaft prägen, sind in Kriegs- und Nachkriegszeit politisch korrumpiert und verschüttet worden. Sie in das Bewusstsein einer Landschaft zurückzuholen, ohne sich ständig rechtfertigen zu müssen, dazu können Romane und Erzählungen wie die von Elfriede Rotermund einen Beitrag leisten. So gesehen, verfügen sie über eine eigene, unverkennbare Qualität sowohl gegenüber den Werken eines Adolf Bartels oder Gustav Frenssen als auch gegenüber den Schriften Felicitas Roses und Anny Wothes.

Elfriede Rotermund – ein Leben am Rande der Welt

Geboren wird die spätere „Dichterin der Halligen" am 2. März 1884 als Elfriede Schönhagen in Schlangen, einem kleinen Ort am Rande des Teutoburger Waldes. Bereits im Alter von zwölf Jahren veröffentlicht sie ihre erste Erzählung im *Hannoverschen Tageblatt* und ist ganz erstaunt, dass sie dafür ein Honorar von fünf Talern erhält. Eine enge Freundschaft verbindet sie mit Hermann Löns, dem späteren Redakteur der Zeitung. Er, der sich als „Heidedichter" bereits einen Namen gemacht hat, fördert ihr Talent.

Elfriede Schönhagen muss eine sehr selbstbewusste junge Frau gewesen sein. Gegen den Willen der Eltern besucht sie das Konservatorium und Lehrerinnenseminar in Hannover. Nach bestandenem Examen bewirbt sie sich als Lehrerin an einer Missionsschule in Afrika. Wiederum sind die Eltern dagegen. Diesmal setzen sie sich durch. Sie wollen nicht, dass ihre Tochter so weit fortgeht. Stattdessen tritt sie eine Stelle als Lehrerin in einem Dorf in der Lüneburger Heide an. Bald macht sie sich durch volkskundliche und musikwissenschaftliche Studien in der Öffentlichkeit einen Namen. Gemeinsam mit Prof. Dr. Eduard Kück aus Berlin gibt sie 1911 eine äußerst erfolgreiche Studie alter Volkstänze heraus. Das Werk erlebt mehrere Auflagen und wird 1997 von der Deutschen Gesellschaft für Volkstanz in erweiterter Fassung erneut herausgegeben. In Anerkennung ihres volkskundlichen und dichterischen Schaffens wird ihr 1913 der Orden für Kunst und Wissenschaft des Fürstentums Lippe verliehen.

Wegen einer Erkrankung verbringt sie 1909 einen Genesungsurlaub auf Hallig Habel, die damals noch bewohnt war, und wird Zeugin der furchtbaren Dezember-Sturmflut. Die abgeschiedene Welt der Halligen hinterlässt einen so nachhaltigen Eindruck bei ihr, dass sie beschließt, dort sesshaft zu werden. Über Wardböhmen bei Celle, Lüneburg und Fürstenwerder an der Weichsel gelangt sie als Lehrerin auf die

Elfriede Rotermund auf Oland   *Familienbesitz*

ostfriesische Insel Borkum. Dort lernt sie ihren späteren Ehemann, den Schulrektor und Pastor Robert Rotermund, kennen. Am 1. Mai 1912 heiraten sie. Elfriede Rotermund drängt ihren Gatten, sich um die vakante Pfarrstelle auf Hallig Oland zu bewerben. Das Ansuchen hat Erfolg. Das Ehepaar übersiedelt auf das kleine Eiland, sie als Lehrerin, er als Pfarrer. Die Hallig wird für 16 lange Jahre ihre Heimat. In dieser Zeit entstehen der Hallig-Roman *Godber Godbersen* (1928) und zahlreiche Hallig-Novellen, unter anderem *Einsame Ufer* (1925), *Die große Stille* (1926) und *Wenn die Stürme schweigen* (1929). Fast alle ihre Bücher werden mehrfach aufgelegt.

Das Ehepaar Rotermund führt auf Oland ein offenes Haus. Das Gästebuch des Pastorats gibt Auskunft über das stete Kommen und Gehen. „Die Rotermunds hatten viel Besuch auf der Hallig, unter anderem auch von Hermann Löns", erinnerte sich Käthe Petersen. Offensichtlich hat Wilhelm Lobsien sie als Inge Gydesen in seinem Roman *Der Halligpastor* literarisch verewigt. Lobsien war ebenfalls häufiger Gast auf Oland (wo er auch beerdigt wurde). Ebenso wie Hermann Löns und seine zweite Frau Lisa waren öfters zu Besuch Ida Frohnmeyer, eine Schweizer, und Anna Schieber, eine schwäbische Schriftstellerin. Das sorgenfreie Leben im gastfreien Pastorat genoss wiederholt auch der „Radierer Nordfrieslands", Ingwer Paulsen. Viele Skizzen der Halligwelt aus dieser Zeit sind erhalten: *Die Nordfriesischen Inseln und Halligen* (1924), *Nordsee. Skizzenblätter* (1925), *Nordfriesland* (1926). Paulsen illustrierte fast alle Bücher Elfriede Rotermunds, auch *Godber Godbersen*.

In den 16 Jahren auf Oland festigt die „Dichterin der Halligen" ihren Ruf, sogar über Deutschlands Grenzen hinaus. Die kleinen Eilande stehen im Zentrum ihres literarischen Schaffens. „In behaglicher Breite und liebevoller Kleinmalerei schildert die Dichterin Wesen und Schicksal der Halligbewohner, die herbe Schönheit der stillen Inselwelt und das Meer: sonnig-friedvolles Idyll und großartig furchtbare

Sturmgewalt", schrieb Erik von Nordenskjöld mit Blick auf ihr Gesamtwerk. Und er fügte hinzu: „Vor allem durch diese Hallig-Bücher wurde Elfriede Rotermund weithin bekannt. Sie sind inzwischen, da der Fortschritt die ‚Weltabgeschiedenheit' der kleinen Inseln weitgehend beendet hat, zu wertvollen Dokumenten einer eigenartigen Kultur geworden."

Im Frühjahr 1928 verlässt Familie Rotermund Hallig Oland, um in eine Stadt, nach Segeberg, zu ziehen. Pastor Rotermund hat sich, nachdem er es bereits einmal abgelehnt hatte, nun entschlossen, das ihm angebotene Amt eines Propstes anzunehmen, um den Kindern, einer Tochter und einem Sohn, den Besuch des Gymnasiums zu erleichtern. Doch viel Zeit zur Eingewöhnung bleibt der Familie nicht. Bereits im Herbst 1933 wird Propst Rotermund auf Veranlassung der Nationalsozialisten seines Amtes enthoben und auf die zweite Pfarrstelle der Flensburger Kirchengemeinde St. Marien versetzt. Sein Nachfolger ist der berüchtigte Ernst Szymanowski alias Biberstein, NSDAP-Mitglied der ersten Stunde und SS-Mann. Als Führer des Einsatzkommandos 6 der Einsatzgruppe C für den Tod mehrerer Tausend Menschen in der Ukraine verantwortlich, wird er am 8. April 1948 in Nürnberg zum Tod durch den Strang verurteilt.

Robert Rotermund ist bis Kriegsende den Repressalien der NSDAP ausgesetzt. Seine Predigten werden von der Gestapo protokolliert. Des Öfteren wird er mit Geldstrafen belegt. Am 1. September 1938 erfolgt der Ausschluss Elfriede Rotermunds aus der Reichsschrifttumskammer. Für jedes Buch, das sie nun publizieren möchte, muss sie eine Sondergenehmigung einholen. Nur zwei Novellenbände erscheinen noch von ihr. Am 30. Juni 1945 stirbt überraschend Robert Rotermund. Der Wunsch Pastor Halfmanns, er möge sich nach dem Kriege für das Amt des Bischofs zur Verfügung stellen, war damit hinfällig geworden.

Dem politischen Eingriff der Nationalsozialisten und seinen Folgen hat Elfriede Rotermund jegliche Berechtigung

Elfriede Rotermund
am 2. Oktober 1952 in
Flensburg
Familienbesitz

abgesprochen. Nach außen bestand sie immer auf der Nennung des Propst-Titels im Zusammenhang mit dem Familiennamen. Auch im Schriftwechsel mit der Reichsschrifttumskammer gibt sie als Beruf ihres Mannes an: „Propst und Pastor an der St. Marien-Kirche". Hieraus hat sich dann in der einschlägigen Literatur offensichtlich die Meinung festgesetzt, sie selbst sei Pröpstin gewesen. So wird etwa noch 1991 in der dritten, völlig neu bearbeiteten Auflage des *Deutschen Literaturlexikons* von der Erzählerin Elfriede Rotermund als einer „Pröpstin des Stiftes St. Marien in Flensburg" gesprochen, eine Zuschreibung, die nicht folgenlos blieb. Es wird berichtet, dass während der Zeit des Nationalsozialismus viele Menschen aus der Kirche ausgetreten waren, die dann nicht kirchlich beerdigt werden durften. Elfriede Rotermund setzte sich des Öfteren über die bestehenden Vorschriften hinweg und verschaffte diesen Menschen, den inständigen Bitten der Angehörigen nachkom-

Robert Rotermund
Familienbesitz

mend, ein christliches Begräbnis, indem sie es selber durchführte. Dass ihr Verhältnis zu Gott nicht nur von protestantischer Ethik geprägt, sondern durchaus pragmatischer Natur war, die in den „heidnischen Tiefenschichten" ihres Herzens wurzelte, darauf hatte ihr Mann verschiedentlich hingewiesen. Deutlich wurde das unter anderem in der Zeit, als Beate Uhse im Pastorat wohnte und dort die Grundlage ihres „Versandhandels für Ehehygiene" legte. Jahre später noch fanden spielende Kinder auf dem Dachboden der Pfarrei obskure Belegstücke aus dieser Anfangszeit. Elfriede Rotermund hatte überhaupt keine Probleme im Umgang mit solchen Dingen.

Nach dem Krieg unternimmt Elfriede Rotermund längere Vortragsreisen, unter anderem wiederholt auch in die Schweiz. Sie wird zur Präsidentin des Flensburger Schriftstellerclubs gewählt. Am 3. Januar 1966 stirbt sie im 82. Lebensjahr im Pfarrhaus am Marienkirchhof in Flensburg.

Zu dieser Ausgabe

Der vorliegenden Ausgabe wurde die erste Auflage des 1928 im Ernte Verlag (Hamburg) erschienenen Romans zugrunde gelegt. Die darin enthaltenen Illustrationen werden in verkleinerter Form auch in dieser Neuausgabe verwendet. Sie stammen von dem nordfriesischen Maler Ingwer Paulsen. An Stelle der ursprünglichen Umschlaggestaltung des Leineneinbandes der Erstausgabe, die ein Segelschiff zeigt, wurde ein Gemälde von Ingwer Paulsen verwendet. Bei der Vignette am Schluss des Romans handelt es sich um das von Robert Rotermund entworfene Siegel der Kirche auf Hallig Oland.

Der Text wurde in die neue Rechtschreibung gebracht, die Interpunktion heutigen Gepflogenheiten angeglichen. Wo der Duden Spielraum lässt, wurde in der Regel die von Elfriede Rotermund benutzte Form gewählt, zum Beispiel „hier zu Lande" statt „hierzulande". Auch die Ortsnamen folgen der heute zumeist üblichen Form, wenn es auch für manche Halligwarften durchaus unterschiedliche Schreibungen gibt. So wird die große Warft auf Nordmarsch hier Hilligenley geschrieben statt Hilligen Ley, wie es in der Erstauflage hieß. Die von Elfriede Rotermund eingestreuten halligfriesischen Redewendungen wurden überprüft und ebenfalls der heute gültigen Rechtschreibung angepasst.

Weiterführende Literatur

Arno Bammé (Hrsg.): Elfriede Rotermund. Die Halligdichterin, München und Wien: Profil 1995.

Arno Bammé: Die Akte „Rotermund". Ein Dossier, Klagenfurt: Veröffentlichungen aus dem Forschungsprojekt „Literatur und Soziologie", Heft 23, November 2001.

Karl-Heinz Beckmann (Hrsg.): Autographen Hermann Löns, Lisa Löns und Umfeld an Elfriede Schönhagen-

Rotermund in der Zeit von 1907 bis 1914, Klagenfurt: Veröffentlichungen aus dem Forschungsprojekt „Literatur
und Soziologie", Heft 26, November 2005.

Karl-Heinz Beckmann und Hans-Karl Schönhagen (Hrsg.):
Briefwechsel Lisa Löns und Elfriede Rotermund aus den
Jahren 1922 bis 1955, Klagenfurt: Veröffentlichungen aus
dem Forschungsprojekt „Literatur und Soziologie", Heft
27, April 2008.

Die Kunstdenkmäler des Kreises Husum. Bearbeitet von
Heinrich Brauer, Wolfgang Scheffler und Hans Weber,
Berlin: Deutscher Kunstverlag 1939.

Rolf Kuschert: Nordfriesland in der frühen Neuzeit. Neu bearbeitet von Martin Rheinheimer, Fiete Pingel und Thomas Steensen, Bräist/Bredstedt: Nordfriisk Instituut 2007
(Geschichte Nordfrieslands, 3).

Dieter Lohmeier: Nordfriesland in der Literatur. In: Thomas
Steensen (Hrsg.): Das große Nordfriesland-Buch, Hamburg: Ellert & Richter 2000, S. 256–267.

Jens Lorenzen: Deutsch – Halligfriesisch. Ein Wörterbuch.
Tutsk – freesk. En üürdebök. 6000 Vokabeln Halligfrie-
sisch mit Texten aus dem 17. bis 20. Jahrhundert, Bräist/
Bredstedt: Nordfriisk Instituut 1977.

Jens Lorenzen: Die Hallig Nordmarsch-Langeneß in alten
Bildern. Eine Fotodokumentation über die Lebensver-
hältnisse auf der größten Hallig Nordfrieslands in der ersten Hälfte des 20. Jahrhunderts, 2. erw. Aufl., Hamburg:
Buske 1989.

Jens Lorenzen (Hrsg.): Drei Hallig-Beschreibungen aus der
Zeit um 1800. Hooge 1794, Nordmarsch 1807, Gröde 1814,
Bräist/Bredstedt: Nordfriisk Instituut 1990, S. 21–48.

Jens Lorenzen: Die Halligen in alten Abbildungen. Eine
Fotodokumentation über die Warften aus der 1. Hälfte des
20. Jahrhunderts, eingeleitet mit historischen Karten,
Bredstedt: Nordfriisk Instituut 1992.

Lorenz Lorenzen: Genaue Beschreibung der wunderbaren
Insel Nordmarsch 1749. Aus der Handschrift neu herausgegeben von Jens Lorenzen, Hamburg: Buske 1982.

Friedrich Müller: Das Wasserwesen an der schleswig-holsteinischen Nordseeküste. Die Halligen, 2 Bände, Berlin 1917.

Fiete Pingel: Leben mit Landunter: die Halligen. In: Thomas Steensen (Hrsg.): Das große Nordfriesland-Buch, Hamburg: Ellert & Richter 2000, S. 454–461.

Georg Quedens: Die Halligen, Breklum 1975.

Elfriede Rotermund: Einsame Ufer. Hallignovellen, Husum: Husum Druck- und Verlagsgesellschaft 2002.

Elfriede Rotermund: Wenn die Stürme schweigen. Inselnovellen, Husum: Husum Druck- und Verlagsgesellschaft 2004.

Thomas Steensen: Im Zeichen einer neuen Zeit. Nordfriesland 1800 bis 1918, Bräist/Bredstedt: Nordfriisk Instituut 2005 (Geschichte Nordfrieslands, 4).

Danksagung

Eine Übersicht zusammenzustellen wie die vorstehende, die zugleich in das Leben und Werk Elfriede Rotermunds einführen, zur Weiterlektüre anregen und sozialhistorische wie soziografische Zusammenhänge und Hintergründe aufdecken soll, ein solches Unterfangen ist nicht möglich ohne die Mithilfe und Unterstützung anderer Menschen. Dank zu sagen ist deshalb Maria Pawelke de la Motte, Christian de la Motte, Ingeborg Rotermund, Gerhard Jastram, Käthe Petersen und Gertrude Beicken. Weiterhin ist Dank abzustatten Ingo Laabs vom *Nordfriisk Instituut,* der bei der Übertragung der friesischen Texte in die heutige Rechtschreibung sehr behilflich war.

Arno Bammé
(Klagenfurt)

Thomas Steensen
(Husum)

Meta Schoepp,

Millionensegen

Nordfriesland im Roman
Hrsg. von Arno Bammé
und Thomas Steensen
Schriften des Nordfriesischen
Instituts Nr. 192

349 Seiten, broschiert

(ISBN 978-3-89876-305-9)

Das Vineta des Romans ist in Wirklichkeit die Hafenstadt
Tönning zu Beginn des vorigen Jahrhunderts. Sie ist durch
Schließung der Werft in ihrer Existenz bedroht. Doch Rettung
naht. Unerwartet ergießt sich ein Millionensegen über die Stadt
an der Eider, ausgelobt von einem in die USA ausgewanderten
Bürger unter der Bedingung, dass sich seine verschollene Tochter
innerhalb eines Jahres nicht mehr meldet. Niemand in Tönning
glaubt an das Auftauchen der Erbin. Doch das Unerwartete
geschieht: Maike Sievers lebt und kommt in die Eiderstadt. Für
die Einwohner ist sie nur eine Erbschleicherin. Niemand glaubt
ihr. Man stellt ihr nach. In Owe Wiking aus Kotzenbüll findet sie
einen Beschützer. Plötzlich passiert ein Mord, und die Ereignisse
spitzen sich dramatisch zu.

Husum Verlag

Verlagsgruppe Husum · Postfach 1480 · 25804 Husum
www.verlagsgruppe.de